金 學 叢 書
第二輯 6

吳　敢
胡衍南　霍現俊
主編

劉輝《金瓶梅》研究精選集

劉輝　著

臺灣學生書局 印行

金學叢書第二輯序

　　2013 年 5 月第九屆（五蓮）國際《金瓶梅》學術討論會期間，胡衍南、霍現俊忙裏偷閒，時而小聚，漢書下酒，就中便有本叢書編輯出版一事。當時即擬與吳敢商談，以期盡快成議。只是吳敢當時會務繁多，此議終未提及。2013 年 7 月 3 日，胡衍南到徐州公幹，當晚至吳敢舍下小酌，此事即進入操作程序。此後電郵往來，徐州、臺北、石家莊三方輾轉，叢書編撰框架日漸明朗。2013 年 11 月 23 日，胡衍南再度到徐州公幹，代表臺灣學生書局與吳敢詳盡商談編輯出版事宜，本叢書遂成定案。

　　此「金學叢書」之由來也。

　　中國古代小說研究，重大課題眾多。近代以降，紅學捷足先登。20 世紀 80 年代，金學亦成顯學。明代長篇白話小說《金瓶梅》是中國文學史上一部里程碑式的重要作品，其橫空出世，破天荒打破以帝王將相、英雄豪傑、妖魔神怪為主體的敘事內容，以家庭為社會單元，以百姓為描摹對象，極盡渲染之能事，從平常中見真奇，被譽為明代社會的眾生相、世情圖與百科全書。幾乎在其出現同時，即被馮夢龍連同《三國演義》《水滸傳》《西遊記》一起稱為「四大奇書」。不久，又被張竹坡譽為「第一奇書」。《紅樓夢》庚辰本第十三回脂評：「深得《金瓶》壺奧」。魯迅《中國小說史略》認為「同時說部，無以上之」。

　　自有《金瓶梅》小說，便有《金瓶梅》研究。明清兩代的筆記叢談，便已帶有研究《金瓶梅》的意味。如明代關於《金瓶梅》抄本的記載，雖然大多是隻言片語的傳聞、實錄或點評，但已經涉及到《金瓶梅》研究課題的思想、藝術、成書、版本、作者、傳播等諸多方向，並頗有真知灼見。在《金瓶梅》古代評點史上，繡像本評點者、張竹坡、文龍，前後紹繼，彼此觀照，相互依連，貫穿有清一朝，形成筆架式三座高峰。繡像本評點拈出世情，規理路數，為《金瓶梅》評點高格立標；文龍評點引申發揚，撥亂反正，為《金瓶梅》評點補訂收結；而尤其是張竹坡評點，踵武金聖歎、毛宗崗，承前啟後，成為中國古代小說評點最具成效的代表，開啟了近代小說理論的先聲。明清時期的《金瓶梅》研究，具有發凡起例、啟導引進之功。

　　20 世紀是人類歷史上可足稱道的一個百年。對中國人來說，世紀伊始，產生了驚天動地的兩件大事：1911 年封建王朝的終結，1919 年「五四」新文化運動的興起。中國人

心裏承接有豐富的傳統，中國人肩上也負荷著厚重的擔當。揚棄傳統文化，呼喚當代文明，這一除舊佈新的文化使命，在中國用了大半個世紀的時間。觀念形態的更新、研究方法的轉變、思維體式的超越、科學格局的營設一旦萌發生成，便產生無量的影響，具有劃時代的意義。《金瓶梅》研究即為其中一例。

以 1924 年魯迅《中國小說史略》出版，標誌著《金瓶梅》研究古典階段的結束和現代階段的開始；以 1933 年北京古佚小說刊行會影印發行《金瓶梅詞話》，預示著《金瓶梅》研究現代階段的全面推進；以 30 年代鄭振鐸、吳晗等系列論文的發表，開拓著《金瓶梅》研究的學術層面；以中國大陸、臺港、日韓、歐美（美蘇法英）四大研究圈的形成，顯現著《金瓶梅》研究的強大陣容；以版本、寫作年代、成書過程、作者、思想內容、藝術特色、人物形象、語言風格、文學地位、理論批評、資料彙編、翻譯出版、藝術製作、文化傳播等課題的形成與展開，揭示著《金瓶梅》的研究方向。一門新的顯學——金學，已經赫然出現在世界文壇。

20 世紀 70 年代以來的當代金學，中國的吳曉鈴、王利器、魏子雲、朱星、徐朔方、梅節、孫述宇、蔡國梁、甯宗一、陳詔、盧興基、傅憎享、杜維沫、葉朗、陳遼、劉輝、黃霖、王汝梅、周中明、王啟忠、張遠芬、周鈞韜、孫遜、吳敢、石昌渝、白維國、陳昌恆、葉桂桐、張鴻魁、鮑延毅、馮子禮、田秉鍔、羅德榮、李申、魯歌、馬征、鄭慶山、鄭培凱、卜鍵、李時人、陳東有、徐志平、陳益源、趙興勤、王平、石鐘揚、孟昭連、何香久、許建平、張進德、霍現俊、陳維昭、孫秋克、曾慶雨、胡衍南、李志宏、潘承玉、洪濤、楊國玉、譚楚子等老中青三代，辨章學術，考鏡源流，營造了一座輝煌的金學寶塔。其考證、新證、考論、新探、探索、揭秘、解讀、探秘、溯源、解析、解說、評析、評注、匯釋、新解、索引、發微、解詁、論要、話說、新論等，蘊含宏富，立論精深，使得金學園林花團錦簇，美不勝收，可謂源淵流長，方興未艾。中國的《金瓶梅》研究，經過 80 年漫長的歷程，終於在 20 世紀的最後 20 年登堂入室，當仁不讓也當之無愧地走在了國際金學的前列。

此「金學叢書」之要義也。

本叢書暫分兩輯，第一輯為臺灣學人的金學著述，由魏子雲領銜，包括胡衍南、李志宏、李梁淑、鄭媛元、林偉淑、傅想容、林玉惠、曾鈺婷、李欣倫、李曉萍、張金蘭、沈心潔、鄭淑梅，可說是以老帶青；第二輯為中國大陸 20 世紀 80 年代以來學人的《金瓶梅》研究精選集，計由徐朔方、甯宗一、傅憎享、周中明、王汝梅、劉輝、張遠芬、周鈞韜、魯歌、馮子禮、黃霖、吳敢、葉桂桐、張鴻魁、陳昌恆、石鐘揚、王平、李時人、趙興勤、孟昭連、陳東有、孫秋克、卜鍵、何香久、許建平、張進德、霍現俊、曾慶雨、楊國玉、潘承玉、洪濤諸位先生的大作組成，凡 31 人 30 冊（其中徐朔方、孫秋克，

傅憎享、楊國玉，王平、趙興勤，因字數兩人合裝一冊），每冊 25 萬字左右。

　　天津師範學院（今天津師範大學）朱星是中國大陸金學新時期名符其實的一顆啟明星，他在 1979 年、1980 年連續發表多篇論文，並於 1980 年 10 月由百花文藝出版社結集出版了中國大陸新時期《金瓶梅》研究的第一部專著《金瓶梅考證》。朱星的研究結論不一定都能經得住學術的檢驗，但朱星繼魯迅、吳晗、鄭振鐸、李長之等人之後，重新點燃並高舉起這一支學術火炬，結束了沉寂 15 年之久的局面，這一歷史功績，應載入金學史冊。遺憾的是，朱星先生 1982 年逝世，後人查訪困難，只能闕如。

　　香港夢梅館主梅節可謂《金瓶梅》校注出版的大家，1988 年由香港星海文化出版有限公司出版《全校本金瓶梅詞話》；1993 年由梅節校訂，陳詔、黃霖注釋，香港夢梅館出版《重校本金瓶梅詞話》（該本後由臺灣里仁書局 2007 年 11 月初版，2009 年 2 月修訂一版，2013 年 2 月修訂一版八刷）；1998 年梅節再為校訂，陳少卿抄寫，香港夢梅館出版《夢梅館校定本金瓶梅詞話》。前後三次合共校正詞話原本訛錯衍奪七千多處，成為可讀性較好的一個本子。梅節由校書而研究，關於《金瓶梅》作者、傳播、成書、故事發生地等問題的認識，亦時有新見。可惜的是，梅節先生的論文集《瓶梅閒筆硯——梅節金學文存》2008 年 2 月由北京圖書館出版社出版，版權協商匪易，未能入選。

　　上海音樂學院蔡國梁 20 世紀 50 年代末即開始研習《金瓶梅》，寫下不少筆記，1980 年前後即依據筆記整理成文，1981 年開始發表金學論文，1984 年出版第一部專著[1]，累計出版金學專著 3 部[2]、編著 1 部[3]，發表論文多篇，內容涉及《金瓶梅》的思想、源流、人物、作者、評點、文化等諸多研究方向，是早期《金瓶梅》研究的主力成員。無奈聯繫不上，不得已而割愛。

　　國人研究《金瓶梅》的論著，最早是闞鐸的《紅樓夢抉微》[4]，但其只是一個讀書筆記。天津書局 1940 年 8 月出版之姚靈犀《瓶外卮言》，嚴格說也只是一個資料彙編。香港大源書局 1961 年出版之南宮生著《金瓶梅》簡說，算得上是一個原著導讀。臺北時報文化出版公司 1978 年 2 月出版之孫述宇著《金瓶梅的藝術》，可說是第一部文本研究的學術著作。該書全文收入石昌渝、尹恭弘編選的《臺港金瓶梅研究論文選》[5]。2011 年 3 月上海古籍出版社再版，增加了一篇作者自序，更名為《金瓶梅：平凡人的宗教劇》。

1　　《金瓶梅考證與研究》，西安：陝西人民出版社，1984 年。

2　　另兩部為：《明清小說探幽——明人、清人、今人評金瓶梅》，杭州：浙江文藝出版社，1985 年；《金瓶梅社會風俗》，天津：百花文藝出版社，2002 年。

3　　《金瓶梅評注》，桂林：灕江出版社，1986 年。

4　　天津大公報館 1925 年 4 月鉛印。

5　　南京：江蘇古籍出版社，1986 年。

孫述宇先生本已與上海古籍出版社洽商同意編入金學叢書，並授權主編代理，忽中途撤稿，原因還是版權問題。

　　還有其他一些因故未能入選的師友：或已作仙遊[6]，或礙於本輯叢書的體例[7]，或因為版權期限，或失去聯繫等。凡此種種，均為缺憾。

　　儘管如此，第二輯連同第一輯 14 人 16 冊總計所入選的此 45 人 46 冊，已經是中國當代金學隊伍的主力陣容，反映著當代金學的全面風貌，涵蓋了金學的所有課題方向，代表了當代金學的最高水準。

　　此「金學叢書」之大略也。

　　臺灣學生書局高瞻遠矚，運籌帷幄，以戰略家的大眼光，以謀略家的大手筆，決計編撰出版「金學叢書」，實金學之幸，學術之福。主編同仁視本叢書為金學史長編，精心策劃，傾心編審。各位入選師友打造精品，共襄盛舉。《金瓶梅》研究關聯到中國小說批評史、中國小說史、中國文學史、中國文學評點史、中國文學批評史等諸多學科，是一個應該也已經做出大學問的領域。為彌補本叢書因為容量所限有很多師友未能入選的不足，特附設一冊《金學索引》[8]，廣輯金學專著、編著、單篇論文與博碩士論文，臚列學會、學刊與所舉辦之金學會議，立此存照，用供備覽。本叢書的編選，既是對過往的總結，也是對未來的期盼。本叢書諸體皆備，雅俗共賞，可以預測，將為金學做出新的貢獻。

　　此「金學叢書」之宗旨也。

　　金學已經不是一座象牙塔，而是一處公眾遊樂的園林。三百多部論著，四千多篇學術論文，二百多篇博碩士論文，既有挺拔的大樹，也有似錦的繁花，吸引著越來越多的研究者與愛好者探幽尋奇。不容置疑，傳統的金學，加上以文化與傳播為標誌的、以經典現代解讀為旗幟的新金學，必然展示著甯宗一先生的經典命題：說不盡的《金瓶梅》。

　　此「金學叢書」之感言也。

吳敢、胡衍南、霍現俊（吳敢執筆）

2014 年元旦

6　如王啟忠、鮑延毅、孔繁華、許志強諸先生等，駕鶴西去的徐朔方先生的精選集由其高足孫秋克代為編選，劉輝先生的精選集由其摯友吳敢代為編選。

7　本輯叢書乃論文精選集，字典、詞典與小塊文章結集便未能入選，《金瓶梅》語言研究的幾位專家如白維國、李申、張惠英、許仰民等因此失選。

8　吳敢編著，分上下兩編。

劉輝《金瓶梅》研究精選集

目　次

金學叢書第二輯序 …………………………………………………………… I

從詞話本到說散本——《金瓶梅》成書過程及作者問題研究之一 …………… 1

《如意君傳》的刊刻年代及其與《金瓶梅》之關係 ………………………… 27

屠本畯的《山林經濟籍》與《金瓶梅》 …………………………………… 35

論《新刻繡像批評金瓶梅》 ………………………………………………… 49

現存《金瓶梅詞話》是《金瓶梅》的最早刊本嗎？——與馬泰來先生商榷 ……… 59

也談《金瓶梅》的成書和「隱喻」——與魏子雲先生商榷 ………………… 63

《萬曆野獲編》與《金瓶梅》 ……………………………………………… 73

《金瓶梅》版本考 …………………………………………………………… 83

《金瓶梅》主要版本所見錄 ………………………………………………… 101

《會評會校金瓶梅》再版後記 ……………………………………………… 119

嬉笑怒罵　亦俚亦雅——讀《金瓶梅》第四十八回劄記 ………………… 121

張竹坡及其《金瓶梅》評本 ………………………………………………… 127

再談張竹坡的家世、生平及其評《金瓶梅》的年代 ……………………… 143

《金瓶梅》張竹坡評本「謝頤序」的作者及其影響 ……………………… 155

略談文龍批評《金瓶梅》 …………………………………………………… 161

文龍及其批評《金瓶梅》 …………………………………………………… 165

《金瓶梅》與《玉閨紅》 …………………………………………………… 175

《金瓶梅》與山東風俗 ……………………………………………………… 179

《金瓶梅》與蒲松齡 ………………………………………………………… 183

《金瓶梅》中戲曲演出瑣記 …………………………………………… 187

《金瓶梅》的歷史命運與現實評價——之一：非淫書辨………… 195

《金瓶梅》是假託宋朝實寫明事 ………………………………… 207

《金瓶梅》研究十年 ………………………………………………… 211

明清時期的《金瓶梅》研究與批評 …………………………………… 235

文章千古事　得失寸心知………………………………………… 241

附　錄

一、劉輝小傳 …………………………………………………………… 249

二、劉輝《金瓶梅》研究專著、編著、輯校、論文目錄 ………………………… 250

後記：這就是劉輝——劉輝先生十周年祭…………………………… 吳　敢 253

從詞話本到說散本
——《金瓶梅》成書過程及作者問題研究之一

　　自《金瓶梅詞話》刊刻問世，迄今已三百六十餘年了。對於它的成書過程和作者，一直是國內外學者最為關注的大問題。尤其最近幾年，據不完全統計，已發專著、論文不下百種。遺憾的是，各執一端，新說並起，形勢不是日趨明朗，而是愈加撲朔迷離。所以造成這個局面，究其源，蓋研究方法之不科學，是其致命癥結。主觀臆測者有之；牽強附會者有之；望風捕影者亦有之，甚至荒唐到以小說中寫到的一種酒為據，不厭其煩地考證這種酒的產地，進而論證作者的籍貫。眾所周知，《金瓶梅》中除提到金華酒之外，還寫了茉莉酒、藥五香酒、白酒、荷花酒、河清酒、葡萄酒、燒酒、南燒酒、竹葉青酒、菊花酒、腰州酒、麻姑酒、老酒、豆酒、自選內酒、浙江酒、橄欖酒……不下二十種。如果酒的產地，可以用來證明作者籍貫的話，那麼，這位作者的籍貫該有多少處呢？看來要想在《金瓶梅》的成書過程和作者問題研究上深入一步，當務之急，是廓清研究道路上設置的種種人為的障礙。

　　作為「四大奇書」之一的《金瓶梅》，比之《三國志演義》《水滸傳》《西遊記》成書過程的研究，有著得天獨厚的優越條件：(一)關於此書鈔本流傳情況，多有記載；(二)最為重要的是有一部完整的《詞話》本保存了下來；(三)相距詞話本幾十年後，又有說散本問世。可以毫不誇張地說，人們要想弄清楚明代長篇小說的形成史，就必須借助《金瓶梅》，因為它是能夠展示這個全部形成過程的唯一標本。基於此，我們用〈從詞話本到說散本〉這個題目，來探討《金瓶梅》的成書過程和作者問題，不求另立新說，只在實事求是。從作品——詞話本、說散本——的客觀存在中比較研究，不僅可以看出小說《金瓶梅》的演變情況，而且，對探索明代長篇小說的形成歷史，也可獲得新的有益的啟示。

一、《詞話》本究竟是一部什麼樣的書

《金梅瓶詞話》，1932 年發現於山西，後歸於北京圖書館。原書五十二回缺兩頁。

1933 年「古佚小說刊行會」據此影印。原書現存臺灣。日本京都帝大和日光晃山慈眼堂有藏。一為全本；一為殘本。皆為萬曆四十五年後刻本。此書既云「詞話」，就釐定了它的範圍。所謂「詞話」，是興盛於元、明兩代的民間說唱藝術形成。元·陶宗儀《輟耕錄》：「宋有戲曲、唱諢、詞說。」有人認為「詞說」就是「詞話」。近人葉德均氏曾推知元末明初的《水滸傳》是韻散夾用的詞話本，與我們現在看到的最早刻本郭勳本不同。這個推測是符合明代長篇小說發展實際的。在文人未經加工寫定之前，應是以詞話的形式在民間流傳，《金瓶梅》亦不例外。現存《金瓶梅詞話》，正是散韻相見，以散為主。想來詞話本《水滸傳》大體就是這個面目。那麼，《金瓶梅詞話》究竟是一部什麼樣的書呢？

(一)鈔本拼集

我們知道，《金瓶梅詞話》未成書之前，已有不同鈔本在不同地區流傳，它未經嚴肅認真的加工整理，而是由不同鈔本拼湊一起付刻的。這表現在：

甲：前八十回和後二十回是兩種不同的鈔本。

首先是文字風格不同，前八十回活潑、老辣，後二十回則比較工整、文雅；前者所引戲曲清唱甚夥，後者則詞話說唱味道更濃，從八十三回、八十九回、九十六回中皆可看出。

其次，從時間上說，後二十回的鈔本較為晚出，不少情節與前八十回多有雷同。如：前面寫韓道國有個兄弟二搗鬼，九十三回楊光彥便有個兄弟楊二風；六十四回有潘金蓮與玉簫的三章約，九十三回便出現了陳經濟與金宗明的法三章；十一回描寫孫雪娥受辱，由做「銀絲鮓湯」引起，她在月娘面前說春梅：「便嬌貴的這等了」；九十四回又寫雪娥受辱，也以做「雞尖湯」為由，她在丫頭面前說春梅：「姐姐幾時這般大了。」同時，在大段文字中也可看出明細的模仿痕跡，試比較四十八回清明節上墳祭祖回來後官哥生病和九十回清明節上墳祭西門慶回來後孝哥生病的描寫：

四十八回	九十回
且表官哥兒自新墳上來家，夜間只是驚哭不肯吃奶，但吃下奶去，就吐了。慌的李瓶兒走來告訴月娘，月娘道：「我那等說，還未到一周的孩子，且休帶他出城門去，濁溔貨些他生死不依。只說今日上墳祭祖為什麼來？不叫他娘兒兩個走！只像那個攙了份兒一般，睜著眼和我兩個叫，如今卻怎麼好？」……月娘使	正坐著說話，只見奶子如意兒向前對月娘說：「哥兒來家這半日，只是昏睡不醒，口中出冷氣，身上湯燒火辣的。」這月娘聽見慌了，向炕上抱起孩兒，口摀著口兒，果然出冷汗，渾身發燒。罵如意兒道：「好淫婦，此是轎子冷了孩兒了。」如意兒道：「我拿小被兒裹得緊緊的，怎得凍著？」月娘道：「再不是抱了

小廝叫劉婆子來看，又請小兒科趙太醫，開門閉戶亂了一夜。

劉婆子看了說火：「哥兒著了些驚氣入肚，又路上撞見五道將軍。不打緊，買些紙兒退送退送，就好了。」又留了兩服朱砂丸藥兒，用薄荷燈心湯送下去，那孩兒方才寧貼。睡了一覺，不驚哭吐奶了，只是身上熱還未退。李瓶兒連忙拿出一兩銀子，叫劉婆子備紙去。後又帶了他老公，還和一個師婆來，在捲棚內與哥兒燒紙跳神。……吳月娘聽見劉婆說孩兒路上著了驚氣，甚是抱怨如意兒，說他不用心看孩子，想必路上轎子裏唬了他了。不然，怎的就不好起來。如意兒道：「我在轎子裏，將被兒包得緊緊的，又沒跐著他。娘叫畫童兒來跟著轎子，他還好好的，我按著他睡。只進城七八到家門首，我只覺他打了個冷戰，到家就不吃奶，哭起來了。」

往那死鬼墳上唬了他來了。那等吩咐叫你休抱他去，你不依，浪著抱的去了。」如意道：「早小玉姐看著，只抱了他到那裏看看就起來了，幾時唬著他來？」月娘道：「還要說嘴，看那看兒便怎的把他唬了。」即忙叫來安兒，快請劉婆子去。

不一時，劉婆子來到，看了脈息，摸了身上，說著了些驚寒，撞見邪祟了。留下兩服朱砂丸，用薑湯灌下去。吩咐奶子如意兒抱著他熱炕上睡，到半夜出了些冷汗，身上才涼了。於是管待劉婆子吃了茶，與了他三錢銀子，叫他明日還來看看。一家子慌的要不的，開門閉戶，整亂了半夜。

不僅情節相同，具體描寫也大同小異。再看九十一回，從陶媽媽眼中描繪孟玉樓的形象：「你看從頭看到底，風流實無比；從頭看到腳，風流往下跑。」這實際上是襲用第九回吳月娘眼中的潘金蓮：「吳月娘從頭看到腳，風流往下跑；從腳看到頭，風流往上流。」因此，較為晚出的後二十回顯係說唱者參照前八十回而敷衍鋪陳的，難免有雷同之嫌。正因為不是同一個鈔本，所以在重要情節上前後又不免發生抵牾，最突出的是周秀竟然不認識陳經濟。在前八十回中，住在西門慶家的陳經濟，經常出頭露面，應接賓客。作為守備的周秀，也經常去西門慶家吃酒，三十一回就寫到周秀來西門慶家吃了一天慶官哥兒生日酒，他不會不認得陳經濟。何況李瓶兒死了之後，陳經濟又充假孝子守在靈前，周秀也曾去弔孝，「眾官齊到靈前，西門慶與陳經濟伺候還禮。」（六十四回）周秀對西門慶這位唯一的貴婿，應該說是相當熟悉的。可是，到了九十七回，春梅命張勝把經濟找回守備府，周秀竟把他當作春梅的表弟予以接待。這是無論如何也說不通的大漏洞，有悖常理。

再次，後二十回應是在南方流傳的一個鈔本。作者對山東地理位置非常不熟，現在讀來，已成笑柄。如九十一回身在清河縣的陶媽媽述說棗強縣的位置：「過了黃河，不上六、七百里。」棗強與河清近在咫尺，怎麼會有六、七百里？河清縣本在黃河以北，又怎能「過了黃河」呢？又如九十八回描寫臨清酒樓的位置：「正東看，隱隱青螺堆岱

嶽。正西瞧，茫茫蒼霧鎖皇都。正北觀，層層甲第起朱樓。正南看，浩浩長淮如素練。」這那裏是臨清的地理位置，說徐州處在這個地理位置還差不多。更令人不解的是九十四回在山東出現了「山東賣棉花的客人」這樣的敘述。

乙：五十三回至五十七回確係「補以入刻」。

沈德符在《野獲編》裏說：「然原本實少五十三回至五十七回，遍覓不得。有陋儒補以入刻，無論膚淺鄙俚，時作吳語，即前後血脈，亦絕不貫串，一見知其贗作矣。」細讀，這段記載是可信的。

1. 這五回出現的情節，大都是前後各回諸情節的重演。唯一重要的一件事是西門慶去東京認蔡京為「義父」，其實，這也是第七十回〈西門慶工完升級　群僚庭參朱太尉〉的翻版。

2. 人物性格不統一了。如寫西門慶突然「仗義疏財，救人貧難，人人都是讚歎他的。」（五十六回）他一貫與常時節虛以周旋，現在卻解囊相助，前後矛盾。數次痛罵薛姑子的西門慶，搖身一變，弄起「拈香拜佛」的勾當（五十三回），這也不是《金瓶梅詞話》中的西門慶。對於慣於趨奉西門慶的應伯爵之描寫，更把他的幫閒性格給扭曲了。試看一向吮癰舐痔的應二花子竟敢板起面孔，「正色」教訓起西門慶來（五十三回），完全違背了人物性格的內在發展邏輯。至於寫他作東請客，也不是這個揩客所能為。對「一路開口一串鈴」「舌上有刀」的潘金蓮，動不動就「嘮嘮叨叨」「喃喃吶吶」，儼然變成了另外一個人。

3. 隨意添加人物。半路上又殺出一個苗員外，他既不是死去的苗天秀，也不是西門慶弄權受賄救出的苗青。前後都無交待，僅為贈送歌童，添此一人。

4. 任意編造細節。不知何時，潘金蓮房裏擺上了「象牙床」（五十七回）。明明第九回交待西門慶娶潘金蓮進門內，「旋用十六兩銀子，買了一張黑漆歡門描金床」，及至見李瓶兒有張螺鈿廠廳床之後，又叫西門慶花了六十兩銀子買來一張有欄杆的螺鈿床（二十九回）。同時，第九十六回春梅重遊舊家池館時還問起這張床的下落。應當說，有關這一細節，前後已交待得非常清楚。作者卻置此不顧，任意編造出一張「象牙床」，難怪沈德符說是「前後血脈，亦絕不貫串」了。更有甚者，奴才玳安到李瓶兒住處找西門慶，卻先在門前「打個咳嗽」（五十七回），更是聞所未聞！

如果拿這五回與全書相較，或依樣照描，或矛盾抵牾，俯拾皆是。膚淺鄙俚，不能卒讀。究竟是哪一位「陋儒」所補，有待進一步去考實。但是這五回是游離全書之外，後來補續上去的，則是確鑿的事實。

丙：誤把鈔本批語刊為正文。

我們所以說《金瓶梅詞話》付刻時未經嚴肅認真的加工整理，還在於《詞話》本竟

把鈔本中的批語誤刊入正文。雖然我們今天已無法看到原鈔本，但是在鈔本基礎上形成的《金瓶梅詞話》，還是留下了鈔本中確有批語的蛛絲馬跡。請看第二十八回有關潘金蓮丟了一隻鞋後，叫春梅、秋菊尋鞋的這段描寫：

> 「你跟著這賤奴才往花園裏尋去，尋出來便罷，尋不出我的鞋來，叫他院子裏頂著石頭跪著。」這春梅真個押著他，花園到處並葡萄架跟前尋了一遍兒，那裏得來，再有一隻也沒了。正是，都被六十拾去了，蘆花明日竟難尋。尋了一遍回來，春梅罵道：「奴才，你媒人婆迷了路，沒得說了。王媽媽賣了磨，推不的了。」秋菊道：「好，省恐人家不知道。什麼人偷了娘的這隻鞋去了？我沒曾見娘穿進屋裏來，敢是你昨日開花園門，放了那個拾了娘的鞋去了？」被春梅一口稠唾沫啐了去，罵道，「賊見鬼的奴才，又攪磨起我來了。」

我們引這段文字的目的，是讓讀者連貫讀下來，就不難發現「好，省恐人家不知道」這句話，明顯的是批語性質，嵌在這裏，非常彆扭。而去掉這句話，文字就通順流暢了。再看二十四回這段文字：

> 次後大姐回房，罵經濟：「不知死的囚根子，平白和來旺媳婦子打牙犯嘴！倘忽一時，傳的爹知道了，淫婦便沒事，你死也無處死。」幾句說經濟。那日西門慶在李瓶兒房裏宿歇。

這裏的「幾句說經濟」，顯然也是批語，誤置入正文。限於篇幅，不再列舉。細心的讀者，還可以從二十五回、二十九等回目中揭出。因此，我們說《詞話》本誤把鈔本批語刊入正文，就不是妄加猜測之辭了。由此，更進一步證明，由鈔本拼集而成的《詞話》本，未經文人加工寫定。設若經過哪位「嘉靖大名士」的手筆，不論是王世貞，還是李開先，他們絕不會馬虎或荒唐到連正文和批語都分不清的程度。

(二)說唱「底本」

一切詞話本小說的最顯著特點，是可唱的韻文成分較多，這是詞話這種藝術形成本身所規定的。否則，就稱不上是詞話。《金瓶梅詞話》正具備這一特點，試以第八十三回為例。此回回目是〈秋菊含恨泄幽情　春梅寄柬赴佳會〉，描寫由於秋菊告發，吳月娘把西門慶大姐搬到李嬌兒廂房居住，陳經濟也打發到鋪子裏上宿，各處都落了鎖，切斷了潘金蓮與陳經濟見面的機會。金蓮無法，只好叫春梅去找經濟。此回文字不長，不足五千字。一上來就有一段韻文唱詞，然後文中用了〔寄生草〕〔雁兒落〕〔河西六娘子〕〔雁兒落〕〔寄生草〕〔四換頭〕〔紅繡鞋〕七支小曲或小令，還有兩首詩贊、一

長段賦體韻文，可見唱的比重很大。這種既說且唱、有文有詞的藝術形式，貫串了《金瓶梅詞話》全書。我們曾作過統計，小說中的曲、詞、詩、贊、賦及其他可唱韻文共有五百九十九種，這裏面包括由幾支曲子組成的套曲或長達十二面的唱詞，我們也以一種計算在內。應當說，這個數字是相當驚人的，充分體現了詞話這一藝術形式的特點，絕非文人作者所能為。

有人說：「《金瓶梅》是一部創作，故可以說作者是在模擬話本」。[1]但是卻舉不出哪一篇擬話本有如此濃厚的說唱氣氛。即便是長期在民間流傳後經文人寫定的《三國志演義》《水滸傳》《西遊記》也沒有如此眾多，這是有目共睹的事實。由於《詞話》本在刊刻時，把這些曲、詞、詩、贊、賦等等韻文另起一行，空下一格，顯得非常醒目，使讀者一看便知。然而，細讀它的散文部分時，仍可發現，往往有大段韻文夾入其間。譬如第八十六回，描寫王婆去領潘金蓮時，她們之間有這樣一段對話：

> 王婆：「金蓮，你休呆裏撒奸，兩頭白麵，說長並道短。我手裏使不得你巧語花言，幫閒鑽懶。自古沒個不散的筵席，出頭椽兒先朽爛。人的名兒，樹的影兒，蒼蠅不鑽沒縫的蛋。你休把養漢當飯。我如今要打發你上陽關。」金蓮道：「你打人休打臉，罵人休揭短。常言一雞死了一雞鳴，誰打鑼，誰吃飯，誰人常把鐵箍子□。那個長將席篾兒支著眼。為人還有相逢處，樹葉兒落，還到根邊。你休把人赤手空拳，往外攛。是非莫聽小人言。正是：女人不穿嫁時衣，男兒不吃分時飯。自有徒勞話歲寒。」

這是《詞話》本中很典型的一例，韻文夾在散文中間，即便藝人在說表時，也能朗朗上口，韻味鏗鏘。當然，我們說《金瓶梅詞話》是民間藝人的說唱「底本」，不僅因為他可唱的成分較多，還在於：

甲：保留了說唱藝人特有的表達方式。

不少人物出場是用一段韻文「自報家門」，如三十回接生婆蔡老娘的出場道白：

> 我做老娘姓蔡，兩隻腳兒能快。
>
> 身穿怪綠喬紅，各樣鬆髻歪戴。
>
> 嵌絲環子鮮明，閃黃手帕符擦。
>
> 入門利市花紅，坐下就是管待。
>
> 不拘貴宅嬌娘，那管皇親國太。
>
> 教他任意端詳，被他腿衣刮劃。

1　徐夢湘：〈關於《金瓶梅》的作者〉，見《明清小說研究論文集》。

> 橫生就用刀割，難產須將拳揣。
>
> 不管臍帶包衣，著忙用手撕壞。
>
> 活時來洗三朝，死了走的偏快。
>
> 因此主顧偏多，請的時常不在。

這是宋元話本《快嘴李翠蓮》式的「說成篇，道成溜」。到了第四十回，乾脆由說書人韻語代言趙裁縫的好處。六十一回趙太醫、九十回李貴的出場，皆如是。

同時，《詞話》中還大量保留了藝人說唱時直接向聽眾評論書中人物和事件這一中國說唱藝術中獨有的說表方式，如各回中的「看官聽說」，行話謂之「講批」。這類「講批」，或隻言片語，或詳剖細解，皆須深中肯綮，幫助聽眾理解書情，辨別美醜是非。這也是說唱者必須具備的一種說功。如第七回描寫西門慶為娶孟玉樓，先去拜見她的楊姑娘並送去三十兩雪花銀時寫道：

> 看官聽說：世上錢財，乃是眾生腦髓，最能動人。這老虔婆黑眼睛珠見了三十兩白晃晃的官銀，滿面堆下笑來。

而第八回的這段評論則較長：

> 看官聽說：世上有德行的高僧，坐懷不亂的少。古人有云：一個字便是「僧」，二個字便是「和尚」，三個字是「鬼樂官」，四個字是「色中餓鬼」。蘇東坡又云：「不禿不毒，不毒不禿，轉毒轉禿，轉禿轉毒。」此一篇議論，專說這為僧戒行。住著這高堂大廈，佛殿僧房；吃著那十方檀越錢糧，又不耕種，一日三餐，又無甚事縈心，只專在這色欲上留心。譬如在家俗人，或士農工商，富貴長者，小相俱全，每被名利所絆，或人事往來，雖有美妻少妾在旁，忽想起一件事來關心，或探探甕中無米，囤中少柴，早把興來沒了，卻輸這和尚每許多。有詩為證：
> > 色中餓鬼獸中狨，壞教貪淫玷祖風。
> >
> > 此物只宜林下看，不堪引入畫堂中。

此段係襲用《水滸傳》四十五回的長段「看官所說」，只是文字上作了刪節，行文次序作了調整。詩亦見此回，第二句文字有改動。日本學者曾統計全書共出現四十九處「看官聽說」，實為四十七處。有的一回中竟連續出現三處（八十四回）。

至於說書人慣用的「如此如此，這般這般」「說話的」「評話捷說」「按下一頭，卻表一處」「按下一頭，卻說一人」等等口頭禪，更是屢見不鮮。若是文人手筆或文人仿作擬話本，絕不會用得這樣稔熟。

乙：保留了「書外書」。

說唱藝人有的可以離開正在敘述的故事內容，而隨意加上一段「書外書」，這類「書外書」又可以移植到任何別的說唱故事中去。譬如二十七回描寫天氣炎熱的這一長段文字：

過了兩日，卻是六月初一日，即今到三伏天。正是：大暑無過未申，大寒無過丑寅。天氣十分炎熱。到了那赤烏當午的時候，一輪火傘當空，無半點雲翳，真乃爍石流金之際。人口有一只詞單道這熱：

祝融南來鞭火龍，火雲焰焰燒天紅。

日輪當午凝不去，万國如在紅爐中。

五嶽翠乾雲彩滅，陽侯海底愁波竭。

何當一夕金風發，為我掃除天下熱。

說話的，世上有三等人怕熱，有三等人不怕熱。那三等人怕熱？第一怕熱田舍間農夫，每日耕田麥壟，扶犁把耙，趁王苗二稅，納倉廩餘糧，到了那三伏時節，田中無雨，心間一似火燒；第二經商客旅，經年在外，販的是那紅花紫草，蜜蠟香茶，肩負重擔，手碾沉車，路途之中，走的饑又饑，渴又渴，汗涎滿面，衣服精濕，得不的寸陰之下，實是難行；第三是那邊塞戰士，頭頂重盔，身披鐵甲，渴飲刀頭血，困歇馬鞍鞽，經年征戰，不得回歸，衣生虱蟻，瘡痍潰爛，體無完膚，這三等人怕熱。

又有那三等人不怕熱？第一是皇宮內院，水殿風亭，曲水為池，流泉作沼；有大塊小塊玉，正對倒透犀；碧欄邊種著那異果奇范，水晶盆內堆著那瑪瑙珊瑚；又有廂成水晶桌上，擺列著端溪硯、象管筆、蒼頡墨、蔡琰箋。又有水晶筆架，白玉鎮紙；悶時作賦吟詩，醉後南薰一枕。又有王侯貴戚，富室名家。每日雪洞涼亭，終朝風軒水閣；蝦鬚編成簾幕，鮫綃織成帳幔，茉莉結就的香毬吊掛；雲母床上鋪著那水紋涼簟，鴛鴦珊枕四面撓起風車來；那傍邊水盆內，浸著沉李浮瓜，紅菱雪藕，楊梅橄欖、蘋菠白雞頭。又有那如花似朵的佳人，在傍打扇。又有那琳宮梵刹，羽士禪僧，住著那侵雲經閣，接漢鐘樓；閒時常到方丈內，講誦道法黃庭，時來仙苑中，摘取仙桃異果；悶了時，喚童子松蔭下橫琴膝上，醉後攜棋枰，柳陰中對友笑談。原來這三等人不怕熱。有詩為證：

赤日炎炎似火燒，野田禾黍半枯焦。

農夫心內如湯煮，樓上王孫把扇搖。

這一節文字，不乏憤世憫人的民主思想光輝，但卻是游離於故事情節之外的「書外書」，

只要講到炎熱的天氣，可以原封不動的搬過來，插進去。看了這段書，人們很快會聯想到《水滸傳》吳用智取生辰綱那一回文字。不僅這兩首詩是從那裏抄過來的，而且文字上也有因襲痕跡，如《水滸傳》就寫到：「這八句詩單題著炎天暑月，那公子王孫在涼亭上水閣中，浸著浮瓜沉李，調冰雪藕避暑，尚兀自嫌熱。怎知客人為些微名薄利，又無枷鎖拘縛，三伏內只得在那路途中行。」（十六回）如果說唱《水滸》故事，講到楊志押送生辰綱在路上行走時，完全可以把《詞話》的整段移植過去，而無絲毫不銜接之感。原因就在於這些民間藝人創作好的小段，是放在任何故事中都可以用的「老套子」。同樣，七十八回吳月娘請眾堂客飲酒賞燈的那段描寫，只要遇到晚上請客的場面，也可以一字不動地拿過來。這類描寫，是靜止的、空泛的，沒有寫出特定環境下的特定氣氛，尤為重要的是沒有表現出特定環境下的人物性格，不妨謂之說唱者常用的「套話」。

丙：大量採錄他人之作。

《金瓶梅詞話》對宋元話本小說、元明雜劇、傳奇作了大量的採錄。第一回開頭，就用了《清平山堂話本》中〈刎頸鴛鴦會〉的入話，把「丈夫隻手把吳鉤」借來，中間僅改了一個字。接下去對潘金蓮的描寫，就參照了《京本通俗小說》第十三卷〈志誠張主管〉和《水滸傳》。小說一百回結尾時李安與春梅的一段描寫也來源於〈志誠張主管〉。[2] 七十三回薛姑子講說的故事，直接採自《清平山堂話本》中的〈五戒禪師戲紅蓮記〉。三十四回和五十一回西門慶兩次提到的阮三與陳小姐一案，則是改編《清平山堂話本》中的〈戒指兒記〉。九十八回陳經濟臨清遇韓愛姐，又是《古今小說》卷三〈新橋市韓五賣春情〉的迻錄。見於《雍熙樂府》的有六十條，見於《詞林摘豔》的有四十六條。[3] 小說中描寫整本戲曲演出時，賓白亦照錄不誤。如第六十三回和六十四回寫到海鹽子弟演出的《玉環記》，從摘引的人物對話看來，演出的是第六齣〈韋皋嫖院〉。人物賓白就來自《六十種曲》本。試比較如下：

《六十種曲》本	《詞話》本
（淨扮包知木）： 「也罷，叫他出來見我。」 （丑扮鴇兒）： 「包官人，你好輕人。我女兒麗春園逼邪氣鴛鴦花賽壓眾芳，美嬌嬌活豔豔的觀世音菩薩，等閒不便出來。你說不得一個請字，你到說叫他出來。」	下邊鼓樂響動，關目上來，生扮韋皋，淨扮包知木，同到勾欄裏玉簫家來。那媽兒出來迎接，包知木道：「你去叫那姐兒出來。」媽云：「包官人，你好不著人，俺女人等閒不便出來。說不的一個請字兒，你如何說叫他出來。」

2　徐朔方：〈《金瓶梅》成書補證〉，見《論湯顯祖及其他》。

3　馮沅君：〈《金瓶梅詞話》中的文學史料〉，見《古劇說匯》。

一部八十萬字的《金瓶梅詞話》，個別處採錄前人之作，本不足為奇。然而這樣大量的採錄，甚至一字不改地照抄，作為作家創作，則不可思議，無疑是拙劣地抄襲。但是，作為民間說唱藝人，則完全可以借來豐富他們的說唱內容。因為，他們從不以作家自居，或者壓根兒就沒想當作家。當然，這裏面的情況也是複雜的，很多是說唱藝人之間，在長期說唱中互相吸收和滲透的結果。

(三)訛誤錯亂

《詞話》本的重複矛盾、訛誤錯亂之處也是驚人的。為什麼會產生這種現象？有人說：「由於作者倉促成書」。[4]這是指年、月、干支上的錯亂而言。我們不同意這一看法。《詞話》本的訛誤錯亂，不僅僅表現在年、月、干支上，也不僅僅限於前面已提到的因鈔本系統不同，簡單拼湊一起而出現的重複矛盾。情況遠比這些複雜得多。

甲：事件上的重複錯亂。

《詞話》本因行文粗疏，不少情節相似。除了前面提到的前八十回與後二十回之外，即便前八十回中也可以尋出，如十九回與五十二回潘金蓮與陳經濟之相互調情。更有甚者，同一事件，兩處描寫，嚴重錯亂。如二十五回開頭的這段描寫：

> 話說燈節已過，又早清明將至，西門慶有應伯爵來邀請。常時節先在花園捲棚下擺飯，看見許多銀匠前去打造生活。孫寡嘴作東，邀去郊外耍子去了。

這是說由孫寡嘴作東，應伯爵前來邀請西門慶去赴會。中間加上常時節這句話，前後毫不銜接；而邀請銀匠一事，之前又無任何交待，非常突兀；常時節以什麼身分在西門慶家花園內擺飯，更令人費解，顯係別處攙入之文。到了這回末尾，才交待西門慶為給蔡京送生辰擔，「先是叫銀匠在家，打造了一付四陽捧壽銀人，都是高一尺有餘，甚至奇巧。又是兩把金壽字壺，兩副玉桃杯，兩套杭州織造、大紅五彩羅緞紵絲蟒衣。只少兩匹玄色焦布和大紅紗蟒衣，一地裏拿銀子尋不出來。李瓶兒道：『我那邊樓上，還有幾件沒裁的蟒，等我瞧去。』不一時，西門慶與他同往上樓去尋，揀出四件來。兩件大紅紗，兩匹玄色焦布，俱是金織邊五彩蟒衣，比杭州織來的花樣身分更強十倍。把西門慶喜歡得要不的。」

不想到了二十七回，又出現了這一事件：

> 西門慶剛了畢宋蕙蓮之事，就打點三百兩金銀，交賴銀率領許多銀匠，在家捲棚

4　〈《金瓶梅》作者屠龍考〉，見《復旦學報》1984 年第 2 期。

內，打造蔡太師上壽的四陽捧壽的銀人，每一座高尺有餘。又打了兩把金壽字壺，尋了兩副玉桃杯。不消半月光景，都償造完備。西門慶打開來旺兒杭州織造蟒衣，少兩件蕉布紗蟒衣，拿銀子教人到處尋買不出好的來。將就買兩件，一日打包湍就。

不難看出，這兩回描寫的是同一件事，只不過前面說李瓶兒拿出她從花家帶來的存貨，應了西門慶的急；後面則說將就買兩件。相距僅僅一回，就出現了這樣的重複錯亂現象，可以想見全書的整個面貌了。所好，到了說散本，作了修改，不僅把常時節那兩句話刪去，而且二十五回描寫打造生辰擔一節文字也全部刪掉。這本來應是二十七回出現的事，本回開頭，來保自東京歸來，帶回翟謙的口信：「老爺壽誕六月十五日，好歹教爹上京走走，他有話說。」於是才引出西門慶籌辦壽禮這件事。

談到重複，像「兩手臂開生死路，翻身跳出是非門」，「誰人汲得西江水，難洗今朝一面羞」，「滿前野意無人識，幾朵碧桃春自開」以及襲用《水滸傳》的「前車倒了千千輛，後車倒了亦如然。分明指與平川路，錯把忠言當惡語」這類話，反覆出現，作為作家創作，很難想像會如此笨拙。但是，作為說唱「底本」，就很好解釋，說唱者每次只說一回或數回，聽眾又不固定，今天說了明天照樣可以用，絲毫無重複之感。一旦集腋成裘，匯為一部大書，如不經過一番刪汰、淘洗，必然會有許多雜質夾存其間。如此說，是不是《金瓶梅》的語言貧乏、枯澀呢？恰恰相反，在明代幾部長篇小說中，它的語言最為形象、生動，尤其是人物性格語言，堪為一代高峰。

乙：時間上的錯亂。

在一部長篇巨著中，由於一時疏忽，在年、月、日或干支記載上偶有所失，是不足為怪的。何況，還要考慮到付刻時由於校勘不嚴也會致誤。然而，《詞話》本不屬於這一類，它在時間上的錯亂，直接損害了小說的真實美。如二十六回，明明說清明將至，接著敘述來保同吳主管五月二十八日起身去東京，而把來旺兒留在家。然後西門慶設計陷害來旺。來旺被毒打之後，「哭哭啼啼從四月初旬離了清河縣，往徐州大道而來。」時間前後倒置。又如十七回，西門慶已接到他親家陳洪於「仲夏二十日」寫來的信，接下去卻說：「看看到了二十四日（按指五月──筆者）」李瓶兒生日。也是這一回，又說：「看看五月將盡，六月初旬時分」。可見，錯亂在一回之內又不止一處，實屬罕見。

再看，官哥兒生日，一會說是生於戊申，一會又說是丙申；這裏說是生在六月，另一處又說是七月，總沒有一個準日子。如果說，《金瓶梅詞話》一共寫了有名字或姓氏的人物五百八十三人（其中男 415，女 168），已是蔚為大觀，應當允許像來旺、官哥這些較為次要的人物身上出現一些錯亂的話，那麼，對全書最重要的兩個主人公西門慶與潘

金蓮又是如何描寫的呢？

先看西門慶，出場就說他二十七歲，二十九歲生了官哥，次年卒，李瓶兒亦死去，是年三十歲。又一年死去，卻說他死時已三十三歲，全不合。未娶金蓮時，說他過生日；娶來之後，「七月二十七日，西門上壽」（十二回）又過生日。於是張竹坡在此處批道：「未娶金蓮，西門生日矣。今未兒，又是生日，然則已一年乎？」真不知他一年能過幾個生日。至於潘金蓮，明明才死了一年，吳月娘在永福寺看到春梅時卻說：「我記得你娘沒了好幾年，不知葬在那裏？」吳月娘在西門慶死時生了孝哥，如今她自己的兒子「才周半兒」（九十回），「我家老爹沒的一年有餘。」（九十一回）而潘金蓮是在西門慶死後，由她親手打發出門的，怎麼能說出「沒了好幾年」的話來？

時間上如此嚴重錯亂。僅僅「由於作者倉促成書」，是無論如何也解釋不通的。也不是張竹坡所說：「若再將三、五年間甲子次序排得一絲不亂，是真個與西門慶記賬簿。有如世之無目者所云者也。故特特錯亂其年譜，大約三、五年間，其繁華如此。則內云某日某節，皆歷歷生動，不是死板一串鈴，可以排頭數去，而偏又能看者五色迷目，真如捱著一日日過去也。此為神妙之筆。嘻！技至此亦化矣哉。」[5]小說不是「記賬簿」，這個觀點是符合小說美學要求的正確命題。但是「故特特錯亂其年譜」，製造混亂，使讀者如墮五里霧中，贊為「神妙之筆」，則是無稽之談了。也是這個張竹坡，就改正了《詞話》中的一些時間上的錯亂。如二十六回來保去東京「五月二十八日」，就改為「三月二十日」，這樣來旺兒於四月初旬從清河離去，時間上就對頭了。如按「特特錯亂」的理論，又何必作這樣的改動呢？根本的原因，在於張竹坡也不明白《詞話》本所以出現這些錯亂，是因為說唱藝人分回講唱，他們只注重大關目的悲歡離合，很難嚴格編年，而《詞話》本又是他們的說唱「底本」，未經精細考核，出現這些錯亂，自然是順理成章的事了。

丙：人物上的錯亂。

人物上的錯亂也是明顯的：全書出現了三個安童的名字、兩個來定兒、兩個楊二郎、兩個蘭花。李智的兒子，前面交待叫李錦，後面就變成了李活。而最使人不能理解的是：作為全書重要人物之一的春梅，直到第九十八回故事快要終了時，才由孟玉樓等人的口中說出她姓龐。這在中外長篇小說史上，大概是僅有的一例吧！這也足以證明：西門慶和潘金蓮的故事在民間長期流傳過程中，不同的藝人有不同的發揮創造；不同的鈔本對不同藝人的說唱又作了忠實記錄；各種鈔本拼集一起，未經統一，出現這些錯亂現象也就不可避免了。

5　張竹坡：〈《金瓶梅》讀法〉第三十七則，見《第一奇書》本。

統觀以上所述，對於《金瓶梅詞話》一書的特點，我們已是有一個完整的輪廓了，可否用這樣一句話來概括：它是一部未經文人作家寫定的民間藝人的說唱「底本」。它的這個特點是受「詞話」這一藝術形式所制約的，換句話說，它處處體現了「詞話」的美學要求，而不完全符合現代意義上小說的美學要求。我們知道：塑造典型性格是小說藝術美的主要內容，因此，一切藝術手段都要為塑造好人物性格服務。《紅樓夢》裏也寫有大量的詩、詞韻文，這些詩、詞或觸景生情，渲染烘托；或景由情生，層層皴染，更加細緻入微地刻畫人物的內心世界，藉以塑造人物的典型性格。在結構上，這些詩、詞與故事情節組成一個不分可割的有機整體。《金瓶梅詞話》則不同。它的韻文是供演唱用的，藉以表現說唱者高超的唱功修養。在結構上，說了一段散文之後，必須要安排一段唱，不分時間、地點、場合；也不論是否推動了故事情節發展；是否有助於刻畫人物性格。譬如西門慶臨死前，已是病入膏肓，那有半點氣力再唱出一支〔駐馬廳〕來，吳月娘那裏又有心情再回唱一支，這就破壞了人物性格的真實美。儘管能唱得聽眾心酸耳熱，但不是小說中人物性格的美學力量給人們心靈上以巨大的震撼，而是說唱者的婉轉歌喉，給了聽眾美的享受。

《紅樓夢》也曾以古代戲曲入文，如人們熟知的二十三回〈西廂記妙詞通戲語　牡丹亭艷曲驚芳心〉。但並沒有像《詞話》本那樣採錄整折整套的曲文，恰恰相反，只是幾句，如《牡丹亭》只用了「原來姹紫嫣紅開遍，似這般付與斷井頹垣」，「良辰美景奈何天，賞心樂事誰家院」，「則為你如花美眷，似水流年」這句話。林黛玉站在牆角外，斷斷續續聽了梨香院演唱的這幾句戲文之後，由「感慨纏綿」到「越發如醉如癡」，「仔細忖度，不覺心痛神馳，眼中落淚。」這裏，曹雪芹，不是以《牡丹亭》的藝術魅力來感染讀者，而是以他筆下的林黛玉形象給人以美感；而《牡丹亭》的幾句曲文，「總是爭於令顰兒種病根也。」[6]完全是為塑造林黛玉多愁善感的性格服務的。民間說唱詞話和作家創作小說的美學要求分野正在於此。而不同的美學要求，表現為不同的藝術形態，民間說唱詞話似固屬於小說範疇，但與小說又是兩種不同的形態。《詞話》本，只有經過文人作家認真加工整理之後，儘管仍有「詞話」痕跡，卻大大接近小說藝術形態了。

以上各點所談《詞話》本的矛盾、錯訛、破綻之處，僅僅是舉例性質，如果把這類情況一一剔出排列出來，本文的篇幅不知要加長多少倍了。這些事實，充分說明了《詞話》本，根本不是作家個人創作，無論哪一個笨拙的作家，也寫不出如此眾多的敗筆。

6　《脂硯齋重評石頭記》，文學古籍刊行社本。

二、說散本是怎樣修訂《詞話》本的

所謂說散本，係與有說有唱、散韻相間的《詞話》本相對而言。孫楷第先生在《中國通俗小說書目》一書中著錄《金瓶梅一百回》本時說：

> 存　日本內閣文庫藏明本。封面題《新刻繡像批評原本金瓶梅》。圖百葉。正文半葉十一行，行二十八字。首東吳弄珠客序，廿公跋。　日本長澤規矩也藏本，與內閣藏本同。　北京市圖書館藏明本。　題《新刻繡像金瓶梅》。圖五十葉（每回省去一面）。行款同上。序失去。無評語。　北京大學圖書館藏明刊本。大型。正文半葉十行，行二十二字。字旁加圈點。每回前有精圖一葉，前後兩面寫一回事。板心上題《金瓶梅》。有眉評、旁評。首弄珠客序。

以上諸本皆無欣欣子序，蓋皆崇禎本。以校詞話原本，原本開首數回演武松事者刪去，易以西門慶事；諸回中念唱詞語亦一概刪去，白文亦有刪去者。每回前附詩多不同。是為說散本《金瓶梅》。張竹坡評本《金瓶梅》自此本出。

我們查閱了北京大學圖書館和首都圖書館（原北京市圖書館）的藏本，發現孫先生著錄有誤。首圖藏本題為《新刻繡像批評金瓶梅》，可能孫先生一時疏忽，漏掉「批評」二字。另外，說此本「無評語」，也不對，而是與北京大學藏本一樣，也有少量評語。言諸回中念唱詞語「一概」刪去，亦非是。原書俱在，可以復按。其次，孫先生「蓋皆崇禎本」的結論，未作說明，不知何所據。而原書既無崇禎年間的序、題、跋；又無任何可資證明為崇禎年間刊刻的文字記載，故又有謂「天啟本」者。實皆猜測，並無實據。

至於張竹坡「第一奇書」評本，在1932年《詞話》本未發現之前，廣泛流行於國內外，影響最大。我們曾以「第一奇書」本與「崇禎本」相校，發現不僅正文全同，而且「第一奇書」的早期刻本又與「崇禎本」的紙質、刻工、板式相近。因此，所謂「崇禎本」一說，就值得我們作一番認真的考察了。本文所引說散本，文字以「第一奇書」本為準。

由文人作家寫定的說散本，對《詞話》本作了大量的修訂。修訂的立足點和著眼點又不能不受作家世界觀、藝術觀的支配和影響。本來，作為民間藝人，他們有著豐富深厚的生活基礎，長期植根於廣大人民群眾的生活土壤中，與人民群眾的喜怒哀樂息息相通。他們和聽眾面對面地進行感情交流，這又不能不反映他們的愛憎和情趣。在藝術上，他們運用從生活中提煉出來的生動形象的語言講唱故事，以說得清晰親切，唱得醉人動聽來感染聽眾。一種說唱故事興起之後，又經世代藝人的反覆琢磨、提高，可以說是他們集體智慧的結晶。特別是他們可以直接和其他藝術形式互相吸收、互相滲透、互相融

合，這是文人作家所不能比擬的。但是，從編織成一部完整的長篇小說的要求出發，這種民間說唱形式又有自身的不可克服的局限，無論情節結構、形象塑造，還是細節描寫、語言錘煉，都有待富有較高文學修養的作家按照小說的美學要求，進一步加工整理。說散本《金瓶梅》正是作了這一工作。它對《詞話》本的修訂，大致分為兩個方面：刪削與刊落；修改與增飾。這裏我們可以前面提到的「看官聽說」為例，看看說散本是如何修訂的。

這四十七處「看官聽說」，說散本刪去十二處，改寫三處，增加一處，其餘都保留了。所保留部分，大都與交待重要人物或事件的以後發展有關。如第十回介紹小說中主要人物李瓶兒的一段身世，十分重要，不能不留。三十一回介紹吳典恩後來恩將仇報，直接影響第九十五回的情節發展，事關重大，也保留了下來。所改寫三處，皆為《詞話》本，文字本來不長，於是逕直改為敘述性語言。如十九回改為「後來西門慶果然把張勝送在守備府，做了個親隨」。唯一例外的是說散本在七十四回末尾，加了一段「看官聽說」，原因是要刪去《詞話》本七十五回開頭的一大段：

《詞話》本	說散本
萬里新墳盡十年，修行莫待鬢毛斑。死生事大宜須覺，地徹時常非等閒。道業未成何須賴，人身一失幾時還？前程暗黑路途險，十二時中自著研。 　　此八句單道這善有善報，惡有惡報，如影隨形，如谷應聲。你道打坐參禪，皆成正果，像這愚夫愚婦，在家修行的，豈無成道？禮佛者，取佛之德；念佛者，感佛之恩；看經者，明經之理；坐禪者，踏佛之境；得悟者，正佛之道，非同容易。有多少先作後修，先修後作。有如吳月娘者，雖有此報，平日好善看經，禮佛佈施，不應今此身懷六甲，而聽此經法。人生貧富壽夭賢愚，雖蒙父母受氣成胎中來，還有懷妊之時，有所感召。古人妊娠懷孕，不倒坐，不偃臥，不聽淫聲，不視邪色，常玩弄詩書金玉異物，常令瞽者誦古詞，後日生子女，必端正俊美，長大聰慧，此文王胎教之法也。今吳月娘懷孕，不宜令僧尼宣卷，聽其生死輪回之說，後來感得一尊古佛出世，投胎奪舍日	看官聽說：古婦人懷孕，不側坐，不偃臥，不聽淫聲，不視邪色。常玩詩書金玉，故生子端正聰慧，此胎教之法也。今月娘懷孕，不宜令僧尼宣卷，聽其生死輪回之說，後來感到一尊古佛出世，投胎奪舍，幻化而去，不得承受家緣，蓋可惜哉！

後被其顯化而去，不得承受家緣，蓋可惜哉！ 正是：前途黑暗路途險，十二時中自著研。此 係後事，表過不題。	

從中不難看出：說散本的目的，仍然在於刪削《詞話》本。縱觀全書，說散本的修訂工作，應當說，刪削與刊落大於修改與增飾。

(一)刪削與刊落

甲：刪削唱詞與刊落他人之作。

　　《金瓶梅詞話》在古典小說中，是記載戲曲（包括清唱）、曲藝演出活動最豐富、詳瞻的一部。為我們研究明代戲曲的聲腔、演出劇碼、演出程式、演出時間等各方面都提供了珍貴的史料。然而，說散本對此卻作了大量刪削，尤其是帶有唱詞的部分，刪得更苦，或全部刊落，或一筆帶過。現在看來，甚為惋惜。而從小說要求來看，又實屬必然。那些與塑造人物性格無關的唱詞，留之何用？那些損害形象真實美的唱詞，更應刊落。而從作家創作的角度出發，一部小說中，大量採錄或照抄他人之作，更是最無能的表現，故不得不刪。如前已提到的〈刎頸鴛鴦會〉入話、〈五戒禪師戲紅蓮記〉〈戒指兒記〉，全部刊落；對即便是西門慶與潘金蓮故事的祖本《水滸傳》，或逕直刊落，一字不留，如《宋公明義釋清風寨》（八十四回），已全無痕跡；或作了改寫，如開始幾回。對全書的唱詞韻文，除回前韻文改動較大未計入其內外，刪削或刊落情況如下：

《詞話》本		說散本		
詩	170 首	刊落 70 首	改寫 6 首	另加 3 首
詞曲（包括小令、小曲）	112 支	刊落 59 支		
套曲	23 套	刊落 15 套		
贊賦	83 首	刊落 33 首	刪節 15 首	
回末韻文	64 首	刊落 30 首	改寫 4 首	另加 2 首
俚俗韻文	64 首	全部刊落		
曲藝（有唱詞者）	8 處	全部刊落		
其他韻文	13 處	刊落 6 處		

這裏面不包括僅引唱一首云云，未錄全曲者，凡三十種三十三見。至於寫到演唱戲文、雜劇，除海鹽子弟演唱《玉環記》第六齣保留外，一概刪去。

　　數字，在一定的場合下，是有說服力的。經作家修訂後的說散本，濃厚的民間說唱氣息減弱了；而小說的特色，相對地加重了。有比較，才有鑒別。從說散本的這一特點

中，我們正好找到了《詞話》本是未經文人寫定的民間藝人說唱「底本」的有力內證。

乙：去其重複。

　　說散本對《詞話》本所作刪節，大致有三種情況：一是多處出現，只留一處。如前引第七回西門慶見楊姑娘的一段「看官聽說」，所以刪去，是因為第四回中已出現這樣的描寫：「西門慶便向袖中取出一錠十兩銀子來，遞與王婆。但凡世上錢財，最動人意，那婆子黑眼睛見了雪花銀子，一面歡天喜地收了，一連道了兩個萬福。」又如七十七回中兩處詠雪，則只留一處。二是兩處一齊刪去。如八十一回和一百回都有這樣一段：

> 十字街螢煌燈火，九曜廟杳靄鐘聲。一輪明月掛疏林，幾點疏星明碧落。六軍營內，嗚嗚畫角頻吹；五鼓樓頭，點點銅壺雙滴。四邊宿霧，昏昏罩舞榭歌台；三市沉煙，隱隱閉綠窗朱戶。兩兩佳人歸繡幕，紛紛仕子卷書幃。

泛泛而寫，毫無新意，故全刪。三是文字雖無明顯重複，但是「老調重彈」。如一些淫詞穢語，有的全刪，如九十三回陳經濟與馮金寶一段，更多的是作了部分刪節。

丙：棄其瑣碎。

　　《金瓶梅》人物刻畫真實傳神，細節描寫生動細膩，在古典長篇小說中，只有《紅樓夢》堪與匹敵。但是，過細則失之繁瑣，甚微則招人厭惡，這原是《詞話》中固有的弊病，張竹坡最先痛感到「太瑣碎」，今人亦有謂：「如果在一個真正有才華的作家筆下，《金瓶梅》的篇幅可以大為緊縮，而無損它的容量」。[7]都道出了它的不足。特別是一些擺設、服飾、菜單，包括色情描寫在內，缺乏典型化，往往與塑造人物性格和環境烘托無關，尤顯瑣碎臃腫，多了更覺雷同。說散本在這方面的刪節，每回皆有，我們只以第七回的這段描寫為例：

《詞話》本	說散本
話休饒舌，到次日打選衣帽整齊，袖著插戴，騎著大白馬。玳安、平安兩個小廝跟隨，薛嫂兒便騎驢子，出的南門外。來到豬市街，到了楊家門首。原來門面屋四間，到底五層，西門慶勒馬在門首等候。薛嫂先入去半日。西門慶下馬，坐南朝北一間門樓，粉青照壁。院內白色榴樹盆景，台基上靚缸一溜，打布凳兩條。薛嫂推開朱紅隔扇，三間倒坐，客位正面	話休饒舌，到次日西門慶打選衣帽整齊，袖著插戴，騎著匹白馬。玳安、平安兩個小廝跟隨，薛嫂兒騎著驢子，出的南門外，來不多時，到了楊家門首。卻是坐南朝北一間門樓，粉青照壁。薛嫂請西門慶下了馬，同進去。裏面儀門照牆竹搶籬影壁。院內白色榴樹盆景，台基上靚缸一溜，打布凳兩條。薛嫂推開朱門隔扇，客位上下，椅桌光鮮，簾櫳瀟灑。薛嫂

7　　徐朔方：〈論《金瓶梅》〉，見《論湯顯祖及其他》。

上供養著一軸水月觀音，善財童子。四面掛名人山水，大理石屏風，安著兩座投箭高壺。上下椅桌光鮮，簾櫳瀟灑。 　薛嫂請西門慶正面椅子上坐了，一面走入裏邊。片晌出來，向西門慶耳邊說：「大娘子梳妝未了，你老人家請先坐一坐。」只見一個小廝兒拿出一盞福仁泡茶來，西門慶吃了，收下盞托去。這薛嫂兒倒還是媒人家，一面指手畫腳與西門慶說：「……你老人家去年買春梅許了我幾匹大布，還沒與我，到明日不管一總謝罷了。」又道：「剛才你老人家看見門首那兩座布架子，當初楊大叔在時，街道上不知使了多少錢，這房子也值七、八百兩銀子，到底五層，通後街，到明日丟與小叔罷了。」正說著，只見使了個丫頭來叫薛嫂。良久，只聞環佩叮咚，蘭麝馥鬱。婦人出來，上穿翠蘭麒麟補子妝花紗衫，大紅妝花寬襴。頭上珠翠堆盈，鳳釵半卸。西門慶睜眼觀看那婦人，但見……	請西門慶坐了，一面走入裏面。片晌出來，向西門慶耳邊說：「大娘子梳妝未了，你老人家請坐一坐。」只見一個小廝兒拿出一盞福仁泡茶來，西門慶吃了。這薛嫂一面指手劃腳與西門慶說：「……你老人家去年買春梅，許我幾匹大布還沒與我，到明日不管一總謝罷了。」正說著，只見使了個丫頭來叫薛嫂。不多時，只聞環佩叮咚，蘭麝馥鬱。薛嫂忙掀起簾子，婦人出來。西門慶睜眼觀那婦人，但見……。

說散本作了多處刪節，顯得簡潔多了。

　總之，經過刪削與刊落後的說散本，面目大為改觀。民間說唱氣息，沖淡了；不必要的枝蔓，砍掉了；無關緊要的人物，也略去了，如三十七回有關趙嫂丈夫的一節文字；一些無味的擺設、菜單，如三十四回翡翠軒的描寫、藥單（八十五回）和「一路寫得活見鬼」（張竹坡語）的符書、表白，都作了整頁或整段的刪削。使故事情節發展更為緊湊，行文更為整潔，更加符合小說的美學要求。

(二)修改與增飾

　說散本對《詞話》本的修改與增飾，大致說來有以下幾個方面。

甲：回目作了整齊劃一。

　朱星曾在《金瓶梅的版本問題》文後附錄了四個版本的回目，其中《詞話》本和「崇禎本」的回目多有錯訛，不足為據。[8]按：說散本與《詞話》本的回目，文字全同者僅九

8　見《金瓶梅考證》。

回,即十九回、二十六回、二十七回、三十三回、四十回、五十回、八十三回、九十一回、九十二回。對其餘九十一回的回目,都作了不同程度的修改。改動情況,可分四類。

一類是原《詞話》本回目不工整者,如:

第一回,〈景陽崗武松打虎　潘金蓮嫌夫賣風月〉

改為:〈西門慶熱結十兄弟　武二郎冷遇親哥嫂〉

第八回:〈潘金蓮永夜盼西門慶　燒夫靈和尚聽淫聲〉

改為:〈盼情郎佳人占鬼卦　燒夫靈和尚聽淫聲〉

二十二回:〈西門慶私淫來旺婦　春梅正色罵李銘〉

改為:〈蕙蓮兒偷期蒙受　春梅姐正色閑邪〉

六十八回:〈鄭月兒賣俏透密意　玳安殷勤尋文嫂〉

改為:〈應伯爵戲啣玉臂　玳安兒密訪蜂媒〉

另一類是文詞不通或太俚俗者,如:

三十一回:〈琴童藏壺覷玉簫　門慶開宴吃喜酒〉

改為:〈琴童兒藏壺挑釁　西門慶開宴為歡〉

第十八回:〈來保上東京幹事　陳經濟花園動工〉

改為:〈賄相府西門脫禍　見嬌娘經濟銷魂〉

第三類是回目與本回實際描寫內容不相符者,如十六回:〈西門慶謀財娶婦　應伯爵慶喜追歡〉。而此回並沒有娶李瓶兒過門的描寫,只是擇定佳期而已。故改為:〈西門慶擇吉佳期　應伯爵追歡喜慶〉。又如四十五回:〈桂姐央留夏花兒　月娘含怒罵玳安〉。吳月娘罵玳安是四十六回的內容,與本回無涉,故改為:〈應伯爵勸當銅鑼　李瓶兒解衣銀姐〉。

最後一類是《詞話》本回目抄目《水滸傳》者,如第五回:〈郡哥幫捉罵王婆　淫婦藥鴆武太郎〉。下句來自《水滸傳》二十五回〈王婆計啜西門慶　淫婦藥鴆武太郎〉。移植過來之後,與第一句又不對仗,故改為:〈促姦情鄆哥定計　飲鴆藥武大遭殃〉。

我們較詳列舉說散本對《詞話》本回目修復的目的在於:中國小說由宋元講史話本發展為章回小說,是一個飛躍。而將長篇小說分為若干回,每回前又附以對偶工整的回目,實為明代中葉以後的事情。它的原始形態是長篇為段,每段有標題,如《五代史評話》《三國志評話》。然後發展到分則,每則有一單句則目,如嘉靖壬午本《三國志通俗演義》《武穆演義》。標題和則目,無疑是回目的濫觴。但是,長篇小說究竟發展到何時才出現回目、它的早期回目又是什麼樣子?被人們稱為歷史上第一部長篇小說《三國演義》,在嘉靖本裏是分則不分回的,它的回目係後加無疑;郭本《水滸傳》雖有了回目,可惜殘存數回,無法窺其全豹。唯有《金瓶梅詞話》給我們留下了完整的百回回

目,使我們看到了長篇小說早期回目的全貌。它是不工整的,個別處也文詞不通,或文題不符。然而樸拙是工整的前奏,只有經過了這個過渡,章回小說才最後確立了它的歷史地位。研究長篇小說如何從不分回、沒有回目,發展到分回、設立回目;由回目的不工整發展到整齊劃一,是研究章回小說這一文學形式起源和發展中一個很有意義的課題。由《詞話》本到說散本的回目修改,就使我們看到了它自身發展的軌跡。

乙:回前引首的大量修改。

　　說散本與《詞話》本回前引首相同者僅兩處:一是二十四回;一是三十九回。其餘都作了改動。大體包括兩個方面:一是對格言、俚俗韻文的修改,如四十回、四十八回、八十八回、九十回、九十五回、九十九回、一百回等,這裏以四十回和九十回為例:

《詞話本》四十回	說散本四十回
善事須好做,無心近不得。 你若做好事,別人分不得。 經卷積如山,無緣看不得。 錢財過壁堆,臨危將不得。 靈承好供奉,起來吃不得。 兒孫雖滿堂,死來替不得。	種就藍田玉一株,看來的的可人娛。多方珍重好支持,掌中珠。 傸倔漫驚新態變,妖嬈偏與舊時殊。相逢一見笑成癡,少人知。
九十回	九十回
花開花落開又落,錦衣布衣更換著。 豪家未必常富貴,貧人未必常寂寞。 扶人未必上青天,推人未必填溝壑。 勸君凡事莫怨天,天意與人無厚薄。	菟絲附蓬麻,引蔓原不長。 失身與狂夫,不如棄道傍。 暮夜為儂好,席不暖儂床。 昏來晨一別,無乃太匆忙。 行將濱死地,老痛迫中腸。

　　一般回前引首的作用,是扼要概括或評述本回的主要內容,使讀者看了之後,就能明曉本回所要發生的主要事件。它與回目應當是緊密配合的。然而,《詞話》本有的回前引首,如二十九回、七十一回、七十二回等,皆脫離本回出現的內容和情節,另有所指,故也作了修改,以二十九回、七十二回為例:

《詞話本》二十九回	說散本二十九回
百年秋月與春花,展放眉頭莫自嗟。 吟幾首詩消世慮,酌二杯酒渡韶華。 閑敲棋子心情樂,悶拔瑤琴興趣賒。 人事與時俱不管,且將詩酒作生涯。	新涼睡起,蘭湯試浴郎偷戲。去曾嗔怒,來便生歡喜。 奴道無心,郎道奴如此。情如水,易開難斷,若個知生死。〔右調點絳唇〕

七十二回	七十二回
寒暑相推春復秋，他鄉故國兩悠悠。 清清行李風霜苦，蹇蹇王臣涕淚流。 風波浪裏任浮沉，逢花遇酒且寬愁。 蝸名蠅利何時盡，幾向青童笑白頭。	掉臂疊肩，情態炎涼，冷暖紛紜，興來閬閬長兒孫，石女須教懷孕。 莫使一朝勢謝，親生不如他生。爹爹媽媽向何親，撥轉窟臀不認。〔右調勝長天〕

丙：結構上的變動。

說散本在結構上的最大變動，是在小說開始部分，變《詞話》本依傍《水滸傳》而為獨立成篇。《詞話》本仍從武松景陽崗打虎寫起，而說散本不同，打虎一節文字改由應伯爵口中敘出。這一結構變化是很富有典型意義的：一是人物的主次地位變了。在《水滸傳》中，武松是主角，西門慶與潘金蓮處在陪襯地位，這是塑造武松性格成長過程所必須的。但是，照搬到《金瓶梅》裏則不適應了。《金瓶梅》的主人公是西門慶與潘金蓮，是作者必須傾全力塑造的人物形象。說散本就適應了這一要求，變西門慶與潘金蓮為主角，武松為配角。而且從西門慶熱結十兄弟寫起，除春梅外，小說中的重要人物，或實寫或虛筆，差不多都在第一回中登台亮相。正如張竹坡在回評中所說：「一部一百回，乃於第一回中，如一縷頭髮，千絲萬縷要在頭上一根繩兒紮住；又如一噴壺水，要在一提起來，即一線一線同時噴出來。」真正起到提綱挈領的作用。

二是地點變了，不是景陽崗而是玉皇廟。寫第一回就考慮到全書結尾，與最後一回的永福寺相照應，作雙峙起結。結構上的變動，深刻反映出民間說唱與作家創作在小說結構上不同的美學準則：作為民間說唱，分節分段，每段有一個主要事件，吸引聽眾即可；說一段再續一段，難免不前後脫節，結構鬆散。而作家創作，則必須匠心獨運，總攬全局。先有一個總體設計，做到結構緊嚴，波瀾起伏，藉此抓住讀者，愛不釋手。

《紅樓夢》在結構上，受《金瓶梅》的影響最大，也最直接。可惜曹雪芹只寫了前八十回，高鶚續書的得失優劣，至今仍在爭論。但是，從《詞話》本到說散本結構上的變化，為我們探索《紅樓夢》的結局是帶有啟發性的。曹雪芹肯定也會雙峙起結，這該不會是無味的猜測吧！

丁：細節上的增飾。

說散本在不少細節上作了增飾，描寫得更加具體生動。試以西門慶與潘金蓮見面時的這節文字為例，比較一下《水滸傳》《詞話》本、說散本的異同：

《水滸傳》	詞話本	說散本
且說西門慶自在房裏，便斟酒來勸那婦人。卻把袖子在	卻說西門慶在房裏把眼看那婦人：雲鬟半軃，酥胸微	這婦人見王婆去了，倒把椅兒扯開，一邊坐著，卻只偷

桌上一拂，把那雙箸拂落地下。也是緣法湊巧，那雙箸正落在婦人腳邊。西門慶連忙蹲下身去拾。只見那婦人尖尖的一雙小腳兒，正蹺在箸邊。西門慶且不拾箸，便去那婦人繡花鞋兒上捏一把。那婦人笑將起來說道：「官人休要羅唣！你有心奴亦有意。你真個要勾搭我？」西門慶便跪下道：「只是娘子作成小生！」那婦人便把西門慶摟將起來。

露，粉面上顯出紅白來。一徑把壺來斟酒，勸那婦人酒。一面推害熱，脫了身上綠紗褶子：「央煩娘子，替我搭在乾娘護炕上。」那婦人連忙用手接了過去，搭放停當。這西門慶故意把袖子在桌上一拂，將那雙筯拂落在地下來。一來也是緣法湊巧，那雙筯正落在婦人腳邊。這西門慶連忙將身下去拾筯。只見婦人尖尖蹺蹺剛三寸、恰半扠一對小小金蓮，正蹺在筯邊。西門慶且不拾筯，便去他繡花鞋頭上只一捏。那婦人笑將起來，說道：「官人休要羅唣！你有心奴亦有意。你真個勾搭我？」西門慶便雙膝跪下說道：「娘子，作成小人則個！」那婦人便將西門慶摟將起來。

眼睃看。西門慶坐在對面，一徑把那雙涎瞪瞪的眼睛看著他，便又問道：「卻才倒忘了問得娘子尊姓？」婦人便低著頭，帶笑的回答：「姓武。」西門慶故做不聽得，說道：「姓堵？」那婦人卻把頭又別轉著笑著低聲道：「你耳朵又不聾。」西門慶笑道：「呸！忘了，正是姓武。只是俺清河縣姓武的卻少，只有縣前一個賣燒餅的三寸丁姓武，叫做武大郎。敢是娘子一族人麼？」婦人聽得此言，便把臉通紅了，一面低著頭微笑道：「便是奴的丈夫。」西門慶聽了半天不做聲，呆了臉假意失聲叫屈。婦人一面笑著，又斜瞅他一眼，低聲笑道：「你又沒冤枉事，怎的叫屈？」西門慶道：「我替娘子叫屈哩！」

　　卻說西門慶口裏娘子長、娘子短，只顧白譜。這婦人一面低著頭弄裙子兒，又一面咬著袖衫兒，咬得袖口兒格格駮駮響，要便斜瞅他一眼兒。只見西門慶推害熱，脫了上面綠紗褶子道：「央煩娘子，替我搭在護炕上。」這婦人只顧咬著袖兒，別轉著不接他的，低頭笑道：「自手又不折，怎的支使別人？」西門慶笑道：「娘子不與小人安放，小人偏要自己安放。」一面隔桌子搭到床炕上去，卻故意把

		桌子一掃，掃落一隻筋來。卻也是姻緣湊著，那只筋剛落在金蓮裙下。西門慶一面吃酒勸那婦人，婦人笑著不理他。他卻又待拿筋了起來，讓他吃菜兒，尋來尋去不見了一隻。這金蓮一面低著頭，把腳尖兒踢著笑道：「這不是你的筋兒。」西門慶聽說，走過金蓮這邊來道：「原來如此。」蹲下身去，且不拾筋，便去繡花鞋上只一捏。那婦人笑將起來道：「你休羅唕，我要叫起來你哩！」西門慶便雙膝跪下來，說道：「娘子，可憐小人則個！」一面說著，便摸他褲子。婦人又開手道：「你這歪廝纏人，我卻要大耳刮子打的呢！」西門慶笑道：「娘子打死了小人，也是個好處。」

　　可以看出，《詞話》本的描寫已不同《水滸傳》，而說散本增飾則較多，細膩深刻、真實生動，活畫出兩人初次會面時的情態。尤其是潘金蓮，一直低著頭。一會兒低著頭帶笑，一會兒別轉著頭笑，漸是低著頭微笑、一面笑著又斜瞅他一眼。層層皴染，嬌嗔羞昵。「一面低著頭弄裙子兒，又一面咬著袖衫口兒，咬得袖口兒格格駁駁的響，要便斜溜他一眼兒。」更是繪聲繪色，真實入微地刻畫出她當時的心理狀態。怪不得張竹坡在此處頗為欣賞地批道：「《水滸傳》有此追魂攝魄之筆乎？」確是一段十分精彩的文字。

　　另外，個別細節處，雖著墨不多，只改動幾個字，而使人物前後照應，一脈貫通；使情節發展也較合理。如交待潘金蓮身世時，不僅說她讀過書，而且還會「一筆好寫」，便與後來她寫曲贈箋給陳經濟作了伏筆。

戊：修補破綻。

　　有些明顯的破綻，說散本作了修補，如五十六回苗員外送來春燕、春鴻兩個歌童，《詞話》本說都轉送給蔡太師。其實，春鴻在以後的章回中仍在出現，直到西門慶死後，

才由應伯爵牽線，跑到新任提刑張二官家裏。說散本改為：「後來春燕死了，只春鴻一人。」就彌補了這一破綻。再看第七回，西門慶「說著向靴筒裏取出六錠三十兩雪花銀。」就不盡情理。三十兩銀子如何放在靴筒裏？既有隨從人抬盒子，哪裏不可放？說散本改為：「說著便叫小廝拿過拜匣來，取出六錠三十兩雪花官銀放在面前。」就合理多了。

至於《詞話》本時間上的錯亂，有的作了改動，如二十六回「五月二十八日」改為「三月」。十三回李瓶兒的生日移到下面，改為吳銀兒生日，又是一種改法。但由於受「特特錯誤其年譜」的影響，不少錯訛，看出後未加改動，並由批語指出不改動的原因。如前面提到的西門慶一年過幾個生日時批道：「總是故為重寫。要寫得若明若晦，一者見韶華迅速；二者見西門在醉夢；三者明其為寓言也。」

應當申明：我們在這裏絕不是評論《詞話》本與說散本孰優孰劣；也無意權衡說散本刪削刊落與修改增飾的利弊得失，僅僅是在探討《金瓶梅》的成書過程，看看文人作家是如何按照小說的美學要求來改變《詞話》本民間說唱面貌的。也必須指出：《詞話》本的不少破綻，說散本並沒有改正過來。個別比較重要的人物同樣沒有作出交待，如來保從吳典恩處領回來就不知去向。五十三至五十七回改動雖較大，但有的改動也未必合理，如描寫目不識丁的西門慶竟然聯句作起詩來。有些地方的改動，反而不如《詞話》本形象、生動。其原因倒真與寫定者「倉促成書」有關了。

究竟誰是《金瓶梅》的寫定者呢？我們認為有可能是李漁。由於這個問題比較複雜，絕不是本文三言兩語所能說清楚的，只好留待專文去探討了。

從《詞話》本到說散本的演變過程，為我們研究中國小說史帶來了新的啟示。

首先，使我們看到了一部完整的未經文人寫定的民間長篇說唱「鈔本」——《金瓶梅詞話》，這是《三國志演義》《水滸傳》《西遊記》都不曾流傳下來的一個本子，在小說發展史上彌補了一個空白。如果和《水滸傳》作比較，《金瓶梅詞話》大體上相等於詞話本《水滸傳》；說散本則相等於經過施耐庵加工修改後的《水滸傳》。雖然，我們從施耐庵修改後的《水滸傳》中，也可以找到錯訛之處，但絕不像《金瓶梅詞話》如此嚴重、眾多。這裏，我們還可以拿它和同時刊刻的《大唐秦王詞話》作比較，後者顯然經過褚聖鄰的加工整理，所謂：「點綴權奇，摹肖物色。」[9]不僅回目工整，韻文也整齊劃一，或七字或十字，而且文字上也經過潤飾，就連說唱者在每回末尾慣用的「欲知後事如何？且聽下回分解。」也盡刪無遺。

其次，《金瓶梅詞話》的存在，大大開拓了我們的視野。它上承民間藝人世代智慧之結晶，下為文人加工寫定創造了基礎，展示了明代長篇小說從產生流傳發展到刊刻、

9　　陸世科：〈大唐秦王詞話序〉。

寫定的全過程。這就遠遠超出了《金瓶梅》成書過程的本身意義，我們可以從《詞話》本和說散本的比較研究中，從文人作家與民間創作的各自特點裏，來探索中國古典小說的內在發展規律。比如，對文人作家創作的長篇小說，是在什麼時代和小說發展到什麼階段才出現的這個迄今尚未完全解決的問題上，就可從中獲得啟迪。中國小說發展到宋元，民間短篇話本，脫穎而出，為中國白話小說的形成建立了不朽的功績。之後，又產生了長篇講史話本，至明，出現了文人作家為長篇講史話本的加工寫定，於是，中國長篇小說應運而生。以上都屬於民間創作範疇。到了明末，才有文人如馮夢龍、凌濛初等模仿宋元短篇話本自創擬話本。明末清初，文人創作的短篇，篇幅逐漸擴大，每卷或每集寫一個故事，已帶有中篇小說性質，如李漁的《十二樓》《連成璧》等。中國小說發展到這個歷史階段，才有條件產生文人作家創作的長篇小說，吳敬梓的《儒林外史》和曹雪芹的《紅樓夢》得以問世。

由民間長篇說唱發展到文人創作長篇小說，不是一蹴可及的，必須有一個循序漸進的發展過程，其間也必然有一個過渡。這個過程，我們可歸結為：民間創作短篇——長篇——文人加工寫定——作家創作短篇——長篇。文人加工寫定，恰好處於這個中間過渡。出現作家獨立創作長篇小說的歷史條件，除了這個社會的時代的政治、經濟、哲學思想等因素之外，還要有小說自身發展的積累和準備，天才的作家也要有一個吸收、消化民間創作養料的過程。中國長篇小說固然脫胎於民間說唱，但是，民間說唱和現代意義的小說，畢竟有不同的美學要求，結構上也有顯著的差異，對象也早已從聽眾轉變為讀者，早期的長篇，結構上大都是連綴成篇，章回之間有較強的相對獨立性。因此，主要人物形象，很少貫穿故事始終。眾所周知，《三國志演義》是由魏、蜀、吳三個國家的人物組成的一部大書；《水滸傳》的一個人物，大都集中在數回中描寫，寫完一個再寫一個。民間分段說唱的痕跡，極為明顯。至《西遊記》和《金瓶梅》才有了一個飛躍發展，主要人物形象，基本上貫穿始終。只有在小說自身的這些積累之後，《儒林外史》才有可能繼承了前者的結構方法，而《金瓶梅》則是《紅樓夢》的濫觴。

我們說文人加工寫定處於這個發展過程的中間過渡環節，包括兩方面的內容：一是他們對長篇說唱的加工寫定，雖以民間創作為依據，但卻作了創造性的藝術加工。正是這個意義上，羅貫中、施耐庵、吳承恩、李漁等，都為作家自創長篇小說，作了有益的藝術嘗試和藝術實踐，可供他們借鑒；另一方面，明代後期，出現了一批小說理論家，他們對長篇小說進行了評點。這些評點，從小說美學的高度，對小說藝術創作，在理論上作了全面的深刻的總結和概括，對長篇小說創作中某些帶規律性的問題，也作了可貴的探索。李卓吾、金聖歎、毛宗崗、張竹坡等都為作家創作長篇小說，打下了深厚的理論基礎。尤其是金聖歎，他一身二任，一邊修改加工；一邊批評分析，更為吳敬梓和曹

雪芹的創作鋪平了道路。

綜上所述，可以看出，在明代嘉靖至萬曆年間，中國小說的發展，還不足以創造出一個產生一部文人創作長篇小說的歷史條件。從來的文學史論著，都認定《金瓶梅》是我國文人創作的第一部長篇小說，這一觀點，不僅不符合《金瓶梅》作品的實際，而且也背離了中國小說發展的基本史實，自然是不能成立的了。

一九八四年八月寫定

《如意君傳》的刊刻年代
及其與《金瓶梅》之關係

　　小說《如意君傳》，最早見於欣欣子〈金瓶梅詞話序〉，序云：吾觀前代騷人，如盧景暉之《剪燈新話》，元微之之《鶯鶯傳》，趙君弼之《效顰集》，羅貫中之《水滸傳》，丘瓊山之《鍾情麗集》，盧梅湖之《懷春雅集》，周靜軒之《秉燈清談》，其後《如意傳》《于湖記》，其間語句文確，讀者往往不能暢懷，不至終篇而掩棄之矣。此一傳者，雖市井之常談，閨房之碎語，使三尺童子聞之，如飫天漿而拔鯨牙，洞洞然易曉。

　　這裏的《如意傳》當即《如意君傳》；《于湖記》當即《張于湖誤宿女貞觀記》。欣欣子既然把它們列於「前代騷人」之後，拿來與《金瓶梅詞話》作比較，毫無疑問，是《如意君傳》在前，《金瓶梅》列其後。但是，問題並沒有這樣簡單，欣欣子話雖這麼說，惜無旁證可參，難以令人確信。何況國內向無《如意君傳》的刻本流傳，欣欣子的話也無從作進一步考察。待到徐朔方先生從國外帶來此書複製原件，人們可以一窺全帙後，其刊刻年代仍然未得解決。原因是：書前的華陽散人序及書後的相陽柳伯生跋，只有「甲戌」和「庚辰」甲子紀年，而無任何朝代年號。因此，《如意君傳》是部什麼樣的小說？刊刻於何時？它與《金瓶梅》究竟是一種什麼樣的關係？成了多年難解之謎。

　　先是孫楷第先生在《中國通俗小說書目》裏，推測為「明人之作」，但明人何時之作？則語焉不詳。鄭振鐸先生前進了一步，他說「又序中所引《如意傳》當即《如意君傳》；《于湖記》當即《張于湖誤宿女貞觀記》，蓋都是在萬曆間而始盛傳於世的」[1]。《張于湖誤宿女貞觀記》，始見於《國色天香》，是書有萬曆十五年謝廷諒序刊本，說它在萬曆年間始盛傳於世是有根據的。但肯定《如意君傳》也是萬曆年間所出，依據是什麼，鄭先生則沒有說。當代研究者們，一般都採用鄭先生的這一看法。而《金瓶梅詞話》的最早刻本也在萬曆年間，那麼，孰先孰後呢？仍是一個懸案。更有甚者，個別研究者斷定《如意君傳》晚於《金瓶梅詞話》，華陽散人就是明末清初的《鴛鴦針》作者吳宸垣，因為他的號就是華陽散人，並由此得出了《如意君傳》的情節源出於《金瓶梅詞話》

1　　〈談《金瓶梅詞話》〉，見《論金瓶梅》（北京：文化藝術出版社，1984 年版）。

的結論。只不過《金瓶梅》是長篇小說，可以肆意鋪敘，而《如意君傳》是短篇小說，故只能把《金瓶梅》中的具體描寫濃縮一下。按照這個觀點，不是《如意君傳》影響了《金瓶梅》的成書；而是正好相反，變成了《如意君傳》脫胎於《金瓶梅》，這就值得我們認真去辨析一番了。

一、《如意君傳》其書

《如意君傳》前有華陽散人所作〈如意君傳序〉，序云：

> 《如意君傳》者何？則天武后中冓之言也。雖則言之醜也，亦足以監（鑒）乎？昔者四皓翼太子，漢祚以安，實賴留忠（侯）矣。則天武后強暴無紀，荒淫日盛，雖乃至廢太子而自立，眾莫之能正焉。而中宗之後也，實教曹氏之侯之力如留侯，可謂社稷力也。此雖以淫行得進，亦非社稷忠耶？當此之時，留侯盧（？）之，四皓翼之，且焉能乎？《易》曰：納約自牖。教曹氏用之。由是觀之，雖則言之醜也，亦足監（鑒）乎？
>
> 甲戌秋華陽散人題

後有相陽柳伯生〈跋〉，跋云：

> 史之有小說，猶經有注解乎？經所蘊，注解散之。乃如漢武飛燕內外之傳，閨閣密款，猶視之於今，而足以發史之所蘊，則果猶經有注解耳。頃得則天后《如意君傳》，其敘事委悉，錯言奇敘，比諸諸傳，快活相倍，因刊於家，以與好事之人云。
>
> 庚辰春相陽柳伯生

正文前上方，題為《闇娛情傳》，全文約九千言。始以「武則天宮後者，荊州都督士彠女也。幼名媚娘。年十四，文皇聞其美麗，納之後宮，拜為才人。久之，文皇不豫，高宗以太子入奉湯藥。媚娘侍側，高宗見而悅，欲私之，未得便。會高宗起如廁，媚娘奉金盆水跪進，高宗戲以水灑之，曰：乍憶翠山夢裏魂，陽台路隔豈無聞？媚娘即和曰：未漾錦帳風雲會，先沐金盆雨露恩。高宗大悅，遂相攜，交會於宮內小軒僻處，極盡繾綣。」後文皇出媚娘於感業寺為尼。高宗即位，納入宮，拜為左昭儀。高宗晚年，武氏擅權，誅害賢良；高宗死後，廢太子改唐為周，任用酷吏，與僧懷義、張昌宗、張易之相淫亂。

以上顯係參照史傳，點綴成文。而《如意君傳》著力描繪的，乃是武則天與薛敖曹

之間的淫亂行為,所占篇幅在三分之二以上。寫武氏七十高齡,得一偉岸雄健之青年薛敖曹,召進宮內,通宵達旦,逞欲恣淫。所敘敖曹,則云係隋末隴西僭號秦帝之薛舉之後。舉次子仁景有愛妾素姬,與家童私,生玉峰。玉峰生二子,長子伯英,次子即為敖曹。除薛舉一人外餘皆於史無徵,純係小說家言。如意君者,即武氏對敖曹之愛稱也。武氏亦因是改元如意。武氏年衰,敖曹離宮,先在武承嗣處,後僭走,「承嗣大驚,遣騎四布,尋覓不知所在」。全篇結語云:「天寶中人,於成都市見之,羽衣黃冠,童顏紺髮如二十計人,謂其得道云。以後竟不知其所終。」

小說對武氏之擅權、僭越、兇殘、淫亂,極盡揭露與斥責;而對敖曹,雖寫其宣淫,然似出無奈,存曲意奉承之意,筆觸所至,頗出同情之心,基於封建正統觀念,又褒之有德,如這段描寫:

> 敖曹曰:「臣之為兒,乃片時兒耳。陛下自有萬歲兒,係陛下親骨肉,何棄忍之?」后心動。敖曹自是每以為勸。后得狄梁公言,如廬陵王復為皇太嗣。中外謂曹久積宮掖,咸欲乘間殺之。及聞內助於唐,反德之矣。

《如意君傳》之內容大致如上。不難看出,就其主要情節而言,是一部虛構而成的小說。但它與《剪燈新話》《效顰集》等所不同者,在於毫無傳奇色彩。其次,文字較為通俗,雖染以文言辭彙,卻與話本小說近似。尤其全篇出現了十二處詩詞等韻文,殘存著話本小說亦說亦唱的藝術特色。這應是一則早在民間廣為流傳的武則天與薛敖曹故事,後經文人加工潤飾而成的一部話本小說。

二、〈讀如意君傳〉一文

誰是小說《如意君傳》的加工寫定者?今已難以確考。序文作者華陽散人,與欣欣子、弄珠客一樣,有意隱去真實姓名,此或與語涉淫穢,不願署名有關。但是,有關《如意君傳》的成書與刊刻年代,我們還是可以考知的。孫楷第先生曾經這樣著錄:

> 如意君傳　未見　劉如衡先生云:日本某書中記有青霞室刊本,四冊。此書演唐武后事。嘉慶十五年御史伯依保奏禁。見《癸巳存稿》。按:清黃之雋《唐(應為唐)堂集》二十一《雜著》五〈詹言〉下篇云:歙潭渡黃訓字學古,明嘉靖己丑進士,歷官湖廣按察司付使,著《讀書一得》八卷,其從孫研旅、宗夏重刻之,凡九經、二十一史、諸子、文集、雜家、傳志一百餘種。自古迄明,隨事立論,皆閎博正大,譚名理,證治道,是非法戒瞭如也;是吾族之善讀書者。唯〈讀如

意君傳〉，此何書而讀之哉？中引朱子詩以昏風歸咎太宗論甚正，易其題可也。
又著《黃潭文集》《經濟錄》各若干卷。據此則《如意君傳》亦明人作。[2]

這是引用黃之雋之《唐堂集》記載，認為是明人之作，所見甚是。《唐堂集》係乾隆六年所刻，黃之雋之記載是否可靠，需待與《讀書一得》相印證。

幸好，嘉靖刻本《讀書一得》尚存人世，卷二就有〈讀如意君傳〉一文，內容完全吻合，這對於我們考證《如意君傳》的刊刻年代，提供了有力的佐證，殊為珍貴，故全文迻錄如下：

〈讀如意君傳〉

嗚呼，唐之昏風甚哉！太宗淫巢王妃，知有色不知有弟；高宗蒸武才人，知有色不知有父，玄宗淫壽王妃，知有色不知有子，兄不兄，子不子，父不父，可以為人乎？況可以為君乎？此三君者，一也。太宗蓋英明君也，乃亦知有色不知有弟，況高宗之下愚、玄宗之中才乎？信色之大惑惑人也哉！朱子曰：「晉陽啟唐祚，王明紹巢封。垂統已如此，繼體宜昏風。」嗚呼，唐之昏風甚哉！太宗首惡之名不可逭矣。

予觀三尤物者：巢王楊妃之於太宗，太宗之淫妃也，非妃之敢淫太宗也；壽王楊妃之於玄宗，玄宗之淫妃也，非妃之敢淫玄宗也；敢淫者，武才人乎？才人年十四事太宗，至高宗以為昭儀，時年三十一矣。前年尼感業，見高宗之提而泣，泣雌奴奇貨也。而高宗故悅之心，動焉。心也，陰先陽唱，禽獸行成，敢者武才人乎？才人而昭儀，而皇后，而皇帝，改唐而周，改李而武，置控鶴，置奉宸，敢淫者，豈惟雌奴外五、六郎也乎？史外誰傳如意君矣！言之污口舌，書之污簡冊，可焚也已然。

如意君，薛敖曹其人也。武氏九年，改元如意，不知果為敖曹否？敖曹曰如意者，蓋淫之也，武氏果有敖曹其人乎？可讀武氏傳，殆絕幸僧懷義者歟？不然，何偉岸淫毒伴狂等語似敖曹也。不曰懷義曰敖曹者，繆毒之謂歟？嗚呼！傳之者淫之也，甚之也已。夫武氏敢淫於終，恃勢也，無足怪，予獨怪夫始之淫高宗也。群焉女比吾敢泣者，受其蒸心動，昔之雲如童如也。將何恃乎？人謂恃有高宗目成之好，在予謂亦恃有太宗家法在。弟死不難於淫其妻，父死豈難於蒸其妾？不然，鶉之奔奔，不可道也，何敢思樂聚麀而淫焉如此哉？太宗首惡之名，固不逭矣。

2　《中國通俗小說書目》。

《讀書一得》四卷，嘉靖四十一年（1562），由黃訓之弟出資刊刻。卷首有汪尚寧寫於嘉靖壬戌二月之〈讀書一得引〉：「余同年黃潭先生，所讀書有得，輒著之，積久成帙，凡數萬言，題曰《讀書一得》。余受而覽之，……先生弟上饒丞立齋捐金鋟梓。」可知《讀書一得》成於嘉靖四十一年以前，那麼，黃訓在嘉靖年間讀到《如意君傳》，則是毫無疑問的了。

三、黃訓其人

〈讀如意君傳〉一文的作者黃訓，字學古，自號鑒塘，歙縣人。明嘉靖八年己丑進士。嘉靖《歙縣誌》卷二十五〈文苑〉有傳：

> 黃訓，字學古。從父商所就學，日誦數千言，淹貫經史，以文名。試嘉興令，卻樣金三千，後遂為例。以政最，召至京，當道擬擢訓給諫，其從者誑索兼金。訓曰：是污我一生矣，寧不得，從者中之。擬授知州，文選力爭，竟授郎署。當道尋亦自悔，造門引咎謝之，其大節分明如此。所著有《黃潭文集》《讀書一得》《大學衍義》《膚見皇明經濟錄》諸書。

傳極簡略。準此，尚無法瞭解黃訓的詳細生平。難得的是，他的《黃譚文集》十卷（嘉靖三十八年刻本）《皇明名臣經濟錄》五十三卷（嘉靖三十年本刻）亦並存於世，為探考黃訓其人，找到了真憑實據。

黃訓的生年。黃訓生於明弘治三年（1490），是確鑿無疑的，這有他自己的記載為證。他在〈壽外父約齋先生七十序〉中說：「敬皇帝二年己酉（1489）先生舉於鄉，明年訓始生。」[3]敬皇帝，係指明孝宗朱祐樘，「明年」即為庚戌（1490）。這與他在另一文中所說：「歲乙巳（1485），始來新安過我潭渡黃氏，……庚戌復來，余始生」[4]完全相符。弱冠，讀書於紫陽學院，「日從事於性命之學」。[5]直到三十六歲時，方舉於鄉，三試三黜，終於嘉靖八年（1529）中己丑科進士。對於他的這段經歷，他不無感慨地說：

> 黃子少頑，無所用心，弱冠始知用心，未知所用。聞今人之所尊貴者，進士也，遂用心進士之學。學成，三試三黜，落落難合，乃奮而興曰：余不能速得今人之所尊貴者，命也。古人之所尊貴者，求則得之，命無與也。彼丈夫也，我丈夫也，

3　《黃潭先生文集》，卷三。

4　同前註，卷三〈壽王水鏡序〉。

5　同前註，胡宗憲：〈黃潭文集序〉。

獨不能得耶？古人所至尊者，道；所至貴者，德，道德身內物也。捨之以入於卑賤，乃仆仆焉。求身外物以為尊貴，豈非大惑耶？於是以格致者入道之門，進德之基，聚經史子籍而日讀書焉，讀益博，心益昏，若航海而無岸畔也。……[6]

嘉靖九年（1530）任嘉興令，十一年（1532）返朝，擬擢給諫，後任備員司馬。[7]嘉靖十四年（1535）出任湖廣按察司付使。嘉靖十六年（1537）起，為兵部侍郎。數年宦海風波，身染重病，嘉靖十八年（1539）他在〈除夜示諸兒〉一詩中寫道：「白頭書帷五十年，燈前兀兀愧知天。」[8]並流露出無限悵惘之情：「竹爆聲高歲盡時，天街老馬竟何之？」[9]

關於黃訓的卒年，我們也是可以考知的。從《黃潭文集》中所能看到的紀年詩，其最後一首題為：〈庚子迎春日，閱武紫荊關〉。很可能此詩寫過不久，黃訓辭世，享年五十。我們說黃訓卒於嘉靖十九年（1540）還可與胡宗憲為《黃潭文集》所作序中的記載相印證。序云：[10]

> 吾鄉黃潭先生，少負異稟，有遠志。其始為諸生時，即留心古文，每下筆必以韓子之文為師法。然間出舉子業以示人，即業舉者無不斂手以避之。迨後，以試事謁余叔祖康惠公於留都，公大奇之曰：韓昌黎復出矣。時則以古文相許重耳。既而予伯兄瓶山與先生同學於紫陽書院中，日從事於性命之學。時先生之文，則由顯入微，由粗入精，而浸淫於道德之旨矣。
>
> 余自垂髫時，得讀先生之文與父兄之手，已稍稍知向慕。乙未會試下第，會先生於燕河舟中，即蒙刮目相待，有「長身山立，何康惠公似之」之語，後余果登戊戌進士。先生時為兵部郎，以暇日纂集國朝名世章疏曰《經濟錄》，余向得讀而面質焉。……今先生沒近二十年矣。余向欲收其遺文為之梓，以傳諸世而未遑也。其子允周等刻先生文集成，抱詣軍門，求余序諸首，余展而讀之。……

此序寫於嘉靖三十八年（1559）。正因為黃訓死於嘉靖十九年，故十九年後胡宗憲作序時，方可謂：「今先生沒近二十年矣。」

瞭解了黃訓的生平之後，我們可以得出這樣的結論：黃訓的〈讀如意君傳〉之文，最遲寫於他辭世的嘉靖十九年以前。如果黃訓的《讀書一得》，確如汪尚寧所言，是他

6　同前註，卷五〈鑒塘記〉。
7　同前註，卷三〈壽雪溪汪翁六十序〉。
8　同前註，卷十。
9　同前註，卷十〈己亥除日有感〉。
10　同前註，胡宗憲：〈黃潭文集序〉。

「所讀書有得，輒著之」，此文又有可能寫於嘉靖四年（1525）他舉於鄉之前。換言之，小說《如意君傳》也必在是年之前刊刻行世。這個結論，大概與事實相去不遠。

以此，與《如意君傳》卷首序及卷末跋之甲子紀年相對照，可知現存活字刻本序之「甲戌」應是明正德九年（1514），跋之「庚辰」，應是正德十五年（1520），而絕不可能是萬曆二年之甲戌（1574），或萬曆八年之庚辰（1580），此可定讞也。

現在，讓我們再回到頭來，看看欣欣子的〈金瓶梅詞話序〉，並驗證一下我們的結論是否可信。欣欣子把《如意君傳》放在《剪燈新話》《效顰集》《鍾情麗集》《懷春雅集》《秉燭清談》之後來敘述，這個排列，符合歷史年代的先後順序。丘濬卒於弘治八年（1495），沈德符說他的《鍾情麗集》是「少年之作」，[11]肯定作於成化之前。而《效顰集》《懷春雅集》《秉燭清談》，皆錄於高儒之《百川書志》，皆是成、弘之間所作。刊刻於正德年間的《如意君傳》，列為「其後」，自然是合乎情理的了。

四、與《金瓶梅》之關係

《金瓶梅詞話》今知最早刻本為萬曆四十五年本，其刊刻年代晚於《如意君傳》幾近百年。如果承認《金瓶梅詞話》與《如意君傳》在內容上有因襲關係的話，不言而喻，只能是刊刻在前的《如意君傳》影響了《金瓶梅詞話》，歷史絕不能倒轉，刊刻其後的《金瓶梅詞話》反而影響了《如意君傳》。因此，那種認為《如意君傳》抄襲了《金瓶梅詞話》，把詞話的具體描寫，簡括濃縮到《如意君傳》中來的觀點，是根本不能成立的。

《金瓶梅》向有「淫書」之惡諡。原因是人所共知的，它雜有性生活的描寫。這一方面是當時的社會風尚使然，用魯迅先生的話說：「而在當時，實亦時尚。」[12]不了解這一點，無疑是隔了一層幃幕，根本無法探求其底蘊。《金瓶梅》成書的年代，是中國封建社會走上全面崩潰的時代，整個社會千瘡百孔，腐朽不堪，到處散放著令人窒息的靡爛臭氣。《金瓶梅》敢於面對現實，直言不諱，給予了赤裸裸的揭露。當是時，一些進步的思想家和文學家，肯定人的生存價值，以情與性作為兩把鋒利的匕首，投向鼓吹「存天理，去人欲」的虛偽道學，而且形成了一股社會思潮。這一思潮首先反映在小說和戲曲的創作領域內，湯顯祖的《牡丹亭》和《金瓶梅》就是其中的代表作。不理解這個社會和文學現象，不掌握這一歷史尺度，難以對它們作出科學的公允的評價。

另一方面，在《金瓶梅》的成書過程中，《如意君傳》對它的影響是明顯的，尤其

11　《萬曆野獲編》，中華書局版。
12　《中國小說史略》。

在性生活描寫方面，最為直接。我們現在可以說，在一部小說中對性生活作集中而又具體描繪的，並非首創於《金瓶梅》，而是《如意君傳》發其端，只不過《金瓶梅》在某些段略上又肆意鋪張一番，讀來令人生厭罷了。但《金瓶梅》畢竟不是《如意君傳》的翻版。單就性描寫而言，不僅與塑造人物形象密不可分，而且在量上有著明顯的不同。可以說《如意君傳》充塞滿紙，篇幅占了三分之二以上，而《金瓶梅》充其量不過百分二、三而已。長時間以來，在一些人的言談或印象中，把《金瓶梅》視為中國「淫書之首」，這是不符合歷史事實的。

如果細檢《金瓶梅詞話》，就會發現第三十七回有這樣一句話：「一個鶯聲嚦嚦，猶如武則天遇敖曹」。這就清楚地告訴人們：在《金瓶梅》的成書過程中，是有意識地吸收了《如意君傳》的故事細節描寫。具體說來，《金瓶梅詞話》的第十八、十九、二十七、二十八、二十九、五十、五十一、五十二、六十一、七十三、七十八、七十九等回的一些性描寫，大都由《如意君傳》化出。或動作一樣，同出一轍；或行為相似，共一模式；或具體描繪，一字不差；或大同小異，模仿痕跡甚濃。特別有幾段文字，更是公開地抄襲，如第二十七回「忽然仰身望前直一送」以下一段文字，則直接從《如意君傳》移來，照錄不誤，類此者，在二十八、二十九、三十八、七十九回中還可看到，毋需一一例舉。

還有一點，應當提及，即《金瓶梅詞話》中的個別性描寫，現已有不可解者，而在小說《如意君傳》中，卻作了具體說明。譬如，詞話本第六十一回和七十八回所描寫的「燒香」一事，清末之文龍已是不知其所云為何：「《金瓶梅》中有燒香一事，不解是何心思，有何思昧，豈亦割臂之類歟？殆亦淫之極而作此舉耳。」[13]今人亦有推測為性虐待者，實則不然。《如意君傳》是這樣描寫的：「后謂敖曹曰：『我聞民間私情，於白肉中燒香疤者，以為美譚，我與汝豈可不為之？』因命取龍涎香餅，對天再拜，設誓訖，於敖曹塵柄頭燒訖一圓，后於牝顫上燒一圓，且曰：『我為奴以痛始豈不以痛終乎？』既就寢。」說得明明白白，無需再作任何詮釋。於此，《如意君傳》又有其他小說所無法替代的史料價值。

現在我們可以為本文作結了：《如意君傳》對《金瓶梅》的成書，產生了直接影響，不容忽視；《如意君傳》成書刊刻在前，在一些性生活描寫上，是《金瓶梅》借用抄錄了《如意君傳》，而不是相反。

一九八七年三月改寫於京郊思敏齋

13　第六十一回評語，見拙著《金瓶梅成書與版本研究》。

屠本畯的《山林經濟籍》與《金瓶梅》

　　屠本畯是《金瓶梅》刊刻問世前少數親見其抄本的讀者之一，在他編次的《山林經濟籍》一書中有過記載：「往年予過金壇，王太史宇泰出此，云以重資邀抄本二帙；予讀之，語句宛似羅貫中筆。復從王徵君百穀家又見抄本二帙，恨不得睹其全。」三十年代，阿英先生在〈金瓶梅雜話〉一文中，曾據明惇德堂刊二十四卷本《山林經濟籍》，全文勾稽出這則材料並公諸於世，引起人們的重視。然而，《山林經濟籍》一書，傳世甚少，頗難獲見。1957 年出版了王重民先生《國會圖書館藏中國善本書錄》，介紹了美國國會圖書館所藏明末刻本《山林經濟籍》，可惜沒有屠本畯的這段跋語。重民先生在介紹此書時，還撰寫了一則提要，謂其書為「明末刻本」「不分卷，十六冊，四函」。又說：

　　屠隆序云：「吾家田叔，博雅宏通，鑒裁玄朗，因編是集。大底林壑衡門為政，達生娛志，山經農種，一味安穩本色。即旁及品泉譜石，茶鐺酒槍，亦何非林下風氣？率爾寓興，豈留此作累心溺志之事哉！命曰《山林經濟籍》，良足封侯醉鄉，而樹勳南柯矣。」按：田叔，屠本畯字也，故第一種《山棲志》題：「吳興慎蒙輯，屠本畯校閱。」按是書為明末杭州印本，大抵用《五朝小說》《名山勝概記》舊板，變化排纂，另立新名目，冀圖多售。而屠隆之序，屠本畯之名，則並出偽託也。全書凡八類，百零四種。其八類之目，曰棲逸，曰達生，曰治農，曰訓族，曰奉養，曰寄興，曰漫遊，曰玩物。卷內有「謝氏藏書」「謝寶樹印」「玉森氏藏書」「顧氏藏書」「求放心齋所藏」等印記。[1]

　　1983 年，又出版了王重民先生的《中國善本書提要》，同樣收有這則提要。[2]重民先生是著名的版本目錄學專家，他明確指出，這種不分卷、凡八類的《山林經濟籍》是部偽書，係書賈自出花樣，「另立新名目」，「屠隆之序，屠本畯之名，則並出偽託也。」由此，在海內外《金瓶梅》研究者的心理，就產生了疑念：一是究竟有幾種《山林經濟籍》？二是阿英先生看到的載有《金瓶梅》這段跋語的《山林經濟籍》還在不在人世？

1　見《美國國會圖書館藏中國善本書錄》卷六。
2　見《中國善本提要》，《子部‧雜家類》。

　　由於眾所周知的原因，阿英先生的藏書，早已封存，不得一見。就連載有專篇介紹《山林經濟籍》一書的 1944 年聯合版《中國俗文學研究》，也因印成後「還沒有發行，就遭到水患，全部浸毀了。外間極少流傳，以後也沒有再印。」[3]建國後，《中國俗文學研究》改名《小說二談》重新出版，阿英先生又把《明人筆記小話》這組文字給刪去了，故國內已屬罕見，無法探求其真偽。於是，屠本畯有關《金瓶梅》的這段記載，因原書未見，稱引者對它的來龍去脈，幾無所知，以致錯題為〈山林經濟籍跋〉；或者輾轉相引，無從印證。再不然，引用時就要加一段注，才好說明問題，如馬泰來先生在〈麻城劉家與《金瓶梅》〉一文中就有這樣一段注：

　　《山林經濟籍》有兩種不同版本。其一分為《棲逸》《達生》《治農》《訓族》《奉養》《寄興》《漫遊》《玩物》八部，美國國會圖書館有藏，參看王重民：《國會圖書館藏中國善本書錄》，1957 年本，頁 659-660；此本無此段引文。另一分為《山部》《林部》《經部》《濟部》《籍部》，共二十四卷，參看阿英：《明人筆記小話》，收入《中國俗文學研究》，1944 年中國聯合本，頁 212-218；此本未見。引文據阿英〈《金瓶梅》雜話〉，收入《夜航集》，1935 年良友本，頁 211-212。[4]

即便是加了這樣的注，也未點明問題的癥結，因為並不僅僅是「兩種不同版本」，而是在內容上編排上都有很大差異的兩部同名書。

　　屠本畯編次的這部《山林經濟籍》真的絕世了嗎？沒有。它現在完好地保持在北京圖書館善本室。它的發現，不僅證實了屠本畯的確編過一部《山林經濟籍》，而且也印證了阿英先生的記載確鑿無誤。先是顧國瑞同志在北京大學圖書館找到了一部自娛齋刊不分卷本《山林經濟籍》，之後，我們又在北京圖書館看到了這部二十四卷本。本文撰寫時，顧國瑞同志提出寶貴意見，並在訂正史實上花費了辛勤勞動。在他所寫的〈屠本畯與《金瓶梅》〉一文中，將詳析不分卷本，故本文從略。找到了這兩部原書，多年來的疑念、迷惑，頓然冰消，諸多而問題也可以迎刃而解。阿英先生記載無誤，重民先生所考亦確。原來他們各自忠實記載了自己所見到的一部《山林經濟籍》，各自恰恰又沒有看到對方所獲見的另一部《山林經濟籍》。阿英先生在介紹《山林經濟籍》的文末，有一則附記，云：「屠隆亦有《山林經濟籍》一種，內容分為『棲逸』『達生』『治農』

3　　見阿英：〈小說二談序〉。
4　　見《中華文史論叢》1982 年第 1 輯。

『訓族』『奉養』『寄興』『漫遊』『玩物』八部，未見。」[5]阿英先生所「未見」的，正是重民先生所見之不分卷本；而重民先生亦不知尚有另一部二十四卷本的《山林經濟籍》，故提要未曾談及。

一、屠本畯編次的《山林經濟籍》

屠本畯字田叔，又字幽叟，號漢陂，晚年自稱憨先生、憨憨居士、乖龍丈人、無蓋庵頭陀。鄞縣（今浙江寧波）人。生於嘉靖二十一年（1542）。隆慶六年（1572）授刑部檢校，遷太常典薄，歷南繕部郎中，出為兩淮運司移福建運司，拜辰州太守。萬曆二十九年（1601）「為同僚同鄉所陷」[6]，罷官歸里，宦海浮沉幾三十年。屠隆〈聞田叔罷官〉詩云：「薄宦二千石，危途三十年。」[7]里居二十餘載，晚年喜客益甚，八十餘仍健在，卒年不詳。有詩集《田叔詩草》《老言》及《憨聲觀》《茗怨談》等著述多種。《甬上耆舊詩》《明史稿》《鄞縣誌》有傳。

明惇德堂刊本《山林經濟籍》，共分五部，即山部、林部、經部、濟部、籍部，二十四卷，分裝五冊。目錄及各卷首頁下書口皆有「惇德堂刊」字樣。前有李維楨（本寧）序、沈泰沖（靜然）萬曆己酉（1609）序、王嗣奭（右仲）萬曆丁未（1607）序、柴懋賢（士德）萬曆癸丑（1613）序。卷一《群書品藻》後又附屠隆子屠一衡（仲叔）序。署「甬東屠本畯幽叟編次，後學柴懋賢士德校訂」。阿英先生所見亦是惇德堂刊刻的二十四卷本，但沒有李維楨序。這篇序並見於《大泌山房集》，文字全同。李序明確提到「幽叟之為是籍」云云，也是屠本畯確為《山林經濟籍》編者的一個旁證。阿英先生所見與北圖館藏內容與編排幾乎一致，刊刻時間或有先後。但是，都與王重民先生看到的美國國會圖書館不分卷本是絕然不同的，不僅無「吳興慎蒙輯，屠本畯校閱」，亦無屠隆序，而且總目也全然不同。不分卷本八類總目，已見前引，二十四卷本總目則為：

山部
　卷一：《敘籍原起》《隱逸首策》《群書品藻》《書畫金湯》《護書》。
　卷二：《山林友議第一》《處約第二》。
　卷三：《隱覽第三》。
林部

5　見阿英：《中國俗文學研究》，《明人筆記小話・山林經濟籍》。
6　見《山林經濟籍》卷七，〈集易防序〉。
7　見《甬上耆舊詩》卷十九。

卷四：《食時五觀第四》《文字飲第五》《閒人忙事第六》《燕閑類纂第七》。

卷五：《韋弦佩第八》。

卷六：《廣放生論第九》。

卷七：《卦玩第十》《讀書觀第十一》。

經部

卷八：《燕史固書第十二》。

卷九：《曲部觥述第十三》。

卷十：《牡丹榮辱志第十五》。

濟部

卷十一：《瓶史索隱第十五》。

卷十二：《香甕第十六》。

卷十三：《茗笈第十七》。

卷十四：《野菜詠第十八·上》。

卷十五：《野菜詠第十八·中》。

卷十六：《野菜詠第十八·下》。

籍部

卷十七：《五子諧策第十九·金》。

卷十八：《五子諧策第十九·木》。

卷十九：《五子諧策第十九·水》。

卷二十：《五子諧策第十九·火》。

卷二十一：《五子諧策第十九·土》。

卷二十二：《園閣談言第二十·上》。

卷二十三：《園閣談言第二十·中》。

卷二十四：《園閣談言第二十·下》。

所收內容及編排尤異，為了說明問題，把兩種不同的《山林經濟籍》的部分細目對照排比如下：

北圖二十四卷本	北大不分卷本
卷二：《山林友議第一》	奉養第五
〈周行篇〉	〈希夷坐功圖〉
〈勝友篇〉	〈八段錦圖〉
〈處約第二〉	〈坐功訣〉
〈舊履篇〉	〈胎息經〉

〈履約篇〉	〈嘯息〉
〈尚簡篇〉	〈服食方〉
卷三：《隱覽第三》	〈文房器具〉
〈勝概篇〉	〈山遊具〉
〈幽事篇〉	〈燕几圖〉
〈曠懷篇〉	〈茶具〉
〈名園〉	〈茶疏〉
卷四：《食時五觀第四》	〈品泉〉
〈士君子食時五觀〉	〈醞造〉
〈文字飲第五〉	〈粥靡〉
〈飲人〉	〈製蔬〉
〈飲地〉	〈野蔌〉
〈飲侯〉	〈法制〉
〈飲品〉	〈脯饌〉
〈飲趣〉	〈五簋約〉
〈飲助〉	寄興第六
〈飲禁〉	〈詩訣〉
〈飲闌〉	〈詞評〉
〈閒人忙事第六〉	〈曲藻〉
〈燕閑類纂第七〉	〈書法〉
〈得人惜之類二十七事〉	〈辨帖〉
〈敗人意之類九十事〉	〈畫塵〉
〈殺風景之類四十八事〉	〈書畫金湯〉
〈招厭惡之類一百十七事〉	〈印史〉
卷五：《韋弦佩第八》	〈琴箋〉
〈處方〉	〈奕律〉
〈襌木草〉	〈觴政〉
〈製炮法〉	〈瓶史〉
〈艾觀〉	
〈藥鏡〉	
〈卻病〉	

　　這兩部內容很不相同的《山林經濟籍》，不僅編排有異，而且惇德堂刊二十四卷本載有屠本畯為輯入各種著述撰寫的序、跋、題、記。開卷〈敘籍原起〉，誠如阿英先生所言，實為屠本畯為是編所寫的一篇總序，摘引如下：

> 夫山林之士,離人群而寄傲;經濟之獻,銘大業以垂青。彼則依憑日月之光,分
> 主儋爵;此則攬擷煙霞之表,翔鶴潛虯,雖出處之殊途,而性情之一致。故承軒
> 者經洞壑以怡神,攬巒者眄林泉而頓足也。志之流派有八:曰典,曰疏,曰注,
> 曰籍,曰記,曰書,曰箋,曰蔀,總之曰志而已。夫挽頹風而維末俗者,救寧宇
> 宙之經綸;懷獨行而履狂狷者,展錯山林之經濟,此籍之所繇以定名也……。
> 萬曆戊申修禊日屠本畯書於人倫堂

以下尚有屠本畯撰寫的為數甚多的序、跋、題、記。不分卷本或有取自悖德堂刊二十四
卷本者,則全部刪除原有的序、題。所以儘管不分卷本也收留袁中郎的《觴政》,但並
無屠本畯的這則跋語。重民先生斷為此書為偽託,所論甚當。而悖德堂刊二十四卷本係
屠本畯所編次,也是無疑的。一真一偽,涇渭分明。

《山林經濟籍》是屠本畯罷官歸里後編次的,寫於萬曆三十五年歲末的王嗣奭序云:
「屠先生齯叟,身絓圭組,心在雲壑。既初返服,若釋重負,於是輯《山林經濟籍》成,
以示不佞。」在這篇序中,還轉錄屠本畯自己的話:「余奔走一官者,幾三十載,皮骨
已空,今而余身始為余有也,而山林又為為余身有也,余甚適之。嗜芹美曝,以公同志,
青黃之文,漫云經濟耳。故所輯者,止於留連花鳥,商略風月,觴酒賦詩,呼白彈棋,
莊語或可式里閭,而諧語聊以解人頤,猶家居而課米鹽,胡敢比於千里之聚也。」由此
可見,他在萬曆二十九年罷官歸里之後,大概就開始動手編輯這部《山林經濟籍》了,
直到萬曆三十五年底,才基本完成。因王嗣奭在序中還說:「始〈友議〉,竟〈談言〉,
凡若干篇,或創或因,或忠或翼,總以頤性靈而暢山林之趣也。」這裏的〈友議〉,當
指〈山林友議〉,〈談言〉應即〈園閣談言〉。對照前列總目,一在卷二,一在卷二十
二至二十四,一首一尾,可證王嗣奭寫序時,此書業已編成。而最後編定則在萬曆三十
六年。前引屠本畯〈敘籍原起〉寫於萬曆三十六年三月,卷三〈名園序〉亦署為「萬曆
戊申中秋日甬上屠本畯齯叟序」。而卷五輯錄他的著作《艾觀》之後,屠本畯又寫一則
題記:「蘧公年五十而知四十九年之非是,武公年九十而思黃髮老之箴規,予齒垂六十
有七,尚不知六十年之猶未是也。昏役無記,豈不虛生。」萬曆三十六年,屠本畯恰為
六十七歲,皆可證是年《山林經濟籍》編定。至於《山林經濟籍》的付刻時間,有校閱
者柴戀賢寫於萬曆四十一年的序在,「請懸都門,以俟知者」,其或已準備刊刻,主事
者可能就是這位柴戀賢。竣刻行世,當在稍後。

屠本畯為什麼在罷官里居時輯集這部《山林經濟籍》呢?其主旨是「暢山林之趣」,
「盡幽賞之致」。已是混跡官場近三十年的一位老人,回首往事,官場之黑暗和僚友之間
的相互傾軋,深有切膚之痛,「隆慶壬申,予在京師,為親知密友所擠,雖彎弓而得不

下石。萬曆辛丑，予守辰陽，為同僚同鄉所陷，雖下井而得樂考槃」。迫使他「身絓圭組，心在雲壑」，想往隱逸山林的生活。就《山林經濟籍》所輯內容來看，也非常駁雜，專供隱居山林後生活消閒之用，藉以消磨時光。這不僅是屠本畯本人所樂為，而且也和那個山人、名士繁榮的明季社會相合拍。

二、屠本畯為《金瓶梅》所作跋語

屠本畯為《金瓶梅》所作跋語，見《經部》卷八《燕史固書第十二》。在輯錄袁中郎《觴政》之後，寫了跋語。現依原文，逐錄於後：

《觴政·十之掌故》

凡《六經》《語》《孟》，所言飲式皆酒經也。其下則汝陽王《甘露經》《酒譜》、王績《酒經》、劉炫《酒孝經》《貞元飲略》、竇子野《酒譜》、朱翼中《酒經》、李保續《北山酒經》、胡氏《醉鄉小略》、皇甫崧《醉鄉日月》、侯白《酒律》，諸飲流所著紀傳賦誦等為內典。《蒙莊》《離騷》《史》《漢》《南北史》《古今逸史》《世說》《顏氏家訓》、陶靖節、李、杜、白香山、蘇玉局、陸放翁諸集為外典。詩餘則柳舍人、辛稼軒等；樂府則董解元、王實甫、馬東籬、高則誠等；傳奇則《水滸傳》《金瓶梅》等為逸典。不熟此典者，保面甕腸，非飲徒也。

屠本畯曰：不審古今名飲者，曾見石公所稱逸典否？按《金瓶梅》流傳海內甚少，書帙與《水滸傳》相埒。相傳為嘉靖時，有人為陸都督炳誣奏，朝廷籍其家，其人沉冤，托之《金瓶梅》。王大司寇鳳洲先生家藏全書，今已失散。往年，予過金壇，王太史宇泰出此，云以重資遘抄本二帙；予讀之，語句宛似羅貫中筆。復從王徵君百穀家，又見抄本二帙，恨不得睹其全。如石公而存是書，不為托之空言也。否則，石公未免保面甕腸。

屠本畯在寫這則按語之前，先是為《燕史固書》寫了一則〈識〉，解釋名為《燕史固書》的由來和輯入《觴政》的目的。〈識〉云：「《觴政》《酒鑒》皆酒人之事，燕史所掌，稱《燕史固書》云。蓋古今名飲，推嵇、阮、山、王，彼四君子者，有所托而逃乎？夫名飲者，口不困於沈酣，言惟藉於醇謹，致每涉乎風雅，思復深於玄賞，然後可參上流。否則，一高陽酒徒，便可奪竹林玄幟矣。……於是廣為《觴政》《酒鑒》，其中所列，恒自觀照，遵之可寡過矣。」緊接著他又寫了〈觴政同異篇〉，云：「予既廣《觴政》，錢塘友人許才甫，復寄袁石公《觴政》來。……凡十二事可補予《政》之不及也。客曰：二《政》將無異同？予曰：無害。兼收，以俟適酣味者。」

　　袁中郎的《觴政》，寫於萬曆三十四年（1606），其中〈酒評〉作為附錄，是萬曆三十六年補寫的。屠本畯的《山林經濟籍》只收到〈飲具〉為止，未收〈酒評〉。可見，許才甫寄給屠本畯《觴政》，其時當在《觴政》問世後不久，而在補寫〈酒評〉之前。在聯繫屠本畯萬曆三十六年最後編定了《山林經濟籍》來看，他為《金瓶梅》所寫跋語的時間，最早不能超出萬曆三十四年，最晚不得遲於萬曆三十六年，很有可能就是萬曆三十五年。其時，《金瓶梅》正處於抄本流傳階段，尚未刊刻問世。屠本畯本人也還沒有見到一部完整的抄本全書，僅從王宇泰和王百穀那裏各見到抄本二帙。這裏，有必要先談談持有《金瓶梅》抄本二帙的王宇泰和王百穀，然後再簡單追蹤一下這些抄本的來源與流傳。

　　先談王宇泰。王肯堂（1549-1613），字宇泰，號念西居士。金壇人。十八歲中舉，萬曆十七年（1589）己丑科進士，選翰林院庶吉士第一人。三年授檢討，時倭寇平秀吉破朝鮮，聲言內犯。宇泰疏陳十議，忤上意。萬曆二十年（1592）春，請告歸里。家居十四年。萬曆三十四年（1606）吏部侍郎楊時喬薦補南京行人司副，萬曆四十年（1612）轉福建參政，乞休未允，改分守寧紹道台，力辭免。年六十五卒。《明史》《金壇縣誌》有傳。精於歧黃之學，以醫名於世，所著《證治準繩》《傷寒理境》，為醫家圭臬。又與利瑪竇遊。他不僅好著書，而且好讀書、抄本、藏書，自云：「余幼而好博覽，九派百家，無弗探也，遇會心處，欣然至忘寢食。」[8]這位博學多識、善收藏的王宇泰，肯以重資購抄本《金瓶梅》二帙，是一點也不奇怪的。

　　王宇泰什麼時候、從何人手中購得《金瓶梅》抄本二帙，今已難以確考。但是，屠本畯過金壇獲見這二帙抄本的時間，還是可以考知的。大致是在王宇泰萬曆二十年請告歸里之後，屠本畯萬曆二十五年由南京轉赴福建之前。那麼，王宇泰購得抄本的時間還要早一些。《金瓶梅》的研究者，一向認為袁宏道在萬曆二十四年從董其昌處借到的《金瓶梅》抄本，是見於記載的抄本流傳的最早時間，現在看來，時間或許可以上推數年。更值得注意的是，這位董其昌和王宇泰正是同年進士，並一起進了翰林院，兩人之間情誼甚恰。王肯堂在《鬱岡齋筆塵》裏就記載了這樣一件事：「余丙戌（萬曆十四年）秋七月至吳江，得觀《澄清堂帖》，……字畫流動，筆意宛然，乃同年王大行物。後余在翰林院，有《骨董持》一卷，視董玄宰（其昌），玄宰叫絕，以為奇特。」[9]王宇泰會不會把抄本二帙《金瓶梅》拿給董其昌看呢？或者說董其昌借給袁宏道的《金瓶梅》抄本就來源於王宇泰呢？由於董其昌的《容台文集》沒有一處記載《金瓶梅》，更不消說談到

8　見王肯堂：〈鬱岡齋筆序〉。
9　同前註，卷四。

從王宇泰處借抄了，故一時難以確論。

但是，這並不妨礙王宇泰在《金瓶梅》的抄本流傳和成書過程中是位舉足輕重的重要人物，過去我們對他的研究實在是太缺乏、太忽略了。當我們瞭解到王宇泰精於醫，並拿他對一些病症的論述和處方來和《金瓶梅》中的處方相對照的時候，我們就不難發現他在《金瓶梅》成書過程中的重要地位。為了不使本文過於龐雜，當另屬文專論。

屠本畯提到的另一位《金瓶梅》抄本收藏者王穉登（1535-1612），字百穀。先世江陰人，移居吳門（今蘇州）。好交遊，善結納，位居明末布衣、山人之首，主詞翰之席者三十餘年。《明史》有傳。他與王世貞同郡而友善，他持有的抄本二帙《金瓶梅》或與王世貞家藏抄本全書不無關係。

三、〈跋語〉的幾點啓示

屠本畯為《金瓶梅》所作跋語，從寫作年代說，晚於袁宏道，但早於袁中道、謝肇淛、李日華、沈德符、薛岡；從內容上說，袁宏道的記載比較簡略，而屠本畯的論述則較詳，涉及面也廣。因此，在有關《金瓶梅》的一批早期文獻史料中，它的重要地位是不言自明的。尤其是這則跋語，在《金瓶梅》的成書過程和作者——國內外《金瓶梅》研究者最為關注、論爭最多——兩個問題上，提供了新的線索，頗有啓迪。現依原文順序，擇其要者，略述於後。

(一)「書帙與《水滸傳》相埒」

屠本畯說：「書帙與《水滸傳》相埒」，「語句宛似羅貫中筆」，都是拿《金瓶梅》與《水滸傳》相比較。有關《金瓶梅》抄本卷帙的記載，僅見於屠本畯的跋語和謝肇淛的〈金瓶梅跋〉。儘管屠、謝二人都沒有見到過抄本全書，「恨不能睹其全」，都屬於推測之辭。然而，與現存《金瓶梅詞話》相比較，屠本畯的推測大體是相符的。至於謝肇淛說：「書凡數百萬言，為卷二十，始末不過數年事耳。」[10]則稍有距離。細檢《金瓶梅詞話》為書十卷，一百回，近八十萬言，可知屠說之相近。屠本畯既然沒有見到完整的抄本，何以他的推測和刻本基本相符呢？很有可能他從王宇泰和王百穀處看到的各抄本二帙，內容是不相同的，說不定是首尾各二帙。否則，他很難做出這樣較為合乎實際的判斷。

屠本畯的「書帙與《水滸傳》相埒」的判斷，給了我們這樣的啓示：處於抄本流傳

10　見謝肇淛：〈金瓶梅跋〉，轉引自《中華文史論叢》1980 年第 4 期。

階段的《金瓶梅》和刊刻的《金瓶梅詞話》，卷帙基本上也是相坲的。換句話說，《詞話》本保留了抄本的本來面目，並未經過文人作家寫定這道工序。這裏，我們還可以作一個逆向考查，拿經過文人作家寫定過的《古本金瓶梅》《第一奇書》本和所謂的「崇禎本」與《詞話》本相比較，無論是內容，還是文字，都有較大的差異。而有沒有經過文人寫定，對於瞭解《詞話》本一書的性質，甚為重要，也是探索《金瓶梅》作者問題的一把鑰匙。恰好，屠本畯的這則跋語，也談到了作者問題。

(二)「相傳嘉靖時」，「其人沉冤，托之《金瓶梅》」

有明一代，第一個記載《金瓶梅》作者的是屠本畯。他說：「相傳嘉靖時，有人為陸都督炳誣奏，朝廷籍其家，其人沉冤，托之《金瓶梅》。」文字雖短，內容卻很豐富。既談到《金瓶梅》的作者，又涉及《金瓶梅》的內容，首次指出《金瓶梅》是一部時事小說。明代記載《金瓶梅》作者的共六家，歸納起來，說法有三種；從時間上說又可以分為前後兩個階段，三人寫於抄本流傳時，三人寫於刊刻面世之後。其中以屠本畯的說法最有影響。現依時間先後順序，略為勾稽，對照如下：

萬曆四十二年袁中道說：

舊時京師，有一西門千戶，延一紹興老儒於家。老儒無事，逐日記其家淫蕩風月之事，以西門慶影其主人，以餘影其諸姬。[11]

萬曆四十四年謝肇淛說：

相傳永陵（嘉靖）中，有金吾戚里，憑怙奢汰，淫縱無度，而其門客病之，采摭日逐行事，匯以成編，而托之西門慶也。[12]

《金瓶梅詞話》刊刻之後，約在萬曆四十七年，沈德符說：

聞此為嘉靖間大名士手筆，指斥時事，如蔡京父子則指分宜，林靈素則指陶仲文，朱勔則指陸炳，其他各有所屬云。[13]

《新刻金瓶梅詞話》欣欣子序：

11　見袁中道：《遊居柿錄》卷九。
12　同註10。
13　見沈德符：《萬曆野獲編》卷二十五。

竊謂蘭陵笑笑生，作《金瓶梅傳》，寄意於時俗，蓋有謂也。[14]

廿公跋：

《金瓶梅傳》為世廟（嘉靖）時，一巨公寓言，蓋有刺也。[15]

不難看出，沈德符和廿公都承襲屠本畯之說，認為作者是嘉靖時人，指斥時事之作。袁中道與謝肇淛又為一種，云為影射主人風月淫縱。唯有欣欣子，指為蘭陵笑笑生。六家中有五家都說作者是嘉靖時人，對其作者身分則說法不一，或為「大名士」，或為「巨公」，或為「門客」。由於屠本畯謂作者被陸炳所誣奏，沈德符又進一步發揮，認為小說中的人物有些就是現實朝廷中的權臣化身，而作者是「大名士」，再加上屠本畯明確記載「王大司寇鳳洲先生家藏全書」，這幾種因素組合在一起，至清康熙年間，張潮托名謝頤，在〈皋鶴堂批評第一奇書金瓶梅序〉中，就把《金瓶梅》的作者坐實為王世貞，張潮之後，尚不乏種種附會。於是《金瓶梅》的作者是王世貞一說，影響數百年，幾成定論。即如今人，亦有篤信不疑者。平心而論，其責任不在屠本畯，也不在沈德符，因為，人民恰恰忽略了至關緊要的兩個字：屠說「相傳」，沈云「聞此」。「相傳」和「聞此」意味深長而又非常顯近，它啟示我們：早在萬曆年間，屠本畯已經無法指出《金瓶梅》作者的真實姓名了。因此，不從《金瓶梅》小說本身的研究出發（我們認為這是最有說服力的內證），而是光在作者問題上兜圈子，難免要走進死胡同。如果《金瓶梅》的作者真是王世貞，或者是嘉靖間的一位大名士，為什麼出生在嘉靖年間的屠本畯會一點不知道呢？這難道不是一個很富有啟迪性的問題，值得我們去深思嗎？

不過，近年來有的同志，認為《金瓶梅》係屠隆所著。[16]這就與屠本畯編次的這部《山林經濟籍》以及他所寫得這則跋語直接有關了，不能不在此提及。屠本畯與屠隆同里同宗，屠隆與屠本畯及其父屠大山關係又相當親密，《山林經濟籍》中也輯有屠隆的《娑蘿園清語》，屠隆為屠本畯的《霞爽閣空言》所寫序亦收在本書卷二十四中，更何況屠隆的兒子屠一衡還為《山林經濟籍》寫了序言。設若《金瓶梅》係屠隆之大作，屠本畯絕不會不知道，他更不必跑到金壇王宇泰那裏，看他收藏的二崍抄本，亦斷然不會寫出「相傳為嘉靖時，有人為陸炳都督誣奏，朝廷籍其家，其人沉冤，托之《金瓶梅》」這樣的話來。僅此一點，屠隆之作《金瓶梅》一說，就難以站得住腳了。

---

14 見文學古籍刊行社 1957 年本。
15 見文學古籍刊行社 1957 年本。
16 見黃霖：〈《金瓶梅》作者屠隆考〉，《復旦學報》1983 年第 3 期。

(三)「云以重資遘抄本二帙」

屠本畯說:「《金瓶梅》海內流傳甚少」,後面又敘述王宇泰「云以重資遘抄本二帙」,這實際上是一個問題的兩個方面,屠本畯道出了它們之間的因果關係。正因為抄本《金瓶梅》在海內很少流傳,物以稀為貴,所以王宇泰也只能出重資僅僅購得抄本二帙。屠本畯所說的這個事實,對於我們瞭解《金瓶梅詞話》是在一種什麼樣的情況下付刻的,很有啟迪。他起碼告訴我們:當是時,書賈已覺察到《金瓶梅》抄本的昂貴價值,既然有人肯出重資買去二帙,那麼,拿來付刻,必當獲得重利。這裏,我們還可以參照沈德符在《萬曆野獲編》中的那段記載,當他從袁中道手裏,借抄到較為完整的《金瓶梅》抄本,於萬曆四十一年帶回蘇州時,他的好友馮夢龍當時就「慫恿書坊,以重價購刻」,無奈沈德符沒有同意,只好作罷。僅僅過了三年,即萬曆四十五年,「吳中已懸之國門矣」。一個肯出重資購買,一個要以重價購刻,看來,《金瓶梅》這部「奇書」的文學及社會價值,在萬曆中期以後,不僅受到文人士大夫的注意,而且亦為書賈所青睞。它已由早期抄本流傳時「秘而不宣」的封閉狀態,進入到社會所急需、人們要爭購的活躍時期。因此,僅僅在萬曆末年及其稍後的不長時間內,《金瓶梅詞話》就連續刊刻了三次。

它的初刻本,就是萬曆四十五年東吳弄珠客序刊本《金瓶梅詞話》。這個刻本的特點有二:一是坊賈看到有利可圖,很可能是拼湊抄本,匆匆趕刻,未經或者說來不及請文人作者修改改定;二是只有弄珠客序而沒有欣欣子序和廿公跋。關於後一點,有沈德符和薛岡的記載為證。沈、薛是目睹《金瓶梅》抄本和刻本而又作了記載的兩個《金瓶梅》早期讀者,沈德符是人們熟知的,薛岡從他的友人包岩叟那裏得到的刻本全書《金瓶梅》的時間,正是《金瓶梅》初刻本剛一問世的時候。[17]從他們的記載中,絲毫看不到欣欣子序的影子。因為,如果他們看到了這篇序,揆之常理,他們對於這位至關重要的作者,絕不會一筆未涉,反倒撇開蘭陵笑笑生,另出「聞此為嘉靖間大名士手筆」一說,或如薛岡「序隱姓名,不知何人所作。」[18]這未免有點說不過去。其實,細細品味薛岡所說「序隱姓名」的這篇「序」,指的正是只提「作者」二字而不提姓氏名誰的弄珠客序。現在未免可以得出這樣的結論:萬曆四十五年刊本《金瓶梅詞話》,只有弄珠客序,而無欣欣子序;而現存《新刻金瓶梅詞話》,為萬曆四十七年以後所翻刻,因有原刻在前,故特標明「新刻」,這就是《金瓶梅詞話》的第二個刻本。也只有到了這個

17　見薛岡:《天爵堂文集》卷六,北京圖書館藏。
18　見薛岡:《天爵堂筆餘》卷二,北京圖書館藏。

刻本，才加進去了欣欣子序及廿公跋。明代屬於《金瓶梅》詞話本系統的還有另一個刻本，我們不妨叫它第三個刻本，就是日本棲息堂藏本《金瓶梅詞話》，它的第五回末尾部分有十行文字與現存《詞話》本明顯有異，故可斷定為另一個刻本。

　　總之，屠本畯為《金瓶梅》所作跋語，或提供了新的史料，或勾勒出新的線索，或可與同時代人的記載相佐證，這對於我們深入研究《金瓶梅》的成書過程和作者問題，無疑都是大有裨益的。當然這些線索，還有待我們去追蹤，去作進一步地探求。

初稿於一九八四年國慶日，十二月改定。

論《新刻繡像批評金瓶梅》

探索《金瓶梅》的成書過程,《新刻繡像批評金瓶梅》的地位和價值是不容忽視的。這不僅僅因為它是我們目前所能看到的最早一部《金瓶梅》評本,而且還在於它的出現,標誌著小說《金瓶梅》得以最後寫定。

《金瓶梅》原為「詞話」。欣欣子之序雖已直書為〈金瓶梅詞話序〉,但此序寫作時間較晚,各種《新刻繡像批評金瓶梅》刻本皆未收錄,顯係補以入刻。最早記載《金瓶梅》的本來面目是「詞話」的應是清初的丁耀亢,他在《續金瓶梅》「凡例」裏說:「小說類有詩詞,前集名為《詞話》,多用舊曲。」那麼,這部《金瓶梅詞話》究竟是一種什麼形態呢?丁耀亢在《續金瓶梅》第一回開始,又作了進一步說明:「見的這部書(按:指《金瓶梅詞話》——引者)反做了導欲宣淫的話本。」(《續金瓶梅》,本衙藏板本)看來,最先發現《金瓶梅》是眾多藝人集體創造出來的「世代累積型」創作說,可以遠溯到丁耀亢,是他揭示了這一奧秘。

只要我們不囿於某一傳統偏見,而以實事求是的態度,細檢現存《新刻金瓶梅詞話》全書,就不難發現,它確是一部「話本」,完全符合「詞話」的藝術特點,帶有濃厚的說唱特色。「話本」就是「詞話」,是同一藝術形式。正在本文寫作過程中,蒙徐朔方先生以大著《金瓶梅論集》〈前言〉見示,對此有一段精闢論述:

> 現在我又在這裏進一步指出話本和詞話原是同一藝術形式,話本可以看作是詞話本的簡稱,或者詞話是話本的早期稱呼。話本之「話」指的是「說話」藝術。迄今對「說話」這一藝術形式的理解,都是有意無意地或望文生義地,只看到或重視它的說的一面,而忽視它的唱的一面。現存記載「說話」的最早專著《醉翁談錄》甲集卷一《小說開闢》就說:「吐談萬卷曲和詩」,可見曲和詩本是話本的有機組成部分,也即天都外臣〈水滸傳序〉所說的「蒜酪」,決不是偶一為之或可有可無的穿插。

徐先生所論甚是,一部《金瓶梅詞話》就是最好的例證。難怪丁耀亢說《金瓶梅詞話》是一部「話本」,原因就在於小說裏本來就包括詩、詞、曲等可唱的成分在內。但是,這部話本《金瓶梅詞話》,卻未經文人認真加工整理,所以較多保留了說唱藝人「底

本」的原始形態。儘管書中的破綻、錯亂、矛盾比比皆是，唯其如此，才愈加顯示出它在中國小說史上具有無與倫比的珍貴的文獻價值。直到《新刻繡像批評金瓶梅》的問世，才算完成了文人加工寫定這一工作。我們這裏所說的加工寫定，自然不是指個別文字的修改增刪，而是從回目、情節到人物、事件、結構，進行一次全面的加工、潤色、刪改、增飾。《新刻繡像批評金瓶梅》對《金瓶梅詞話》的修改寫定，大體說來，包括以下幾個方面：

首先，改變原詞話本的說唱特色，使之更加符合小說的體裁要求，對可唱韻文進行了徹底刪削，數量不下三分之二，又大量刊落轉錄或照抄他人之作；其二，變依傍《水滸傳》而獨立成篇，在結構上予以改造：不從景陽崗武松打虎寫起，變為玉皇廟西門慶熱結十兄弟，與最後一回的永福寺作雙峙起結，前後映照，渾然一體；其三，在情節、人物上修補原詞話本的明顯破綻；其四，對回目、引首作了統一加工；其五，全部行文作了潤飾，去其瑣碎重複，顯得更加整潔。

儘管《新刻繡像批評金瓶梅》對原詞話本的刪削和刊落的成分大於修改與增飾，但確是進行了一次認真的加工整理，做了一件名副其實的寫定工作，這是誰也不能否認的客觀存在事實。那麼，誰是《新刻繡像批評金瓶梅》的寫定作評者呢？此書又刊刻於何時呢？這，正是本文所要回答的主要問題。

一

《新刻繡像批評金瓶梅》，除了保留原詞話本的弄珠客序和廿公跋之外，未載任何其他序、跋；明末清初也未見有人提到它的存在，誰為此書寫定作評？成了一個難解的謎，這或許正是三百年來向無人問津的一個原因吧！幸好首都圖書館藏本存有一則「回道人題」，為我們的研究提供了寶貴的線索。孫楷第先生在《中國通俗小說書目》裏雖著錄了這一刻本，不知什麼原因，對這則重要的題記，卻隻字未題。首圖藏本插圖另裝一冊，每回收圖一幅，唯第一百回收圖兩幅，共一百零一幅。故全部圖後餘下半葉，回道人題正刻於此半葉上。題繫一首詞，分上下兩闋，詞缺調名。由於此本刻工粗劣，文字漫漶，但首尾清晰可辯：

> 貪貴貪榮逐利名，□□醉後戀歡情。……須知先世種來因，速覺情，出迷津，莫使輪回受苦辛。
>
> 回道人題

此題置於圖後正文之前，無異於告訴人們：回道人亦即此書的寫定作評者。這位回道人，

承襲弄珠客、廿公的手法，隱名埋姓，化名作題。化名回道人者又是誰呢？此人應是李漁。

　　人們對回道人這個名字並不陌生，回字拆開即為呂，在古典小說戲曲中，他經常是以呂洞賓的代號而出現的。而李漁原名仙呂，字謫凡，故化名回道人，亦是合乎情理的事。何況在李漁所著的小說中，回道人的出現，並非僅此一處，《十二樓·歸正樓》第四回有回道人，而小說《合錦回文傳》裏也有回道人的題贊，便不是偶然的巧合了。誠如孫楷第先生所言：「素軒先生或者就是笠翁先生。」（《滄州後集》，頁185）回道人同素軒一樣，都是李漁的化名，借題贊而夫子自道。故李漁曾化名回道人便不是孤證，可為定讞也。儘管李漁還有覺道人、笠道人的化名。

　　更值得我們注意的是，所有張竹坡批評的《第一奇書》早期刻本，不論是康熙乙亥本，還是在茲堂本，都在扉頁右上端署為「李笠翁先生著」。如果我們考查一下張竹坡與李漁之間的不尋常關係，便不會輕率地認為張竹坡此一題署，純係借笠翁之大名來抬高自己評書的身價，而是確有所據的。李漁係竹坡之父執。竹坡之父張翀與李漁過往密從，經常流連於山水間。據《銅山縣誌》張翀傳記載：

　　張翀，字秀超，兩兄膽，鐸笠仕，翀獨奉母居，色關承歡。暇則肆力芸編，約文會友，一時名流畢集，中州侯方域朝宗，北譙吳玉林國縉，皆間關入杜，有《同聲集》行世。湖上李笠翁漁，同里呂春履、維揚孫直繩、曾翬、徐碩、林梅之數子，常與翀流覽於山水間。

而且，李漁還在張竹坡的家裏住過一段時間：「湖上李笠翁偶過彭門，寓公（按：指張翀）廡下，留連不忍去者將匝歲」（《張氏族譜》〈司城張公傳〉）其時當在李漁移家金陵之後的康熙二年（1663）。這一年，張竹坡大伯父張膽（伯量）的次子張道瑞（履貞）中癸卯科武舉，李漁曾書一聯相賀：「少將出老將之門，喜今日科名重恢舊業，難弟繼難兄之後，卜他年將相並著芳聲。」原注云：「伯亮舊元戎也，長公履吉久作文臣，次公履貞新登武弟。」（《笠翁一家言全集》卷四）張翀去世時，竹坡十五歲，張膽去世時，時年二十。他對父輩的密友李漁的情況，雖不能說瞭若指掌，單靠耳聞，也是相當熟悉的。他的評本《第一奇書》的文字，恰恰來自《新刻繡像批評金瓶梅》，而不是詞話本。就連《第一奇書》的命名，也是來源於李漁的〈三國志演義序〉。他署為「李笠翁先生著」，斯言當屬可靠無疑。這同時也有力地證明了李漁是《新刻繡像批評金瓶梅》的寫定者。

　　姑不論《肉蒲團》是否出自李漁的手筆，僅以李漁是創作戲曲、小說的當行裏手這一點來看，他加工寫定《金瓶梅》，不僅符合他的志趣愛好，樂而為之，而且也是那個「搜奇索古，引商刻羽」的時代使然。萬曆以降，小說戲曲風靡文壇，而對小說戲曲的評

點更是方興未艾，被李漁視為「四大奇書」之一的《金瓶梅》，對他更有著強烈的吸引力。下面我們僅從《新刻繡像批評金瓶梅》正文和評語中所使用的方言這一個側面，也可以看出是出自李漁的手筆。

我們知道，《金瓶梅詞話》所使用的方言，絕大部分流行於徐州以北、黃河以南這一區域。作為祖籍浙江並長期生活在江浙一帶的李漁來說，語言上不可能沒有障疑，個別北方方言他不知底裏，不足為奇：在加工寫定的過程中，習慣地使用他所熟悉的方言，也是很自然的事情。這兩種情況，在李漁寫定的正文和評語中，我們都可以找到，並且屢見不鮮。比如，第三十二回描寫鄭愛香兒罵應伯爵的這句話：「不要理這望江南巴兒虎，汗東山斜紋布！」李漁在此處寫了這樣一段眉評：

> 方言隱語，含譏帶諷，如枝頭小鳥啾啾，雖不解其奇，嬌婉自可聽也。

作為南方人的李漁，當然「不解其奇」，而作為北方人的張竹坡卻深明其意：「望作王，巴作八，漢同汗，斜作邪，合成『王八汗邪』四字，蓋表子行市語也。」同樣，李漁用南方方言寫成的評語：「弄阿呆口角，妙。」（二十一回旁評）在張竹坡的筆下是無論如何也找不到的。在正文內，用南方方言改寫的痕跡也是明顯的，如八十六回詞話本原文是：「十一月二十七日，孟玉樓生日。」則改為「十一月念七日，孟玉樓生日。」「二十」改為「念」，顯係李漁根據自己所熟悉的方言，信手拈來，一揮而就。早在半個世紀之前，鄭振鐸先生在〈談《金瓶梅詞話》〉中曾說：

> 有許多山東土話，南方人不大懂得的，崇禎本也都易以淺顯的國語。
> 我們可以斷定的是，崇禎本確是經過一位不知名的杭州（？）文人的大筆削過的。（而這個筆削本，便是一個「定本」，成為今知的一切《金瓶梅》之祖。）《金瓶梅詞話》才是原本的本來面目。

鄭先生不僅斷定《新刻繡像批評金瓶梅》是《金瓶梅》的「定本」，而且推測寫定者可能是杭州的一位不知名文人，可謂要言不煩，所論亦甚有見地。

平心而論，李漁在戲曲上所取得的成就，超過他在小說上的造詣。特別是他的《閒情偶寄》，在中國古典戲曲理論批評上凌轢前人，首屈一指。他是我國戲曲史上第一個精通導演理論的劇作家，因此他創作的劇本，最適於舞台演出。在《新刻繡像批評金瓶梅》的評語中，我們不時看到，他從戲曲演出的角度，來分析小說《金瓶梅》中的細節描寫，如六十八回眉評中這樣寫道：「寫得活活現現，直覺生旦淨丑一齊搬出，吾恐排場中有此做作，無此神情也。」張竹坡的評語，從數量上講，不知超過李漁多少倍，但是，類似這樣的評語，卻是一處也見不到的。

論定李漁是《新刻繡像批評金瓶梅》的寫定者，有一個問題是必須提及的，即李漁的小說風格以纖巧、新奇見長，而與《金瓶梅》的風格有異。筆者認為：李漁是在刪改《金瓶梅詞話》，並非另起爐灶，憑空自撰，故不能不照顧到原書的藝術風格。何況他之寫定，刪削與刊落大於修改增飾，即或增飾部分，亦有類似其風格者，如詞話本第四回西門慶與潘金蓮見面時的一段描寫。大體說來，詞話本與《水滸傳》基本相同，而《新刻繡像批評金瓶梅》此處多有增飾，對潘金蓮的一舉一動，刻畫得細膩生動，筆鋒亦委婉有致，而與李漁之小說風格相類似。

二

李漁和他同時代的另一位小說理論家金聖歎批評《水滸傳》一樣，邊改邊評，只不過不像金聖歎那樣對原著來了一個腰斬。我們所以斷定李漁既是《新刻繡像批評金瓶梅》的寫定者，又是為之作評者，可以從如下兩個方面來考查。

其一，評語中所透露出的信息。《金瓶梅》第三十八回描寫王六兒被西門慶勾搭之後，她毫無廉恥地「如此這般，把西門慶勾搭之事，告訴一遍」給韓道國，並說西門慶除給了五十兩銀子之外，還要多添幾兩，看所好房子給他們住，「也是我輸了身一場，且落他好些供給穿戴。」而韓道國聽了之後竟說：「等我明日往鋪子裏去了，他若來時，你只推我不知道，休要怠慢了他，凡事奉他些兒。如今好容易撰（賺）錢，怎麼趕的這個道路！」老婆笑道：「賊強人，倒路死的！你倒會吃自在飯兒，你還不知老娘怎樣受苦哩！」正是在這裏，李漁寫了這樣一段眉評：

> 老婆偷人，難得道國亦不氣。若謂予書好色亦甚於好財，觀此，則好財又甚於好色也。

這裏的「予書」，很值得我們注意。正因為李漁對《金瓶梅》作了一番認真的加工寫定，他才敢於聲稱《新刻繡像批評金瓶梅》為「予書」。類此者，不止一處，比如第八十回描寫水秀才代應伯爵等人為西門慶作祭文處，李漁評道：「祭文大屬可笑，唯其可笑，故存之。」李漁對《金瓶梅詞話》的每一回都作了程度不同的刪削，有的刪去文字比較多，如八十四回描寫吳月娘被清風寨擄去，矮腳虎王英逼其成婚，宋江義釋一大段，事件突兀，原受《水滸傳》之遺響而成，故全部刪去，一字不留。而水秀才所寫祭文，雖不倫不類，荒唐可笑，但卻被保留了。這則眉評就交待了他保留的原因，「唯其可笑，故存之。」

其二，我們還可以拿李漁在〈三國志演義序〉裏對《金瓶梅》的評價和他在《新刻

繡像批評金瓶梅》裏所寫評語，作比較研究，也不難發現兩者的觀點是相吻合的。〈三國志演義序〉云：

> 嘗聞吳郡馮子猶，賞稱宇內四大奇書，曰：《三國》《水滸》《西遊》及《金瓶梅》四種，余亦喜其賞稱為近是。然《水滸》文藻雖佳，於世道無所關係，且庸陋之夫讀之，不知作者密隱鑒誡深意，多以是為果有其事，藉口效尤，興起邪思，致壞心術，是奇而有害於人者也。《西遊》辭句雖達，第穿鑿捏造，人皆知其誕而不經，詭怪幻妄，是奇而滅沒聖賢為治之心者也。若夫《金瓶梅》不過譏刺豪華淫侈，興敗無常，差足淡人情欲，資人談柄已耳，何足多讀。至於《三國》一書……是所謂奇才奇文也。

「譏刺豪華淫侈，興敗無常，差足淡人情欲」，可以說，作為一條主線，貫串在《新刻像批評金瓶梅》的全部眉評和旁評中。在李漁看來，《金瓶梅》並不是一部「淫書」，而是一部「世情書」，「此書只一味打破世情，故不論事之大小冷熱，但世情所有，便一筆刺入（五十二回評）。這裏面既有「獻媚者與受賄者，寫得默默然會心，最有情致」（五十五回評）。又有形形色色的「仕途之穢」；既寫「六黃太尉何得勢焰」（七十三回評），又把市井小人刻畫得「死未罄辜」。而皇帝的驕奢淫移，僅「土木珍玩之費如此，安得不民窮盜起？」（七十八回評）是故《金瓶梅》一書，「寫世態炎涼，使人欲涕欲笑」（三十五回評）。「千古傷心，似為是作」（七十四回評）。李漁讚歎作者「終是老手，刀刀見血」（八十六回評）。讀來令人「欲髮指牙碎」。但是，全書的主旨，卻是為了勸懲，「淡人情欲」，「此為世人說法也，讀者當須猛省！」（八十九回評）「此菩提棒喝，須省，須省！」

　　從以上兩點論述中，我們可以得出這樣的結論：李漁不僅是《新刻繡像批評金瓶梅》之寫定者，而且也是為之作評者。

三

　　關於《新刻繡像批評金瓶梅》的刊刻年代，最早是孫楷第先生著錄時說：「以上諸本皆無欣欣子序，蓋皆崇禎本。」（《中國通俗小說書目》，頁132）孫先生的這一結論，未作說明，不知何所據。前輩學者鄭振鐸先生在〈談《金瓶梅詞話》〉一文中則說得比較具體：

> 在十多年前，如果得到一部明末刊本的《金瓶梅》，附圖的，或不附圖的，每頁

中縫不寫第一奇書而寫《金瓶梅》三字的，便要算是「珍秘」之至。那部附插圖
的明末版《金瓶梅》，確是比第一奇書高明得多。第一奇書即由彼而出。明末版
的插圖，凡一百頁，都是出於當時新安名手。圖中署名的有劉應祖、劉啟先（疑
為一人）、洪國良、黃子立、黃汝耀諸人。他們都是為杭州各書店刻圖的，《吳騷
合編》便出於他們之手。黃子立又曾為陳老蓮刻《九歌圖》和《葉子格》。這可
見這部《金瓶梅》也當是杭州版。其刊行的年代，則當為崇禎間。

從附圖的刻工，推論為崇禎刊本。論證不可謂無據，惜無佐證。而僅以刻工姓名確定此
書的刊刻年代，它可以是刻工青年時代所為，亦可以是晚年之作，中間彈性甚大。說刻
於崇禎可，刻於天啟亦可，刻於清初亦無不可，故日本學者有謂為天啟本者。臺灣魏子
雲先生說得最為絕對：

> 而崇禎本《金瓶梅》則有四種刻本。（北平康德圖書館一種，日本內閣文庫一種，日本
> 天理大學一種，北平馬廉私藏一種。根據鳥居久晴著《金瓶梅版本考》排列的秩序，以康德館
> 藏本刻最早，內閣次之，天理再次之，馬廉則可肯定為崇禎本又次之。）這一情形，便足
> 以證明崇禎本是公開發行的，所以它出版後，在崇禎朝短短十六年間，而又變亂
> 蜂起，居然還有四種不同的刻本出現，可以印證沈德符說的，「此等書必遂有人
> 板行，一刻則家傳戶到」的話。[1]

自稱在《金瓶梅》研究上「耗去十五年的時間與精力」，「每一立論都是基於全局發展
出的」[2]魏子雲先生，當然最為博見洽聞，他說此書在崇禎年間，一連刻了四次，如此言
之鑿鑿，必有真憑實據在了。遺憾地是，我懷疑魏子雲先生恐怕對其中的任何一種都未
認真地讀過一遍，否則，他不會鬧出這樣的大笑話來。眾所周知，魏子雲先生是力主《金
瓶梅詞話》最早刻於天啟年間，《金瓶梅》所描寫的事件是影射萬曆一朝三大案件一說
的（嚴格地說，紅丸案應屬於泰昌時）。那麼好了，一部天啟年間的小說《金瓶梅》，崇禎
人作評時，卻屢屢以「今人」相稱，豈非癡人夢囈？如四十二回一則眉評云：「今人借
銀子，約在明日、後日，偏能不達，比此更妙。」又如四十三回一則眉評云：「明明面
獎，欲說不是面獎，今人多用此語。」等等，不乏例舉。要麼詞話本不是刻於天啟年間
而是更早，要麼《新刻繡像批評金瓶梅》不是刻於崇禎年間而是更晚，兩者起碼間隔將
近半個世紀，方能寫出這樣的評語來。如依魏先生之宏論，屬於同一個時代人寫出這樣
的評語來，那真是天下奇談！魏子雲先生粗疏如此，卻對「大陸方面之學人」以「井蛙

1　魏子雲：〈屠本畯的金瓶梅〉見臺灣《書目季刊》第 19 卷第 3 期。
2　同前註。

所見之天小」反唇相譏，正是學人所不屑取的。

下面追索一下此書的刊刻年代，我們不妨先從內證談起。

《新刻繡像批評金瓶梅》對詞話本的刪削固然很多，但文字亦有不加改動者，如第十七回〈宇給事劾倒楊提督〉中兵科給事中宇文虛所奏一本。為了說明問題，節引如下，括弧內係《第一奇書》本文字：

> 懇乞宸斷，亟誅誤國權奸，以振本兵，以消虜（邊）患事。臣聞夷狄（邊境）之禍，自古有之：周之獫狁，漢之匈奴，唐之突厥，迨及五代而契丹浸強，又我皇宋建國，大遼縱橫中國者已非一日。然未聞內無夷狄（蟊蠹），而外萌夷狄（有腐朽）之患者。……今招夷狄（兵戈）之患者者，莫如崇政殿大學士蔡京者……邇者河湟失議，主議伐遼，內割三郡，郭藥師之叛，卒致金虜（國）背盟，憑陵中夏（兩失和好），此皆誤國之大者，皆由京之不職也。……今虜（兵）之犯內地，則又挈妻子南下，為自全之計，其誤國之罪，可勝誅戮？……數年以來，招災致異，喪本傷元，役重賦煩，生民難散，盜賊猖獗，夷虜（舉兵）犯順，天下之膏腴已盡，國家之紀綱廢弛，雖擢髮不足以數京等罪也。

張竹坡把「虜」「夷狄」等字眼全部改過，實在是畏懼清廷的文字獄。然而《新刻繡像批評金瓶梅》卻隻字未動。說明此本很可能刊刻於明代，或滿族封建統治者尚未在全國取代漢族而建立鞏固政權之清初順治年間。這應是此書刊刻年代之上限。

此本刊刻年代的下限，也是有跡可尋的：一是張竹坡在康熙三十四年（1695）批評《金瓶梅》時，已經針對《新刻繡像批評金瓶梅》中的某些評語作評了。請看張竹坡在八十二回的這則評語：

> 原評謂此處插入春梅。予謂：自酒醉，春梅關在炕屋，已點明春梅心事矣。

這裏所謂的「原評」，即是《新刻繡像批評金瓶梅》在此處所作的一則旁評：「趁勢就插入春梅，妙甚。」故此書刊刻年代的下限，絕不能遲於康熙三十四年。二是高念東為蒲松齡的《琴瑟樂曲》所作跋語中，也參照了《新刻繡像批評金瓶梅》的評語。

曹雪芹的《紅樓夢》創作，直接受到《金瓶梅》的啟示，人所共知，而《金瓶梅》對清代另一位著名小說家蒲松齡的影響，則不見論及。蒲松齡用俚曲寫成的《琴瑟樂曲》，國內向無傳本，今從日本複製得見，殊為珍貴。而文中竟有多處轉錄於《金瓶梅》者，更加引人注目，說明蒲松齡的小說創作，亦受到《金瓶梅》的影響，筆者當另屬文，此處從略。《琴瑟樂曲》正文後，附有蒲松齡好友高念東寫的一篇跋語，其中有一節專談《金瓶梅》的文字，鮮為人知，故迻錄於後：

且如《金瓶梅》一書，凡男女之私，類皆極力描寫，獨書至吳月娘，胡僧樂、淫氣（器）包曾未沾身，非為冷落月娘，實要高抬月娘。彼眾婦皆淫媼賤婢，而月娘則貞良淑女；後眾婦皆鶉奔相就，而月娘則結髮齊眉。一概溷濁，豈辨賢愚？作者特用泥污蓮之筆，寫得月娘竟是一部書中出色第一人物，蓋作者胸中法也。（《日本慶應義塾大學藏天山閣藏抄本》）

高念東對吳月娘的評價，雖然參照了李漁的評語，而與張竹坡相左。李漁在評話中，不止一處提到吳月娘才是西門慶的「正經夫妻」「月娘亦可謂貞婦人矣」（八十一回評）。「如此賢婦，世上有幾！」（第一回評）高念東的跋語最後署為「時康熙歲次乙亥清明中浣題於棲雲閣」，亦可證《新刻繡像批評金瓶梅》的刊刻年代絕不會晚於康熙三十四年。又據日本藤田佑賢《聊齋俚曲考》，認為《琴瑟樂曲》作於蒲松齡三十五歲時，即康熙十三年（1674），則又說明，《新刻繡像批評金瓶梅》，在康熙十三年以前，業已刊刻行世了。

李漁的小說創作，《無聲戲》約在順治十一年至順治十五年完成，《十二樓》則有杜於皇順治十五年序。他寫《三國志演義》所作評亦在順治十五年以前，觀其序末署為「湖上笠翁李漁題於吳山之層圖」，知為寓居杭州時所作。《新刻繡像批評金瓶梅》之寫定作評當亦在此時完成，並請杭州刻工名手為之作圖。

世有芥子圖刊刻四大奇書，清末尚存，《小說小話》云：「曾見芥子園四大奇書原刻本，紙墨精良，尚有餘事，卷首每回作一圖，人物如生，細入毫髮，遠出近時點石齋石印畫報上。而服飾器具，尚見漢家制度，可作博古圖觀，可作彼都人士詩讀。」今唯存《水滸傳》有芥子園刻百回本。而從其所言每回作一圖來看，恰與首都圖書館藏本合，因此，我懷疑《新刻繡像批評金瓶梅》，就是芥子園刊四大奇書之一種，或者芥子園刻本由此本而復刻。

據筆者所見，國內藏有兩種《新刻繡像批評金瓶梅》刻本：一為首都圖書館藏本，一為北京大學圖書館藏本，鄭振鐸先生藏本及上海圖書館藏本與北京大學本同。兩種刻本的區別有二：一是前一種刻本只有旁評，而後者除旁評外尚有眉評，兩種旁評亦有異同；二是前一種收圖一百零一幅，另裝一冊，置於正文前，後一種收入圖二百幅，每回兩幅，置於每回之前，刻工以後者為精。筆者認為，首圖本刊刻在前，有可能李漁在初刻此本時，著重對《金瓶梅》作了修改寫定工作，同時也寫下了較為簡略的旁評。北京大學藏本的刊刻時間則稍後，刊刻時除增加了眉評外，對原有旁評亦作了增刪，同時還增刻了圖。

現存《金瓶梅詞話》
是《金瓶梅》的最早刊本嗎？
——與馬泰來先生商榷

·

馬泰來先生的〈有關《金瓶梅》早期傳播的一條資料〉一文（《文學遺產》第650期），補證王重民先生從《天爵堂筆餘》中勾稽出的《金瓶梅》資料，得出「《金瓶梅詞話》是《金瓶梅》的最早刊本」的結論。再一次提出人們爭論多年的問題：即《金瓶梅詞話》之前，究竟有沒有一個「吳中」刻本，它是否刻於庚戌年？這對研究《金瓶梅》的成書過程，頗為重要，不可不辨。

最早提出有庚戌刻本的是魯迅先生，他說：「萬曆庚戌（1610），吳中始有刻本。」朱星由此提出「潔本」「穢本」之說，徐朔方先生不同意朱說。魯迅先生依據的是沈德符《萬曆野獲編》中的一段記載，為行文方便，先把沈氏原文，節引如下：

> 丙午遇中郎京邸，問其有全帙否？曰：「第睹數卷，甚奇快。今惟麻城劉延白承禧家有全本，蓋從其妻家徐文貞錄得者。」又三年，小修上公車，已攜有其書，因與借鈔。挈歸，吳友馮夢龍見之驚喜，慫恿書坊，以重價購刻。馬仲良時榷吳關，亦勸予應梓人之求，可以療饑，予曰：「此等書必遂有人板行，但一出則家傳戶到，壞人心術，他日閻羅究詰始禍，何辭置對？吾豈以刀錐博泥犁哉！」仲良大以為然，遂固篋之。未幾時，而吳中懸之國門矣。

沈德符先說丙午年（萬曆三十四年，1606）在北京遇到袁宏道，問他有沒有《金瓶梅》全帙，然後才說「又三年，小修上公車」，帶來了抄本《金瓶梅》。丙午後的「又三年」，應是萬曆三十七年（1609）。這一年袁中道確是赴京會試，於是沈德符向他借抄《金瓶梅》。相隔數年後，沈德符帶著抄本《金瓶梅》南歸，來到蘇州，遇到馮猶龍和「時榷吳關」的馬仲良（之駿），對勸應梓人之求付刻，沈沒有答應，「遂固篋之」。接下來才是「未幾時，而吳中懸之國門矣。」因此，這裏的「未幾時」，是馬仲良榷吳並後的「未幾時」，而不是「小修上公車」後的「未幾時」。推論《金瓶梅》萬曆庚戌年被刻於吳中，顯然

不能成立。

馬仲良権吳關，指馬仲良出権滸墅關鈔，只任一年，即萬曆四十一年（1613）。康熙十二年序刻本《滸墅關志》卷八《権部》記載得非常明白，萬曆四十年任為張詮，四十一年任為馬仲良，四十二年任為李佺台。《虎阜金石經眼錄》還說他「出権滸墅，年才二十有四。」故《金瓶梅》的最早刻本，必在萬曆四十一年後的「未幾時」，這應當就是萬曆四十五年東吳弄珠客序刊本。不然，在萬曆四十三年，沈德符的侄子沈伯遠不會仍以抄本《金瓶梅》借給李日華。因此，馬泰來先生說：「近人所謂『萬曆庚戌（1610）刊本』，並未存在，純出誤解沈德符《萬曆野獲編》文字。」無疑是正確的。

但是，能不能說萬曆四十五年弄珠客序刊本，就是我們今天看到的《新刻金瓶梅詞話》呢？或者如馬泰來先生所說：「《金瓶梅詞話》是《金瓶梅》的最早刊本」呢？我們認為還不能。

薛岡和沈德符親歷了《金瓶梅》從抄本流傳到刊刻問世的全過程，他們也是《金瓶梅》刻本的最先記載者；而以《天爵堂筆餘》所記較為完整：

> 往在都門，友人關西文吉士以抄本不全《金瓶梅》見示，余略覽數回，謂吉士曰：此雖有為之作，天地間豈容有此一種穢書，當急投秦火。後二十年，友人包岩叟以刻本全書寄敝齋，予得盡覽。

據筆者所見《天爵堂文集》十九卷，後附《筆餘》三卷，國內存兩部：一為北京圖書館所藏崇禎五年序刊本；一北京大學圖書館所藏天啟五年序刊本。前者與馬泰來先生所記現藏臺北圖書館的一部應為同一刻本，而以後者為善。這裏的問題是：薛岡什麼時候看到抄本不全的《金瓶梅》？包岩叟什麼時候又寄給他刻本全書？先看《天爵堂筆餘》的寫作年代。幸好，有薛岡的〈天爵堂筆餘自序〉在，序云：

> 余自乙未迄癸丑，其間觸於目、騰於耳而欲渲泄於口者，輒以條紙筆而篋之。或古或今，或朝或野，或記載或議論，或長而娓娓，或約而片言，莫不任己意見，率爾措辭，未加點潤，十九年中積之不下數千條。甲寅，納布囊攜而北，意欲稍刪削編次而類聚之，刻其可存者，而篇固無名也……。

乙未為萬曆二十三年（1595），癸丑為萬曆四十一年（1613），前後正好十九年。還未等薛岡刪削編次，他的朋友周野王就分成四冊，列為八卷，定名《筆餘》並為之序，付刻。未竣事，周野王患急疾，倏然謝世。薛岡當時不知為誰所刻，遍覓都下而不可得。後從周家中找出原稿，所存者僅數百條，甚惜，「遂取存者，刻於都下」。而現存《筆餘》是合乙卯（1615）後所作續筆，故有言及天啟事者，再刻後附之《文集》後的。記載《金

瓶梅》的這一條，當為乙卯後續筆無疑。這是一，其二，文吉士為文在茲。吉士是翰林院庶吉士之簡稱，馬泰來先生所考甚是，同治《三水縣誌》卷九〈藝文〉還有文在茲文，下署「明，邑人，庶吉士」可證。薛岡與他結識，約在萬曆二十九年文進京舉進士時，是年，薛岡恰在京。由此下推二十年，為萬曆四十八年。那麼，薛所見刻本全書《金瓶梅》，又必在是年之前；其三，包岩叟寄給他刻本《金瓶梅》是萬曆四十五年的事。包士瞻，字五衢，號岩叟，與薛同里，鄞縣人。萬曆四十四年九月，薛、包二人自京南歸。一路風雪冰凍，至瓜洲，已是臘盡，來到江南，二人分手。薛經錢塘返里，包因途中跌傷，暫滯江南。[1]轉眼就是弄珠客序刊本《金瓶梅》問世的一年，包於此時把刻本全書《金瓶梅》寄給薛岡，是合乎情理的。他二人情誼篤厚，用薛岡的話說：「吾兩人之誼，正如似膠投漆，不唯弟不能離兄，兄亦不能離我。」[2]故包岩叟得到刻本後，馬上付郵，使薛先睹為快。總之，無論是薛岡，還是沈德符，所見《金瓶梅》的最早刊本，皆為萬曆四十五年弄珠客序刊本而絕不是現存《新刻金瓶梅詞話》，不少《金瓶梅》研究者，包括馬泰來先生在內，把兩者混為一談了。

首先，今人所見《新刻金瓶梅詞話》，開卷就是欣欣子序，次為廿公跋，最後才是弄珠客序。而欣欣子序落筆即為：「竊謂蘭陵笑笑生作《金瓶梅傳》，寄意於時俗，蓋有謂也。」如果沈德符所見就是這個刻本，對於此書至關重要的作者蘭陵笑笑生，絕不會一句不涉，反倒另出「聞此為嘉靖間大名士手筆」一說，這是無論如何也說不過去的。其次，再看薛岡所云：「簡端序語有云：讀《金瓶梅》而生憐憫心者，菩薩也；生畏懼心者，君子也；生歡喜心者，小人也；生效法心者，禽獸耳。序隱姓名，不知何人所作，無確論也。」所引序文內容，正是弄珠客序，但並非在「簡端」，而是放在最後，亦可證薛岡所見《金瓶梅》最早刻本，沒有欣欣子序，或者也沒有廿公跋。再次，正因為有原刻在前，故特別標明此為「新刻」，列於每卷之首。因此，現存《新刻金瓶梅詞話》，是詞話本的第二個刻本。它的特點是：翻刻萬曆四十五年原刻本，並另加欣欣子序和廿公跋。所以斷定為翻刻，是因為這個刻本的第五十三回至五十七回，確如沈德符所見原刻本一樣：「有陋儒補以入刻，無論膚淺鄙俚，時作吳語，即前後血脈，亦絕不貫串，一見知其贗作矣」。

《新刻金瓶梅詞話》的刊刻時間，也是可以考知的，即萬曆四十七年以後。沈德符所記最後一段，提到丘志充「旋出守」，據《明實錄》，丘出守在萬曆四十七年。薛岡所記，亦在是年以後，兩相吻合，皆可證。

1　《天爵堂文集》卷六〈丙辰南歸記〉。
2　《天爵堂文集》卷十七〈與包岩叟〉。

也談《金瓶梅》的成書和「隱喻」
——與魏子雲先生商榷

　　讀了吉林大學學報1987年第1期刊登的徐朔方教授和臺灣魏子雲先生討論《金瓶梅》的大文之後，獲益非淺。尤其編者所加接語，言簡意賅，語味深長。感謝他們為海峽兩岸《金瓶梅》研究同仁提供了這一寶貴園地，不僅推動了對這部古典小說名著的深入研究，而且溝通了分居兩地的炎黃子孫的情感。試如徐朔方先生所言：「盈盈一水間，脈脈而能語」。因此，我是懷著喜悅的心情參加這一討論的。

　　先是承魏子雲先生，請張遠芬同志轉寄給我由他親自題簽的發表在臺灣《書目季刊》第19卷第3期的新作：〈屠本畯的金瓶梅跋〉，對拙文〈北圖館藏《山林經濟籍》與《金瓶梅》〉，提出不同意見，我一直沒有作答。此文有三個標題：一、劉輝論屠本畯〈金瓶梅跋〉的主旨；二、我請教劉輝的問題；三、研究《金瓶梅》應以大局立說。第二個標題下面又有兩個小標題：《金瓶梅》怎會是嘉靖間作品？《金瓶梅詞話》有三種刻本嗎？全文對《金瓶梅》的成書過程發表了意見。故本文亦從《金瓶梅》的成書談起，略陳管見，就教於魏子雲先生。

　　在沒有討論之前，有一個問題必須申明：即魏先生在〈屠本畯的金瓶梅跋〉中曾說：「劉輝先生認為《金瓶梅詞話》有三種刻本的理由是：他的初刻本，就是萬曆四十五年東吳弄珠客序刊的《金瓶梅詞話》。這個刻本的特點有二：一是坊賈看到有利可圖，很可能是拼湊抄本，匆匆趕刻，未經或者說來不及請文人作者修改寫定：二是只有弄珠客序而無欣欣子序和廿公跋。按：劉先生的這兩個理由，第一個理由是根據沈德符《萬曆野獲編》的話，然後再根據我在《金瓶梅的問世與演變》中的論斷，遂據此作推想。要不然，劉先生憑什麼說『書賈看到有利可圖』，又說是『拼湊本』『來不及請文人作家寫定』？像這種援用別人的話推想來的說詞，是無法用於學術研究上的。」[1]遺憾得很，由於海峽兩岸至今未能通郵，魏先生的大著《金瓶梅的問世與演變》《金瓶梅原貌探索》，雖早已聞名，至今仍未得讀。在我1984年所寫的文章中，怎麼可能根據魏先生大著中的

---

[1]　《書目季刊》第19卷第3期。

「論斷」，「遂據此作推想」呢？待 1986 年初，收到魏先生的大文後，我才千里迢迢跑到徐州，在遠芬同志處看到這兩部大著。手頭無書，難以校覆，本文在轉述魏先生觀點時，若有疏漏，還希鑒諒。

一

《金瓶梅》的成書過程是一個非常複雜的問題，既涉及抄本的流傳情況，又關係刻本的嬗變經過，雖經幾代學者矻矻探索，迄今仍然諸說並存，難成定論。然而，引人注目的是：所有研究者，無不把沈德符在《萬曆野獲編》中有關《金瓶梅》的一段記載，作為他們探索《金瓶梅》成書過程的一個起點。這正是魏子雲先生在〈學術研究與批評──請教大陸學人徐朔方先生〉一文中所摘引的一段，原樣迻錄如下：

> ……丙午（萬曆三十四年）遇中郎京邸，問曾有全帙否？曰第睹數卷，甚奇快。……又三年，小修（中道）上公車，已攜有其書，因與借抄挈歸，吳友馮猶龍見之驚喜，慫恿書坊以重價購刻。馬仲良時榷吳關，亦勸予應梓人之求，可以療饑。予曰此等書必遂有人版行，但一刻則家傳戶到，壞人心術，他日閻羅究詰始禍，何辭置對？吾豈以刀錐博泥犁哉！仲良大以為然，遂因篋之。未幾時，而吳中懸之國門矣。……

魏先生接著說：

> 魯（迅）、吳（晗）、鄭（振鐸）這三位大家，……便是依據了這段話中的「又三年」以及攜歸抄稿，有友勸他賣給出版商他不肯，卻也「未幾時而吳中懸之國門矣」的文詞。鄭振鐸且感於此一問題不與《金瓶梅詞話》的萬曆丁巳（四十五年）序言相合，遂又認為《金瓶梅詞話》是後來的北方刻本，「吳中懸之國門」的那一本在前，出版於萬曆三十八年。
> 此一問題，請問徐先生，難道魯、吳、鄭三位大家連《萬曆野獲編》的文辭，也讀不通麼？
> 應是《萬曆野獲編》的這番話有問題罷！
> 我想，無論任何人讀了上述《萬曆野獲編》的這番話，都會認為《金瓶梅》在萬曆三十八年間已有刻本了。（見《吉林大學學報》1987 年第 1 期，頁 87。以下引文不注出處者，皆見此文─筆者）

我與魏子雲先生的分歧，恰恰始於此。魏先生認為「《萬曆野獲編》的那番話，漏

洞百出，難以為據。」[2]「我認為沈德符的《萬曆野獲編》論及《金瓶梅》的文辭，頗多漏洞。」而且是不是出自沈德符的手筆，也表示懷疑：「《萬曆野獲編》梓行最遲，至道光七年（1827）方有刻本行世。沈這篇論金瓶梅之文是後人偽託而附纂，也是大有可能的。」[3]我的看法與之相反：沈德符這段話，文通字順，毫無不合情意處，只要不是按照自己的需要，隨意曲解、剪裁，亦無任何漏洞可言；沈德符的這段記載，又見之於《分類野獲編摘錄》，顯為沈氏所作，無可置疑。現分述如下。

一、魯、吳、鄭對此段文字確有誤解，原因不在於「三位大家連《萬曆野獲編》的文辭，也讀不通」，而是斷句失誤所致，包括上引魏先生的標點在內。關鍵出在「因與借抄挈歸」這幾個字上。此處正確的斷句應為：「……因與借抄。挈歸，吳友馮猶龍見之驚喜，慫恿書坊以重價購刻。」借抄是一回事，挈歸又是一回事，在時間上相差數年之久。由於三大家不了解沈德符向袁小修借抄《金瓶梅》之後，並不是這一年就挈歸了，所以，才錯誤地推論出有一個萬曆三十八年刻本。挈歸帶到南方蘇州，是萬曆四十一事，「馬仲良時榷吳關」一句可證。魏子雲先生在《金瓶梅》研究上的貢獻，正在於從民國《吳縣誌》查出了馬仲良（之駿）任吳關——滸墅關——榷部，其時在萬曆四十一年。康熙十二年刻本《滸墅關志》記載最為詳盡。可能滸墅關鈔是個肥缺，每任皆以一年為限，絕不可連任。萬曆四十年為張銓（平仲），四十一年為馬仲良，四十二年為李佺台（為奐）。學術研究總是後來居上。隨著史料的不斷發掘，逐漸拓寬了人們的視野，研究也必然越來越縝密。怎麼可以以後人研究中的失誤，作為判斷沈德符記載漏洞百出的證據呢？其實，這類的失誤，任何研究大家，都在所難免。既然是討論《金瓶梅》，我們不妨以這方面的研究為例。譬如，鄭振鐸先生對欣欣子序中的一段話，就判斷有誤：

> 吾嘗觀前代騷人，如盧暉之《剪燈新話》，元微之之《鶯鶯傳》，丘瓊山之《鍾情麗集》，趙居弼之《效顰集》，羅貫中之《水滸傳》，盧梅湖之《懷春雅集》，周靜軒之《秉燭清談》，其後《如意傳》《于湖記》，其間語句文確，讀者往往不能暢懷，不至終篇而掩棄之矣。

鄭先生說：「又序中所引《如意傳》，當即《如意君傳》；《于湖記》當即《張于湖誤宿女貞觀記》，蓋都是在萬曆間而始盛傳於世的。」[4]《張于湖誤宿女貞觀記》，最早見於《國色天香》，是書有萬曆十五年序刊本，說萬曆間始盛傳於世是有根據的。至於說

2　《金瓶梅的問世與演變》。

3　同前註。

4　〈談《金瓶梅詞話》〉。

到《如意君傳》也是在萬曆間始盛傳於世，則不能成立了。原因是鄭先生不了解死於嘉靖十九年的黃訓，已經讀到了小說《如意君傳》，而且寫下了〈讀如意君傳〉一文。此文就收在嘉靖四十一年刻本，黃訓所著《讀書一得》卷二。假如鄭先生看到這部嘉靖刊本《讀書一得》，我想是不會出現這個失誤的。

再如廿公跋。1985 年人民文學出版社本是這樣斷句的：「《金瓶梅傳》，為世廟時一巨公寓言，蓋有所刺也。」魏子雲先生的標點與之不同。「《金瓶梅》傳為世朝時一巨公寓言，蓋有謂也（應為：蓋有所刺也——筆者）。」[5]表面看來，似乎兩種斷句皆可，實則毫釐之失，千里之差。前者的語氣是肯定的，就是嘉靖時一巨公寓言；而後者則是相傳。如果明確廿公之說本原於屠本畯的「相傳嘉靖時，有人為陸都督炳誣奏，朝廷籍其家，其人沉冤，托之《金瓶梅》。」那麼，一眼就可看出前者明顯有誤，而魏先生為是。難道，我們能夠以這樣的研究失誤，來責備廿公嗎？同樣的道理，也不能夠以後人的研究中的失誤，就斷言：「應是《萬曆野獲編》的這番話有問題罷！」

二、魏子雲先生認為沈德符說他從袁小修處借抄了《金瓶梅》全書，不合情實，因此發出了「萬曆三十七年間袁氏兄弟手中就有了《金瓶梅》全稿麼」的疑問，並以袁小修的日記與之印證：「往晤董太史思白，共說小說之佳者，思白曰：近有一小說，名「金瓶梅」，極佳！予私識之。後從中郎真州，見此書之半，大約摹寫女兒情態具備，乃從《水滸傳》潘金蓮演出一支。所云金者，即金蓮也；瓶者，李瓶兒也；梅者，春梅婢也。舊時京師，有一西門千戶，延一紹興老儒於家。老儒無事，逐日記其家淫蕩風月之事，以西門慶影其主人，以餘影其諸姬。瑣碎中有無限煙波，亦非慧人不能。」據此，魏先生說：「試觀這段，並未提到他閱及全書，若已讀到全書，怎麼還會說：『後從中郎真州，見此書之半』呢」？袁小修的日記，用他自己的話說，是「追憶思白言及此書」，並追憶萬曆二十六年在真州時，已見到此書之半。說不定這是他第一次讀到《金瓶梅》，所以印象特別深刻，之前僅僅是聽董思白告訴他此部小說「極佳」，「予私識之」，故特別記載下來。至於他以後何時又得到全書，袁小修沒有記，今人又何必強求？設若有人獨具慧眼，從袁小修的這段日記中，看到了袁小修已經向人們透露出他在萬曆四十年還沒有得到全書的信息，那麼，魏先生的指責和疑問就可以成立。抱歉得很，絲毫覺察不出一點這樣的信息，半點也沒有！恰恰相反，從袁小修對《金瓶梅》的評論來看，是他看到全書之後才可以寫出的，否則他不會說得如此全面。

魏先生又以謝肇淛的〈金瓶梅跋〉相印證：「余於袁中郎得其十三，於丘諸誠得其十五，稍為釐正，而闕所未備，以俟他日。」然後接著說：「謝肇淛與袁宏道是同年進

5　同註 1。

士（萬曆二十年壬辰科），與袁中道（小修）也是好朋友。那麼我請問徐朔方先生，袁小修如在萬曆三十七年間就有了《金瓶梅》全稿，謝肇淛還會在萬曆四十一年之後，說『而闕所未備，以俟他日』，還在期待『未備』的『十其二』麼？」這裏，又把萬曆三十四年前的事情，拉到了萬曆四十一年之後。因為謝肇淛從袁中郎處「得其十三」，其事在萬曆三十四年前。袁中郎於是年寫給謝肇淛的信可證：「今春謝胖來，念仁兄不置。……《金瓶梅》料已在誦，何久不見還也？」[6]從「久不見還」一語來看，很可能借去不止一、二年了。怎麼可以萬曆三十四年前的事，拿來印證之後幾年發生的事？豈非真可未卜先知？謝肇淛同袁小修一樣，也在追憶往事，只不過他追憶的是自己得到《金瓶梅》抄本不全的前後經過。從時間上說，從袁中郎處「得其十三」在前，從丘志充處「得其十五」在後，根本不是發生在一年的事情。至於他為什麼未得到抄本全書《金瓶梅》？何時又獲得？謝肇淛沒有說，又何需今人主觀臆測呢？謝肇淛九泉有知，他一定會悔恨自己的跋語未寫成詳記干支月日的流水帳，害得三百年後為他的記載「闕所未備」而聚訟紛紜。其實，謝肇淛從袁中郎處「得其十三」，是萬曆二十四年袁中郎從董其昌處借抄的上半部《金瓶梅》。萬曆二十四年袁家僅有抄本不全《金瓶梅》，不等於十幾年後的萬曆三十七年袁家還未有全帙。看來，無論是袁小修，還是謝肇淛，他們都不能為魏子雲先生否定沈德符的記載而站出來作證的。

　　三、沈德符這段有關《金瓶梅》的記載，不僅見於《萬曆野獲編》卷二十五，而且《分類野獲編摘錄》亦收此條。《摘錄》有明刊大字本，顯係出自沈氏原稿，可為魏先生是否出自沈德符之手筆釋疑。

　　四、有關《金瓶梅》抄本流傳和刊刻經過，筆者已在〈金瓶梅版本考〉〈論《新刻繡像批評金瓶梅》〉等文中詳加論證，不再贅述。不過，魏子雲先生一再向我發出質問：「《金瓶梅》怎會是嘉靖間作品？」並說：「劉輝先生論定《金瓶梅》是嘉靖作品，……僅據一言片語而遽下結論！此說自難成立。」[7]對此，我不能不作簡略的回答。我是一向否定《金瓶梅》是嘉靖大名士所作的，我曾說過：「於是《金瓶梅》作者是王世貞一說，影響數百年，幾成定論。即如今人，亦有篤信不疑者。平心而論，其責任不在屠本畯，也不在沈德符，因為，人們恰恰忽略了至關緊要的兩個字：屠說『相傳』，沈云『聞此』。『相傳』和『聞此』意味深長而又非常顯近，它啟示我們：早在萬曆年間，屠本畯已經無法指出《金瓶梅》作者的真實姓名了。因此，不從《金瓶梅》小說本身的研究出發（我認為這是最有說服力的內證），而是光在作者問題上兜圈子，難免要走進死胡同。如果《金

6　　《袁中郎全集》卷一《尺牘》，〈與謝在杭書〉。
7　　同註1。

瓶梅》的作者真是王世貞，或者是嘉靖間的一位大名士，為什麼出生在嘉靖年間的屠本
畯會一點不知道呢？這難道不是一個很富有啟迪性的問題，值得我們去深思嗎？」[8]原文
具在，讀者可以復按。應當說明的是：《金瓶梅》雖不是嘉靖大名士所作，但有關《金
瓶梅》的故事，卻早在嘉靖以前就廣泛流傳於民間了。具體到它的成書年代，其上限應
在正德末年，《金瓶梅詞話》在不少回中借用和抄錄了小說《如意君傳》可證，而現存
活字體《如意君傳》為正德十五年所刻，也是確鑿無疑的。其成書下限，又不得晚於隆
慶末年，其時社會上已經有抄本出現，王宇泰出重資購得的抄本二帙《金瓶梅》，就在
斯時可證。我的看法自然與魏子雲先生的觀點迥然不同，這就與我們下面將要談到的《金
瓶梅》一書的主旨密切相關了。

二

　　《金瓶梅》在中國小說史上，是第一部以社會現實生活為題材的長篇小說，借宋代而
實寫明事，人所共認。稱《金瓶梅》為有明一代之百科全書，一點也不過分。上至朝廷
權臣，下至市井細民，各色諸相，盡數其內，是故歷來的《金瓶梅》評點家，皆謂之「世
情書」。魏先生說：「我說《金瓶梅》（詞話）是一部政治諷喻小說，這說法並非我的創
意」。其實，何止是政治諷喻，宗教，經濟，乃至於風俗就沒諷喻在內嗎？問題在於什
麼叫「政治諷喻」？《金瓶梅》政治諷喻的具體所指是什麼？這正是我與魏子雲先生商
榷的第二個方面的問題。先請看魏先生的觀點：

> 我想，凡是讀了《金瓶梅》（詞話）的人，如略加思索，都會感於它是一部有所刺
> 的作品，非有所美也。它刺些什麼？我們當然要從作品中去尋找隱喻。讀過三百
> 篇的人，應該瞭解詩序之所謂「美」「刺」何所在？蓋「刺」者，則隱喻乎字裏
> 行間也。那麼，當我們發現到《金瓶梅》（詞話）第一回中的入話，劉邦寵戚夫人
> 有廢嫡立庶的故事，意楔不入西門慶的身家興衰，自然會去聯想到欣欣子說的蘭
> 陵笑笑生作《金瓶梅傳》的「有謂」於「時俗」的「寄意」。又怎能不聯想到當
> 時萬曆皇帝的寵鄭貴妃，開出來的遲遲不立儲君的事件？當我們讀到了「花石綱」
> 的描寫，又怎能不想到明神宗於萬曆廿四年實施的礦稅惡政。這豈不是極明顯的
> 「寄意於時俗」乎！
> ……

8　　《金瓶梅成書與版本研究》。

一九八三年五月，美國印地安那大學召開的《金瓶梅》學術討論會，就有人提出了《金瓶梅》中的西門慶，寫得像個皇帝。事實亦為此……。

讀到這裏，方才悄然大悟，原來魏先生所說的「諷喻」，就是「隱喻」，「隱喻」什麼呢？小說中的西門慶形象，「寫得像個皇帝」，加上「寵鄭貴妃」，「遲遲不立儲君」，不消說，只能是明神宗朱翊鈞了。原來為此！為了免去「未能去全面瞭解我研究《金瓶梅》的論據整體」之嫌，恕我大膽地的為魏先生有關《金瓶梅》研究的大著宏論，包括《金瓶梅的問世與演變》《金瓶梅原貌探索》在內，作一個簡單的概括：《金瓶梅》是一部為影射萬曆朝三大案（鄭貴妃、太子、紅丸）而作的小說。魏先生研究《金瓶梅》的成書也好，為它編年也罷，都是圍繞著這個觀點進行的，或者說為這個觀點服務的。

我這樣概括是否準確，還是用魏先生自己的話去驗證吧！

> 《金瓶梅詞話》第一回，引述劉、項之與戚夫人、虞姬的「豪傑都休」等事；特別是戚夫人的要求廢嫡立庶事。對萬曆一朝來說，它顯然是影射神宗的寵愛鄭貴妃與其子福王常洵。更可以說是明喻、明指，已不止是影射與隱指。關於這一點，應是任何人都無法否定的一個事實。[9]

原來「隱喻」就是「影射」！

小說是藝術創作，允許作者虛構。它既不是歷史著作，也不是寫實性的報告文學。這是三尺童子皆知的常識。如果拿典型概括後的藝術形象，和真實人物作簡單的比附，或者確指小說中的人物形象就是影射某某人，用這種方法探求作品的「隱喻」，不可避免地帶有強烈的主觀隨意性，其結果也必然是穿鑿附會，漏洞百出，而無法自圓其說。這種方法，在小說研究史上，也確不是魏先生的獨創。就拿《紅樓夢》研究來說吧：認為《紅樓夢》就是影射清世祖與董鄂妃，或者說書中所有女子多指漢人，男子多指滿人……，他們竟是這樣探求《紅樓夢》的「微言大意」，這一派人們統稱為「索隱派」。曾幾何時，這種影射說早已被人們遺忘了，因為他不符合《紅樓夢》作品的實際。魏子雲先生的影射說，正是這一索隱派的翻版。說《金瓶梅》影射萬曆一朝三大案，讀過詞話本人，究竟有多少「略加思索」後，就會產生這樣的聯想，我沒有調查過，沒有發言權。但就個人感受而言，雖粗略翻過幾遍，幾經苦思冥想，也無法和三大案聯繫一起。就以主人公西門慶而言，我們看到的是一個新興的對財色貪得無厭、勢利熏心、粗俗透骨的市井形象，在他身上絲毫我不出半點皇帝的影子。他在權貴面前，那樣的腆顏諂媚，

9　〈金瓶梅編年說〉，見《中國古代小說研究》（上海：上海古籍出版社，1983 年版）。

追求的是一個「權」字，這與封建社會擁有至高無上權勢的皇帝老兒，那有半點相似之處呢？至於「讀到了『花石綱』的描寫」，就要想到萬曆二十四年實施的礦稅惡政。那麼，《水滸傳》也寫了「花石綱」，請問，這又要想到那個朝代的什麼惡政呢？

如果把「隱喻」理解為非為所美，盡有所刺，《金瓶梅》僅僅是暴露，這個看法也是不全面的。產生《金瓶梅》的時代，是整個中國封建社會走向全面崩潰的時代，社會經濟結構發生了明顯的變化，商業經濟的空前繁榮，是這個時代的重要特徵之一。《金瓶梅》正是多側面地反映了這個社會現實：一方面是封建官僚機構的窳敗不堪，另一方面是商人階層的迅速崛起；而商人為獲得生存和發展，又不能不與封建統治有著千絲萬縷的聯繫。一個破落浮浪子弟西門慶，短短幾年，竟然家產萬貫，作品寫得有聲有色，生氣勃勃，怎麼能夠說《金瓶梅》僅僅是刺呢？僅僅是一部暴露小說呢？

至於什麼是編年體小說？如果按照正史的前後順序嚴格排列，大概只能寫出正史的本紀和《通鑑》紀事本末體的歷史著作，而永遠創作不出小說。所以，《金瓶梅》是不是一部編年體的小說，我們姑且不論。但是，魏子雲先生所以特別強調《金瓶梅》的編年，是與他認為《金瓶梅》影射萬曆三大案密不可分的。眾所周知，三大案曾延續數十年之久，包括刪立、妖書、之藩、挺擊、紅丸、移宮等一系列事件在內。有些事件，為紅丸、移宮，並非萬曆朝事，而是發生在泰昌、天啟年間。加之《金瓶梅》敷衍的宋事，發生在政和、重和、宣和年間，內又恰有一年改元，於是魏子雲先生就認為這是影射萬曆四十八年的泰昌、天啟改元：「《金瓶梅》的作者，是把重和與宣和合併在一起來紀年的。這種情形，要不是有意的在隱指泰昌、天啟，又怎會如此巧合呢？」[10]由此而出發，魏子雲先生把所有記載《金瓶梅》的史料，詞話的刻本都推遲到萬曆四十八年之後。譬如沈德符的這段記載，明說「丘旋出守去，此書不知落何所。」丘指丘志充，旋則剛剛之意也。不久出守去，係指萬曆四十七年三月丘志充，知河南汝寧府，《明神宗實錄》卷五八○，白紙黑字寫得清清楚楚，說明沈德符的這條記載寫於萬曆四十七年三月剛過無疑。而魏子雲卻說丘「自萬曆四十八年調任河南汝寧知府」，[11]他有沒有查《明實錄》先不說，此處推後一年也不必說，奇怪地是，他抓著「不知落何所？」這一句，硬說是指丘志充「到了天啟七年，卻因賄賂案觸法被捕」，「這麼一看，沈德符的這句『此書不知落何所』，有了根據了。若從此一事件推想，那麼，沈德符寫於《萬曆野獲編》中的這段論《金瓶梅》的話，應寫在天啟七年之後。」[12]此一「推想」不要緊，時間又

10　同前註。

11　同註 1。

12　同註 1。

推後了七年。如果按照魏先生的這種巧妙的演繹法，沈德符為何不說「丘旋遇難，此書不知落何所？」問題的本質在於：沈德符已經明確說了「吳中已懸之國門」，假如在萬曆四十七年之前刻本《金瓶梅詞話》已經問世，那麼，他的影射萬曆四十八年之說，就全都落空了。但是魏先生顧了這頭，卻忘了另一頭，沈德符的「吳中已懸之國門」之記載是緊接著「仲良大以為然，遂固篋之」之後的「未幾時」。這正是萬曆四十一年後的「未幾時」，如果是到天啟七年，相隔十幾年之久，還能說是「未幾時」嗎？

魏子雲先生所以極力否定萬曆三十七袁氏兄弟就有了《金瓶梅》全稿，也是因為此說與他的影射萬曆四十八年說對不上攏。設若萬曆三十七年有了《金瓶梅》全書，卻能從中看出萬曆四十八年的史實，豈非癡人說夢？然而，魏先生抓住了這一點，又忽略了明代其他人的記載。退一萬步說，就算沈德符說的不合情實，不足信，那麼屠本畯在萬曆三十五年說的「王大司寇鳳洲先生家藏全書」又當為何解釋呢？是不是也不可靠？還有謝肇淛的〈金瓶梅跋〉，他不也說「唯弇州家藏者最為完好」嗎？承魏先生過獎，認為我說此跋寫於萬曆四十四年「此說可信」。恕我聲明：此說並非筆者獨創，而是援用馬泰來先生之說，筆者無意掠美，附誌於此。既然魏先生也承認萬曆四十四年社會上已有保存完好的《金瓶梅》全書，那麼，發生在萬曆四十八年之事，又怎麼跑到萬曆四十四年寫好的小說中去影射呢？一再聲稱「我卻是每一立論都是基於全局發展出的」魏子雲先生，[13]我不能對此表示懷疑了。

總之，影射說的結果，使魏子雲先生陷入了自己創立的理論困境，漏洞百出而又不能自圓其說。明明現存《金瓶梅詞話》存有萬曆四十五年東吳弄珠客序，《金瓶梅詞話》最早刊刻於是年，這是海內外學者所公認的事實。唯有魏子雲先生力排眾議，武斷地說：「所以我敢肯定的說，萬曆丁巳敘的《金瓶梅詞話》，其成書年代，最早絕不會上越於天啟元年。說來，這應是一個肯定性的結論。」[14]一方面他又肯定萬曆四十五年前根本不存在一個萬曆三十八年刻本（這自然是對的），但是他又「豁然想到這部《金瓶梅詞話》，必是後來的改寫本。」[15]既然是改寫本，那麼前面必然還有一原本了，兩說自相矛盾。一方面他認為《金瓶梅詞話》中「明喻、明指」萬曆朝事；另一方面他又說：「必然已把原有的那些關於政治諷喻的隱指，都一一改寫修改了。」[16]揆之常情，既然明喻、明指皆無保留，又怎能把隱喻、隱指給刪去呢？相互牴牾，根本無法自圓其說。明明指責

---

13 同註 1。
14 同註 9。
15 同前註。
16 同前註。

沈德符的記載有不合情實者十處之多，然而在自己的大著裏，又處處引用沈德符的話，為自己的立論作證，到底是可信還是不可信呢？大概只有魏子雲先生一人明白了。不是從前人的記載中，廣參博稽，認真驗證，而是先有一個主觀意念，然後削足適履，任意剪裁，合己意者，一一摘錄，拿來就用，曰：可信；不符已意者，則隨意曲解，曰：不合情實，大概正是這樣的態度，使魏先生陷入了不可自拔的境地吧？

魏子雲先生在〈屠本畯的金瓶梅跋〉一文中結尾說：「大陸方面的學人，從事全書研究，則往往急功於立大說，卻忘了井蛙所見之天小噢！」[17]魏先生大文，主要是批評我的文字，承魏先生垂青，撰文商榷，即有譏諷，亦不必過多計較，但不知為何把「大陸學人」包括在內。後生小子，立志於研究《金瓶梅》是事實，至於什麼「急功於立大說」，則唯有敬謝不敏了。人貴自知之明，筆者深知才疏學淺，孤陋寡聞，所以寧肯像井蛙一要，躲在小天地裏認真讀點書，卻不敢書未見或未認真一讀，就大發宏論，類如在《金瓶梅的問世與演變》中，竟然把《新刻繡像批評金瓶梅》說成是「改寫在天啟，梓行在天啟」，就是明顯的一例。如是，所目之天，驟然變大否？敢情教！

一九八七年三月於京郊思敏齋燈下

17　同註 1。

《萬曆野獲編》與《金瓶梅》

　　迄今所知，有明一代記載《金瓶梅》者，唯有沈德符和薛岡在《萬曆野獲編》和《天爵堂筆餘》中，既談到《金瓶梅》早期抄本的流傳情況，又談到《金瓶梅》刻本的刊刻經過，尤以前者內容詳瞻。自魯迅、鄭振鐸、吳晗始，《金瓶梅》研究者皆稱引不煩。不言而喻，他們對沈德符的這條記載，是確信不疑的。然而，近年來，臺灣魏子雲氏，在《金瓶梅探原》《金瓶梅的問世與演變》兩書及〈袁中郎與金瓶梅〉〈沈德符與金瓶梅〉等文中，對沈德符的記載提出了質疑。他不僅認為「《萬曆野獲編》的那番話，漏洞百出，難以為據」，[1]不合情實者有十處左右，而且是不是出自沈德符的手筆，也表示懷疑：「《萬曆野獲編》梓行最遲，至道光七年（1827）方有刻本行世。說這篇論《金瓶梅》之文是後人偽託而附纂，也是大有可能的」[2]。我的好友黃霖，在這個問題上（僅指這個問題），對魏氏觀點多有贊同，並在〈金瓶梅作者屠隆續考〉等文中，作了較為集中的闡發。他們一連串的疑問和否定，實在是不容小視的問題，很有討論之必要。筆者認為：這條記載，出自沈氏之手，無可置疑；此段文字，文通意順，前後連貫，倘非隨意曲解，則無矛盾可言。

一、《分類野獲編摘錄》與《萬曆野獲編》

　　現在通行的《萬曆野獲編》，確是經錢枋（爾載）之手，於康熙三十九年（1700）「割裂排續，都為三十卷，分四十八門」。[3]《補遺》部分，由沈德符後人沈振於康熙五十二年（1713）搜輯來的，共二百三十餘條。沈振當時已經發現「爾載先生更為列門分部，事以類序，惟次第非復本來，然頗便於展覽」，[4]故仍按錢氏例編排，附於書後，這就是我們今天看到的道光七年（1827）姚祖恩（筠圃）扶荔山房刊本的樣子。說它「並非沈德符

1　《金瓶梅的問世與演變》。
2　同前註。
3　見〈野獲編分類凡例〉。
4　見〈野獲編補遺序〉。

當年的原本」，是事實；但如果說「很可能本來並非沈氏一時所記，而是由錢氏將各段原稿重新組合而成，也（以）致弄得前言不搭後語，自相矛盾。甚至，有些話本來就並非出自沈氏之手。」則過於主觀武斷，缺乏根據了。那麼，我們說，這條記載，本來就出自沈氏之手，並非錢枋重新組合而成，證據何在呢？證據就在於：在錢枋對《萬曆野獲編》「割裂排纘」之前，還有一部《分類野獲編摘錄》幸存於世，現為王利器先生所珍藏，其中就有《金瓶梅》這一條，除個別文字稍有異外（詳後），內容全然相同。是否出於沈氏之手的疑念，完全可以打消。

年初，蒙王利器先生以此書見示，得與《萬曆野獲編》詳為校讀，深感此書甚有紹介之必要，略述於後。

《分類野獲編摘錄》，抄本，分裝五冊。列四十四類，收四百六十六條。我們知道，沈德符《秦璽始末》《飛鳧語略》《敝帚軒剩語》《顧曲雜言》，皆錄於《四庫》，唯《野獲編摘錄》列禁毀書目，故世不多見，未詳尚有刻本傳世否？此書無摘錄者姓氏，亦無序跋。扉頁存有已故歷史學家鄧文如（之誠）先生閱過此書後，手書的一則題識：

> 此《分類野獲編摘錄》，舊有刻本，即李越漫所見明刻大字本。《戶部》多〈茶式〉一則，《詞曲》《丘文莊填詞》末有《鍾情麗》一段，頗譏丘氏，為活字本及姚刻所無。《摘錄》出沈氏原稿，分類題目及《補遺》，皆沈氏之舊，錢枋特稍易次第。錢所得原稿，亦未全，故書中有不相應照顧處。此本字句與錢、姚兩本亦有微異。
>
> 壬辰九月文如居士借閱一遍因識。

鄧先生此記，可謂要言不煩。《分類野獲編摘錄》，原有明刊大字本，抄本與此同，觀文中所有「玄」字，皆無因避康熙諱而缺筆可證。顯係出自沈氏原稿。說它「分類題目及《補遺》，皆沈氏之舊，錢枋特稍易之第」也是完全可信的。觀其分類，不僅少於錢枋之四十八門，而且前後次序亦稍異，故云「稍易次第」。說「錢氏所得原稿，亦未全」，更是事實。《戶部》之〈茶式〉一條，僅有目無文，而《丘文莊填詞》原有以下一段文字：「又聞丘少年作《鍾情麗集》，以寄身之桑濮奇遇，為時所薄，故又作《五倫》以掩之，未知果否？但《麗集》亦學究腐譚，無一俊語，即又不掩亦可。」

錢枋既「稍易次第」，為什麼他自己又說「割裂排纘」呢？從《摘錄》一書來看，他所謂的「割裂排纘」，就是不分前編、續編和補遺，統統混在一起，分類排列。現存《摘錄》每類之下，皆有小字注明：「前編、續編已載者不錄。」故《分類野獲編摘錄》所收條目，皆為沈氏所作《補遺》部分無疑。而錢氏所編《詞曲》門下的二十二條，則全收於《摘錄》中，可知《金瓶梅》此條的寫作時間，必在萬曆四十七年（1619）新秋之

後，而在丘志充「旋出守」之時，這應當是萬曆四十七年歲末或萬曆四十八年（1620）初。《金瓶梅》研究者最為關注的是沈德符有關《金瓶梅》的這條記載。這段文字，在《分類野獲編摘錄》中，亦列於《詞曲》類下，文字與錢氏所見同，只有三處稍有異，即：「麻城劉涎白」句，《摘錄》為「劉延白」；「但一刻則家傳戶到」句，「一刻」為「一出」；「幾不忍讀」為「已不忍讀」。此三處微異，對該條內容，毫無傷害。現在我們可以得出這樣的結論了：《野獲編》中有關《金瓶梅》的這條記載，原出自沈氏之手無可置疑。

二、是不合情實，還是隨意曲解

為了討論的方便，我們還是先把沈德符的這條記載，節引出來：

> 袁中郎《觴政》，以《金瓶梅》配《水滸傳》為外典，予恨未得見。丙午遇中郎京邸，問其有全帙否？曰：「第睹數卷，甚奇快。今惟麻城劉延白承禧家有全本，蓋從其妻家徐文貞錄得者。」又三年，小修上公車，已攜有其書，因與借鈔。挈歸，吳友馮夢龍見之驚喜，慫恿書坊，以重價購刻。馬仲良時権吳關，亦勸予應梓人之求，可以療饑，予曰：「此等書必遂有人板行，但一出家傳戶到，壞人心術，他日閻羅究詰始禍，何辭置對？吾豈以刀錐博泥犁哉！」仲良大以為然，遂固篋之。未幾時，而吳中懸之國門矣。然原本實少五十三回至五十七回，遍覓不得，有陋儒補以入刻。無論膚淺鄙俚，時作吳語，即前後血脈，亦絕不貫串，一見知其贗作矣。……

魏子雲氏謂沈德符的這段記載，「不合情實的地方」有十處左右，由於未見到魏氏一一列舉，不敢妄加猜測。但從他已經指出的來看，主要集中在下列問題上：

一、沈德符持有的《金瓶梅》，是從袁小修處借抄來的，如依據袁小修的日記來推斷，「他在萬曆四十二年（1614）八月，還未讀到《金瓶梅》全稿，沈德符又怎能在萬曆三十七年（1610）向袁小修抄得《金瓶梅》的全稿呢？」[5]

二、「沈德符得知世上有《金瓶梅》一書，是在袁中郎的《觴政》這篇文字中，見到袁將《金瓶梅》與《水滸傳》同列為外典。這時他還沒有見到《金瓶梅》一書。到了萬曆三十四年間在京城旅店遇見袁中郎，他向袁氏打聽《金瓶梅》這部書的時候，開口竟問曾有全帙否？從袁中郎回答他的話來看，可知袁氏當時並未攜有是書，既未攜有此書在身邊，自亦無從將此書展示於沈氏。那麼，在這種情況之下，沈氏怎麼會說出『曾

有全帙否」的問語呢？『曾有全帙否』的問語，應是在見到此書的部分之後，才會在心理上產生出的問話。否則，這句話如何會問得起來呢？」[6]

三、或如黃霖所說：袁小修此次在京不過三個月，在這麼短的時間內，沈德符能夠把卷帙浩繁的《金瓶梅》抄完嗎？

此外，還有五十三回至五十七回是否贗作問題，我們將留在後面專節討論。那麼究竟是沈德符的話有不合情實處，還是魏氏按照自己的主觀設想，隨意曲解沈氏的記載呢？

先看袁小修在《遊居柿錄》第九八九則的日記：

> 往晤董太史思白，共說諸小說之佳者。思白曰：「近有一小說，名《金瓶梅》，極佳。」於私識之。後從中郎真州，見此書之半，大約模寫兒女情態具備，乃從《水滸傳》潘金蓮演出一支，所云「金」者，即金蓮也；「瓶」者，李瓶兒也；「梅」者，春梅婢也。……

可以看出：袁小修只是追憶萬曆二十六年（1598）在真州時，已見到此書之半，至於此年以後到萬曆四十年以前，有沒有看到過全書，他根本沒有記載，誠如徐朔方先生所言：「原文說的僅限於萬曆二十六年在真州時，在此以後有沒有讀完全書，這則日記未加說明。因此，此書第四十七頁：『他在萬曆四十二年（1614）八月，還未讀到《金瓶梅》全稿，沈德符又怎能在萬曆三十七年（1610）向袁小修抄得《金瓶梅》的全稿呢這個質問，就完全落空了』」[7]至於黃霖同志又以寫於萬曆四十一年（1613）後的謝肇淛〈金瓶梅跋〉中所說「余於袁中郎得其十三」，作為佐證，也是把萬曆三十四年以前的事，拉到了四十一年後。因為謝肇淛從袁中郎處「得其十三」，其事在萬曆三十四年前。袁中郎於是年寫給謝肇淛的信可證：「今春謝胖來，念仁兄不置。……《金瓶梅》料已成誦，何久不見還也？」[8]從「久不見還」一句來看，很可能借去不止一、二年了。怎麼能夠說萬曆四十一年以後，謝肇淛僅從中郎處得其十三呢？萬曆三十四以前（確切地說是萬曆二十六年前）袁家僅有十三，或者說是「上半部」，不等於袁家到萬曆三十七年還未有全帙。

再看萬曆三十四年，沈德符在北京遇袁中郎時，問他「曾有全帙否」這句問語。我的理解和魏氏正好相反，這句問語本身，恰好說明沈德符在此之前，即或沒有目睹，也必會耳聞有一部抄本不全《金瓶梅》在世上流傳。如果沈德符對此一無所知，揆之常理，他見到袁中郎，只能問他是否持有此書？正因為沈德符知道袁中郎持有半部抄本《金瓶

6　　《金瓶梅探原》。

7　　〈評《金瓶梅的問世與演變》〉，《吉林大學學報》社會科學版。

8　　見《袁宏道集箋校》。

梅》，所以一見面，才問他「曾有全帙否」？這是非常合乎情實的。何況，早在萬曆二十一年（1593）左右屠本畯已經從王宇泰和王百穀那裏各見抄本二帙《金瓶梅》；萬曆二十九年，薛岡在京都，文在茲也向他出示過抄本不全《金瓶梅》；而袁中郎持有的半部抄本《金瓶梅》，在萬曆三十四年之前還借給了謝肇淛。那麼，「少生京國」，廣為交遊，「所交士大夫及四方名流」的沈德符，在萬曆三十四年以前，知道有抄本《金瓶梅》行世，又有什麼值得驚奇的呢？這裏還應當指出的是：沈德符的這條記載，也僅是從萬曆丙午年談起，過去的他沒有說。我們不能按照自己的主觀意願，要求沈德符把丙午年以前的情況全部記錄下來，否則，就是不合情實。

最後，沈德符的《野獲編》，雖是他「耳剽目睹」，「有生來所親得」的史實記載，但卻不是他的流水帳，他更無須乎嚴格編年；為了行文方便，他有權作出省略。譬如，這條記載中郎的「借抄」「挈歸」，本不是發生在一年的事情，而沈德符卻連在一起記錄下來了，中間的幾年，與此無關，他略去未談。因此，「借抄」是一回事，「挈歸」又是另一回事。萬曆三十七年沈德符向袁小修借抄了《金瓶梅》，但並不是說這一年就「挈歸」；「挈歸」，帶到南方蘇州，是萬曆四十一年的事情，「馬仲良時榷吳關」一句可證。所以，沈德符能否在三個月以內把卷帙浩繁的《金瓶梅》全部抄錄下來，這個疑問也同樣落空了。

談到馬仲良出榷吳關的時間，最早是魏子雲氏從民國《吳縣誌》查出，但民國《吳縣誌》時間較晚，記載也較簡略。據筆者所見，時間最早而記載也最詳的是南京圖書館藏康熙十二年序刊本《滸墅關志》，其卷八《榷部》載：
萬曆四十年

　　張銓，字平仲，號五鹿。北直大名人。甲辰進士。

四十一年

　　馬之駿，字仲良。河南新野人。庚戌進士。
　　英才綺歲，盼睞生姿，遊客如雲，履舄盈座，徵歌跋燭，擊缽闡題，殆無虛夕，世方升平，蓋一時東南之美也。著有《妙遠堂》《桐雨齋》等集。

四十二年

　　李佺台，號為奧。福建惠安縣人。丁未進士。

馬仲良的上任和下任，在這裏記載得清清楚楚。可能滸墅關鈔是個「肥缺」，所以任期皆為一年。因此，馬仲良出榷吳關的時間，為萬曆四十一年，是確鑿無疑的，即不能提

前，也不能推後，毫無迴旋餘地。

　　至於黃霖提出：「袁氏兄弟詩文中從無一字提到沈德符，若此情誼，怎會借《金瓶梅》與沈氏抄錄？」這個問題也是不難回答的。我們只要細讀他們之間的對話，就可以發現他們之間原有交往，否則袁中郎不會回答得如此具體懇切，不僅告訴他劉承禧家有全本，而且還詳示此本係從其妻家徐階處得來。可惜沈氏的《清權堂集》，迄今國內未見，說不定在這部集子裏記載了我們所不知的沈氏更為具體的生平與交遊、行蹤。

　　總之，沈德符的這段文字，前後連貫，文通意順，毫無不合情實處。不是從前人的記載中，廣參博稽，認真驗證；而是先有一個主觀框框，然後削足適履，任意剪裁，合我意者，一一摘錄，拿來就用，曰：可信；不符己意者，則隨意曲解，曰：不合情實。魏子雲氏正是以這樣的態度來對待沈德符的這段記載的。

三、也談五回「贗作」問題

　　黃霖對沈德符所說「然原本實少五十三回至五十七回，遍覓不得，有陋儒補以入刻，無論膚淺鄙俚，時作吳語，即前後血脈，亦絕不貫串，一見知其贗作矣」，提出了質疑，他認為：「僅據這兩點來說五回『贗作』不能令人置信。」「我們現在只能從《金瓶梅詞話》的實際出發，確認五十三回五十七回的文筆、語氣、格調與其他各回相互協調，並非是什麼『陋儒』的『補刻』，而完全是當時『全本』之一部分。」這五回究竟是不是贗作？是一個十分複雜的問題，涉及《金瓶梅》的成書過程、版本等一系列重要問題。對此，提出深入的討論，我認為是十分必要的。

　　最早對這五回是否贗作問題進行全面研究的，是美國哈佛大學韓南教授，他在〈金瓶梅版本及其他〉一文中，用了整整一節文字，即第三節〈「補以入刻」的第五十三至五十七回〉，對這個問題作了專門論述。韓南先生的結論是：「如今我們可以根據情節有矛盾、用字遣詞亦有矛盾的事實來給第五十三至五十七回做一個真贗的結論：甲、乙兩系（按：甲指《金瓶梅詞話》本，乙指《新刻繡像批評金瓶梅》本——引者）之第五十三至五十七回不是原作的一部分。甲系第五十三至第五十七回之回目屬於原作之回目。」[9]又說：「沈德符提到那版增補部分的兩個特點，說它時作吳語，說它前後絕不貫串。但迄今甲版之第五十五回到五十七回，乙版之五十三回至五十七回，並未發現有吳語或至少是未發現有與其他各回不同到足以使這幾回與全書迥然有別的吳語。」[10]顯然，韓南教授把第

9　見《國立編譯館館刊》，第 4 卷，第 2 期。
10　同前註。

五十三回至五十七回視為不是原作，劃入贗作範圍；而對沈德符「時作吳語」的記載，又持保留態度。

筆者認為，沈德符這幾句話放在後面來說，實際上是對他前面所敘述事實的一個總結，是他得到《金瓶梅》全書之後，進行深入研究的一個成果。他所說的「原本」，肯定是指：「吳中懸之國門」的那個刻本，至於他從袁小修那裏借抄來的本子是不是這五回也是贗作，沈德符沒有說，但從語氣來看，特別是「遍覓不得」，好像是不止一人，下功夫各處尋找，而不可得。因此，袁小修所攜是書，這五回也可能是「陋儒補以入刻」的。可惜，「吳中懸之國門」的萬曆四十五年東吳弄珠客序原刻本《金瓶梅詞話》，今天我們看不到了，但是萬曆四十七年以後的翻刻本《新刻金瓶梅詞話》，就在我們手邊，我們可以以此來驗證沈德符說的話，究竟有沒有根據？符合不符合事實？

沈德符認為這五回是贗作的依據：一是「時作吳語」；一是「前後血脈，亦絕不貫串」。我們今天來判斷沈德符的話是否可信，自然也應當從這兩方面入手。

先說「前後血脈，亦絕不貫串」。沈德符此言，可以說擊中了「贗作」的要害。細讀這五回文字，我們可以從人物、事件、細節等方面，明顯看出與全書血脈不相貫串。譬如：突然殺出來一個揚州苗員外，他既不是死去的苗天秀，也不是西門慶弄權受賄救出的苗青。這個人物，前無交待，後無去向，僅僅為送歌童而來。人物性格的描寫，也游離於全書之外，拿主人公西門慶來說，他一貫貪財害命、無惡不作，可是到了五十六回，搖身一變，「仗義疏財，救人貧難，人人都是讚歎他的。」慣於趨奉的篾片應伯爵，竟然扳起面孔，「正色」教訓起西門慶來（五十三回），完全違背了人物性格的內在發展邏輯。從事件上看，這五回所描寫的也是前後各回情節的重演，東拼西湊，了無新意。唯一重要的一件事，是西門慶去東京為蔡京慶壽並認為義父。其實，這可說是七十回西門慶去東京的翻版。即便這件事也前後血脈不通。按五十一回的描寫，西門慶最主要事是為李桂姐同時為他十兄弟中的孫天化和祝日念疏通、開脫，而這卻在這五回中沒有任何交待。至於這五回中的細節描寫，不少處看了令人莫名其妙。隨便舉一個例子，五十七回描寫潘金蓮房裏擺了一張象牙床，而之前的第九回，明明交待了西門慶為娶金蓮「旋用十六兩銀子，買了一張黑漆歡門描金床」，及至見李瓶兒有張螺鈿廠廳床之後，又叫西門慶花了六十兩銀子買來一張有欄杆的螺鈿床；之後的第九十六回，春梅重遊舊家池館時，還問了這床的下落，前後脈絡相通，互相照應，只是到了這幾回，才生生地給割裂了。再如永福寺，四十九回剛交待了此寺「原是周秀老爹蓋造」。住寺長老，法名道堅。六十五回描寫李瓶兒三七時，也是「門外永福寺道堅長老，領十六眾上堂僧來念經」。九十八回也說此寺「是周秀老爺香火院，名喚永福禪林。」前後描寫得清清楚楚。然而到了五十七回，卻獨出心裁地說這座寺在梁武帝時就興建了，「原來那個寺裏有個道長，

原是西印度國出身。」還說是西門慶施捨了五百兩銀子，重新鼎建。總之，沈德符說這五回「前後血脈，亦絕不貫串」，有根有據，經得起驗證。當然，不可否認，其他章回也有不少破綻，究其源，蓋因《金瓶梅詞話》原刻本，係坊賈純為謀利，拿不同抄本拼集一起，未經文人作家認真寫定，匆匆付刻而造成的。[11]但就「前後血脈，亦絕不貫串」這一點來說，應當承認，這五回反映得格外突出，格外嚴重。

再看「時作吳語」。如果不帶任何偏見，平心而論，《金瓶梅》中所使用的方言、俗語，絕大部分源出於徐州以北、黃河以南這一地區。不過，方言流行區域界限的絕對劃分是相當困難的，何況經過幾百年的融合、衍變，情況就更為複雜。然而，語言本身，又是有規律可尋。筆者對此向無研究，只好求教語言專家。幸好，我的老師朱德熙教授，在〈漢語方言裏的兩種反覆問句〉一文中，對《金瓶梅》的語言，尤其是對五十三回至五十七回這五回使用的語言，作了深入的比較研究，得出了十分令人折服的結論。學生不敢掠美，願作摘要介紹，奉獻給《金瓶梅》的研究者。

朱先生認為，漢語方言裏的反覆問句有兩種類型：一是「VP不VP」？如「去不去」；一種是「可VP」？如「你可相信」？這兩種反覆問句互相排斥，不在同一方言裏共存。《金瓶梅詞話》所使用的山東方言，採用「VP 不 VP」名式。他舉了十八個例句，如三十九回「你說他偏心不偏心」？七十二回「西門慶問道：好吃不好吃？」等等。《金瓶梅》裏也有「可VP」型反覆問句，也舉了十六個例句，如五十三回「你可要吃燒酒」？五十四回「可曾吃些粥湯」，這十六個例句，其中有十二例集中在第五十三回至五十六的四回裏，而蘇州話正好採用「可 VP」句式。這四回裏，也有「VP 不 VP」型反覆問句，但一共只出現了三次。朱先生在詳細比較、分析了例句之後，得出了如下的結論：

> 這樣看來，《金瓶梅》第五十三至五十六回跟全書其他部分不同，大概是用「可VP」方言寫的。明沈德符《野獲編》卷二十五《金瓶梅》條下云：
> ……然原本實少五十三回至五十七回，遍覓不得。有陋儒補以入刻。無論膚淺鄙俚，時作吳語，即前後血脈亦絕不貫串，一見知其贋作矣。
> 沈德符認為第五十三至五十七回不出於原作者之手，是旁人補的。這個說法正好跟我們考察句法得到結論一致。只有第五十七回由於裏頭沒有反覆問句，無從驗證。不過沈氏把五十七回也包括在補作裏的說法可以從另外一個語法現象上得到證明。據北京大學中文系研究生劉一之同學的觀察，《金瓶梅》裏人稱代詞「咱」

11　詳見拙文〈從詞話本到說散本——《金瓶梅》成書過程與作者問題研究之一〉，見《中國古典文學論叢》第 3 輯，人民文學出版社出版。

· 80 ·

用作第一人稱包括式的共有二百三十例。「咱」在五十三至五十七回裏一共出現了二十四次，除了一次用包括式以外，其餘二十三次都用作第一稱單數，而這二十三例裏有十六例見於五十七回。此外，「我們」「我每」在《金瓶梅》裏一般用作排除式。「我們」用作包括式的只有八例，其中有六例見於五十七回和五十四回：「我每」用作包括式的一例，也用於五十三回。總之，從人稱代詞的用法看，五十三至五十七回也跟全書其他部分不同。這個現象正好可以跟「VP」型反覆問句在全書中分布上的特點相印證。

第一人稱代詞複數不區分包括式和排除式以及反覆問句採用，「可VP」型兩點，說明《金瓶梅》第五十三至五十七回大概是南方人寫的。沈德符說明這幾回「時作吳語」，看來確實有根據。除了以上指出的兩點之外，我們還可以為此再補充一條證據。第五十七回有兩處在動詞後頭用「子」字：

西門慶就說且教他進來看。只見管家的三步那（挪）來兩步走，就如見子活佛的一般，慌忙請了長老。

又有一隻歌兒道得好：尼姑生來頭皮光，拖子和尚夜夜忙。三個光頭好像師父師兄並師弟，只是鐃鈸緣何在裏床？（57·1548）

「子」跟「了」只差一筆，很容易寫錯。可是在相同的語法位置上接連寫錯兩回的可能就很小了。動詞後綴「子」是吳語的明顯的標誌。沈德符所謂「時作吳語」，可能就是指的這些地方。[12]

此段文後，還有一注，一併抄錄如下：

呂叔湘先生來信說：

你提到此五回中排除式與包括第一人稱複數亂用，我因而想到似乎可以查查這幾回是否只有「們」沒有「每」。

我的印象是《金瓶梅》都寫「每」，只這幾回裏用「們」，還有一處是「門」。我手頭的本子無從查考，因為所有的「每」都改成「們」了。

又：下列詞語似是吳語：

五十三回（近尾）「看他口邊涎唾捲進捲出，一個頭得上得下。」同上「只是做爺的吃了勞碌了」。

五十四回（中）「不好了，嘔出來了。拿些小菜我過過便好。」同上「他是上台盤的名妓，倒是難請的」。

---

[12] 見《中國語文》，1985年第1期。

呂先生的印象是對的。《金瓶梅詞話》裏人稱代詞和指人名詞的複數語尾多寫作「每」，可是這五回裏，「每」字僅出現三次，「們」字出現了三十六次（一次寫「門」）。除了這幾回以外，第四十二至四十六回的連續五回裏，「們」字也出現了三十五次（一次寫「門」），但未見有「可 VP」句式。[13]

朱先生的分析，詳實細密；結論，無疑也是科學的。「他山之石，可以攻玉」。沈德符有關「贗作」的記載，從而也得到了證實。

《金瓶梅》雖早已躋居於世界文學名著之林，但在國內的研究，剛剛全面展開，很難談得上深入和細緻。在這種情況下，觀點不同，看法不一，自然是正常現象。何況，為了縮小分歧而展開的認真討論，本身就是促進學術研究健康發展的正確途徑。尤其在當前，對《金瓶梅》的早期史料，更需要我們進一步去挖掘、判別、辨析、驗證，並期儘快地取得較為相近的意見，以便拿出更多的力量，縱向、橫向、宏觀、微觀，四管齊下，真正對這部在中國小說史上產生過巨大影響的長篇小說，作出科學的實事求事的正確評價。

一九八五年十月於京門。

13　同前註。

《金瓶梅》版本考

　　研究《金瓶梅》的版本，和探索《金瓶梅》的成書過程與作者密切相關，二者不可分割。早在本世紀三十年代，從鄭振鐸先生開始，就注意到《金瓶梅》的版本，之後相繼有專文問世。其中，日本學者鳥居久晴氏的〈金瓶梅版本考〉和美國學者韓南教授的〈金瓶梅的版本及其他〉，較有影響。本文自然也從抄本、詞話本、崇禎本、第一奇書本四個方面入手，但主要考索抄本的淵源和各種刻本的刊刻年代，而不側重於各種版本的排列著錄，故亦題為「版本考」。

一、抄本

　　《金瓶梅》沒有刊刻問世以前，社會上已有各種抄本在不同地區流傳，這是國內外眾所公認的事實。從有明一代所有記載《金瓶梅》的史料中，我們可以得知，家藏或持有（包括轉抄）《金瓶梅》抄本者，計有王世貞、劉承禧、王肯堂、王百穀、董其昌、袁宏道、袁中道、文在茲、丘志充、謝肇淛、沈德符諸人。王、劉兩家藏有抄本全書，除袁中道、沈德符是轉抄劉承禧家藏抄本全書外，餘皆抄本不全。

　　先談王世貞。屠本畯說：「王大司寇鳳洲先生家藏全書，今已失散。」[1]謝肇淛則云：「此書向無鏤版，抄寫流傳，參差散失，唯弇州家藏者最為完好。」[2]一個說：「今已失散」，一個說：「最為完好」，究竟誰的記載可靠呢？這裏，記載年代的先後是值得注意的，而弄清記載者本人與王世貞的交往情況，則尤為重要。屠本畯，字田叔。生於明嘉靖二十年（1541）。與王世貞相友善。他在《山林經濟籍》中為袁中郎《觴政》所作跋語，寫於萬曆三十五年（1607），是肯定無疑的。而謝肇淛則生於隆慶元年（1567），王世貞去世時（1590），只有二十歲多一點。他與王世貞似無交往；即或有，也不能是深交。何況他的〈金瓶梅跋〉寫於萬曆四十四年（1616）至萬曆四十五年（1617）之間，距屠本畯所作跋語，整整晚了十年。他們都說道王世貞家藏《金瓶梅》，但謝說「最為完好」

1　　《山林經濟籍》卷八。
2　　〈金瓶梅跋〉，轉引自《中華文史論叢》1980 年第 4 期。

似不足為信；而屠謂「今已失散」，應是事實。故應以屠本畯的記載，來糾正謝肇淛之失誤。我們還可以找到一個旁證，即萬曆三十四年（1606）時，袁宏道已經告訴沈德符：「今唯麻城劉承禧家有全書，蓋從其妻家徐文貞錄得者。」[3]也說明了王世貞家藏全書，是時已不存人世。

劉承禧家藏《金瓶梅》抄本全書，則見上引袁宏道所告沈德符之辭。沈德符接著又說：「又三年，小修上公車，已攜有其書，因與借抄。挈歸，吳友馮夢龍見之驚喜，慫恿書坊，以重價購刻。馬仲良時榷吳關，亦勸予應梓人之求，可以療饑，予曰：此等書必遂有人板行，但一出則家傳戶到，壞人心術，他日閻羅究詰始禍，何辭置對？吾豈以刀錐博泥犁哉！仲良大以為然，遂固篋之。未幾時，而吳中懸之國門矣。」袁小修「已攜有其書」，應來之劉承禧家。但細細揣摩沈德符的這段話，他雖然從小修處借抄之後，帶到蘇州，但是「吳中懸之國門」的這個刻本，卻不是來自沈德符所持抄本。換句話說，吳中刻本《金瓶梅》，並不是根據劉承禧的家藏抄本全書為底本。明乎此，對於我們下面將要談到的刻本《金瓶梅詞話》，甚為重要。

對持有《金瓶梅》抄本不全者，情況則比較複雜。除袁宏道來自董其昌，謝肇淛來自袁宏道與丘志充之外，王肯堂、王百穀、董其昌、丘志充、文在茲等五人所持抄本的來源，迄今失考。我們只能從最早記載《金瓶梅》的袁宏道處著手，試圖追溯一下抄本的淵源。

袁宏道在萬曆二十四年（1596）給董其昌的信中說：「《金瓶梅》從何得來？伏枕略觀，雲霞滿紙，勝於枚乘〈七發〉多矣。後段在何處？抄竟當於何處倒換？幸一的示。」[4]可見，袁宏道也不知道董其昌所持抄本的前半部「從何得來」？經過探索，我們認為董其昌的抄本很有可能來自王肯堂處，請看屠本畯的記載：

> 往年予過金壇，王太史宇泰出此，云以重資遘抄本二帙；予讀之，語句宛似羅貫
> 中筆。復從王徵君百穀家又見抄本二帙，恨不得睹其全。[5]

這是屠本畯談他自己獲見抄本的經過。王肯堂（1549-1613），字宇泰，號念西居士。金壇人。《明史》有傳，甚略，唯康熙《金壇縣誌》較詳，其書頗不多見，摘錄如下：

> 王肯堂……萬曆己丑（1589）進士，選翰林院庶吉士第一人。三年，授檢討，時倭
> 寇平秀吉破朝鮮，聲言內犯，……疏陳十議，願解史職，假御史銜，練兵海上，

3　《萬曆野獲編》卷二十五。
4　《錦帆集》卷四。
5　同註1。

效涓埃之報。疏留中，忌之者甚眾，引疾歸。京察浮躁，降調，家居十四載。……丙午（1606），吏部侍郎楊時喬薦補南行人司副。……遷留都繕部郎。壬子（1612），轉福建參政，乞休不允，改分守寧紹台道，力辭免。癸丑（1613），年六十五卒。平生無棋局杯鐺之好，獨好著書。於經傳多所發明，凡陰陽五行、曆象算數、太乙、六壬、遁甲、演禽、相宅、術數之學，無不造其精微，序而行之。著有《論語義府》《尚書要旨》《念西筆塵》《醫科證治準繩》《證治類方》等，盛行於世。……遺集散佚，多未刊。6

屠本畯過金壇獲見這二帙抄本的時間，我們是可以考知的。王肯堂萬曆十七年（1589）中進士後，即在京為官，他與屠本畯的結識始於此。萬曆二十年（1592）王肯堂引疾請告歸里，居住金壇。而這時的屠本畯恰任兩淮運司。據萬曆二十九年序刊本《揚州府志》所載，屠在萬曆二十年至萬曆二十一年任是職。兩淮都轉運鹽使司衙門就駐揚州，與金壇隔江相望，往來極便。因此屠本畯在這個時候獲見王肯堂所購抄本二帙《金瓶梅》，應當說出入不大。這個時間比袁宏道從董其昌處借觀的《金瓶梅》抄本，約早三、四年，這才是見於記載的《金瓶梅》抄本流傳的最早時間。

問題重要的還在王肯堂與董其昌的關係。王、董係同年進士，並一同進了翰林院，情誼甚篤。王肯堂在其著《鬱岡齋筆塵》裏曾不止一次記載了他與董其昌的交往，其中有這樣一件事：

余丙戌（1586）秋七月至吳江，得觀《澄清堂帖》……字畫流動，筆意宛然，乃同年王大行孝物。後余在翰林院，有《骨董持》一卷，視董玄宰，玄宰叫絕，以為奇特。余告以吳江本，玄宰乃亟就王君求之；王君遂珍秘不復肯出。無何，王君物故。聞近亦歸太倉王荊石先生。丁未（1607）秋，過先生齋中，出以見示，則已亡失大半矣。玄宰鉤數十行，附《戲鴻堂帖》末，無復筆意，後跋以為賀鑒手摹南唐李氏所刻。7

他們在翰林院的三年時間內，王肯堂會不會把他所購得的抄本二帙《金瓶梅》拿給董其昌看呢？現在看來，不僅拿給了董其昌，而且董其昌還把它借抄了下來，袁宏道看到的正是這個抄本。因為袁宏道給董其昌的信中，提到「後段在何處」？顯然，他看到的只是前段，或者說前半部。同時，他後來又告訴沈德符：「第睹數卷，甚奇快。」這裏的

6　康熙《金壇縣誌》卷八。
7　《鬱岡齋筆塵》卷四。

前半部、「數卷」，和王肯堂所購之「二帙」，在數量上應當說是一致的，這就不是偶然的巧合了。如果這個論斷可以成立的話，王肯堂借給董其昌二帙抄本《金瓶梅》的時間，即為萬曆十七年（1589）至萬曆二十年（1592）之間。王肯堂購得抄本的時間還要早一些。

那麼，王肯堂又在什麼時候出重資購得這二帙抄本《金瓶梅》呢？我們知道，王肯堂不僅好著書，而且好讀書、抄書、藏書，他自己說：「余幼而好博覽，九派百家，無弗探也，遇會心處，欣然至忘寢食。」[8]而且，他從嘉靖辛酉（1561）夏天起，幼年就隨父至京，後又南歸。[9]隆慶四年（1570）又赴秋闈，自此之後，「始究心於醫」。[10]經常出遊，足跡遍四海。因此，很有可能在隆慶末、萬曆初年，這位博學多識，善收藏的王宇泰，乘外出行醫之便，有緣出重資購得了二帙抄本《金瓶梅》。

從以上的考析中，可以看出：在萬曆年間，唯一存有抄本全書《金瓶梅》的劉承禧，不論是他本人，還是轉抄者如袁中道、沈德符，都沒有以此拿來付梓。那麼，刻本《金瓶梅詞話》是以何種抄本為底本呢？我們認為，係坊賈看到有利可圖（王宇泰肯出重資遇二帙抄本、馮夢龍又「慫恿書坊，以重價購刻」），拼集各種抄本不全匆匆付刻，未經文人作家重新加工寫定。故詞話本的內容，破綻甚多，殘留著抄本拼集而不貫通的鮮明痕跡。尤其是前八十回和後二十回，不論是文字風格，還是人物事件的描寫，顯係出自截然不同的兩個抄本。關於這一點，清末的文龍早已看出，他認為「九十回以後，筆墨生疏，語言顛倒」，「似非本書正文。」[11]「信筆直書，不復瞻前顧後」，「生拉硬扯，並非水到渠成。」[12]已經指明了詞話本是一部不同抄本的拼集本。

二、詞話本

《金瓶梅詞話》始刻於何時？是多年來一直有爭議的一個問題。最早是魯迅先生提出：「萬曆庚戌（1610），吳中始有刻本，計一百回，其中五十三至五十七回原闕，刻時所補也。」[13]前幾年朱星由此大加發揮，進一步提出「潔本」「穢本」之說。[14]其實，

8　王肯堂：〈鬱岡齋筆麈序〉。
9　同前註，卷三。
10　同前註，卷一。
11　九十二回後回評。
12　九十四回後回評。
13　《中國小說史略》。
14　《金瓶梅考證》。

魯迅先生依據的仍然是前引沈德符在《萬曆野獲編》中的那段話。沈德符在萬曆三十四年丙午（1606），在北京遇到袁中郎，問他《金瓶梅》「曾有全帙否？」這是一件事；過了三年，即萬曆三十八年庚戌（1610），袁小修「上公車，已攜有其書」，於是沈德符「因與借抄」，又是一回事，但絕不是說這一年「吳中懸之國門」。沈德符借抄之後，又過了數年，才來到蘇州，遇到馮夢龍和「時權吳關」的馬仲良（之俊），都勸他付刻；沈沒有答應，「遂固篋之」，接下來，才是「未幾時，而吳中懸之國門矣。」因此，這裏的「未幾時」，是馬仲良出權吳關後的「未幾時」。由於對這一段文字理解有誤，所以推說《金瓶梅》有一個更早的庚戌刻本，是根本不存在的。

吳關，即滸墅關。馬仲良出權滸墅關抄，只任一年，即萬曆四十一年。據康熙十二年序刻本《滸墅關志》卷八《權部》所載：

萬曆四十年（1612）

> 張銓，字平仲，號五鹿。北直大名人。甲辰進士。

四十一年（1613）

> 馬之俊，字仲良。河南新野縣人。庚戌進士。英才綺歲，盼睞生姿，遊客如雲，履綦盈座，征歌跋燭，擊缽闈題，殆無虛夕，世方升平，蓋一時東南之美也。所著有《妙遠堂》《桐雨齋》等集。

四十二年（1614）

> 李佺台，號為輿。福建惠安縣人。丁未進士。

因此，馬仲良於萬曆四十一年出權吳關是確鑿無疑的。故沈德符所言「未幾時」，是萬曆四十一年以後的「未幾時」。這應當就是帶有萬曆四十五年丁巳（1617）東吳弄珠客序刊本的《金瓶梅詞話》，否則，在萬曆四十三年（1615），沈德符的侄子沈伯遠不會仍以抄本《金瓶梅》借給李日華。[15]

與沈德符的記載可以互為印證的，還有薛岡在《天爵堂筆餘》中的這段話：

> 往在都門，友人關西文吉士以抄本不全《金瓶梅》見示。余略覽數回，謂吉士曰：此雖有為之作，天地間豈容有此一種穢書！當急投秦火。後二十年，友人包岩叟

15　《味水軒日記》卷七。

以刻本全書寄敝齋，予得盡覽。[16]

那麼，薛岡什麼時候看到的抄本不全《金瓶梅》？包岩叟什麼時候又寄給他刻本全書呢？
先看《天爵堂筆餘》的寫作和刊刻年代。幸好，有薛岡的〈天爵堂筆餘序〉在，序云：

> 余自乙未（1595）至癸丑（1613），其間觸於目，騰於耳而欲渲泄於口者，輒以條
> 紙筆而篋之。或古或今，或朝或野，或記載，或議論，或長而娓娓，或約而片言，
> 莫不任己意見，率爾措辭，未加點潤，十九年中，積之不下數千條。甲寅（1614），
> 納布囊攜而北，意欲稍刪削編次而類聚之，刻其所存者，而篇無固名也。

乙未，為萬曆二十三年，癸丑，為萬曆四十一年，前後正好十九年。薛岡是萬曆四十二
年甲寅攜文稿進京的。次年，他的朋友周野王，分之四冊，列為八卷，定名為《筆餘》，
並為之序，付刻。不料，刻事未竣，周野王得急疾，倏然謝世。薛岡當時不知為誰所刻，
遍尋都下而不可得。後從野王住所找出原稿，已是殘闕不全，甚為惋惜，「遂取存者，
刻於都下。」而現存之《天爵堂筆餘》，是含乙卯（1615）後所作續筆，附於《天爵堂文
集》之後的，這是一；其二，關西文吉士，應為文在茲。吉士，係翰林院庶吉士之簡稱。
同治《三水縣誌》卷九，選有文在茲〈創修牲所泮池記〉一文，下署，「明，邑人。庶
吉士。」可證。薛岡與文在茲結識，應為萬曆二十九年（1601）文進京舉進士之時。由此
下推二十年，即萬曆四十八年（1620）。故薛岡所見刻本全書，則必在是年之前。其三，
包岩叟（士瞻）寄給他刻本《金瓶梅》的時間，是萬曆四十五年或稍後一點。原來，萬曆
四十四年（1616），薛岡與包岩叟一道由京南歸。他們九月離京，一路風雪冰凍，水途坎
壈，抵瓜洲，已是臘盡歲末。來到江南，二人分手，薛岡經錢塘返里（鄞縣）；包可能因
途中被跌傷，暫時滯留，然後去錢塘。[17]換歲，正是東吳弄珠客序刊本《金瓶梅詞話》
問世的一年，包岩叟此時恰在吳中一帶。所以，這個時候，包把刻本全書《金瓶梅》寄
給薛岡，是合情合理的事。薛、包二人情深義厚：「吾二人之誼，已如似膠投漆，不唯
弟不能離兄，兄亦不能離我。」[18]是故包岩叟在刻本《金瓶梅》剛一問世時，馬上就付
郵，使薛岡先睹為快。

沈德符和薛岡，親歷了《金瓶梅》從抄本流傳到刊刻問世的全過程，同時也是《金
瓶梅》刻本的最先記載者。看來，他們目睹的《金瓶梅》最早刻本，所指皆為萬曆四十
五年東吳弄珠客序刊本，而毫無庚戌本的痕跡。現在我們可以下這樣的結論了：《金瓶

16　《天爵堂筆餘》卷二。

17　《天爵堂文集》卷六。

18　同前註，卷十七。

梅》最早刻於萬曆四十五年。

這裏，特別值得辨析的是：現在存世的《新刻金瓶梅詞話》，是否就是《金瓶梅》的最早刻本呢？在不少《金瓶梅》研究者的心目中，兩者是完全等同的。其實，這是錯誤的結論，完全把兩者弄混淆了。我們認為，沈德符和薛岡看到的《金瓶梅》的最早刻本，絕對不是現存《新刻金瓶梅詞話》，原因何在呢？

首先，今人所見《新刻金瓶梅詞話》，開卷就是欣欣子序，其次是廿公跋，最後才是東吳弄珠客序。而欣欣子序落筆第一句：「竊謂蘭陵笑笑生，作《金瓶梅傳》，寄寓於時俗，蓋有謂也。」如果沈德符所見就是這個刻本，那麼，對於這位作者笑笑生，絕不會一句不提，反倒另出「聞此為嘉靖間大名士手筆」一說，這是無論如何也說不通的。其次，再看薛岡的記載：「簡端序語有云：讀《金瓶梅》而生憐憫心者，菩薩也；生畏懼心者，君子也；生歡喜心者，小人也；生效法心者，禽獸耳。序隱姓名，不知何人所作，蓋確論也。」[19]所引序文內容，恰是弄珠客序。亦可證薛岡所見《金瓶梅》的最早刻本，「簡端」並沒有欣欣子序，甚至也沒有廿公跋。再次，正因為有原刻在前，所以特別標明為「新刻」，列於每卷之首。故正確的結論只能是：現存《新刻金瓶梅詞話》，是詞話本的第二個刻本。

這個刻本的特點有二：一是翻刻原刊本；二是翻刻時加上了欣欣子序和廿公跋。其所以斷定為翻刻本，是因為這個刻本的第五十三至五十七回，誠如沈德符所說原刻本一樣：「然原本實少五十三回至五十七回，遍覓不得。有陋儒補以入刻，無論膚淺鄙俚，時作吳語，即前後血脈，亦絕不貫穿，一見知其贗作矣。」[20]最近，朱德熙老師，撰有一文，從語言的角度，作出這樣的論證：「說明《金瓶梅》第五十三至五十七回大概是南方人寫的。沈德符說這幾回『時作吳語』，看來確實有根據。」[21]更有力地證明了現存《新刻金瓶梅詞話》，就是萬曆四十五年原刊本的翻刻本。

那麼，這個刻本又刊刻於何時呢？要考查此刻本的刊刻時間，還需借助沈德符和薛岡的記載。因為這一刻本必在二人記載之後所出現，所以，考知清楚這兩條《金瓶梅》早期文獻史料的寫作可靠年代，就可以確定此刻本刊刻之上限。前已述及，薛岡在《天爵堂筆餘》中的此條記載，應寫於萬曆四十八年。那麼，沈德符在《萬曆野獲編》中這段話又寫於何時呢？

中郎又云：「尚有名《玉嬌李》者，亦出此名士手。與前書各設報應因果：武大

19　同註 16。

20　同註 3。

21　《中國語文》1985 年第 1 期。

後世化為淫夫，上烝下報；潘金蓮亦作河間婦，終以極刑；西門慶則一駭憨男子，坐視妻妾外遇，以見輪迴不爽。」中郎亦耳剽，未之見也。去年抵輦下，從丘工部六區（志充）得寓目焉。僅首卷耳，而穢黷百端，背倫滅理，已不忍讀。其帝則稱完顏大定，而貴溪、分宜相搆，亦暗寓焉，至嘉靖辛丑庶常諸公，則直書姓名，尤可駭怪，因棄置不復再展。然筆鋒恣橫酣暢，似尤勝《金瓶梅》。丘旋出守去，此書不知落何所。[22]

這是沈德符記載《金瓶梅》時的最後一段話，其中「丘旋出守去」一語最為關鍵。沈德符就是在丘志充剛剛出守之後，寫下這段記載的。承顧國瑞同志見示，他從《明實錄》中查出了丘志充出守的時間，係萬曆四十七年。《明神宗實錄》卷五八〇：「萬曆四十七年三月己酉，升……工部郎中丘志充知河南汝寧府。」由此可以證明：在萬曆四十七年和四十八年，帶有欣欣子序的翻刻本《新刻金瓶梅詞話》尚未問世，它的出現最早不能超過萬曆四十八年，則成為不刊之論了。

去年，美國普林斯頓大學浦安迪教授又告我，據他考證日本山輪王寺慈眼堂所藏《新刻金瓶梅詞話》，係 1620-1630 年之間流傳到日本去的。故知這一刻本大約刊刻於天啟初年。

本世紀三十年代初在山西發現、後藏北京圖書館、現存臺灣的《新刻金瓶梅詞話》和日本慈眼堂藏本，都屬於這一刻本。但經細校，雖然兩者版式、文字相同，皆為十卷，一百回，無圖，但文旁圈點有異，略有不同，說明它們並非同版，刊刻時間或稍有先後。這正如兩種貫華堂刊本《水滸傳》一樣，由於正文旁邊的圈點不同，也不是一個版。

詞話本的另一個刻本，即日本德山毛利氏棲息堂藏本。亦為百回本，半葉十一行，行二十四字，與原北京圖書館藏本同。但是，第五回末頁異版，有十行文字明顯不同，對照如下。

棲息堂藏本	北京圖書館藏本
當下那婦人乾號了半夜。次早五更，天色未曉，西門慶奔走討信，王婆說了備細。西門慶取銀子把與王婆，教買棺材津送，就呼那婦人商議。這婆娘過來，和西門慶說道：「我的武大今日已死，我只靠你做主。」西門慶道：「這個何須得你說。」王婆道：「只有一件事最要緊：地方上團頭何九叔，他是個精細人，	當下那婦人乾嚎了半夜。次早五更，天色未曉，西門慶奔走討信。王婆說了備細。西門慶取銀子把與王婆，教買棺材津送。就叫那婦人商議。這婆娘過來，和西門慶說道：「我的武大今日已死，我只靠你做主。大官人休是網巾圈兒打靠後。」西門慶道：「這個何須你說費心。」婦人道：「你若負了心怎的說？」西

22　同註 3。

| 只怕他看出個破綻，不肯殮。」西門慶道：「這個不妨。我自分付他便了，他不肯違我的言語。」王婆道：「大官人便用去分付他，不可遲誤。」正是：

　　青竹蛇兒口，黃蜂尾上針。
　　兩般猶未毒，最毒婦人心。
畢竟不知後來如何，且聽下回分解。 | 門慶道：「我若負了心，就是你武大一般。」王婆道：「大官人且休閒說，如今只有一件事要緊：地方天明就要入殮，只怕被忤作看出破綻來怎了？團頭何九，他也是個精細的人，只怕他不肯殮。」西門慶笑道：「這個不妨事。何九自吩咐他，他不敢違我的言語。」王婆道：「大官快去吩咐他，不可遲了。」西門慶把銀子交付與王婆買棺材，他便自去對何九說去了。正是：

　　三光有影遭誰概，萬里無根只自生。
畢竟西門慶怎的對何九說。要知後項如何，且聽下面分解。

　　雪隱鷺鷥飛始見，柳藏鸚鵡語方知。 |

造成這一異版的原因，有可能是所據抄本文字不同而造成的。但是，有一點很值得我們注意：即《金瓶梅詞話》的前六回文字，基本上來自《水滸傳》，而在《水滸傳》裏，這一情節又是如何描寫的呢？

《水滸傳》第二十四回（貫華堂本）
當下那婦人乾號了一歇。卻早五更，天色未曉，西門慶奔來討信，王婆說了備細。西門慶取銀子把與王婆，教買棺材津送。就叫那婦人商議。這婆娘過來和西門慶說道：「我的武大今日已死，我只靠著你做主。」西門慶道：「這個何須得你說。」王婆道：「只有一件事最要緊：地方上團頭何九叔，他是個精細的人，只怕他看出破綻，不肯殮。」西門慶道：「這個不妨。我自分付他便了，他不肯違我的言語。」王婆道：「大官人便用去分付他，不可遲誤。」西門慶去了。

此節文字，與容與堂回本、百二十回《水滸全傳》本皆同。顯然，棲息堂藏本的文字更接近《水滸傳》，除個別字之外，幾乎完全一致。

這一刻本與詞話本的第二個刻本，刊刻時間孰先孰後，今已難以判斷。如果承認《金瓶梅》的故事來自《水滸傳》；《金瓶梅詞話》係《水滸傳》派生而出，而逐漸敷衍，蔚為大國這一觀點是正確的話。揆之常理，棲息堂本更接近《金瓶梅詞話》的原貌。

三、崇禎本

傳統所謂之崇禎本，係指《新刻繡像批評金瓶梅》，筆者所見國內有三部：一為北

京大學圖書館藏本，半葉十行，行二十二字，附圖二百幅，存弄珠客序，有眉批、旁批；一為首都圖書館藏本，半葉十一行，行二十八字，附圖一百零一幅，序不存，亦有評；另一部為鄭振鐸先生所藏，殘存第二回至十四回、二十回至一百回。皆為二十卷，一百回。

孫楷第先生在《中國通俗小說書目》裏說：

> 金瓶梅一百回　存　日本內閣文庫藏明本。封面題《新刻繡像批評原本金瓶梅》。圖百葉。正文半葉十一行，行二十八字。首東吳弄珠客序，廿公跋。　日本長澤規矩也藏本，與內閣藏本同。　北京市圖書館（按：即今首都圖書館）藏明本。題《新刻繡像金瓶梅》。圖五十葉（每回省去一面）。行款同上。序失去。無評語。北京大學圖書館藏明刊本。大型。正文半葉十行，行二十二字，字旁加圈點。每回前有精圖一葉，前後二面寫一回事。板心上題《金瓶梅》。有眉評，旁評。首弄珠客序。
> 以上諸本皆無欣欣子序，蓋皆崇禎本。[23]

按：孫先生此處著錄有誤。首都圖書館藏本，亦題為《新刻繡像批評金瓶梅》。可能一時疏忽，漏掉「批評」二字。圖五十葉，亦非是，而是五十零半葉，每回一副，第一百回收兩幅。原書具在，可以復按。正因為著錄有誤，故有的日本學者，推論此本年代最早，而其他諸本在此基礎上加評而成，[24]殊不知此書本身亦有評。孫先生的「以上諸本皆無欣欣子序，蓋皆崇禎本」之結論，未作說明，不知何所據。

鄭振鐸先生在〈談《金瓶梅詞話》〉一文中，曾有這樣一段論述：

> 那部附插圖的明末版《金瓶梅》，確是比第一奇書本高明得多。第一奇書即由彼而出。明末版的插圖，凡一百頁，都是出於當時新安名手。圖中署名的有劉應祖、劉啟先（疑為一人）、洪國良、黃子立、黃汝耀諸人。他們都是為杭州各書店刻圖的，《吳騷合編》便出於他們之手。黃子立又曾為陳老蓮刻《九歌圖》和《葉子格》。這可見這部《金瓶梅》也當是杭州版。其刊行年代，則當為崇禎間。[25]

論述比較具體，從附圖署名的刻工，推論為崇禎刻本。論證亦不可謂無據。但據此一點，就斷定為崇禎本，似嫌單薄不足。因為，說刻於崇禎年間，可，說刻於天啟間或清初，

23　《中國通俗小說書目》。
24　鳥居久晴：〈金瓶梅版本考〉。
25　《論金瓶梅》。

亦可。故又有推測為天啟年間刊刻，稱為天啟本者。說它刻於清初，是因為從順治原刊本《續金瓶梅》的附圖刻工來看，亦有名黃順吉、劉孝先者，他們和劉啟先、黃子立同為一家，更不消說是同代人了。

我所以認為《新刻繡像批評金瓶梅》本，不能簡單地斷定為崇禎本，主要原因還在於：一，沒有任何序、題、跋、識等文字，可以確切說明刻於崇禎年間；二，更沒有崇禎年間或稍後（如清初）的任何人，提到有這樣一部《金瓶梅》行世。而與此相反的例證卻是可以舉出的，即刊刻於清順治年間的《續金瓶梅》作者丁野鶴（耀亢），他在《續金瓶梅·凡例》中明確地說：「小說類有詩詞。前集名為《詞話》，多用舊曲。今因題附以新詞，參入正論，較之他作，頗多佳句，不至有直腐鄙俚之病。」他在第一回中又說：「見的這部書，反做了導欲宣淫的話本。」這是迄今為止所見史料中，首次提到原來的《金瓶梅》就叫「詞話」，它本屬「話本」一類。於是，丁野鶴也就成為點出《金瓶梅》的本來面目就是「話本」，這一本質特徵的第一個人。設若崇禎年間，已有不同版本的說散本《金瓶梅》刊刻行世，丁野鶴斷不會如此云云。

我們所有要認真探考《新刻繡像批評金瓶梅》的刊刻年代，實在是因為它與《金瓶梅》的寫定者密切相關。前已談到：詞話本是坊賈拼集不同抄本而匆匆付刻的一部未經文人寫定的本子。只有到了《新刻繡像批評金瓶梅》，才由文人作家對詞話本從回目到內容作了大量的修改工作。其修改寫定的工作大致包括兩方面的內容：一為刪削與刊落；一為修改與增飾，而且以前者為主。修改寫定者的著眼點和立足點，主要是改變民間說唱「詞話」這一特徵，譬如，對詞話本的可唱的韻文部分，幾乎刊落了三分之二，就是最明顯的例證。經過這樣的刪削之後，面目大為改觀：濃厚的詞話說唱氣息大大的減弱了，沖淡了；無關緊要的人物也略去了；不必要的枝蔓亦砍掉了，使故事情節發展更為緊湊，行文愈加整潔，更加符合小說的美學要求。同時，對詞話本的明顯破綻作了修補，結構上也作了變動，特別是開頭部分，變詞話本依傍《水滸》而為獨立成篇。凡此種種，都說明只有到了說散本《新刻繡像批評金瓶梅》，才算完成了文人加工寫定的工作。

究竟誰是《金瓶梅》的寫定者呢？誰是《新刻繡像批評金瓶梅》的批評者和刊刻者呢？我認為此人很有可能就是李漁。那麼，證據何在呢？

先看首都圖書館藏本《新刻繡像批評金瓶梅》第一百回圖後的〈題〉。本來這個刻本，每回只收圖一幅，但到了第一百回，破例收了兩幅圖，於是多出半頁，這半頁上就刊有一首詞。由於這個刻本的刻工較劣，前面幾行文字已漫漶不清，難以辨認。而結尾和題署者，幸好清晰完整，原文為：

須知先世種來因，速覺□，出迷津，莫使輪回受苦辛。

回道人題。

「回道人題」四字，清清楚楚。這位回道人，其實就是李漁的化名。我們知道，李漁曾有笠道人，覺道人的化名，但也用過回道人。李漁，原名仙侶，字謫凡。「回」字係由「呂」字衍化而來，故在小說與戲曲中，呂洞賓常常稱為回道人。而李漁，原名即為仙侶，故他化名回道人，更為契合。在他所著小說《十二樓·歸正樓》第四回裏，他就用了「回道人評」。無獨有偶，在署名「李笠翁先生著」的《合錦回文傳》裏也有回道人的題贊，便不是偶然的巧合了。李漁在《新刻繡像批評金瓶梅》的圖後和正文之前，化名回道人，加了這一頁〈題〉，使我們有理由作出這樣的判斷：李漁正是說散本《金瓶梅》的寫定者、作評者、刊刻者，這大概不是無稽之論吧！

假如僅以回道人一則〈題〉而立論，未免是孤證，有涉牽強附會之嫌，尚需有旁證才好。旁證也是有的，即張竹坡作評的第一奇書的所有早期刊本，無一不署為「李笠翁先生著」。第一奇書本正是依《新刻繡像批評金瓶梅》本的文字而評的，張竹坡署為李笠翁先生著，就無異於明確告訴人們李漁正是《新刻繡像批評金瓶梅》的作者。過去，不少研究者，包括筆者在內，咸謂竹坡此署，係偽託李笠翁之大名而為。實則不然，特別是當我們瞭解到李漁與竹坡之關係後，便不會作如是觀矣。李漁，係竹坡父執。李漁與竹坡之父張翺、伯父張膽，關係極為密切。李漁不僅與張翺共結「同聲社」，而且過往密從：「湖上李笠翁、同里呂春履、維揚孫直繩、曾鞏、徐碩、林梅之數子，常與翺流覽於山水間。」[26]同時，李漁還親到徐州，就住在張竹坡的家裏：「湖上李笠翁偶過彭門，寓公（即張翺）廡下，留連不忍去者將匝歲。」[27]另外《笠翁一家言全集》卷四亦收有李漁書贈張膽的兩幅對聯。因此，張竹坡對李漁的一切相當熟悉，在他作評的第一奇書上，署為「李笠翁先生著」，是有確鑿根據的。

我們還可以拿李漁對《金瓶梅》的評價，與他在為《新刻繡像批評金瓶梅》所作批評的觀點，作一比較考查。他在「第一才子書」《三國志演義》中說：

> 嘗聞吳郡馮子猶，賞稱宇內四大奇書，曰：《三國》《水滸》《西遊》及《金瓶梅》四種，余亦喜其賞稱為近是。然《水滸》文藻雖佳，於世道無所關係；且庸陋之夫讀之，不知作者密隱鑒誡深意，多以是為果有其事，藉口效尤，興起邪思，致壞心術，是奇而有害於人者也。《西遊》辭句雖達，第穿鑿捏造，人皆知其誕而不經，詭怪幻妄，是奇而滅沒聖賢為治之心者也。若夫《金瓶梅》，不過譏刺

26　道光《銅山縣誌》卷十五。
27　《張氏族譜》：〈司城張公傳〉。

豪華淫侈，興敗無常，差足淡人情欲，資人談柄已耳，何足多讀。至於《三國》
一書，……是所謂奇才奇文也。[28]

「譏刺豪華淫侈，興敗無常」，與第九十回眉批所云：「凡西門慶壞事必盛為播揚者，以
其作書懲創之大意故耳。」是完全合拍的。為了譏刺，必盛為播揚其壞事。這裏面有「獻
媚者與受賄者，寫得默默會心，最有情致。」（五十五回評）有形形色色的「仕途之穢」。
（三十六回評）目的都在於「懲創」人心，「此為世人說法也，讀者當須猛省。」（六十九
回評）李漁所以在《新刻繡像批評金瓶梅》中，只保留了弄珠客序，是因為序中的「蓋
為世戒，非為世勸」的觀點，是和他自己對《金瓶梅》的評價相一致的。既然是描寫現
實社會中「豪華淫侈，興敗無常」，所以他在評語中一再申明《金瓶梅》是一部「世情
書」：「此書只一味要打破世情，故不論事之大小冷熱，但世情所有，便一筆刺之。」
（五十二回評）一說「譏刺豪華淫侈」，一謂「但世情所有，便一筆刺之」，兩者何其吻
合！因此，我們也有理由作出這樣的判斷：李漁不僅是《新刻繡像批評金瓶梅》一書的
寫定者，同時也是作評者。

現在，我們可以回過頭來，考查一下《新刻繡像批評金瓶梅》的刊刻年代了。如果
說李漁之回道人化名，係由《十二樓》及《合錦回文傳》裏的回道人而來，那麼，此書
絕不可能刊刻於崇禎年間，而應當是清初，最早不能超過順治十五年；《十二樓》有杜
濬寫於順治十五年（1658）序在，可資證。《新刻繡像批評金瓶梅》此時才問世，難怪丁
耀亢在作《續金瓶梅》時，對它一無所知了。

四、第一奇書

第一奇書本，即張竹坡評本，全稱為《皋鶴堂批評第一奇書金瓶梅》。在《新刻金
瓶梅詞話》本沒有被發現以前，廣泛流行國內外，影響最大。日本澤田瑞穗氏等人合編
的《金瓶梅研究資料要覽》所列各種第一奇書版本，除目睹堂刊本有待訪求外，國內皆
可見。據筆者所知，國內所藏第一奇書版本，亦有《要覽》所未列者。為節省篇幅，不
再一一著錄，擇其要者，考述如次。

第一奇書本，可分兩個系統，主要區別在於有無回評。首都圖書館所藏康熙乙亥
（1695）刻本及在茲堂本、皋鶴草堂本，皆為同一版式，半葉十一行，行二十二字。扉頁
上端為「康熙乙亥年」，版心為「第一奇書」，署為「李笠翁先生著」。我們不妨統稱

---

28 笠翁評閱《第一才子書》。

為康熙乙亥本。而又有皋鶴草堂梓行本者，版心則為「第一奇書金瓶梅」，並有小字「姑蘇原刻」，署為「彭城張竹坡批點」，顯係康熙乙亥本的翻刻本。康熙乙亥本為第一奇書的最早刊本，無圖亦無回評。

我們所以判定康熙乙亥本為第一奇書的最早刊本，乃是因為張竹坡在是年三月才完成了對《金瓶梅》的批評，遂立即付梓，這是學術界共認的事實。尤其是去年，吳敢同志，經過多方尋求，發現了《張氏族譜》，所有對張竹坡其人長期懸而不決的疑案，皆迎刃而解。張竹坡生於康熙九年庚戌（1670）七月二十六日，他自己說：「況小子年始二十有六，素與人全無恩怨，本非借不律以洩憤懣，又非囊有餘錢，借梨棗以博虛名」。康熙三十四年乙亥，竹坡恰為二十六歲。更有力地證明了這一年張竹坡評本第一奇書付刻。近讀韓南教授〈金瓶梅的版本及其他〉一文，文中記述了他從已故傅惜華先生處，借閱到不為人知的陳思相〈金瓶梅後跋〉，並云：「陳思相此跋並不太為世人所知，此書之序寫明康熙二十三年。陳思相說《金瓶梅》在被忽略並誤解了的一百年之後方為張竹坡所評介。他寫張竹坡對《金瓶梅》作者的理論，又謂《金瓶梅》為『天下第一奇書』，都充分說明了他所論的一定是丙系最早的版本。是以張竹坡本應在一六八四年康熙二十三年之前不久版行。」[29]筆者雖未見〈金瓶梅後跋〉，而陳思相其人卻是可以考知的。陳思相，字勤天，號莒萍。康熙時「武英殿充辦古今典籍刊刻之事」，「偶得稗官野史，則手把哦吟，津津如會。」乾隆四年（1739）已不在人世。（見唐英《陶人心語》卷六〈陳勤天詩序並小傳〉）但據韓南教授轉述，其序寫於康熙二十三年，如其是年大談張竹坡批評《金瓶梅》，則是明顯的不可信。張竹坡固然是天才的小說批評家，但他並非是神童，斷不會在他髫齡之年就寫出《金瓶梅》批評來。故「是以張竹坡本應在一六八四年康熙二十三年之前不久版行」之論，更不能成立了。更何況「之前」云云，尤為無稽。

康熙乙亥本第一奇書，為什麼沒有回評呢？先看張竹坡自己的一段論述：

> 《水滸傳》聖歎批處，大抵皆腹中小批居多。予書刊數十回後，或以此為言，予笑曰：《水滸》是現成大段畢具的文字，如一百八人，各有一傳，雖有穿插，實次第分明，故聖歎止批其字句也。若《金瓶》乃隱大段精彩於瑣碎之中，止分別字句，細心者皆可為，而反失其大段精彩也。然我後數十回內，亦隨手補入小批。是故欲知文字綱領者，看上半部；欲隨目成趣，知文字細密者，看下半部，亦何不可！[30]

29 韓南：〈金瓶梅版本及其他〉。
30 《皋鶴堂批評第一奇書·凡例》。

有人據此認為竹坡所說「文字綱領」即指每回回評而言，故帶有回評者應為第一奇書的早期刻本。此說純係誤解。竹坡所言「文字綱領」，係指全書眾多的附錄部分，包括〈讀法〉一百零八則、〈竹坡閒話〉〈寓意說〉等在內。這才是張竹坡批評《金瓶梅》的真正「綱領」，而非指每回回前的評論。張竹坡又說：「此書非有意刊行，偶因一時文興，借此一試目力，且成於十數天內。」[31]十數天內寫下十餘萬言的附錄、夾批、旁批、回評，是無論如何也辦不到的。較為符合實際的是：張竹坡批評《金瓶梅》並不是「十數天內」一次完成的，用他自己的話說：「此書卷帙浩繁，偶爾批成，適有工便，隨刊呈世。」[32]所以，應是邊批邊「隨刊呈世」。現在看來，附錄部分、文內夾批、旁批，是張竹坡於康熙乙亥年三月最先完成的，隨後拿去付刻。而所有回評，則係以後所補評，故第一奇書的最早刊本，皆無回評。

由於第一奇書早期刊本沒有回評，於是導致有的研究者得出另外一個結論，即回評非竹坡所作。如日本學者鳥居久晴氏在著錄第一奇書影松軒刻本時說：「本書最大的特徵是各回前面有總評。總評的行格十行二十字，多數是一、二頁較短，但有時也有數頁，甚至長達十頁的（例如第一回十頁、第七回十頁）。本書或許是以本衙刊本為底本，並在各回前附以總評的模刻本吧？這些總評成於何人之手不清楚。」[33]其實，這裏無需作任何旁徵博引，只要細讀一下回評和正文內的夾批、旁批，便可看出，兩者渾然一體，互為補充，互有說明，回評、夾批、旁批，實皆出於竹坡一人之手。其次，說影松軒本是本衙刊本的模刻本，亦非是，因為署有「本衙藏版」的第一奇書本，有的沒有回評，而有的則帶有回評，首都圖書館兩種本衙刊本皆存，讀者一看便知。

第一奇書本一出，張竹坡的評點，獲得了成功。誠如張潮化名謝頤為此書作序中所說：「今經張子竹坡一批，不特照出作者金針之細，兼使其粉膩香濃，皆如狐窮秦鏡，怪窘溫犀，無不洞鑒原形。」[34]劉廷璣也說，「彭城張竹坡為之先總大綱，次則逐卷逐段分注批點，可以繼武聖歎，是懲是勸，一目了然。」[35]故張竹坡評本刊刻問世之後，詞話本、《新刻繡像批評金瓶梅》本遂不復流行於世。就連康熙四十七年（1708）的滿文譯本《金瓶梅》，亦以第一奇書為底本。僅康熙三十四年至乾隆十二年（1695-1747）五十餘年內，第一奇書的各種不同版本，風湧而起，相繼問世，總數幾近二十種。成為自《金瓶梅》問世以來，刊刻版行最多的鼎盛時期。

31　《皋鶴堂批評第一奇書·凡例》。
32　《皋鶴堂批評第一奇書·凡例》。
33　同註24。
34　《皋鶴堂批評第一奇書·謝頤序》。
35　《在園雜誌》卷二。

繼康熙乙亥本之後，影松軒本、各種本衙藏本、崇經堂本、六堂藏本……接踵而出，這是第一奇書本的另一個系統。它的特點是：一，在乙亥本的基礎上增加了回評；二，附上了《新刻繡像批評金瓶梅》的圖，這應是張竹坡批評《金瓶梅》最為完整的評本。可惜，它對乙亥本的附錄部分，間有刪削。已故戴不凡先生在評論張竹坡評本時，曾經指出：「正文前除〈凡例〉外，附錄極夥……誠可謂洋洋大觀。小說批點本附錄之繁複，無有過於此者。」[36]

第一奇書本，不僅附錄繁多，而且排列次序混亂，毫無章法；況各本有異，花樣百出。以筆者所見，崇經堂刻本排列為善。現稍作排列，著錄於後：

〈凡例〉

〈非淫書論〉：

　　〈第一奇書非淫書論〉

〈寓意說〉：

　　〈金瓶梅寓意說〉

〈大略〉：

　　〈竹坡閒話〉

〈家眾雜錄〉：

　　〈西門慶家人名數〉

　　〈西門慶家人媳婦〉

　　〈西門慶淫過婦女〉

　　〈潘金蓮淫過人目〉

　　〈西門慶房屋〉

〈雜錄小引〉：

　　〈雜錄小引〉

　　〈冷熱金針〉

　　〈苦孝說〉

〈讀法〉：

　　〈批評第一奇書金瓶梅讀法〉

〈目錄〉：

　　〈第一奇書目錄〉

〈趣談〉：

36　《小說見聞錄》。

〈第一奇書金瓶梅趣談〉

康熙乙亥本附錄部分較全，屬影松軒系統本大都刪去了〈凡例〉〈第一奇書非淫書論〉〈冷熱金針〉。第一奇書這兩個系統的版本，卷首皆有謝頤序，題為：「時康熙歲次乙亥清明中浣秦中覺天者謝頤題於皋鶴堂」。唯目睹堂本例外，存有弄珠客序。[37]

　　這兩個系統的第一奇書本，時間雖有先後，卻都是出於張竹坡的批評。到了乾隆年間以後，各種名目的「新刻奇書」開始出現，多以「古本」「真本」相標榜，招徠讀者。其內容，則是對第一奇書大砍大伐，面目全非。僅有《金瓶梅》其名，而不存其實了。對此，鄭振鐸先生曾一針見血地指出：

　　　　上海卿雲書局出版，用穆安素律師名義保護著的所謂《古本金瓶梅》，其實只是那部存寶齋鉛印《真本金瓶梅》的翻版。存寶齋本，今已罕見。故書賈得遂得以「孤本」「古本」相號召。
　　　　存寶齋印行《繪圖真本金瓶梅》的時候，是在民國二年。卷首有同治三年蔣敦艮的序和乾隆五十九年王曇的〈金瓶梅考證〉。王曇的《考證》，一望而知其為偽作。也許便是出於蔣敦艮輩之手罷。蔣序道：「曇遊禾郡，見書肆架上有鈔本《金瓶梅》一書，讀之與『俗本』迥異。為小玲瓏山館藏本，贈大興舒鐵雲，因以贈其妻甥王仲瞿者。有考證四則。其妻金氏，加以旁注。」王氏（？）的考證道：
　　　　原本與俗本有雅鄭之別。原本之發行，投鼠忌器，斷不在東樓生前。書出，傳誦一時。陳眉公《狂夫叢談》極歡賞之，以為才人之作。非今之俗本可知。……安得舉今本而一一摧燒之。
　　　　這都是一片的胡言亂道。其實，當是蔣敦艮輩（或更後的一位不肯署名的作者）把流行本《金瓶梅》亂改刪一氣，而作成這個「真本」的。
　　　　「真本」所依據而加以刪改的原本，必定是張竹坡評本的第一奇書；這是顯然可知的，只要對讀了一下。其「目錄」之以二字為題，像：
　　　　第一回　　熱結　冷遇
　　　　第二回　　詳夢　贈言
　　　　也都直襲之於第一奇書的。在這個《真本金瓶梅》裏果然把穢褻的描寫，刪去淨盡；但不僅刪，還要改，不僅改，還要增。以此，便成了一部「佛頭著糞」的東西了。[38]

37　轉錄自《金瓶梅研究資料要覽》。
38　同註25。

讀了鄭先生的這節文字，無需加一句說明，作偽者之嘴臉已昭然於世。這裏，我們要追索的是：這些冒牌的《金瓶梅》，始作俑者在何時？

現在看來，乾隆十二年刊刻的《奇書第四種》，已見端倪。其書扉頁上部竟冠以「金聖歎批點」，左側又署「彭城張竹坡原本」，已是不倫不類。它也收有謝頤序，但題為「時乾隆歲次丁卯清明上浣秦中覺天者謝頤題於皋鶴書舍」。把康熙乙亥逕直改為乾隆丁卯，「皋鶴堂」變成了「皋鶴書舍」。亦收回評，但每回開始是詩詞，然後插入回評，回評結束後，以「話說」轉入正文。對竹坡評語，略有刪削，但正文基本無傷。

到了嘉慶二十一年（1816）刊刻的《新刻金瓶梅奇書前後部》。則變本加厲，大刪大改，誠謂「佛頭著糞」。一百回，分前後兩部，以第四十七回為界。列為八卷，分卷更無規律。謝頤序，一變而為「時嘉慶歲次丙子」。一部八十萬言的《金瓶梅》，改為不足十萬字。「斯真狗屁牛屎，此書之大罪人也。」[39]作偽之風，始濫觴於此。

從此以後，「真本」「古本」「足本」，花樣翻新，不一而足。由於它們都失去了《金瓶梅》的真諦，已經不屬於《金瓶梅》版本探索之列，只好略而不論。

一九八五年五月於京郊思敏齋草訖。

---

[39] 文龍為《金瓶梅》所作評語。

《金瓶梅》主要版本所見錄

　　從明萬曆四十七年（1619）以後的《新刻金瓶梅詞話》刊刻問世，到 1985 年人民文學出版社的《金瓶梅詞話》（節本）的出版，時光流逝了三百六十餘年。在這段不太長的歷史時期內，《金瓶梅》一書，雖屢遭禁毀，但禁者自禁，刊者自刊；其間，詞話本、《新刻繡像批評金瓶梅》本、第一奇書本以及名目繁多的「真本」「古本」「足本」等刪改本和影印本，總計不下四十種，這還不包括滿文譯本及各種外文譯本在內，更不包括各種續書版本。眾多版本的出現，從一個側面反映了讀者對這部奇書的欣賞和喜愛。不僅小說《金瓶梅》，人們爭相轉抄傳閱，而且早在清代，就被改編成戲曲在舞台上演出，曲藝藝人也以不同的藝術形式，披之管弦，予以演唱。應當說，《金瓶梅》的故事內容，早已家喻戶曉，深入人心。本文對《金瓶梅》主要版本的著錄，正是為了研究《金瓶梅》一書，在不同時期內所發生的自身的演變及其產生的社會影響。所謂主要版本，即指有價值、有影響的版本，係同一版本而派生出的不同翻刻本，著錄從簡；徒有《金瓶梅》其名而內容已失其實者，僅錄其出現時間最早的一種，他如各種「真本」「古本」「足本」，不錄；近期出現的影印本，不錄；見於他人著錄而未能睹其原貌者，亦不錄。

《新刻金瓶梅詞話》　一百回　原北京圖書館收藏，現存臺灣。

　　十卷二十冊。縱 21.5 公分，橫 13.8 公分。卷首正文前有欣欣子〈金瓶梅詞話序〉、廿公跋、東吳弄珠客寫於萬曆丁巳（1617）季冬之〈金瓶梅序〉。次為〈詞〉及〈四貪詞〉。然後是〈新刻金瓶梅詞話目錄〉，每卷十回，十卷一百回。正文半葉十一行，行二十四字。無評，卻有一些塗改處，不知出自何人筆墨。原書第五十二回缺七、八兩頁。

　　按：是書 1932 年發現於山西。1933 年 3 月，以「古佚小說刊行會」名義，影印了一百二十部，以便集資購買此書。影印本附圖一冊，每回兩幅，共二百幅。圖為後補，係通州王氏據《新刻繡像批評金瓶梅》本提供。原書由北京圖書館收藏，抗日戰爭時期，寄存於美國國會圖書館，1975 年歸還臺灣。1957 年文學古籍刊行社又據此影印本重印二千部。第五十二回所缺兩頁，亦以《新刻繡像批評金瓶梅》抄補。

　　此書係萬曆四十五年原刻本的翻刻本。刊刻時間當在萬曆四十七年稍後。

《新刻金瓶梅詞話》　一百回　日本日光山輪王寺慈眼堂藏本。

　　筆者所見，係一九六三年八月，日本大安株式會社的影印本。分整五冊，每冊二十

回。此本以慈眼堂藏本與棲息堂藏本「兩部補配完整」。亦為十卷，每卷十回。正文半葉十一行，行二十四字。無墨改痕跡。此本與原北京圖書館藏本版式雖同，而正文旁圈點有異，故知非同一版本也。刊刻時間當有先後。

按：此本最可注意者，在於第五十二回完整無缺。原北京圖書館藏本所缺兩頁，可以此補配。這兩頁原文如下：

> ……伯爵看見，說道：「好東西兒，他不知那裏剜的送來，我且嘗個兒著。」一手撾了好幾個，遞了兩個與謝希大，說道：「還有活到老死，還不知此物甚麼東西兒哩。」西門慶道：「怪狗才，還沒供養佛，就先撾了吃。」伯爵道：「甚麼沒供佛，我且入口無贓著。」西門慶分付：「交到後邊收了，問你三娘討三錢銀子賞他。」伯爵問：「是李錦送來，是黃寧兒？」平安道：「是黃寧兒。」伯爵道：「今日造化了這狗骨禿了，又賞他這三錢銀子。」這裏西門慶看著他兩個打雙陸不題。
>
> 且說月娘和桂姐、李嬌兒、孟玉樓、潘金蓮、李瓶兒、大姐，都在後邊上房明間內吃了飯，在穿廊下坐的。只見小周兒在影壁前探頭舒腦的，李瓶兒道：「小周兒，你來的好，且進來與小大官兒剃剃頭，把頭髮都長長了。」小周兒連忙向前都磕了頭，說：「剛才老爹吩咐，交小的進來與哥兒剃頭。」月娘道：「六姐，你拿曆頭看看，好日子，歹日子，就與孩子剃頭。」這金蓮便交小玉取了曆頭來，揭開看了一回，說道：「今日是四月廿一日，是個庚戌日，定婁金金狗當直，宜祭祀、官帶、出行、裁衣、沐浴、剃頭、修造、動土，宜用午時。好日期。」月娘道：「既是好日子，交丫頭熱水，你替孩兒洗頭，交小周兒慢慢哄著他剃。」小玉在旁替他用汗巾兒接著頭髮兒。那裏才剃得幾刀兒下來。這官哥兒呱的聲怪哭起來。那小周連忙趕著他哭只顧剃。不想把孩子哭的那口氣憋下去，不言語了，臉便脹的紅了。李瓶兒也唬慌手腳，連忙說：「不剃罷，不剃罷！」那小周兒唬的收不迭家活，往外沒腳子跑。月娘道：「我說這孩子有些不長俊，護頭，自家替他剪剪罷。平白交進來剃，剃的好麼？」天假其變，那孩子憋了半日氣，放出來了。李瓶兒一塊石頭方才落地，只顧抱在懷裏拍哄著他，說道：「好小周兒，恁大膽，平白進來把哥哥頭來剃了去了！剃的恁半落不合接，欺負我的哥哥。還不拿回來，等我打與哥哥出氣。」於是抱到月娘跟前。月娘道：「不長俊的小花子兒，剃頭耍了你，便益了，這等哭！剩下這些，到明日做剪毛賊。」引鬥了一回，李瓶兒交與奶子。月娘分付：「且休與他奶吃，等他睡一回兒與他吃。」奶子抱的他前邊去了。只見來安兒進來取小周兒的家活，說門首唬的小周兒臉焦黃

的。月娘問道：「他吃了飯不曾？」來安道：「他吃了飯。爹賞他五錢銀子。」
月娘交來安：「你拿一甌子酒出去與他，唬著人家，好容易討這幾個錢。」小玉
連忙篩了一盞，拿了一碟臘肉，交來安與他吃了，往家去了。

吳月娘因交金蓮：「你看看曆頭，幾時是壬子日？」金蓮看了說道：「二十三是
壬子日，交芒種五月節。」便道：「姐姐，你問他怎的？」月娘道：「我不怎的，
問一聲兒。」李桂姐接過曆頭來看了，說道：「這二十四日，苦惱，是俺娘的生
日，我不得在家。」月娘道：「前月初十日，是你姐姐生日，過了。這二十四日，
可可兒又是你媽的生日了！原來你院中人家，一日害這樣病，做三個生日。日裏
害思錢病，黑夜思漢子的病。早辰是媽的生日，晌午是姐姐生日，晚夕是自家生
日。怎的都擠在一塊兒？趁著姐夫有錢，攛掇著都生日了罷！」桂姐只是笑，不
做聲。

只見西門慶使了畫童兒來請，桂姐方向月娘房中妝點勻了臉，往花園中來。卷棚
內又早放下八仙桌兒，前後放下簾櫳來。桌上擺設許多肴饌……

《新刻金瓶梅詞話》　一百回　日本德山毛利氏棲息堂藏本。

此本亦為半葉十一行，行二十四字。與前列兩種詞話本的最大不同，為第五回末頁
異版，有十行文字，明顯不同，迻錄如下（括弧內係原北京圖書館藏本文字）：

……當下那婦人乾號（嚎）了半夜。

次早五更，天色未曉，西門慶奔走討信，王婆說了備細。西門慶取銀子把與王婆，
教買棺材津送。就呼（叫）那婦人商議。這婆娘過來和西門慶說道：「我的武大，
今日已死，我只靠你做主。（大官人休是網巾圈兒打靠後。）」西門慶道：「這個何
須得你說（費心）。」（婦人道：「你若負了心怎的說？」西門慶道：「我若負了心，就是
你武大一般。」）王婆道：「（大官人且休閒說，如今）只有一件事最要緊：地方上團
頭何九叔，他是個精細的人，只怕他看出個破綻，不肯殮。」（地方天明就要入殮，
只怕被忤作看出破綻來怎了？團頭何九，他也是個精細的人，只怕他不肯殮。）西門慶（笑）
道：「這個不妨（事），我自分付他便了（何九我自分付他），他不肯（敢）違我的
言語。」王婆道：「大官人便用去分付他，不可遲誤（大官人快去分付他，不可遲了）。」
正是：青竹蛇兒口，黃蜂尾上針，

　　　　兩般猶未毒，最毒婦人心。

畢竟未知後來如何，且聽下回分解。

（正是：三光有影遺誰憾，萬事無根只自生。畢竟西門慶怎的對何九說，要知後項如何，且聽
下回分解。

雪隱鷺鷥飛始見，柳藏鸚鵡語方知。）

《新刻繡像批評金瓶梅》　一百回　原北京孔德學校圖書館藏本，現存首都圖書館。

　　二十卷，二十冊。圖一冊，正文十九冊。框高 20 公分，寬 11.5 公分。封面不存，無序。正文半葉十一行，行二十八字。無眉評，有旁評。書口上端題《金瓶梅》，無魚尾，中央偏上是卷數、回數，下為頁數。各卷之首題《新刻繡像批評金瓶梅卷之×》。每五回一卷，二十卷一百回。正文前有回目。原書缺五十一至五十五回。

　　附圖一冊，無刻工姓名。每回收一幅，唯第一百回，收兩幅，共一百零一幅。圖後有半葉為「回道人題」。繫一首詞，分上下兩闋。文字漶漫，唯有下闋末尾，清晰可辨。

　　……須知先世種來因。速覺□，出迷津，莫使輪回受苦辛。

　　回道人題

　　按：「回道人題」放在正文之前，可證此本係化名回道人者作評、刊刻。回道人，係李漁之化名。此本約刊刻於順治十五年（1658）之後，故「崇禎本」云云，實無據。

《新刻繡像批評金瓶梅》　一百回　原馬廉（隅卿）藏本，現存北京大學圖書館善本室。

　　二十卷，三十六冊。框高 20.8 公分，寬 13.6 公分。封面不存，存弄珠客序。正文半葉十行，行二十二字。回目總錄前題《新刻繡像批評金瓶梅》，每卷卷首無此題。亦為每卷五回，二十卷一百回。有眉評、旁評。

　　每回前有圖兩幅，共二百幅。刻工亦較首都圖書館藏本精細，偶有刻工姓名。

　　按：此本與首都圖書館藏本不同處，在於首圖本無眉評，正文旁評，兩本亦有異同。如第一回，首圖藏本有三處旁評，為北大藏本所無：

　　偌或有兩個人來，一個叫應二哥，一個叫應大哥。

　　　　〔旁評〕：小人媚勢，亦有自說。

　　思締結以常新，必富貴常念貧窮，乃始終有所依倚。

　　　　〔旁評〕：只怕富之假，又安得有終？

　　一五一十，說來就像親見一般。

　　　　〔旁評〕：小人媚勢，往往如此。

為了給人一完整的印象，我們不妨以第七回的評語為例，詳為對照，以察其異同。

　　第七回

　　就頂死了的三娘窩兒何如？

　　　　〔旁評〕：入情。　　　　　　　　　　　　　　　　　　　　兩本同。

這娘子今年不上二十五、六歲。

　　〔旁評〕：瞞四、五歲，妙。　　　　　　　　　　　　　　　兩本同。

不瞞大官人說。

　　〔旁評〕：好頓挫。　　　　　　　　　　　　　　　　　　　兩本同。

就住在臭水巷。

　　〔眉評〕：小小一地名，亦下得恰好。　　　　　　　　　　　首圖本無。

就看到不打緊……

　　〔眉評〕：引入穀，卻才勒住細細商量，鬆緊合宜。　　　　　首圖本無。

房子裏住的孫歪頭。

　　〔眉評〕：孫歪頭三字寫得活現，恰像真有其人。　　　　　　首圖本無。

大官人家裏有的是那囂段子……

　　〔眉評〕：段子曰囂，禮物曰買上一擔，銀子曰許他幾兩，只數盧字，

　　　說得毫不費事，想見立言。　　　　　　　　　　　　　　　首圖本無。

近邊一個財主。

　　〔旁評〕：先入。　　　　　　　　　　　　　　　　　　　　兩本同。

我說一家人只姑奶奶是大。

　　〔旁評〕：妙。　　　　　　　　　　　　　　　　　　　　　兩本同。

講了話，然後才敢去門外相看。

　　〔旁評〕：為何？　　　　　　　　　　　　　　　　　　　　北大本無。

阿呀，保山，你如何不先來說聲？

　　〔旁評〕：傳神。　　　　　　　　　　　　　　　　　　　　兩本同。

老身當言不言謂之懦。

　　〔眉評〕：先入念經，故正題目，然後說到自己，說自己卻提出張四一段。

　　　說得有條理，有斤兩，有拿手。　　　　　　　　　　　　　首圖本無。

　　〔旁評〕：開口訣。　　　　　　　　　　　　　　　　　　　兩本同。

院內擺設榴樹盆景，台基上靛缸一溜，打布凳兩條。

　　〔旁評〕：好映帶。　　　　　　　　　　　　　　　　　　　兩本同。

毛青鞋面布。

　　〔眉評〕：偏在沒要緊處寫照。　　　　　　　　　　　　　　首圖本無。

　　〔旁評〕：異想。　　　　　　　　　　　　　　　　　　　　兩本同。

你老人家去年買春梅。

　　〔眉評〕：無意中點出春梅，冷甚，妙甚。　　　　　　　　　首圖本無。

妻大兩，黃金日日長；妻大三，黃金積如山。

　　〔眉評〕：雖套語，用在此處恰好。　　　　　　　　　　　　首圖本無。

用纖手抹去盞邊水漬。

　　〔旁評〕：舉止俏甚。　　　　　　　　　　　　　　　　　兩本同。

就趁空兒輕輕用手掀起婦人裙子來。

　　〔眉評〕：賣弄腳好處，妙在都不開口，只俏俏畫出。　　　　首圖本無。

　　〔旁評〕：有竅。　　　　　　　　　　　　　　　　　　　兩本同。

既是姑娘恁般說，又好了。

　　〔眉評〕：滿肚皮要嫁，只三字。　　　　　　　　　　　　首圖本無。

薛嫂，其實累了你。

　　〔眉評〕：寫出中意。　　　　　　　　　　　　　　　　　首圖本無。

但不知房裏有人沒有人，見作何生理？

　　〔旁評〕：有含蓄。　　　　　　　　　　　　　　　　　　兩本同。

就有房裏人，那個是成頭腦的？

　　〔眉評〕：說得活活落落，絕有意味，卻又妙在斬釘截鐵，摸寫處真匪夷
　　所思。　　　　　　　　　　　　　　　　　　　　　　　首圖本無。

天麼，天麼，早是俺媒人不說謊……

　　〔眉評〕：口角宛然。　　　　　　　　　　　　　　　　　首圖本無。

強如嫁西門慶那廝。

　　〔眉評〕：句句良言，可惜為破親而發。　　　　　　　　　首圖本無。

他家見有正頭娘子。

　　〔眉評〕：先被婦人看破，後便語言無味。　　　　　　　　首圖本無。

他最慣打婦熬妻。

　　〔眉評〕：破語雖毒，卻嫌太直。　　　　　　　　　　　　首圖本無。

他家還有一個十四歲未出嫁的閨女。

　　〔眉評〕：此一破尤不動人。　　　　　　　　　　　　　　首圖本無。

他少年人，就外邊做些風流勾當，也是常事。

　　〔眉評〕：護局中夾出喜愛真情，妙甚。　　　　　　　　　首圖本無。

吃了兩盞清茶，起身去了。

　　〔眉評〕：一「清」字，傳冷落之神，令人絕例。　　　　　首圖本無。

張四羞慚歸家，與婆子商議。

　　〔旁評〕：伏後罵句，細甚。　　　　　　　　　　　　　　兩本同。

不該我張龍說。

　　〔旁評〕：酷肖。　　　　　　　　　　　　　　　　　　　兩本同。

有人主張你。

　　〔旁評〕：暗指姑娘。　　　　　　　　　　　　　　　　　兩本同。

都使在這房子上。

　　〔旁評〕：好出脫。　　　　　　　　　　　　　　　　　　兩本同。

只見姑娘拄拐自後而出。

　　〔眉評〕：先讓張四與婦人鬧一陣，然後姑娘慢慢走出來，絕有情景。　　首圖本無。

他背地又不曾私自與我什麼。

　　〔眉評〕：此處無銀。　　　　　　　　　　　　　　　　　首圖本無。

那張四在旁，瞅了婆子一眼。

　　〔旁評〕：逼真。　　　　　　　　　　　　　　　　　　　北大本無。

你這老油嘴是楊家……

　　〔眉評〕：罵得妙，才像孫歪頭的婆子。　　　　　　　　　首圖本無。

趕人鬧裡……一陣風都搬去了。

　　〔眉評〕：收煞得妙。若等講清日子再扛抬，便呆矣。　　　首圖本無。

細檢兩本評語之異同，不難看出，首都圖書館藏本略，而北京大學藏本則較詳。所以造成這個現象，有可能李漁在初刻此本時，著重對《金瓶梅詞話》作了修改寫定工作，同時也作了簡單的批評，這就是我們現在所看到的首都圖書館藏本。而北京大學藏本的刊刻年代，則稍後於首圖藏本。這一刻本付刻時，不僅增添了圖，也增添了評語。而此本刊刻年代的下限，又早於康熙年間張竹坡評本第一奇書之前。證據就在於張竹坡批評《金瓶梅》裏，已經參照了此本之評語。請看張竹坡的這段批語：

　　原評謂此處「插入春梅。」予謂：自酒醉，春梅關在炕屋，已點明春梅心事矣。

此批見於第八十二回。原文描寫西門慶死後，潘金蓮欲與陳經濟幽會，先把春梅和秋菊用酒灌醉，鎖在屋裏，然後來到花園。陳經濟突然從荼蘼架下跑了出來，摟住金蓮。金蓮嚇了一跳，訓斥他兩句。「經濟吃的半酣兒笑道：『早知摟了你，就錯摟了紅娘，也是沒奈何』。」張竹坡正是在此處寫下了如上批語。竹坡所謂的原評，即是北京大學藏本。此本於此處旁批云：

　　趁勢就插入春梅，妙甚。

而首都圖書館藏本，此處卻無此句批語。故此本之刊刻年代絕不能晚於張竹坡批評《金瓶梅》之時。

《皋鶴堂批評第一奇書金瓶梅》 一百回 康熙乙亥本

不分卷，三十冊。框高 21 公分，寬 14.8 公分。書口為「第一奇書」，無魚尾，中央偏上為回數，下為頁數。正文半葉十一行，行二十二字。無圖。每回前無回評。正文內有眉批、旁批、夾批。

扉頁上端題「康熙乙亥年」。框內右上方署「李笠翁先生著」，中間為大字「第一奇書」。首謝頤序，署為「康熙歲次乙亥清明中浣秦中覺天者謝頤題於皋鶴堂」。

附錄部分計有：

〈凡例〉

〈目錄〉 〈第一奇目〉 一百回，每回四字，如第一回：〈勢結冷遇〉。

〈雜錄小引〉

〈雜錄〉

〈西門慶家人名數〉

〈西門慶家人媳婦〉

〈西門慶淫過婦女〉

〈潘金蓮淫過人目〉

〈趣談〉

〈苦孝說〉

〈寓意說〉

〈冷熱金針〉

〈非淫書論〉

〈大略〉 〈竹坡閒話〉

〈房屋回〉 〈西門慶房屋〉

〈讀法〉 （一百零八則）

按：此本係第一奇書之原刻本，刊刻於清康熙三十四年乙亥（1695）。

《皋鶴堂批評第一奇書金瓶梅》 一百回 在茲堂本

不分卷，二十冊。框高 19.3 公分，寬 14.5 公分。書口為「第一奇書」。正文半葉十一行，行二十二字。無圖。每回前無回評。正文內有眉批、旁批、夾批。

扉頁上端題「康熙乙亥年」。框內右上方署「李笠翁先生著」，中間為「第一奇書」，左下方係「在茲堂」。首謝頤序。

附錄部分排列次序為：〈趣談〉〈房屋回〉〈凡例〉〈雜錄小引〉〈大略〉（〈竹坡

聞話〉）、〈讀法〉（一百零八則）、〈冷熱金針〉〈非淫書論〉〈寓意說〉〈第一奇書目〉、〈雜錄〉〈苦孝說〉。

按：此本亦為第一奇書之早期刻本。

《皋鶴堂批評第一奇書金瓶梅》　一百回　皋鶴草堂本

不分卷，二十冊。框高 19.3 公分，寬 14.5 公分。書口為「第一奇書」。正文半葉十一行，行二十二字。無圖。每回前無回評。正文內有眉批、旁批、夾批。

扉而上端無題。框內右上方署「彭城張竹坡批點」，中間為「第一奇書金瓶梅」，並有兩行小字「姑蘇原刻」，左下方係「皋鶴草堂梓行」。首謝頤序。

附錄部分排列次序為：〈凡例〉〈目錄〉〈趣談〉〈雜錄〉〈房屋回〉〈大略〉（〈竹坡閒話〉）、〈苦孝說〉〈寓意說〉〈冷熱金針〉〈雜錄小引〉〈非淫書論〉〈讀法〉（一百零八則）。

按：此本係在茲堂本之翻刻本，唯附錄排列次序有異。紙質較劣。

《皋鶴堂批評第一奇書金瓶梅》　一百回　影松軒本

不分卷，二十冊。框高 21 公分，寬 14 公分。書口為「第一奇書」，無魚尾。正文半葉十行，行二十二字。圖為一冊，每回兩幅，共二百幅。每回前有回評。正文內有眉批、旁批、夾批。

扉頁上端題為「第一奇書」。框內右上方署「彭城張竹坡批評」，中間大字為「繡像金瓶梅」，左下方係「影松軒藏板」。首謝頤序。

附錄部分計有：

〈趣談〉

〈雜錄〉　　　〈西門慶家人名數〉

　　　　　　〈西門慶家人媳婦〉

　　　　　　〈西門慶淫過婦女〉

　　　　　　〈潘金蓮淫過人目〉

〈房屋〉

〈大略〉（〈竹坡閒話〉）

〈雜錄小引〉

〈苦孝說〉

〈寓意說〉

〈讀法〉（一百零八則）

〈第一奇書目〉

按：此本刊刻時間晚於康熙乙亥本和在茲堂本。

《皋鶴堂批評第一奇書金瓶梅》　一百回　本衙藏板本

不分卷，三十六冊。縱 26 公分，橫 17 公分。框高 20 公分，寬 13 公分。書口為「第一奇書」，無魚尾。正文半葉十行，行二十二字。有圖。每回兩幅，共二百幅，另裝一冊。每回前無回評。正文內有眉批、旁批、夾批。

扉頁上端無題。框內右上方署「彭城張竹坡批評金瓶梅」，中間為「第一奇書」，左下方係「本衙藏板翻刻必究」。首謝頤序。

附錄部分排列次序為：〈雜錄〉〈雜錄小引〉〈冷熱金針〉〈苦孝說〉〈趣談〉〈寓意說〉〈大略〉（〈竹坡閒話〉）、〈房屋〉〈讀法〉（一百零八則）。

按：此本是第一奇書中刻工最精者。

《皋鶴堂批評第一奇書金瓶梅》　一百回　本衙藏板本

不分卷，三十二冊。框高 21 公分，寬 13.6 公分。書口為「第一奇書」，有魚尾，魚尾下為回數，下為頁數。半葉十一行，行二十五字。有圖，每回兩幅，共二百幅。每回前有回評。正文內有眉批、旁批、夾批。

扉頁上端題「全像金瓶梅」。框內右上方署「彭城張竹坡批評」，中間為「第一奇書」，左下方係「本衙藏板」。首謝頤序。

附錄排列次序為：〈雜錄小引〉〈苦孝說〉〈大略〉（〈竹坡閒話〉）、〈趣談〉〈家眾雜錄〉〈寓意說〉〈讀法〉（一百零六則）、〈目錄〉。

按：此本為帶回評之本衙藏板本，其與影松軒本同為一個系統。

《皋鶴堂批評第一奇書金瓶梅》　一百回　崇經堂本

不分卷，二十四冊。縱十八公分，橫 11 公分。框高 13 公分，寬 9.3 公分。書口為「第一奇書」，有魚尾，魚尾下為回數、頁數，下為「崇經堂」。半葉十一行，行二十五字。有圖，每回兩幅，共二百幅。每回前有回評。正文內無眉批，有旁批、夾批。

扉頁上端題「全像金瓶梅」。框內右上方署「彭城張竹坡批評」，中間為「第一奇書」，左下方係「本衙藏板」。首謝頤序。

附錄部分排列次序為：〈非淫書論〉〈寓意說〉〈大略〉（〈竹坡閒話〉）、〈家眾雜錄〉〈雜錄小引〉〈苦孝說〉〈讀法〉（一百零八則）、〈目錄〉〈趣談〉。

按：此本與巾箱小字本同。

《四大奇書第四種》　一百回　乾隆丁卯本

五十卷，每兩回一卷。框高 21.2 公分，寬 13.2 公分。書口為「奇書第四種」，下為卷數，無回數。正文半葉十一行，行二十四字。有圖，每回兩幅，共二百幅。每回開始為詩、詞，然後插入張竹坡之回評，回評結束後，用「說話」轉入正文。無眉批，偶有旁批。

扉頁上端題「金聖歎批點」。框內右上方署「彭城張竹坡原本」，中間為大字「奇書第四種」，左方上端為「丁卯初刻」，下方係「本衙藏本」。首謝頤序，但署為「時乾隆歲次丁卯清明上浣秦中覺天者謝頤題於皋鶴書舍」。序文內之「今天下失一《金瓶梅》」一句中的「失」字，改為「知」字。

附錄部分計有：

〈彭城張竹坡閒話〉〈寓意說〉〈趣談〉〈雜錄小引〉〈苦孝說〉〈家眾雜錄〉〈四大奇書第四種讀法〉〈西門慶房屋〉（抄補）、〈四大奇書第四種目錄〉。

按：此本對第一奇書已稍有刪改。

《新刻金瓶梅奇書》　一百回　六堂本

八卷，二冊。框高 18.6 公分，寬 11.8 公分。書口為《金瓶梅》，有魚尾，魚尾下為卷數，下端為頁數。無圖，無評語，亦無附錄。

封面不存，僅書「元、亨、利、貞」。扉頁上端無題。框內右上方無署，中間為「金瓶梅」，左下方係「六堂藏版」。首謝頤序，但署為「時嘉慶歲次丙子清明上浣秦中覺天者謝頤題於皋鶴書舍」。次為《金瓶梅奇書目次》，目錄依第一奇書本，每回四字。正文前題《新刻金瓶梅奇書前後部》，四十六回前為前部，四十七回以後為後部。每卷下列回數不齊，具體為：

《新刻金瓶梅奇書前部》

卷一：	第一回～第六回
卷二：	第七回～第十七回
卷三：	第十八回～第三十三回
卷四：	第三十四回～第四十六回

《新刻金瓶梅奇書後部》

卷五：	第四十七回～第五十九回
卷六：	第六十回～第七十二回
卷七：	第七十三回～第八十六回
卷八：	第八十七回～第一百回

按：此本徒有《金瓶梅》之名而無其實。各種名目之「真本」「古本」「足本」皆濫觴於此。為了使讀者對這類冒牌的《金瓶梅》有所瞭解，這裏原樣照錄本書之第十五回，並與《金瓶梅詞話》之第十五回全文相對照，其「佛頭著糞」之面目，則昭然於天下矣。

《金瓶梅詞話》

第十五回　佳人笑賞玩月樓　狎客幫嫖麗春院

日墜西山月出東，百年光景似飄蓬。

點頭才羨朱顏子，轉眼翻為白髮翁。

易老韶華休浪度，掀天富貴等雲空。

不如且討紅裙趣，依翠偎紅院宇中。

　　話說光陰迅速，又早到正月十五日。西門慶這裏，先一日差小廝玳安，送了四盤羹菜，兩盤壽桃，一壇酒，一盤壽麵，一套織金重絹衣服，寫吳月娘名字：「西門吳氏斂衽拜」，送與李瓶兒做生日。李瓶兒才起來梳妝，叫了玳安兒到臥房裏，說道：「前日打擾你大娘那裏，今日又教你大娘費心送禮來。」玳安道：「娘多上覆，爹也上覆二娘，不多些微禮，與二娘賞人。」李瓶兒一面分付迎春，外邊明間內放小桌兒，擺了四盒茶食，管待玳安。臨出門，與二錢銀子，八寶兒一方閃色手帕，「到家多上覆你列位娘，我這裏使老馮拿帖兒請去，好歹西明日都光降走走。」玳安磕頭出門。兩個抬盒子的與一百文錢。李瓶兒這裏，隨即使老馮兒用請書盒兒，拿著五個束帖兒，十五日請月娘與李嬌兒、孟玉樓、潘金蓮、孫雪娥。又稍了一個帖，暗暗請西門慶那日晚夕赴席。

　　月娘到次日，留下孫雪娥看家，同李嬌兒、孟玉樓、潘金蓮，四頂轎子出門。都穿著妝花錦繡衣服。來興、來安、玳安、畫童四個小廝跟隨著，到獅子街燈市李瓶兒新買的房子裏來。這房子門面四間，到底三層，臨街是樓。儀門進去，兩邊廂房，三間客座，一間稍間。過道穿進去第三層：三間臥房，一間廚房。後邊落地緊靠著喬皇親花園。李瓶兒知月娘眾人來看燈，臨街樓上，設放圍屏桌席，懸掛許多花燈。先迎接到客位內，見畢禮數，次讓入後邊明間內待茶。房裏換衣裳擺茶，俱不必細說。到午間，李瓶兒客位內設四張桌席，叫了兩個唱的董嬌兒、韓金釧兒，彈唱飲酒。凡酒過五巡，食割三道，前邊樓上設著細巧添換酒席，又請月娘眾人登樓看燈頑耍。樓簷前掛著湘簾，懸著彩燈。吳月娘穿著大紅妝花通袖襖兒，嬌綠段裙，貂鼠皮襖。李嬌兒、孟玉樓、潘金蓮都是白綾襖兒，藍緞裙。李嬌兒是沉香色遍地金比甲，孟玉樓是綠遍地金比甲，潘金蓮是大紅遍地金比甲，頭上珠翠堆盈，鳳釵半卸，鬢後挑著許多各色燈籠兒。搭伏定樓窗往下觀看。見那燈市中人煙湊集，十分熱鬧。當街搭數十座燈架，四下圍列些諸門買賣。玩燈男女，花紅柳綠，車馬轟雷，鰲山聳漢。怎見好燈市？但見：

　　山石穿雙龍戲水，雲霞映獨鶴朝天。金蓮燈、玉樓燈，見一片珠璣；荷花燈、芙

蓉燈，散千圍綿繡。繡球燈，皎皎潔潔；雪花燈，拂拂紛紛。秀才燈，揖讓進止，存孔孟之遺風；媳婦燈，容德溫柔，效孟姜之節操。和尚燈，月明與柳翠相連；通判燈，鍾馗共小妹並坐。師婆燈，揮羽扇，假降邪神；劉海燈，背金蟾，戲吞至寶。駱駝燈、青獅燈，馱無價之奇珍，咆咆哮哮；猿猴燈、白象燈，進連城之秘寶，頑頑耍耍。七手八腳螃蟹燈，倒戲清波；巨口大鬐鮎魚燈，平吞綠藻。銀蛾鬥彩，雪柳爭輝。雙雙隨繡帶香球，縷縷拂華幡翠幰。魚龍沙戲，七真五老獻丹書；吊掛流蘇，九夷八蠻來進寶。村裏社鼓，隊共喧闐；百戲貨郎，莊齊鬥巧。轉燈兒一來一往，吊燈兒或仰或垂。瑠璃瓶映美女奇花，雲母障並瀛洲閬苑。往東看，雕漆床、螺鈿床，金碧交輝；向西瞧，羊皮燈、掠彩燈，錦繡奪眼。北一帶都是古董玩器，南壁廂盡皆書畫瓶爐。王孫爭看，小欄下蹴鞠齊雲；仕女相攜，高樓上妖嬈衒色。卦肆雲集，相幕星羅：講新春造化如何，定一世榮枯有準。又有那站高坡打談的，詞曲楊恭；到看這扇響鈸遊腳僧，演說三藏。賣元宵的高堆果餡，粘梅花的齊插枯枝。剪春蛾，鬢邊斜插鬧東風；禧涼釵，頭上飛金光耀日。圍屏畫石崇之錦帳，珠簾繡梅月之雙清。雖然覽不盡鼇山景，也應豐登快活年！

　　吳月娘看了一回，見樓下人亂，和李嬌兒各歸席上吃酒去了哩。惟有潘金蓮、孟玉樓同兩個唱的，只顧搭伏著樓窗子，往下觀看。那潘金蓮一徑把白綾襖袖子攏著，顯他遍地金挑袖兒，露出那十指春蔥來，帶著六個金馬鐙戒指兒。探著半截身子，口中磕瓜子兒，把磕了的瓜子皮兒都吐下來，落在人身上。和玉樓兩個嘻笑不止，一回指道：「大姐姐！你來看那家房檐底下掛了兩盞玉繡球燈，一來一往，滾上滾下，且是倒好看。」一回又道：「二姐姐！你來看這對門架子上挑著一盞大魚燈，下面又有許多小魚鱉蝦蟹兒跟著他，倒好耍子。」一回又叫孟玉樓：「三姐姐！你看這首裏，這個婆兒燈，那老兒燈……」正看著，忽然被一陣風來，把個婆子兒燈下半截割了一個窟窿，婦人看見笑不了。引惹的那樓下看燈的人，挨肩擦背，仰望上瞧，通擠匝不開，都壓躧躧兒。須臾，哄圍了一圈人，內中有幾個浮浪子弟，直指著談論。一個說道：「已定是那公侯府位裏出來的宅眷。」一個又猜是：「貴戚皇孫家豔妾來此看燈，不然，如何內家妝束？」那一個說道：「莫不是院中小娘兒，是那大人家叫來這裏看燈彈唱。」又一個走過來，便道：「自我認的，你每都猜不著。你把他當唱的，把後面那四個放到那裏？我告說：這兩個婦人，也不是小可人家的，他是閻羅大王妻，五道將軍的妾，是咱縣門前開生藥鋪、放官吏債西門大官人的婦女！你惹他怎的？想必跟他大娘子來這裏看燈。這個穿綠遍地金背比甲的，我不認的。那穿大紅遍地金比甲兒，上帶著個翠面花兒的，倒好似賣炊餅武大郎的娘子。大郎因為在王婆茶房內捉姦，被大官踢中了死了，把他娶在家裏做了妾。

——後次他小叔武松東京回來告狀，悮打死了皂隸李外傳，被大官人墊發充軍去了。
——如今一二年不見出來，落的這等標緻了。」正說著，只見一個多口過來說道：「你們沒要緊指說他怎的，咱每散開罷。」樓上吳月娘見樓下人圍的多了，叫了金蓮、玉樓歸席樓下，聽著兩個粉頭彈唱燈詞飲酒。

坐了一回，月娘要起身，說道：「酒勾了，我和他二娘先行一步，留下他姊妹兩個再坐一回兒，以盡二娘之情。今日他爹不在家，家裏無人，光丟著些丫頭們，我不放心。」這李瓶兒那裏肯放，說道：「好大娘，奴沒敬心也是的。今日大娘來，奴沒好生揀一箸兒。大節間，燈兒也沒點，飯兒也沒上，就要家去？就是西門爹不在家中，還有他姑娘們哩，怕怎的！待月色上來的時候，奴送三位娘去。」月娘道：「二娘，不是這等說。我又不大十分用酒，留下他姊妹兩個，就同我這裏一般。」李瓶兒道：「大娘不用，二娘也不吃一鍾，也沒這個道理。想奴前日在大娘府上，那等鍾鍾不辭，眾位娘竟不肯饒我；今日來到奴這湫窄之處，雖無甚物供獻，也盡奴一點勞心。」於是拿大銀鍾遞與李嬌兒，說道：「二娘好歹吃一杯兒！大娘奴曉的吃不得了，不敢奉大杯，只奉小杯兒哩。」於是滿斟遞與。月娘因說李嬌兒：「二娘，你用過此杯罷。」兩個唱的，月娘每人與了他二錢銀子。待的李嬌兒吃過酒，月娘起身，囑付玉樓、金蓮：「我兩個先起身。我去便使小廝拿燈籠來接，你們也就來罷，家裏沒人。」玉樓應諾。李瓶兒送月娘、李嬌兒到門首上轎去了。歸到樓上，陪玉樓、金蓮飲酒。看看天晚，玉兔東生，樓上點起燈來，兩個唱的彈唱飲酒。不在話下。

卻說西門慶，那日同應伯爵、謝希大兩個，家中吃了飯，同往燈市裏遊玩。到了獅子街東口，西門慶因為月娘眾人今日都在李瓶兒家樓上吃酒，恐怕他兩個看見，就不往西街去看大燈，只到賣紗燈的根前就回了。不想轉過灣來，撞遇孫寡嘴、祝日念，唱喏，說道：「連日不會哥，心中渴想。」見了應伯爵、謝希大，罵道：「你兩個天殺的好人兒，你來和哥遊玩，就不說叫俺一聲兒！」西門慶道：「祝兄弟，你錯怪了他兩個，剛才也是路上相遇。」祝日念道：「如今看了燈往那裏去？」西門慶道：「同眾位兄弟到大酒樓上吃三杯兒。不是請眾兄弟，房下們今日都往人家吃酒去了。」祝日念道：「比是哥請俺每到酒樓上，咱何不往裏邊望望李桂姐去？只當大節間往他拜拜年去，混他混。前日俺兩個在他家，望著俺每好不哭哩，說他從臘裏不好到如今，大官人通影邊兒不進裏面看他看兒。俺每便回說，只怕哥事忙，替哥撇過了。哥今日倒閑，俺每情願相伴哥進去走走。」西門慶因記掛著晚夕李瓶兒，還推辭道：「今日我還有小事，不得去，明日罷。」怎禁這夥人死拖活拽，於是同進去院中。正是：

柳底花陰壓路塵，一回遊賞一回新。

不知買盡長安笑，活得蒼生幾戶貧？

　　西門慶同眾人到了李家，桂卿正打扮著在門首站立，一面迎接入中堂，相見了，都道了萬福。祝日念高叫道：「快請二媽出來！還虧俺眾人，今日請的大官人來了。」少頃，老虔婆扶拐而出，向西門慶見畢禮，數說道：「老身又不曾怠慢了姐夫，如何一向不進來看看姐姐兒？想必別處另敘了新表子來。」祝日念走來插口道：「你老人家會猜算，俺大官近日相了個絕色的表子，每日只在那裏閑走，不想你家桂姐兒。剛才不是俺二人在燈市裏撞見，拉他來，他還不來哩。媽不信，問孫天化就是了。」因指著應伯爵、謝希大說道：「這兩個天殺的，和他都是一路神祇。」老虔婆聽了，呵呵笑道：「好應二哥！俺家沒惱著你，如何不在姐夫面前美言一句兒？雖故姐夫裏邊頭緒兒多，常言道：好子弟不嫖一個粉頭，粉頭不接一個孤老。天下錢眼兒都一樣。不是老身誇口說，我家桂姐也不醜，姐夫自有眼，今也不消人說。」孫寡嘴道：「我是老實說：哥如今新敘的這個表子，不是裏面的，是外面的表子，還把裏邊人合八。」教那西門慶聽了，趕著孫寡嘴只顧打，說道：「老媽，你休聽這天災人禍老油嘴，弄殺人！你……」孫寡嘴和眾人笑成一塊。

　　西門慶向袖中掏出三兩銀子來遞與桂卿：「大節間，我請眾朋友。」桂卿不肯接。遞與老媽，老媽說道：「怎麼的，姐夫就笑話我家大節下拿不出酒菜兒管待列位老爹，又教姐夫壞鈔拿出銀子，顯的俺們院裏人家只是愛錢了。」應伯爵走過來說道：「老媽，你依我收了，只當正月裏頭二主子快倉，快安排酒來俺每吃。」那虔婆說道：「這個理上卻使不得。」一壁推辭，一壁把銀子接的袖了，深深道了個萬福，說道：「謝姐夫的佈施！」應伯爵道：「媽，你且住，我說個笑話兒你聽了。一個子弟在院裏嫖小娘兒。那一日作耍，裝做貧子進去。老媽見他衣服襤褸，不理他。坐了半日，茶也不拿出來。子弟說：『媽，我肚饑，有飯尋些來我吃。』老媽道『米囤也曬，那討飯來！』子弟又道：『既沒飯，有水拿些來我洗洗臉罷。』老媽道：『少挑水錢，連日沒送水來。』這子弟向袖中取出十兩一錠銀子放在桌子上，教買米雇水去。慌的老媽沒口子道：『姐夫吃了臉洗飯？洗了飯吃臉？』」把眾人都笑了。虔婆道：「你還是這等快取笑。可可兒的來，自古有恁說，沒這事。」應伯爵道：「你拿耳朵，我對你說：大官人新近請了花二哥表子——後巷兒吳銀兒了，不要你家桂姐了。今日不是我們纏了他來，他還往你家來哩！」虔婆笑道：「我不信，俺桂姐，今日不是強口，比吳銀兒好多著哩！我家與姐夫，是快刀兒割不斷的親戚。姐夫是何等人兒，他眼裏見的多，著緊處金子也估出個成色來。」說畢，客位內放四把校椅，應伯爵、謝希大、祝日念、孫天化四人上坐，西門慶對席。老媽下去收拾酒菜去了。

　　半日，李桂姐出來，家常挽著一窩絲杭州攢，金纍絲釵，翠梅花鈿兒，珠子箍兒，金籠墜子；上穿白綾對衿襖兒，妝花眉子，綠遍地金拗袖，下著紅羅裙子。打扮的粉妝玉琢。望下不當不正，道了萬福，與桂卿一邊一個，打橫坐下。少頃，頂老彩漆方盤拿七盞茶來，雪綻盤盞兒，銀杏葉茶匙，梅桂潑鹵瓜仁泡茶，甚是馨香美味。桂卿、桂姐每人遞了一盞。陪著吃畢茶，接下茶托去。保兒上來，打抹春台，才待收拾擺放案酒，忽見簾子外探頭舒腦，有幾個穿襤縷衣者，謂之架兒，進來跪下。手裏拿三四升瓜子兒，「大節間孝順大老爹。」西門慶只認頭一個叫于春兒，問：「你每那幾位在這裏？」于春道：「還有段綿紗、青壘鍼在外邊伺候。」段綿紗進來，看見應伯爵在裏，說道：「應爹也在這裏！」連忙磕了頭。西門慶起來，分付收了他瓜子兒，打開銀子兒，捏一兩一塊銀子，掠在地下。于春兒接了，和眾人扒在地下磕了個頭，說道：「謝爹賞賜！」往外飛跑。有〈朝天子〉單道這架兒行藏為證：

　　這家子打和，那家子撮合。他的本分少，虛頭大。一些兒不巧人騰挪，繞院裏都走過。席面上幫閒，把牙兒閒磕。攪一回才散火，轉錢又不多。歪斯纏怎麼？他在虎口裏求津唾。

　　西門慶打發架兒出門，安排酒上來吃酒。桂姐滿泛金杯，雙垂紅袖，肴烹異品，果獻時新，倚翠偎紅，花濃酒豔。酒過兩巡，桂卿、桂姐，一個彈箏，一個琵琶，兩個彈著；唱了一套「霽景融和」。正唱在熱鬧處，見三個穿青衣黃板鞭者——謂之圓社——手裏捧著一個盒兒，盛著一只燒鵝，提著兩瓶老酒，「大節間來孝順大官人貴人！」向前打了半跪。西門慶平昔認的，一個喚白禿子，一個是小張閑，那一個是羅回子。因說道：「你每且外邊候候兒，待俺每吃過酒，踢三跑。」於是向桌上拾了四盤下飯，一大壺酒，一碟點心，打發眾圓社吃了。整理氣毬齊備。西門慶出來外面院子裏，先踢了一跑。次教桂姐上來，與兩個圓社踢，一個擸頭，一個對障，拘踢拐打之間，無不假喝彩奉承；就有些不到處，都快取過去了。反來向西門慶面前討賞錢，說：「桂姐的行頭，比舊時越發踢熟了，撇來的丟拐，教小人每湊手腳不迭。再過一二年，這邊院中，似桂姊妹這行頭就數一數二的，蓋了群，絕倫了，強如二條巷董官女兒數十倍。」當下桂姐踢了兩跑下來，使的塵生眉畔，汗濕腮邊，氣喘吁吁，腰肢困乏，袖中取出春扇兒搖涼，與西門慶攜手並觀，看桂卿與謝希大、張小閑踢行頭，白禿子、羅回子在傍虛撮腳兒等漏，往來拾毛。亦有〈朝天子〉一詞，單道這踢圓的始末為證：

　　在家中也閑，到處刮涎。生理全不幹。氣毬兒不離在身邊，每日街頭站。窮的又不趨，富貴他偏羨。從早辰只到晚，不得甚飽餐。轉不的大錢，他老婆常被人包

占。

西門慶正看著眾人在院內打雙陸、踢氣毬,飲酒,只見玳安騎馬來接,悄悄附耳低言說道:「大娘、二娘家去了,花二娘教小的請爹早些過去哩。」這西門慶聽了,暗暗叫玳安把馬吊在後邊門首等著。於是酒也不吃,拉桂姐房中,只坐了沒多一回兒,就出來推淨手,於後門上馬,一溜煙走了。應伯爵使保兒去拉扯,西門慶只說:「我家裏有事。」那裏肯回來。教玳安拿了一兩五錢銀子,打發三個圓社。李家恐怕他又往後巷吳銀兒家,使丫鬟直跟至院門首方回。應伯爵等眾人還吃,二更鼓才散。正是:唾罵由他唾罵,歡娛我且歡娛。畢竟未知後來何如,且聽下回分解。

——引文見人民文學出版社,1985 年版《金瓶梅詞話》

《新刻金瓶梅奇書》

第十五回　佳人笑賞玩花樓　狎客幫嫖麗春院

話說西門慶到正月十五前一日,差玳安送八色厚禮,寫月娘名字與李瓶兒做生日。

到次日,吳月娘留下孫雪娥看家,同李嬌兒、孟玉樓、潘金蓮四頂轎子,竟到獅子街燈市裏。李瓶兒內設四張桌席,叫了兩個唱的董嬌兒、韓金釧兒,彈唱飲酒。又請月娘眾人登樓看燈,十分熱鬧。大家看了一回,吳月娘因家中無人,再三告辭,先同李嬌兒回家去了,留下玉樓、金蓮,還在這裏玩耍。

這日西門慶,應伯爵側席,家中吃了飯,同往燈市裏串當。不想孫寡嘴、祝實念也來看燈。西門慶道:「不是也請眾兄弟去,今日房下都出門去了。」祝實念曰:「不往李桂姐家去?只當去拜拜年。」西門慶不大願意,想往李瓶兒家去,故推辭道:「我還有小事,明日去罷。」怎禁得這夥人死拖活拉,於是同進院中。

那李桂姐正打扮著在門首站立,一面接入中堂。老虔婆扶拐出,與西門慶見了禮,說道:「老身不曾怠慢姐夫,如何一向不來看看姐兒?」祝實念道:「大官人近日相與了個絕色婊子,剛才不是俺強拉著,他還不來呢!」老虔婆道:「不是老身誇口,我家桂姐也不差,姐夫自有眼。」西門慶道:「老媽,休聽他們胡說。」遂向袖中掏出三兩銀子來,那虔婆接了。就叫保兒安排些果品饌肴,設放案酒。

桂卿、桂姐,一個彈箏,一個琵琶,飲酒彈唱了一回。又與眾人打雙陸,踢氣毬兒。只見玳安騎馬來,附耳低言道:「大娘、二娘家去了,花二娘請爹早些過去。」西門慶於是酒也不吃,拉著桂姐到房中,只坐了一回,只推辭解手,出去在後門上馬,一壁向

走了。李家恐怕他又往後巷吳銀兒家去，使丫鬟直跟院門首方回。應伯爵、謝希大、孫寡嘴、祝實念四人，還吃到二更方散。

一九八五年六月廿一日改畢

《會評會校金瓶梅》再版後記

　　《會評會校金瓶梅》初版於 1994 年，1998 年重印。由於點校疏虞和校對不嚴，出現了不應有的錯訛，個別評語的漏排，更有遺珠之憾。值此再版機會，一併改正、增補，是為修訂本。

　　大連圖書館本衙藏版本《第一奇書》中的〈寓意說〉末尾多出一段文字，現逐錄於後：

> 作者之意，曲如文螺，細如頭髮。不謂後古有一竹坡為之細細點出，作者於九泉之下當滴淚以謝竹坡；竹坡又當酹酒以白天下錦繡才子，如我所說，豈非使作者之意彰明較著也乎？竹坡，彭城人。十五而孤，於今十載，流離風塵，諸若備歷。遊倦歸來，向日所為密邇知交，今日皆成陌路。細思床頭金盡之語，忽忽不樂；偶睹金並起手云親朋白眼，面目含酸，便是凌雲志氣，分外消磨，不禁為之淚落如豆。乃拍案曰有是哉，冷熱真假，不我欺也。乃發心於乙亥正月人日批起，至本月廿七日告成。其中頗多草草，然予亦自信其眼照古人用意處，為傳其金針大意云爾。緣作寓意說，以弁於前。

　　我得知這個信息是在 1993 年歲末。有一次我去宣武門外校場頭條看望吳曉鈴師，巧遇加拿大多倫多大學東亞學系米列娜教授。我早就知道她是二十世紀五〇年代捷克斯洛伐克派來中國的留學生，師從吳曉鈴先生，也是加拿大研究《金瓶梅》的學者。棗莊第二屆國際金瓶梅學術討論會曾邀請她參加，因人在美國，未能成行。這次來華目的是查閱大陸的各種《金瓶梅》藏本。她剛從東北訪問返京，告訴我這個信息，並以影本見示。由於我多年養成的習慣，不經目驗，我不敢收入《會評會校金瓶梅》初版本。1996 年夏，趁參加大連明清小說國際學術討論會之便，我偕同吳敢先生，花了一天的時間，專程去大連圖書館善本室查閱了此書，確信無疑。然而這次再版我仍然沒把這段文字置於〈寓意說〉文後，原因何在？其實很簡單，我不認為這段文字是出自張竹坡的手筆。

　　這裏就涉及大連圖書館藏本是不是《第一奇書》最早刻本的問題，對此，我是斷然否定的。我在〈金瓶梅版本考〉一文中對《第一奇書》的各種版本詳作比較，得出「康熙乙亥本」是《第一奇書》最早刻本的結論，迄今未變，理由不再贅述。現在我們要討

論的是〈寓意說〉最後這段文字，為什麼不是出自張竹坡的手筆。稍微細心的讀者不難發現，現存數十萬字計的張竹坡總評、回評、夾批、行批，凡是他提到自己批評《金瓶梅》，口吻都是統一的：或自言「我」，如：「雖然，我何以知作者必仁人志士、孝子悌弟哉？我見作者以孝哥結也。」（〈竹坡閒話〉）又如：「然則《金瓶梅》我又何以批之也哉？」（同上）或自言「予」，如：「《水滸傳》聖歎批處，大抵皆腹中小批居多。予書刊數十回後，或以此為言。予笑曰：《水滸傳》是現成大段畢具的文字，如一百八人各有一傳⋯⋯」又如：「《金瓶梅》行世已久，予喜其文之整密，偶為當世同筆墨者閑中解頤。」（〈凡例〉）或謙稱「小子」，如：「予小子憫作者之苦心，新同志之耳目，批此一書。」又如：「小子窮愁著書，亦書生常事，又非借此沽名，本因家無寸土，欲覓蠅頭以養生耳。即云奉行禁止，小子非套原版，固云我自作我之《金瓶梅》。」（〈第一奇書非淫書論〉）他從來不以「竹坡」自稱。再看這段文字，先是「作者於九泉之下當滴淚以謝竹坡，竹坡又當酹酒以白天下錦繡才子」，後又謂：「竹坡，彭城人。」完全是另有一個竹坡在這裏吹捧張竹坡的口吻，特別是「竹坡，彭城人」這句話置於此，前後即不銜接，語氣又似「老王賣瓜」，不倫不類，讀了忍俊不禁。倒是張竹坡的同時代人，提到他批評《金瓶梅》時，才出現這樣的稱謂，如劉廷璣《在園雜誌》卷二云：「彭城張竹坡為之先總大綱，次則逐卷逐段分注批點，可以繼武聖歎，是懲是勸，一目了然。」化名謝頤的張潮，在〈批評第一奇書金瓶梅敘〉中亦云：「今經張子竹坡一批，不特照出作者金針之細，兼使其粉膩香濃，皆如狐窮秦鏡，怪窘漫犀，無不洞鑒原形，的是渾『豔異』舊手而出之者，信乎為鳳洲作無疑也。」又云：「竹坡其碧眼胡乎！向弄珠客教人生憐憫畏懼心，今後看官睹西門慶等各色幻物，弄影行間，能不憐憫、能不畏懼乎？」

　　至於這段文字為何人所加，我認為極有可能是張竹坡的弟弟張道淵。張道淵〈仲兄竹坡傳〉：「兄讀書一目能十數行下，偶見其翻閱稗史，如《水滸》《金瓶》等傳，快若敗葉翻風，晷影方移，而覽輒無遺矣。曾向余曰：『《金瓶》針線縝密，聖歎既歿，世鮮知者，吾將抾而出之。』遂鍵戶旬有餘日而批成。」與大連本引文兩相對照，可為一證。

　　既然不是張竹坡的文字，為何還要附錄於此呢？我認為這段文字，對於瞭解張竹坡的生平遭際，尤其是他批評《金瓶梅》的具體時間，提供了有價值的史料。個中的因由，不是這篇《後記》所能盡言的。

二〇〇二年春節於北京寓所

嬉笑怒罵　亦俚亦雅

——讀《金瓶梅》第四十八回箚記

　　人們讀《金瓶梅》，往往忽略了第四十八回在全書中所處的關鍵地位。這一回不僅完美體現了本書的創作主旨，而且在結構上縮戳全書，是《金瓶梅》藝術上的華彩篇章之一。

一

　　這回題目是：〈弄私情戲贈一枝桃　走捷徑探歸七件事〉。詞話本題為〈曾御史參劾提刑官　蔡太師奏行七件事〉。一共寫了兩件事：一是西門慶生子、加官後，帶領全家人馬並親朋好友，前去祭祖；二是因西門慶貪贓枉法，放走殺人犯苗青，案發，派來旺上東京打探消息，引發出蔡京奏行七件事。一實一虛，虛實參半，相互穿插，結構謹嚴。《金瓶梅》中的幾個主要人物，均粉墨登場，各自表演。

　　先看西門慶，他是《金瓶梅》中的頭號人物。欣欣子在〈金瓶梅詞話序〉中落筆第一句：「竊謂蘭陵笑笑生，作《金瓶梅傳》，寄意於時俗，蓋有謂也。」所謂「寄意時俗」就是通過西門慶的一生發跡變泰，榮枯興衰，反映明代那個行將崩潰的封建社會末世。換句話說，借西門慶寄寓了作者對這個黑暗腐敗社會的憤恨與鞭笞。西門慶何許人？正是這一回山東監察御史曾孝序奏章中的幾句話，為西門慶的一生作了極好的注腳：

> 理刑副千戶西門慶，本係市井棍徒，夤緣升職，濫冒武功，菽麥不知，一丁不識。縱妻妾嬉遊街巷，而帷薄為之不清；攜樂婦而酣飲市樓，官箴為之有玷。至於包養韓氏之婦，恣其歡淫，而行檢不修；受苗青夜賂之金，曲為掩飾，而贓跡顯著。

說得形象而又概括。這樣一個粗俗透骨、勢利熏心、昏庸匪類的兇暴小人，由於他上通權臣，下攬無賴，巧取豪奪，無惡不作，短短幾年，不僅腰纏萬貫，而且謀得一官半職。錢財通謀官升遷之道，為官是獲財斂錢之路。早先一個開生藥鋪的西門慶，充其量，混跡花街柳巷，行淫作樂，暗害武大郎、花子虛，強占潘金蓮、李瓶兒。一旦當了理刑副

千戶,搖身一變,大權在握,就敢通過姘婦王六兒,明目張膽,貪贓枉法。僅僅五百兩銀子,就放走了殺人兇手苗青。請看他在黃夜接見苗青時說的話:「你這件事情,我也還沒好審問哩。那兩個船家甚是攀你,你若出官,也有老大一個罪名。即是人說,我饒你一死。此禮我若不受你的,你也不放心。我還把一半送你掌刑夏老爹,同做分上。你不可久住,即便星夜回去。」(四十七回)儼然一副大老官口吻,說得何等輕鬆!活脫脫的一條人命,就此了結。這與本回開頭安童不辭辛苦前往東昌府為主人伸冤告狀,形成鮮明的對照。善良與邪惡,如此針鋒相對。字裏行間,對這個草菅人命的吃人社會,迸發出悲憤欲絕的控告。然而作者寄寓之深,不僅僅表現在文字上,而是通過對客觀事件的藝術描繪,給予深層的更為嚴厲的抨擊。這集中反映在西門慶祭祖這段文字裏。

只要對山東民俗稍有一點常識的人,都會知道,在封建社會,祭祖是民間最為隆重、虔誠的儀式。西門慶生子、加官,雙喜臨門,所以要到他的祖宗墳上去祭祀一番,禱告托他祖上的蔭福,才混到這步田地。西門慶大院裏的妻妾家眷,各色人等,傾巢而出不消說,就連親朋好友、清河縣裏的頭面人物,也都要請到,意在顯示炫耀。但是,對於這個極為肅穆莊嚴的場面,書中卻是淡淡幾筆:

> 出南門,到五里外祖墳上,遠遠望見青松鬱鬱,翠柏森森,新蓋的墳門,兩邊坡峰上去,周圍石牆,當中甬路。明堂神台,香爐燭台,都是白玉石鑿的。墳門上新安的牌面,大書:「錦衣武略將軍西門氏先塋。」墳內正面土山環抱,林樹交枝。西門慶穿大紅冠帶,擺設豬羊祭品,桌席祭奠。官客祭畢,堂客才祭,響器鑼鼓,一齊打起來。

假如我們把這段描寫和李瓶兒死後殯葬時的情況兩相比較,就可深知作者用心良苦。李瓶兒僅是西門慶的一個妾,最後娶來的偏房姨太太,為其出殯埋葬,用了整整兩回,即六十三回和六十四回,鋪排渲染,寫得相當隆重。而西門慶祭祀他的祖宗,卻是泛泛幾行文字,孰輕孰重,親疏厚薄,一看便知。祭祖這一天,作者實寫的則是潘金蓮與陳敬濟之間的調情發訕,並且寫得有聲有色,盡情戲謔。一個是西門慶的小老婆,一個是他的女婿,把女婿調笑小丈母娘這段封建社會最忌諱的亂倫行為描寫,鑲嵌在封建社會最為隆重的祭祖場面裏,豈不是把西門慶的祖宗八代都給罵絕了?亦俚亦雅,相映成趣。正如清末《金瓶梅》的批評家文龍所云:

> 此回上墳,為西門氏一件正經大事。……試觀外而親戚朋友,內而妻妾奴婢,又夾雜四優四娼,大鑼大鼓,大酒大肉,寫得如火如花,極其熱鬧,可謂盛矣。乃如此大排場,不聞有起敬起孝,足以動人觀瞻者,輕輕以潘金蓮、陳敬濟調情作

結，讀之不覺失笑。作者之意，亦以上辱西門慶之祖宗，下殺西門慶之子孫，即
潘金蓮一淫婦也。

本來在西門慶這一藝術形象裏傾注了作者全部的憤懣，妙的是，寓於不言之中褒貶人物，
諷刺世風，入木三分。《金瓶梅》寓意之深，藝術表現手法之高超，於此可見一斑。

　　本回與西門慶祭祖穿插描寫的，是圍繞著苗青害死主人苗天秀一案所牽涉的整個上
上下下官場內幕，連帶權臣蔡京寫給皇帝老子的禍國殃民、斂聚民膏民脂的七件事奏章。
尤為難得的是出現了《金瓶梅》中唯一的一個名實相符的清官形象曾孝序。他主持正義，
不畏權奸，為民伸冤，其結果則是罷黜為陝西慶州知州，最後被以蔡京為首的一夥奸賊
「劾其私事，逮其家人，鍛鍊成獄，將孝序除名，竄於嶺表，以報其仇」（第四十九回）。
由西門慶而及他的靠山乾老子蔡京，再由蔡京的網絡擴展為整個封建官僚機構，大大小
小，沆瀣一氣，賣官鬻爵，腐敗不堪。作者以犀利之筆給予了盡情的揭露和責斥，這正
是《金瓶梅》豐富思想內涵所折射出的藝術光輝。

二

　　再看潘金蓮，她是《金瓶梅》中與西門慶並駕齊驅的主要人物形象。人們一提到潘
金蓮，很容易將其和「淫婦」劃等號，著眼於她生性淫蕩、狠毒、刁鑽。你看，她因與
西門慶通姦，不惜親手毒死自己的漢子；嫁入西門大院，又先後與琴童、陳敬濟有姦；
趕出門之後，還得拿王潮兒「解渴」，確是夠淫蕩的了。說她狠毒則是「把攔漢子」，
牢牢拴住西門慶，採取一切手段，凡是可與之匹敵者，都要一一打下去，直到害死為止。
特別是對李瓶兒，在她生子後視為眼中釘，肉中刺，必欲置之死地而後快。潘金蓮的這
一性格特色，在本回中也有顯現：官哥本來就膽小，聽見鑼鼓聲，就「唬的在奶子懷裏
磕伏著，只到咽氣，不敢動一動兒。」可潘金蓮竟然抱著他，與陳敬濟調情周旋。作者
雖沒有指明官哥祭祖後發燒不吃奶病根正源於此，但只要細細品味一下「如意兒見他頑
的訕，連忙把官哥兒接過來抱著」這句話，連同官哥最後的死因，即可想見。至於她與
女婿陳敬濟調情乃至通姦，更是封建社會視為忤逆亂倫的大罪。全書圍繞著潘金蓮性情
淫蕩的描寫，從明末開始就有人認為它是「壞人心術」的「穢書」，使《金瓶梅》長期
蒙著「淫書」的惡諡，其實，這個結論是不公平的，也是缺乏分析的。

　　《金瓶梅》為什麼不是一部淫書？這是個大題目，不是三言兩語可以說清楚的。就此
回而言，出現在我們眼前的這個潘金蓮，是一位活潑的女性，手裏還拈著一枝桃花，頗
有點天真爛漫的氣韻。雖然當著婢女的面要有點收斂，不敢和陳敬濟親嘴呫舌頭，但卻

敢於把扇子把倒過來打在陳敬濟身上。對於陳敬濟借親官哥兒故意弄亂她的鬢髮，毫不氣惱；就連對陳敬濟嬉皮笑臉地挑逗：「早時我沒親錯了哩，」也是故作嗔怒：「怪短命，誰和你那等調嘴調舌的！」此時之潘金蓮對陳敬濟，真可謂打是親罵是愛了。陳敬濟的挑逗，使她的感情上得到滿足，所以在「戲謔做一處」之後，把桃花「做了一個圈兒，悄悄套在敬濟帽子上」，寫得情趣橫生，惟妙惟肖。這裏的潘金蓮是一個毫無顧忌的女性，她為獲得男人的追逐而感到心滿意足。至於封建主義的倫理道德，封建禮教對一個女人的要求和禁錮早已拋之九霄雲外。承認人的欲望，包括情欲存在，進而肯定人的生存價值，正是《金瓶梅》反映的那個時代投向「存天理，去人欲」封建虛偽道學的一把匕首，有著鮮明的人文主義民主色彩。難道，這是「淫婦」一詞所能概括得了的嗎？

　　讀者可能會說：你選的這一回不典型，恰好沒有露骨的性行為描寫，並不能以此來論《金瓶梅》不是一部「淫書」。毋庸諱言，《金瓶梅》中確有淫穢描寫，有的章節還把人降低到動物性本能上，缺乏美的昇華。在這一點上，僅僅是這一點，它不能和《查泰萊夫人的情人》相比，這正是《金瓶梅》的贅疣所在。然而，我們也應當實事求是地看到，這類所謂的大描大寫，充其量不過占全書的百分之一、二，這和明末出現的「專意在性交」（魯迅語），貨真價實的淫書，如《癡婆子傳》《繡榻野史》等絕不能等量齊觀，同日而語。尤其不能忽略的是：《金瓶梅》中的性描寫，與刻畫人物性格密不可分，就連第二十七回，也莫不如是。從這個意義上說，抽去了這些，《金瓶梅》就會受到肢解，它也就不能稱之為《金瓶梅》了。總之，從本回看，它不是「淫書」；從整體說，《金瓶梅》也不是一部「淫書」。

三

　　從藝術結構上看，第四十八回正好承上啟下，縮轂全書。最明顯的一點，是以此回分界，西門慶以及西門家族，開始由極盛走上衰微敗落，從此一蹶不振，結果樹倒猢猻散。而在情節上，縮結諸多矛盾，草蛇灰線，伏脈千里，引發申延，提挈全書。譬如官哥兒之病就由此掀起一場大波瀾。

　　官哥兒是西門慶生前唯一的子嗣（他死後吳月娘才生了孝哥），視為掌上明珠。潘金蓮對李瓶兒的妒性出自官哥身上。到了五十三回，「正談話間，只見迎春氣吼吼的走進來說道：『娘快來！官哥不知怎樣，兩隻眼不住反看起來，口裏捲些白沫出來。』李瓶兒唬得頓口無言，攢眉欲淚，一面差小玉報西門慶，一面急急歸到房裏，見奶子如意兒都失色了。」害得西門慶全家，又拜神弄鬼，好不忙亂了一陣。直到第五十九回，從未間斷吃藥的官哥兒被潘金蓮房中的白獅子貓兒嚇出了大病：

不料金蓮房子這雪獅子，正蹲在護炕上，看見官哥兒在炕上穿著紅衫兒一動動的
頑耍，只當平日哄餵他肉食一般，猛然望下一跳，撲將官哥兒，身上皆抓破了。
只聽那官哥兒呱的一聲，倒咽了一口氣，就不言語了，手腳俱被風搐起來。……
這月娘慌的兩步做一步走，徑撲到房中，見孩子搐的兩隻眼直往上吊，通不見黑
眼珠兒，口中白沫流出，咿咿猶如小雞叫，手足皆動……

看官聽說：常言道花枝葉下猶藏刺。人心怎保不懷毒？這潘金蓮平日見李瓶兒從
有了官哥兒，西門慶百依百隨，要一奉十，每日爭妍競寵，心中常懷嫉妒不平之
氣，今日故行此陰謀之事：馴養此貓，必欲唬死其子，使李瓶兒寵衰，教西門慶
復親於己，就如昔日屠岸賈養神獒，害死趙盾承相一般。

結果是官哥兒「嗚呼哀哉，斷氣身亡」。

　　由官哥膽小怕唬著作點，以生病作線，曲曲折折，幾經皴染，自此方才豁然開朗。
其間組成了無數的小波瀾，而一波推一波，涓涓細流，匯成江河，掀起了李瓶兒之死、
西門慶身亡的大波瀾。可以看出，官哥兒生病這個情節，或關聯於前，危機相倚，如層
波迭起，不可窮止；或照應於後，水流去而有回漩之致，雪飄落又吹回風凌花。這是《金
瓶梅》中寫得最為精彩的篇章之一。

　　潘金蓮與陳敬濟之間的調情，雖不始於此日，但這回卻是個縮接點，並從此日趨表
面化，由調情而入港。以致西門慶死後與春梅串通一氣，大張旗鼓，日追夜逐，縱情聲
色，通宵達旦，最後被吳月娘趕出西門大院。情節之間蛛絲相連，細針密線，在藝術上
編織得天衣無縫，渾然一體。《金瓶梅》中情節的發端與收結，穿插與起伏，勾聯與照
應，烘托與對比，虛實與皴染，在中國古典小說史上，只有《紅樓夢》可以與之匹敵。

一九九七年七月於北京

張竹坡及其《金瓶梅》評本

　　明代後期以來，評點小說、戲曲的風氣盛行。由明到清，一些著名的小說、戲曲作品的評點本先後問世。其中，李贄評《水滸傳》、金聖歎批《西廂記》和《水滸傳》、毛宗崗批《三國演義》、脂硯齋評《紅樓夢》等，都為人們所熟知，並受到研究者的重視。然而，我國小說史上另一部有重要地位的作品《金瓶梅》有張竹坡評本，瞭解和接觸過的人就不很多了；研究《金瓶梅》的著作、文章有時提到它，也往往從版本角度著眼，很少論及其批評部分，新近出版的《金瓶梅考證》一書對這個評本還採取一筆抹煞的態度。至於張竹坡這個人，論及其《金瓶梅》評本者或因文獻無徵，或未曾注意，大都略去不談。約五十年前，孫楷第先生在《中國通俗小說書目》中著錄張竹坡評本時，曾謂「竹坡名未詳」，此後，也一直未見研究者予以考知。我們認為，無論從研究《金瓶梅》或研究評點這種文學批評方式來說，張竹坡的《金瓶梅》評本都是不應當忽視的，因此，對張竹坡其人也有進一步瞭解的必要。

一

　　《金瓶梅》初以鈔本流傳，現存最早的刻本是有萬曆四十五年東吳弄珠客序的《金瓶梅詞話》。崇禎時，又有《新刻繡像批評原本金瓶梅》和《新刻繡像批評金瓶梅》，對萬曆「詞話」本多有增刪，加工修訂回目，並附插圖，並有少量眉批行評，字旁加圈點。張竹坡評本的正文即據崇禎刊本。《中國通俗小說書目》著錄張竹坡評本的刻本凡五種，謂「原本未見」。戴不凡說：「據我所知，其最早刻本，黃紙扉頁上端橫字題『康熙乙亥（康熙三十四年，1695）』右上偽託題『李笠翁先生著』，中間大字『第一奇書』，左下題『在茲堂』刊。」「第一回首頁第一行題『皋鶴堂批評第一奇書金瓶梅』。……據此可見張評本之原來書名全稱如是。」[1]按，北京圖書館藏有戴氏所云之在茲堂本。北京大學圖書館所藏張竹坡評本，其一扉頁上端橫字「全像金瓶梅」，右上題「彭城張竹坡批評」，左下署「本衙藏板」，中間大字亦為「第一奇書」；另一為乾隆刊本，首頁首行

1　〈金瓶梅零箚六題〉，見《小說見聞錄》。

題「四大奇書第四種卷之一」。各種張竹坡評本，都有署「康熙歲次乙亥清明中浣秦中覺天者謝頤題於臯鶴堂」的序文一篇。以上略記張竹坡評本的由來及其版本的若干情況。有幾個問題需要說明：一、明清之際，李漁（笠翁）以《三國演義》《水滸傳》《西遊記》《金瓶梅》合稱「四大奇書」，刊刻行世。日本天文元年（時為清乾隆元年）之《舶載書目》著錄其書，清末尚有人曾見「芥子園四大奇書原刊本」[2]。「四大奇書」之次序，當以《三國演義》為「奇書第一種」。張竹坡評《金瓶梅》，始冠以「第一奇書」之稱，其後所謂「第一奇書」即指張竹坡評本《金瓶梅》。張評本之乾隆刊本標「奇書第四種」，或襲自芥子園本。二、張竹坡評本除各回的回前總評和正文的大量眉批行評以外，卷首還有一組文字，包括：凡例（四則）、金瓶梅寓意說、冷熱金針、非淫書論、苦孝說、讀法（一百零八則）、雜錄小引、雜錄、趣談（有的復刻本缺少其中的一、二種）。確實可以說，「小說批點本附錄繁複，無有過於此者」[3]。或謂「崇禎本已有評點，張評本又加擴大（基本上就是崇禎本）」[4]，這顯然不符合事實。無論從批評文字的數量和內容來說，張竹坡評本都遠不是把崇禎本的評點「又加擴大」而已，更不能說它「基本上就是崇禎本」。三、關於謝頤序。據我們看來，所謂「秦中覺天者謝頤」，實無其人。謝頤者，謝覺解頤也；序文內原有「不特作者解頤而謝覺」一語，取姓用名均出於此。這位托名謝頤為其作序的很可能就是張潮。（說詳後）

謝頤序明確說到「張子竹坡」批《金瓶梅》，可以算是有關張竹坡的最早的一條材料。然戴不凡同志稱，「張竹坡之為此書評者，亦僅見於此序」，則實屬一時疏忽。劉廷璣《在園雜誌》卷二有專論「四大奇書」及「近日之小說」的一大段文字，談到《金瓶梅》時說：「彭城張竹坡為之先總大綱，次則逐卷逐段分注批點，可以繼武聖歎，是懲是勸，一目了然。」劉廷璣從康熙四十五年到五十四年任淮徐道觀察，《在園雜誌》有康熙五十四年自序，其於張竹坡評《金瓶梅》一事，固已言之鑿鑿。孫楷第曾據以指出，張竹坡「蓋徐州府人」；他又據「張山來《幽夢影》有張竹坡評」，推定其為「順、康時人」[5]。《在園雜誌》對張竹坡其人還有一段記載，下文另將引述。以上這些，就是過去所掌握的有關張竹坡的全部材料了。

現在，談談我們發現的張竹坡寫給張潮的三封信。張潮字山來，號心齋，歙縣人，僑寓揚州。他「擅詞曲」，廣並遊，「好讀新人耳目之書」，「異書秘笈，則不吝性命」，

2　孫楷第：《中國通俗小說書目》附錄二「叢書目」。
3　同註1。
4　朱星《金瓶梅考證》。
5　同註1。

著述甚多，《幽夢影》即為其一。尤以編刻叢書有名於當時，許多學者文人和他都有書信往來。張潮曾將朋友的來信和自己的贈答書劄，分別輯刊為《友聲》和《尺牘偶存》[6]，張竹坡給張潮的三封信了收入《友聲》。《友聲》中的書信按「隨到隨刊」的體例編次，並且每封信都注有信主的姓名、字號、鄉里。張竹坡的三封信下注明：「徐州，張道深、竹坡。」由此，我們第一次獲知張竹坡的名字為道深；竹坡似非其字，或為其號，字則失載。至於籍貫徐州，則與劉廷璣所記同，可證不誤。張竹坡在信中自稱「小侄」，稱張潮為「老叔台」，其實他們並非同族叔侄，不過依當時「最為濫雜」的「同姓通譜」的陋俗故爾相稱。從這三封信的內容和在《友聲》中的排列次序（第二、第三封信相接，而與第一封信間隔一函）來看，它們是在同一地點、相距很近的一段時間內寫的。第一封信中說：「小侄何幸，一旦而識荊州，廣陵一行誠不虛矣。」可知，其時張竹坡在揚州。此信還提到「陳定翁過訪」，「陳定翁」即陳鼎，鼎字定九，號留溪，黔中人，著有《留溪外傳》。陳鼎也是張潮的朋友，他的《心齋居士傳》[7]記道：「歲丙子，予客邗上者幾一載，為文多就正先生（指張潮——引者）。」「邗上」即揚州，此處「丙子」是康熙三十五年，故張竹坡客遊揚州時陳鼎訪他也必在此年。據此，張竹坡給張潮寫這三封信的時間可確定為康熙三十五年（尚有其他佐證，不贅述），也就是他刊刻《金瓶梅》評本的第二年。

張竹坡的第二封信寫道：「承教《幽夢影》，以精金美玉之談，發天根理窟之妙。小侄旅邸無下酒物，得此，數夕酒杯間頗饒山珍海錯，何快如之。不揣狂瞽，妄贅瑣言數則，老叔台進而教之。」張潮的《幽夢影》一書，以「格言妙論」的形式表現其立身行事的處世態度及其生活情趣，一時名流數十人都有評語。康熙三十五年春，張潮給友人孔尚任的信中說：「拙著《幽夢影》，今年亦欲付梓。……今一面付梓，留木以待，補評尚可增入耳。」[8]張竹坡適於其時給此書寫了評語，也得以增入。檢《幽夢影》中張竹坡的評語多至八十餘則，雖皆為片言隻語，卻直抒已懷，可藉以窺見張竹坡其人的若干側面。今略舉數則於此（評語意義難明者，兼附張潮原文）：

> 今之絕勝於古者，能吏也，猾棍也，無恥也。

> 無益之心思，莫過於憂貧；無益之學問，莫過於務名。

> 我幸得極雅之境。（張潮語：境有言之極雅而實難堪者，貧病也。）

6　北京大學圖書館善本室藏乾隆庚辰重刻本。

7　見陳鼎：〈留溪外傳〉，《常州先哲遺書》本。

8　見《尺牘偶存》。

不合時宜則可，不達時務奚可？

後二句，足少平吾恨。（張潮語：寧為小人之所罵，毋為君子之所鄙；寧為盲主司之所擯棄，毋為諸名宿之所不知。）

此平世的劍術，非隱娘輩所知。（張潮語，胸中小不平，可以酒消之；世間大不平，非劍術不能消也。）

見及於此，是必能創之者，吾拭目以待新裁。（張潮語：如古文，如詩，如賦，如詞，如曲，如說部，如傳奇小說，皆自無而有。方其未有之時，固不料後來之有此一體也；逮既有此一體之後，又若天造地設，為世必應有之物。然自明以來，未見有創一體裁、新人耳目者，遙計百年之後，必有其人，惜乎不及見耳。）

讀此數則，亦可想見其人科場失意、貧病難堪、憤世不平的情狀，看到他對「能吏」「猾棍」「無恥」行於時的吏治世風弊病的認識，和對鼓吹創新的文學主張的共鳴。《幽夢影》中還有著名學者梅文鼎的評語，有一則說：「近日文人不迂腐者頗多，心齋亦其一也。」應當說，張竹坡也屬於這「不迂腐」的文人之列。正是這些「不迂腐」的文人，往往比較重視小說、戲曲一類「不登大雅之堂」的文學作品。但在康熙時期程朱理學越來越被欽定為統治思想的情況下，這些不迂腐的文人同時又或多或少地表現出「道學」的色彩。張潮在《幽夢影》中鼓吹「立品須法乎宋人之道學，涉世宜參以晉代之風流」，雖是「夫子自道」（張竹坡評語），卻正反映了這類文人的一個帶有普遍性的特點。張竹坡潦倒失意的生活境遇，他的思想中的某些進步因素和程朱理學的影響，對他評《金瓶梅》都不能不起著作用。

再看張竹坡給張潮的第三封信，其中說：「捧讀佳序，真珠璀玉璨，能使鐵石生光。小侄後學妄評，過龍門而成佳士，其成就振作之德，當沒世銘刻矣。」這是張潮為張竹坡評的書寫了一篇序，張竹坡頌揚序文字字珠機，並表示對張潮的「成就振作之德」銘記在心。遺憾的是，張竹坡沒有說他「妄評」的是一部什麼書。是《金瓶梅》，還是另外一部書？看來前一種可能性是很大的。

張潮藏有張竹坡的《金瓶梅》評本，康熙三十六年錢岳遊揚州時曾向他借閱過，錢有信道：「《第一奇書》先交六本，俟一總閱過繳上。」或許張潮就是從張竹坡得到這書的。《幽夢影》中有一段說：「《水滸傳》是一部怒書，《西遊記》是一部悟書，《金瓶梅》是一部哀書。」（鄒弢《三借廬筆談》引述此語，「哀書」誤作「淫書」。）可見，張潮對《金瓶梅》也是熟悉的。因此張竹坡與張潮的交往中談到過《金瓶梅》，那完全是無疑的。張潮化名謝頤為其寫序，也是合乎情理的了。

　　張竹坡給張潮的三封信簡和他為《幽夢影》寫的評語，是我們瞭解這位《金瓶梅》評者的重要材料。此外，在《金瓶梅》評本的卷首文字裏，也有可以鉤稽的材料。〈非淫書論〉說到他評《金瓶梅》，有「年始二十有六」[9]云云。據此，康熙三十四年張竹坡二十六歲，由此上推，張竹坡當生於康熙九年，孫楷第稱其為「順康時人」，未確，應為康熙時人。張竹坡評《金瓶梅》，講到兄弟關係一節，似有切膚之痛。如〈讀法〉第八十六則中說：「奈何世人子一本九族之親，乃漠然視之，且恨不能排擠而去之，是何肺腑！」其《幽夢影》評語又有「求知己於兄弟尤難」的感慨，聯繫起來看，必非偶然。查《徐州府志》《銅山縣誌》，雖無張竹坡其人，而銅山張氏入志有傳的卻甚多，最突出的是張膽一家。張膽原為明副將，降清，加都督同知，剿滅抗清武裝榆園軍，有子六人，「五列顯仕」。戴名世為之撰墓誌銘，述其六子依次為道祥、道瑞、道源、道溥、道沨、道淵。張竹坡既與其同里，又名道深，當是道祥諸人的同族弟兄；或因地位懸殊，頗受排擠，感慨遂深。評本卷首文字還講到批書的動機與目的，概括起來有三點：一是「排遣悶懷」。「為窮愁所迫，炎涼所激」，借批書「消我之悶懷」。二是「喜其文」。「如此妙文，不為之遞出金針，不凡辜負作者千秋苦心哉！」三是「覓利湖口」。「本因家無寸土，欲覓蠅頭以養生耳。」看來，他自己講的這三點都是可信的。

　　《在園雜誌》記述了張竹坡及其《金瓶梅》評本的結局。劉廷璣以惋惜的心情寫道：「惜其年不永，歿後將刊板償夙逋於汪蒼孚，蒼孚舉火焚之，故海內傳者甚少。」可見，張竹坡不但生前潦倒，死後也極為蕭條，連《金瓶梅》評本的原板也被用來抵債，終於焚毀。汪蒼孚名天與，號畏齋，歙縣人，曾任刑部郎中，有《沐青樓詩鈔》。其為刑部郎中約在王士禎任刑部尚書期間（康熙三十八年至四十三年），故王士禎罷官歸里後，把《唐人萬首絕句選》寄給他「付梓」[10]。張竹坡或許在刻《金瓶梅》評本時與汪天與有過關係，並因此欠下一筆債，張竹坡死後，汪天與取刊板抵償。焚板大概是後來的事，與康熙五十三年「上諭」嚴禁「小說淫詞」直接有關。劉廷璣在論「四大奇書」和「近日之小說」一段文字的最後，就特別說到了這道「上諭」。總之，張竹坡卒年不得遲於康熙五十三年。今既知「其年不永」，姑定其死於四十歲左右（康熙四十八年左右），與事實應相去不遠。

9　見北京大學圖書館善本室藏「第一奇書」本。下文所引回目、正文及批均據此本，不另注。
10　以上見朱觀選《詩正》、王士禎選《二仲詩》、張廷玉《澄懷園文存》。

二

張竹坡評本在康熙末年雖已「傳者甚少」，原板又被付之一炬，但此後二百年間，在《金瓶梅》屢遭禁毀、其他幾種版本流傳日稀的情況下，陸續出現了各種張評本的翻刻本，包括所謂《古本金瓶梅》，其實仍是據張評本刪改而成。此外，早在康熙四十七年刊刻的滿文譯本《金瓶梅》，是從張評本翻譯的。十九世紀中葉以來，《金瓶梅》的各種外文改編本、節譯本、全譯本，大都也是直接或間接根據張評本[11]。可以說，直到1932年發現萬曆「詞話」本以前，《金瓶梅》的通行本是張竹坡評本。這個事實，說明了張竹坡評本在《金瓶梅》流傳中的作用。

在今天來說，張竹坡評本是否值得重視，則在於如何看待它對《金瓶梅》的批評部分。朱星先生的《金瓶梅考證》提到張竹坡評本時說：「『讀法』共一百零六條（所摘本文略有遺漏。引者），說『《金瓶梅》是一部史記』，這一句還可取，其餘都是冬烘先生八股調，全不足取。」這個評價是不符合事實的，不公允的。我們認為，張竹坡評本對《金瓶梅》的藝術成就有不少細緻的、中肯的分析，並且對藝術創作的若干理論問題有所探討，提出了有價值的見解；對作品思想內容的看法雖有謬誤，但也頗有可取之處。這裏，我們先來談談張竹坡對《金瓶梅》的思想內容的剖析，以及他對這部小說的作者的新的意見。

《金瓶梅》自有鈔本流傳，即蒙受「淫書」「穢書」的惡諡。萬曆年間，董其昌曾言「決當焚之」[12]，李日華斥為「市諢之極穢者」[13]，連袁中道也以「誨淫」為慮，對其兄袁宏道隱有「何必務為新奇」[14]的微辭。到了清初，《金瓶梅》仍被視為「淫書」，以致於「今有讀書者看《金瓶》，無論其父母、師傅禁止之，即其自己亦不敢對人讀」。在這種情況下，張竹坡評《金瓶梅》，還要把評本刊刻行世，首先碰到一個問題：《金瓶梅》是不是「淫書」？是一部什麼書？對此，張竹坡一方面否定了「淫書」的說法，一方面明確提出《金瓶梅》是一部描寫人情冷暖、世態炎涼的小說，稱《金瓶梅》是「一部世情書」。應當說他這個認識是比較合乎實際的。魯迅先生在論述明代的「人情小說」時說道：「大率為離合悲歡及發跡變泰之事，間雜因果報應，而不甚言靈怪，又緣描摹世態，見其炎涼，故或亦謂之『世情書』也。」「諸『世情書』中，《金瓶梅》最

11　參見王麗娜：〈《金瓶梅》在國外〉，《河北大學學報》1980年第2期。
12　袁中道：《遊居柿錄》。
13　李日華：《味水軒日記》。
14　同註12。

有名。」[15]魯迅先生提到過張竹坡評本，其於張竹坡之言亦有所取。

張竹坡說《金瓶梅》是「世情書」，基於他對小說描寫的內容有較全面的認識。他並不否認《金瓶梅》有「淫處」，但他注意到這部長篇小說不只是寫了西門慶一家糜爛淫穢的生活，而是「因西門慶一分人家，寫好幾分人家」，「因一人寫及全縣」，注意到作者不滿足於「止言一家，不及天下國家」。他認為小說中刻畫世態人情、觸及朝政吏治的那些情節內容，常常是作者發洩怨恨、用筆尖刻的地方，所以表現出一種「憤懣的氣象」。張竹坡在這些地方寫的評語，探求作者的用心，闡發作品的意義，對讀者是有啟發的。如三十四回寫西門慶走蔡京的門路，被委任為提刑官之後，經幫閒應伯爵、妍婦王六兒持線說情，貪贓受賄，將直作曲；張竹坡於「回首總評」寫道：「提刑所，朝廷設此以平天下之不平，所以重民命也。看他朝廷以之為人事送太師，太師又以為人事送百千奔走之人，而百千市井小人之中，有一市井小人之西門慶，實太師特以一提刑送之者。……是西門慶又以所提之刑為幫閒、淫婦、幸童之人事。天下事至此，尚忍言哉！作者提筆著此回時，必放聲大哭也。」三十六回寫蔡狀元認蔡京為義父後，又接受西門慶賄贈的路費；「回首總評」道：「此回乃作者放筆寫仕途之醜、勢利之可畏也。夫西門，市井小人，逢迎翟雲峰（蔡太師府管家）不惜出妻獻子，何足深怪，乃蔡一泉巍巍榜首，甘心作權奸假子，且而矢口以雲峰為榮，止因數十金之利，屈節於市井小人之家，豈不可恥！吾不知作者有何深惡之一人，而藉此以醜之也。」七十回的「回首總評」又說：「此回歷敘運艮峰之賞無謂，諸奸臣之貪位慕祿，以一發胸中之恨也。」從張竹坡的上述觀點和這些評語來看，他對《金瓶梅》在揭露醜惡社會現實方面的價值、對小說「著此一家，罵盡諸色」的特點，都有深刻的認識，這在《金瓶梅》被普遍視為「淫書」的時代，不能不說是別具眼力的。

然而，當張竹坡離開具體作品，企圖通過解釋作者的寫書動機和作品的主旨來申述《金瓶梅》不是「淫書」時，這位年青的評點家卻又表現是十分荒謬可笑。他的一套「非淫書論」集中反映於卷首的〈苦孝說〉及〈竹坡閒話〉。所謂「苦孝說」，首先認定作者是個孝子，「生也不幸，其親為仇所算」，銜「奇冤」而「有痛於中」，「痛之不已，釀成奇酸」；進而說《金瓶梅》是作者寫其「餘痛」、寄託其「苦志」之作，「當名之奇酸志、苦孝說」。在〈竹坡閒話〉等文字中，他鼓吹「冷熱二字為一部之金鑰」，所謂「冷熱」，在這裏指人與人之間關係的親疏遠近。他說：「天下最真者倫常，最假者莫若財色。」「因財色故，遂成冷熱；因冷熱故，遂亂真假。」「所以此書獨罪財色。……故其開卷即以冷熱為言，煞末又以真假為言。」他還說全書「以悌字起，以孝字結」，

15　《中國小說史略》。

是「為孝悌說法」。顯然，這些解釋和說明都是從封建倫常關係和道德觀念出發的。當他用這套高論去分析小說具體情節和藝術形象時，不可避免地陷入附會曲解之中。與此有關，他還在小說的人物命名上大做文章，甚至認為「無一名不有深意」，這就更為穿鑿了。不過，從我們對張竹坡其人的瞭解來看，他這套高論多少寄託了對自己的遭遇和對現實人生的某些感慨，特別是講到財色惑人造成炎涼反覆，導致倫常關係遭到破壞時，其中不無澆自己塊壘之意。但是，它確實表明，張竹坡十分熱衷於恢復和維護封建的倫常關係和道德觀念，這正是他的思想中迂腐的、落後的一面。同時，張竹坡之所以煞費苦心地把《金瓶梅》解釋為一部「道書」「理書」，「句句是性理之談」，這顯然也是程朱理學成為統治思想的那個時代的產物。康熙九年頒佈的〈聖諭十六條〉，第一條即為「敦孝悌以重人倫」[16]，這不正是張竹坡那套高論的核心所在嗎？同時，誠如魯迅先生所說，「以〈苦孝說〉冠其首，也無非是想減輕社會上的攻擊的手段」[17]。經過張竹坡的一番解釋，《金瓶梅》不但不是「淫書」，而且居然和「聖諭」掛上了鉤，這就貼上了一條保護的標籤。於是，張竹坡振振有詞地說：「夫以孝弟起結之書，謂之曰『淫書』，此人真是不孝弟！」由此可以看出，「苦孝說」等也是出於為《金瓶梅》辯白，使評本能通行於世的需要而提出來的。張竹坡一方面從具體作品出發，認為《金瓶梅》是一部「世情書」「炎涼書」；一方面從某種觀念、某種需要出發，又把它說明一部「道書」「理書」。依據前一種看法，《金瓶梅》是反映和揭露社會現實的小說；而按照後一種說法，它卻成了某種思想、理論的圖解。他聲稱自己把小說對「淫欲世界」的描寫批作「句句性理之談」，但實際上對刻劃世態人情、揭露朝政吏治的內容及其意義又頗有闡發。張竹坡對《金瓶梅》思想內容的分析，就是這樣包括正確和謬誤兩個方面。

在《金瓶梅》作者問題上，張竹坡也表現出自相矛盾的態度。明萬曆時，關於《金瓶梅》的作者和著書意圖，傳聞頗多，諸家記載可以歸納為兩類，其一為屠本畯、沈德符所記，或謂嘉靖時受誣抄家者，以「沉冤」托之於書[18]，或謂「嘉靖間大名士」影射嚴嵩、嚴世藩父子，「指斥時事」之作[19]；其一為袁中道、謝肇淛述稱，或謂京師西門千戶門館「記其家淫蕩風月之事」[20]，或謂「金吾戚里」之門客，病其主人「憑怙奢汰，

16　《聖祖聖諭》。

17　同註15。

18　屠本畯：《山林經濟籍》，轉引自孔另境《中國小說史料》。

19　沈德符：《野獲編》。

20　袁中道：《遊居柿錄》。

淫縱無度」，「采摭日逐行事，匯以成編」。[21]後人又雜揉屠、沈二家所記傳聞，把「嘉靖大名士」坐實為王世貞，所謂王世貞銜冤著書、替父報仇的說法十分流行。張竹坡的「苦孝說」，實際上是以這一說法為藍本而加以發揮的，並對這一說法起了推波助瀾的作用。但是，他在〈讀法〉第三十六則專門談到《金瓶梅》作者問題時又說：「傳聞之說，大都穿鑿，不可深信。……故別號東樓、小名慶兒之說，概置不問。」嚴世藩號東樓，傳說小名慶兒，他就是所謂王世貞的仇人。從這段話來看，張竹坡未必相信王世貞銜冤著書這一穿鑿的說法，他在分析具體問題時，能擺脫「苦孝說」採取審慎客觀的態度。對袁中道轉述的那種傳聞，張竹坡認為，這是把《金瓶梅》看作「西門計帳簿」乃「世之無目者所云」。他的這一批評是正確的。

三

　　張竹坡《金瓶梅》的藝術分析和藝術評價，在〈讀法〉和回前總評、眉批行評中占有很大的分量。通過這些分析和評價，我們同時可以看到他的文學思想、文學見解。

　　首先，張竹坡對《金瓶梅》在反映生活的真實性上的成就，給予很高的評價。他說：「讀之，似有一人親曾執筆在清河縣前、西門家裏，大大小小，前前後後，碟兒碗兒，一一記之，似真有其事，不敢謂操筆伸紙做出來的。」又說：「各人言語、心事並各人所做之事一毫不差，歷歷如真有其事，即真令一人提筆記之，亦不能全者。」總之，他認為《金瓶梅》描寫的人和事十分真實，使讀者覺得它們如同是生活中本來存在並發生過的，如同是作者曾經目睹並記錄下來的，而不敢相信它是作者「做出來的」。我們知道，《金瓶梅》這部產生於明代嘉靖、萬曆年間的長篇小說，展示了上自朝廷下至市井相當廣闊的生活畫面，刻劃了權貴官僚、豪商惡霸、幫閒流氓、娼妓蕩婦形形色色的人物形象，淋漓盡致地反映了那個醜惡的、病態的社會現實。在所謂「寫實」這點上，《金瓶梅》的確是引人注目、十分突出的。早在它以鈔本流傳的時候，謝肇淛的〈金瓶梅跋〉就已經指出其刻劃世情、窮形盡相、描繪人物、肖貌傳神的突出成就，並從而稱讚它「信稗官之上乘，爐錘之妙手」。應當指出，張竹坡沒有停留於此，他對《金瓶梅》反映生活的真實性做了進一步的分析與探討，並且通過總結具體作品的創作成就，提出了一些有意義的文學見解。首先，張竹坡認為《金瓶梅》真實地反映了生活，但它決不是現實中某個西門的「計帳簿」。不管是袁中道還是謝肇淛，對他們記述的傳聞都沒有表示異議，

21　謝肇淛：《小草齋文集・金瓶梅跋》，轉引自馬泰來：〈謝肇淛的《金瓶梅》跋〉，見《中華文史論叢》1980 年第 4 輯。

而所謂「記其家淫蕩風月之事」或「采摭日逐行事，匯以成編」的說法，顯然是把《金瓶梅》看作某個「西門千戶」或「金吾戚里」日常生活的流水帳。張竹坡嘲笑了這種看法，他指出《金瓶梅》對生活的描寫「不是死板一串鈴，可以排頭數去」，何況，「即真事令一人提筆記之」，也不可能像《金瓶梅》這樣反映了廣闊的生活面。在他看來，《金瓶梅》不是生活的刻板記錄，而是一部小說，一部文學作品。對文學作品的真實性，張竹坡是從文學反映生活的特點出發來認識的。他認為，稗官小說「其假捏一人，幻造一事，雖為風景之談，亦必依山點石，借海揚波」。即小說中的人和事是捏合、幻造的，但這種虛構又是以現實生活為基礎的。所謂「點石揚波」與「依山借海」，是對藝術虛構與現實生活的關係的形象說明。怎樣衡量小說虛構的人和事是否真實，這是一個富有辯證意味的命題。在這個問題上，張竹坡的見解是可取的。他一再稱讚《金瓶梅》「處處體貼人情天理」，「凡有描寫，莫不各盡人情」，並強調指出：「做文章，不過是『情理』二字，今做此一百回文字，亦只是『情理』二字。」他把「情理」作為藝術描寫的核心，文學作品真實性的關鍵。就是說，《金瓶梅》描寫的人和事的真實性，不在於它與現實生活中具體的人和事是否一模一樣，而在於它是否符合現實生活的「人情事理」，符合客觀事物的內在聯繫。《金瓶梅》中的描寫使讀者覺得「歷歷如真有其事」，正是因為這些描寫「確是人情必有之事」，因為它「曲盡人情，卻是眼前世事」。應當說，張竹坡對文學作品真實性的認識，對《金瓶梅》在這方面的成就的分析和評價，是從文學作品的特點及其與現實生活的關係出發的，就其主要傾向來看，表現了現實主義的文學觀點。這是應當給予肯定的。當然，張竹坡有時把他所謂的「事理」「天理」歸結為因果報應、天道輪回，做出唯心主義的解釋，對一個十七世紀的我國文學批評家來說，這種局限性是並不奇怪的。

張竹坡的上述文學見解，特別是他的「情理」論，貫穿著對《金瓶梅》的整個藝術分析和藝術評價。

他強調作者對所描寫的生活要熟悉，要有感受。他說：「作《金瓶》者，必曾於患難窮愁、人情世故，一一經歷過，入世最深，方能為眾腳色摹神也。」這是強調作者要有親身經歷、親身感受，才能真實生動地描繪出各種人物形象。但是，「若果必待色色歷過，才有此書，則《金瓶梅》又必做不成也。何則？即如諸淫婦偷漢，種種不同，若必待身親歷而後知之，將何以經歷哉！」因此，張竹坡進而指出：「才子無所不能，專在一心也。」「一心所通，實又真個現身一番，方說得一番。然則，其寫諸淫婦，真乃各現淫婦身，為人說法者也。」所謂「一心所通」，是說作者的心與他所描寫的人物的心相通，所謂「現身說法」，是說作者化身人物，表現人物。由於作者「無所不通」，因而能「千百化身，現各色人等」。張竹坡認為，不管是「身親歷而後知之」，還是「一

心所通」，根本的問題都在於作者要能「討出」他所描寫的人物的「情理」，他說：「於一個人心中討出一個人的情理，則一個人的傳得矣。」在這裏，張竹坡試圖揭示創作過程中的秘密，從而說明《金瓶梅》在如實地反映生活和塑造人物上取得成就的原因。他十分重視作者對他所描寫的生活的直接體驗、直接感受，同時，他通過《金瓶梅》這樣一部具體作品認識到，作者畢竟不可能對他所描寫的各種生活各種人物都取得直接的體驗和感受，這就需要作者設身處地地去把握生活和人物的「情理」，從而來「現身說法」。張竹坡指出的後一種情況，用今天的評議來說，也就是想像在創作過程中，尤其在描寫作者無法直接體驗的生活與人物時的重要作用。這使我們想起了莫泊桑的一段話：「我們不得不向自己這樣提問題：『如果我是國王，兇手，小偷，娼妓，女修士，少女或菜市女商人，我會幹些什麼，我會想些什麼，我會怎樣地行動？』」[22]這位著名的十九世紀法國小說家的經驗之談，不也就是張竹坡講的作者在創作時要「化身」為他的描寫對象，「討出」人物的「情理」嗎？張竹坡是一個懂得創作奧秘的批評家，對體驗和想像在《金瓶梅》中的作用做了很好的說明，這些見解怎麼能說是「冬烘先生八股調」呢。

他強調藝術表現手法從「情理」中來。評點家喜歡講「文法」「章法」，張竹坡也不例外。他說《金瓶梅》「於作文之法，無所不備」，其《讀法》和評語中列舉了名目繁多的「法」，不免有瑣碎蕪雜乃至牽強附會的弊病。但是，張竹坡並沒有把「文法」「章法」之類看做單純的技巧問題，而認為它是從「情理」中產生出來的。他說：「文字無非情理，情理便生出章法，豈是信手寫之者！」「總是此等作章法，然亦人情實實如此者。」「蓋又於人情中討出來，不特文事生法也。」另外，在「草蛇灰線法」「顧盼照應伏線法」「脫卸影喻引入法」「賓主法」「加倍法」種種評點家盡用的名目之下，也有一些可供借鑒的具體分析。其中不少是講《金瓶梅》在情節的安排結構上的特點，包括情節的發端與收結、穿插與起伏、勾聯與照應、烘托與對比等等。譬如，張竹坡指出《金瓶梅》的情節安排「不是死板一串鈴」，「不肯為人先算著」；「不肯如尋常小說云『按下此處不言，再表一人姓甚名誰』的惡套」，「凡一人一事，必不肯隨時突出，處處草蛇灰線，處處你遮我映」；情節之間，或前後關聯，「危機相倚，如層波疊起，不可窮止」，或照應於後，不使「流水去而無漩回之致，雪飄落而無回風之花」；……。對於《金瓶梅》這樣一部以日常家庭生活為主要題材的長篇小說來說，講究情節結構，使之能自然謹嚴，波瀾起伏，是很重要的。張竹坡的分析對研究《金瓶梅》在這方面的特點和成就，提供了良好的幫助。

對《金瓶梅》藝術上的成就，張竹坡談得最多、評價最高的是它的人物塑造和細節

22　莫泊桑：〈小說創作〉，見《文藝理論譯叢》1958 年第 3 期。

描寫。

張竹坡認為，人物形象在小說作品中占有特別重要的位置。從這個意義上，他把《金瓶梅》與以人物列傳著稱的《史記》相比較，說「《金瓶梅》是一部《史記》」，並說《史記》有「獨傳」「合傳」，是「分開做的」，而《金瓶梅》「卻是一百回共成一傳，而千百人總合一傳，內卻又斷斷續續，各人自有一傳」。小說與歷史著作性質不同，這種比較很不科學，但就其把小說看作人物形象的活動史而言，那是很有道理的。《金瓶梅》中的形象「何止百餘人」，它描寫了西門慶罪惡的一生，描寫了潘金蓮、應伯爵等「迎奸賣俏之人」「附勢趨炎之輩」，朝野市井、三教九流諸色人等，一一現形露相。小說正是通過這些人物的活動及其相互關係，把他們組織在一起，構成一個散發出腐爛氣息的墮落社會。張竹坡指出，作者「描寫姦夫淫婦、貪官惡僕、幫閒娼妓，皆其通身力量，通身解脫，通身智慧，嘔心嘔血」，「摹神肖影，追魂取魄」，創造出來的。他讚揚這些人物形象有血有肉、個性鮮明，所謂「毛髮皆動」，「心肺皆出」，「真是生龍活虎，非耍木偶人者」，所謂「此一人開口，是此一人的情理」。他還認為，「非其開口便得情理，由於討出這一個人的情理，方開口耳」，就是說，作者把握了人物的情理，才能寫出個性化的人物，寫出人物自己的「言語動作之態度」。在分析應伯爵這個慣會插科打諢、拍馬奉承的人物典型時，張竹坡指出，這不但是一個幫閒，而且是一個「市井幫閒」。這種人無意於掩飾自己的幫閒身分，其本事正在於善以醜態逗趣博人一笑，以自輕自賤恭維權勢者，而評議之骯髒粗俗，則更不待言。他們與「文人清客」雖同屬一類，卻途徑各別。《金瓶梅》中應伯爵的言語動作，處處表現出這種「市井幫閒」的特點。第一回寫「西門慶熱結十兄弟」，西門慶說：「……不是我科派你們，這結拜的事，各人出些，也見些情分。」（張竹坡批道：是大老官口吻。）話音剛落，「伯爵連忙道：『哥說的是，婆兒燒香當不的老子念佛，各自要盡各自的心，只是俺眾人們老鼠尾巴生瘡兒，有膿也不多。』」確如張竹坡此處所批，這番話先是順著西門慶所說，「承認」要各盡一份心，接著一轉，「便自謙」起來，一則可以少掏腰包，二則又恭維了西門慶，真是「寫盡幫閒醜態」。第六十回，西門慶與應伯爵有一段談話，西門慶道：「是管磚廠的劉太監送的這二十盆，就連盆都送與我了。」應伯爵道：「花倒不打緊，這盆正是官窰雙箍鄧漿盆，都是用絹羅打、用腳趾過泥，才燒造這個物兒，與蘇州那鄧漿磚一個樣兒做法，如今哪裏尋去。」難怪張竹坡此處批道：「反重在盆，是市井人愛花。」又一處批道：「只誇盆，是市井幫閒。」七十二回寫西門慶回到家，「伯爵道：『我早起來時，忽聽房上喜鵲喳喳的叫，俺房下就先說，只怕大官人來家了。』」張竹坡的批語風趣地寫道：「真有此事，非假說也。二哥（應伯爵是「十兄弟」的老二——引者）許久不見，相見風味如故。」《金瓶梅》描寫應伯爵，「純用白描追魂攝影之筆」，使這個「市井

幫閑」的嘴臉「儼然紙上活跳出來，如聞其聲，如見其形」。《金瓶梅》中另一個寫得活靈活現的人物是潘金蓮。此人淫蕩爭寵，無恥之尤，既有心計，手段又辣，生就一副伶牙利齒，慣會撒潑罵街，也能甜言蜜語。她的評議最富於個性化，如張竹坡的評語所說，好似「妒婦在紙上伸口吐舌而談」，「一路開口一串鈴，是金蓮的話，作瓶兒不得，作玉樓、月娘、春梅亦不得，故妙」。張竹坡對《金瓶梅》善於在有眾多人物的場面中，寫出各個人物的不同言語、動作和心事，是極為讚賞的。六十二回寫西門慶妾李瓶兒之死，包括死前、死後、報喪三大段文字，是《金瓶梅》中寫得很精彩的一個大場面。張竹坡在「回首總評」中做了細緻的分析，最後指出，不但「其三段中如千人萬馬，卻一步不亂」，而且寫各人「情事如畫」，「西門是痛，月娘是假，玉樓是淡，金蓮是快」。《金瓶梅》還善於從身分、地位或職業相同相近的一群人物中，寫出不同的性格特徵，張竹坡稱之為「善用犯筆而不犯」。他說：「如寫一伯爵，更寫一希大，然畢竟伯爵是伯爵，希大是希大，各人的身分，各人的談吐，一絲不紊。寫一金蓮，更寫一瓶兒，可謂犯矣，然又始終聚散，其言語舉動，又各各不紊一絲。寫一王六兒，偏又寫一賁四嫂；寫一李桂姐，偏又寫一吳銀姐、鄭月兒；寫一王婆，偏又寫一薛媒婆，一馮媽媽，一文嫂兒，一陶媒婆；寫一薛姑子，偏又寫一王姑子、劉姑子。諸如此類，皆妙在特特犯手，卻又各各一類，絕不相同也。」以上可見張竹坡不但認識到人物形象在小說中的重要性，而且特別重視創造個性化的人物形象。此外，對《金瓶梅》在人物描寫上的其他特點與經驗，張竹坡也做了一些分析、總結。比如，他指出《金瓶梅》「有寫此一人，本意不在此人者，意不在此人而必寫之」，一種是「用為襯疊花樣之人」，即起渲染、烘托的作用；更有一種通過對立面的人物，從不同角度揭示主要人物多方面的性格特徵，如《金瓶梅》寫武松，意在寫潘金蓮（這與《水滸傳》正好相反），即用武松的剛正來對比寫出潘金蓮的淫蕩無恥；寫宋蕙蓮、李瓶兒等，也是意在寫潘金蓮，因為「欲寫金蓮而不寫其與之爭寵之人，將何以寫金蓮」，張竹坡把這種方法形象地比做「如要獅子必拋一毬，射箭必立一的」。

張竹坡極為讚賞《金瓶梅》的細節描寫。他說：「《金瓶梅》是大手筆，卻是用極細的心思做出來者。」這「極細的心思」，既表現於對全書的妥貼的結構與安排，更滲透在隨處可見的細節描寫之中。張竹坡指出，這些細節描寫在小說中具有廣泛的、重要的作用。第三十九回「總評」說：「看他平空撰出兩副對聯，一個疏頭，卻使玉皇廟是真廟，吳道官、西門慶等俱是活人，妙絕之筆。」這是說，細節描寫加強了作品的真實感和人物的生動性。第二回「總評」指出：「上回內云金蓮（挑逗武松時）『穿一件扣身衫兒』，將金蓮性情、形影、魂魄一劑描出；此回內云『毛青布大袖衫兒』，描寫武大的老婆又活跳出來。」在這裏，不同的衣著打扮把人物在不同場合的外表和心理都刻劃

出來了。六十九回王招宣寡妻林太太與西門慶私通，寫西門慶進到招宣府後堂，「迎門朱紅匾上寫著『節義堂』三字，兩壁隸書一聯：傳家節操同松竹，報國勳名並鬥山」。張竹坡在這裏批道：「林太太之敗壞家風，乃一入門一對聯寫出之，真是一針見血之筆。」此種細節，於不言之中褒貶人物、譏刺世風，著實入木三分。三十二回、五十八回兩處寫到博浪鼓，前者寫李瓶兒子官哥滿月，薛太監賀喜送以博浪鼓；後者寫官哥死後，李瓶兒「到了房中，見炕上空落落的，只有他耍的那壽星博浪鼓兒還掛在床頭上，想將起來，……」張竹坡的批語說：「博浪鼓一結。小小物事，用入文字，便令無窮血淚，皆向此中灑出，真是奇絕文字。」作者寫博浪鼓，看似信手拈來，實則用心極細，既入情入理，增添了作品的生活氣息，又使情節前後貫串，遙相照應，李瓶兒喪子之痛，逼真如畫。這類細節、「閑筆」的成功運用，是《金瓶梅》在藝術上的顯著特點。張竹坡對此給予了很高的評價：「文筆無微不出，所以為小說之第一也。」「千古稗官家不能及之者，總是此等閑筆難學也。」

從以上介紹來看，張竹坡對《金瓶梅》藝術成就的分析評價，確有許多好的見解，他對小說創作與現實生活、人物形象塑造及藝術表現手法與「情理」的關係的看法，對人物個性化、細節描寫的認識，都表現出現實主義的文學思想。他的文學思想對評論作品起了指導作用，而評論對象對他的文學思想也有直接的影響。《金瓶梅》雖然存在著一些自然主義的傾向，但又明顯地包含著現實主義的內核，在我國現實主義文學的發展中占有重要的地位。張竹坡通過對《金瓶梅》的研究和評論，總結了它的現實主義藝術成就，闡述了某些現實主義的文學觀點，這是具有積極意義的。

四

劉廷璣說，張竹坡對《金瓶梅》的評論「可以繼金聖歎」[23]。這話是不錯的。在評點方法上，張竹坡也是繼承了歷來評點家特別是金聖歎的傳統。

評點是我國傳統的文學批評方式。從詩文評發展到小說、戲曲的評點，使這種批評方式隨著小說、戲曲作品的流傳，面向較為廣泛的群眾，具有了新的意義。小說、戲曲的評點，以「通作者之意，開覽者之心」[24]為其主旨，即探討作者的創作意圖、藝術構思包括具體描寫，啟發讀者的欣賞與思考。金聖歎說他「最恨『鴛鴦繡出從君看，不把

23　劉廷璣：《在園雜誌》。
24　〈出家評點忠義水滸全書發凡〉，見袁無涯刻《忠義水滸全傳》。

金針度與人』之二句」[25]，他批書就是要揭示「鴛鴦繡出」的秘密，把著書作文的「金針」傳授給世人，所以，金聖歎的這一點特別強調易身處地推想作者意圖及慘澹經營，注重於「文心章法」。但是，金聖歎不僅致力於逐章逐段甚至逐字逐句地解剖作品，也能注意從整體上把握全書；不僅緊密結合具體作品進行分析，也能涉及文學創作的一些理論問題。他還往往「借他人之酒杯，澆自己之塊壘」，發洩牢騷，申述他的政治、思想觀點。張竹坡批評《金瓶梅》，走的就是金聖歎的這條路子。他同樣以「探作者之底裏」「遞出金針」為己任，強調讀《金瓶梅》不能「把他當事實看」，「必須把他當文章看」，而且要把它當作「自己才去經營的文章」，從而以己推彼，「想其創造之時，何以至於創成，便知其內許多起盡，費許多經營，許多穿插、裁剪」，「知其用意處」，這就是所謂「以我此日文心，逆取他當日的妙筆」。張竹坡對《金瓶梅》的評論，還有一些直接借鑑金聖歎評《水滸傳》的地方，包括分析所謂「章法」時使用的術語，也包括有的具體評論。他在評第二回「俏潘娘簾下勾情，老王婆茶坊說技」時，曾經聲明：「文字是件公事」，「故我批時，亦只照本文的神理、段落、章法，隨我的眼力批去，即有亦與批《水滸》者之批相同者，亦不敢避，……。且即有相同者，彼自批《水滸》之文，予自批《金瓶》之文，謂兩同心可，謂各有見亦可，謂我同他可，謂他同我亦可。」實際上，對照金聖歎評《水滸傳》中西門慶、潘金蓮一段故事，張竹坡此回所評也是同中有異，且更為細密。就張竹坡對《金瓶梅》的整個批評而論，張潮認為於金聖歎「未免稍遜」[26]，則是恰當的評價。作為一個青年，張竹坡在思想上藝術上還不能說十分成熟，他的評論自然比不上金聖歎的「心細而手辣」，也有一些自相矛盾的地方。但是，無論對《金瓶梅》的分析評價，還是他表現的文學思想，如前所述，都有其獨到之處。金聖歎注意到文學作品與歷史著作的區別，強調一個是「以文運事」，一個是「因文生事」，後者「只是順著筆性去，削高補低都由我」[27]。而張竹坡則強調文學作品中虛構的人和事也要以現實生活為基礎，要首先符合「情理」，作者「點石揚波」的本事，是依靠、憑藉客觀存在的「山」與「海」才能表現出來。這個觀點，是對金聖歎的看法的重要補充和糾正，是更為接近現實主義的文學理論的。

當然，從今天來看，張竹坡對《金瓶梅》的評論有不少的局限性。這一方面反映了作者思想上的局限，一方面也說明了評點方法本身的局限。這裏，結合張竹坡對《金瓶梅》批評，談談評點這種方法的弊病。一是主觀。評點者推求作者的創作意圖、藝術構

25　〈讀第六才子書法第二十三〉。

26　《尺牘偶存・答張渭濱書》。

27　〈讀第五才子書法〉，見《金聖歎批改貫華堂原本水滸傳》。

思時，是從自己的感受、自己的「文心」出發，帶有強烈的主觀色彩。因而，所謂「鴛鴦繡出」，往往並不就是作者的「原樣」。金聖歎批完《西廂記》，說：「我真不知作《西廂》者之初心，其果如？其果不如是也？」[28]張竹坡也說，「亦可算我今又經營一書」，「我自做我之《金瓶梅》」。這樣，他們的批評都不免隨意武斷、牽強附會，甚至曲解原意以符合自己的「感受」和「文心」。張竹坡的「苦孝說」「寓意說」就是他主觀的產物，而並不是對作品的科學解釋。二是片面。就是只講好，不講缺點、問題。拿《金瓶梅》來說，這部作品在思想上藝術上都存在一些缺陷，但是，它宣揚的福善禍淫、因果報應的思想，「色空」的虛無主義觀念以及「孝悌」等封建倫理道德，張竹坡都為之鼓吹；而作品中大量的筆墨骯髒的淫穢描寫和明顯的自然主義的創作傾向，張竹坡並無一字批評。三是瑣碎拘密。李漁曾指出：「聖歎所評，其長在密，其短在拘，拘即密之已甚者。無一字一句，不逆溯其源而求其命意之所在，是則密矣。」[29]這個批評，對張竹坡也完全適合。張竹坡雖然認識到「情理生出章法」，但具體談論「章法」時，也往往離開了「情理」，離開了整個作品內在的聯繫，陷於形式主義的批評之中，甚至蒙上一層神秘化的色彩。這些弊病反映了評點者的唯心主義的思想和形而上學方法。

張竹坡對《金瓶梅》的批評得失並存，需要分析對待。他關於《金瓶梅》的批評，對後來的評點家產生過影響；他所總結的《金瓶梅》創作經驗和他所闡述的現實主義的文學觀點，對後來的小說創作也有積極的意義。在我國古代文學批評史上，張竹坡應當占有一定的地位。

一九八一年五月一日改畢

補注：有關張竹坡家世等，在此文撰後又發現了一些新材料，如文中所提張膽即其伯父。張父張翀，字季超，一字雪客，終生不仕。竹坡當卒於康熙三十七年（1698）。又張氏生前有詩集《十一草》，並有詩存世，竹坡則其號。凡此當於另文補述。

作者校次再記。

28　〈第六才子書序二〉，見《貫華堂第六才子西廂記》。
29　《閑情偶寄》。

再談張竹坡的家世、生平
及其評《金瓶梅》的年代

　　《金瓶梅》在 1932 年發現萬曆四十五年（1617）東吳弄珠客作序的百回「詞話」本以前，廣泛流行於國內外的是清初張竹坡第一奇書評本。特別是在國外，無論是最早將《金瓶梅》介紹給西方讀者的法國著名學者巴贊的法譯本，還是西歐各國公認為權威的弗朗茨・庫恩的德譯本，無一不是根據張竹坡評本譯出的。王麗娜同志的〈《金瓶梅》在國外〉一文[1]，在這方面曾作了詳細介紹。因此，張竹坡評本對《金瓶梅》這部古典小說名著的流傳，有著不可泯滅的歷史功績。而張竹坡為《金瓶梅》所作的近十萬言的總評、回評、眉評，更不乏真知灼見，在中國小說理論批評史上占有重要的地位。由於這兩個方面的原因，張竹坡的名字引起了國內外學者的關注，近幾年來研究他的文章也開始多了起來。其中，美國芝加哥大學中國文學系及遠東評議與文化系教授戴維・T・羅伊（David Tod Roy）〈張竹坡評《金瓶梅》〉一文，是較早發表的一篇。此文現已譯出[2]，可惜譯文有闕，羅伊先生有關張竹坡家世的一條重要注釋被刪去了。

　　〈張竹坡評《金瓶梅》〉一文，認為張竹坡和金聖歎一樣，都是中國小說的重要批評家。張竹坡「光輝的評論」，是在 1666 至 1684 年間寫出的。接著羅伊先生考證張竹坡約於 1650 年生於彭城（今徐州），「可能是張潮的侄兒」。最後呼籲學者們應對張竹坡的生平作進一步探索，對張竹坡在中國小說批評史上所作的重要貢獻進行深入的研究。此文對張竹坡的家世、生平和張評《金瓶梅》的年代都作了全面的考析，但在這三個問題上的論點，卻是值得商榷的。我們在〈《尺牘偶存》《友聲》及其中的戲曲史料〉[3]與〈張竹坡及其《金瓶梅》評本〉[4]兩文中，曾從新發現的竹坡三封書信中簡略地勾勒出他的生平情況。之後，對他的家世與生平又作了新的考查，屢有所獲，分述於後，呈教國

1　《河北大學學報》1980 年第 2 期。

2　《古代文學理論研究叢刊》第六輯，題為〈張竹坡對《金瓶梅》的評論〉。

3　《文史》第 15 輯。

4　《中國古典小說戲曲論集》，上海古籍出版社出版。

內外專家、讀者，以期對張竹坡的研究能夠深入下去。

一、家世

張竹坡因評《金瓶梅》而出名，但是他的家世、生平，一向不為人知曉。羅伊先生感慨地說：「由於張竹坡的評論不被重視，學者們至今對張竹坡的身世都很少瞭解，甚至連他的原名也不知道，『竹坡』只不過是被尊稱的名字而已。」[5]我們已從張潮所輯的《友聲》書信集中查到了張竹坡的三封書信，知道他的名字叫張道深，竹坡是他的號。彭城（徐州）人。至於他的家世，當時尚不甚明白。羅伊先生在他的論文第八條注釋中提出了一個看法，原文是這樣說的：

> 楊復吉編輯的《明代叢書別集》中收有張潮著《幽夢影》。書中（1849年第四章，頁 13）有張竹坡評語，評語提到張潮是他父親的同父異母弟。張潮的父親張習孔約生於 1606 年（1649 年中進士）。張潮及王晫編《檀几叢書》（1695年第18章，頁 66）收有張習孔所作《家訓》。其中提到張習孔的妻子十分賢慧，她對妾生之子就像對自己的親生子一樣。為此使我推測張竹坡是張潮的同父異母兄的兒子。

張潮《幽夢影》此則云：「少年讀書如隙中窺月，中年讀書如庭中望月，老年讀書如台上玩月，皆以因閱歷之淺深為所得之淺深也。」張竹坡評云：「吾叔此論，直置身廣寒宮裏，下視大千世界，真清光似水矣。」其實，《友聲》集中所載張竹坡給張潮的三封書信，每封也都自稱「小侄」。現摘錄如下：

其一：

> 承頒佈賜各種奇書，捧讀之不勝敬服。老叔台誠昭代之傳人、儒林之柱石。小侄何幸一旦而識荊州，廣陵一行誠不虛矣。

其二：

> 承教《幽夢影》，以精金美玉之談，發天根理窟之妙。小侄旅邸無下酒物，得此，數夕酒杯間頗饒山珍海錯，何快如之。

其三：

---

5 〈張竹坡評《金瓶梅》〉，載《中國敘事體文學評論集》，美國普林斯頓大學出版社出版，1978。以下引文不注出處者，皆見此文。

捧讀佳序，真珠璀玉璨，能使鐵石生光。小侄後學妄評，過龍門而成佳士。[6]

張習孔（黃岳）《家訓》中確也提到：「吾徐宜人，厥性剛直，不喜邪教……至於愛惜妾子同於己生，尤喜之善也。」但是，能不能由此推定張竹坡的父親就是張習孔的兒子而與張潮同父異母呢？我們認為不能。原因在於：一、遍查現存張潮的所有著作、書信及《歙縣誌》，都沒有記載張潮有這位胞兄。只有張習孔《家訓》中提到他的弟弟張法孔不幸卅一歲而亡，其子沄，時年六歲，由張習孔撫養成人。二、關鍵是張潮係安徽歙縣人，自康熙十年（1671）僑寓揚州。而張竹坡是江蘇徐州人，根據不是一個張家。三、更何況在張潮自己編輯的書信集《友聲》中注明張竹坡的籍貫是徐州人呢？倘若他們之間是如此親密的叔侄關係，張潮絕不可能出現這樣的疏忽和笑話：把他的親侄兒的籍貫搞成為異鄉人。因此，張竹坡在《幽夢影》的評語中稱張潮為「吾叔」，在給張潮的書信中自謂「小侄」，這裏的「叔」「侄」，僅僅由於他們都姓張，又都僑居揚州，在年齡上張潮又比竹坡大，按照中國特殊的同姓相聯的社會習俗而出現的一個普通稱謂，絕不表示他們之間是真正的叔侄血緣關係。

那麼，張竹坡的家世空間是一個什麼情況呢？最近，我們從光緒十七年（1891）桂中行編選的《徐州詩徵》和民國二十四年（1934）張竹坡的後世張伯英（勻圃）編成的《徐州續詩徵》裏找到了明確的答案。張竹坡出生於徐州的張家大戶，其曾祖為張應科，祖父張垣，父親是張翀，子張彥璲。

《徐州續詩徵》是張伯英選詩、徐東橋（惠伯）編次。依《徐州詩徵》體例按地區分卷，卷一即《銅山》卷。此卷收有徐東僑編的《張氏詩譜》，譜前有〈序〉，〈序〉云：

勻圃《續詩徵》訖，以家藏集見示，曰：「先世遺著，不敢自去取。」屬代編錄。予辭不獲，受而讀之。依編體例，於前徵（指《徐州詩徵》——引者）已采者不重錄。凡得詩三十一家，合前徵得五十一家。昔桐城徐檸亭氏編《桐舊集》，以姓繫詩；此集為例不同，而張氏分居銅、蕭，因時與地之各異，詩皆不聯屬。予考其家乘，別其世次，撰為《張氏詩譜》。由是張氏同族之詩，一覽可知。為予所編錄者，閱此譜而自見矣。[7]

緊接著徐東僑「考其家乘，別其世次」列了一張表，自張垣開始，一世一欄，共十一世，五十一人。而且每人名下大都注明他們之間的血緣關係，如張道深，注明為「翀

6　〈友聲後集〉。

7　〈徐州續詩徵〉卷一。

子」，張彥璲，注明為「翃孫」。而張翃，注明為「垣子」，並排在第三位，知是張垣之第三子。前後世次，一覽可知，為我們研究張竹坡的家世，提供了確鑿的材料。特別是此譜附在竹坡後世張伯英所編的書內，張伯英對他的先世，自然瞭若指掌，不容許出現錯訛；何況徐東僑又是嚴格地按照張氏家乘為之排列的呢？因此，可信無疑。又，《徐州詩徵》《續詩徵》所收詩人皆附小傳。以竹坡為例，《徐州詩徵》卷一《銅山》張道深名下附有：「字竹坡。著有《十一草》。」這就證明了我們過去對竹坡原名道深、竹坡只是他的號的論斷是無誤的。儘管小傳極為簡略，但是參照方志及其他文獻記載，仍然可以使我們對張竹坡的上世諸人看到一個清晰的面貌。

先祖　張棋。明中葉，由浙江山陰，始遷於徐，遂為銅山人。見馮煦〈張卓堂墓誌銘〉。

曾祖　張應科。入清以子孫蔭，贈驃騎將軍、光祿大夫、榮祿大夫。見乾隆《銅山縣誌》卷六〈封蔭〉。

祖父　張垣。字曙三。崇禎六年（1633）癸酉武舉，官至歸德通判。1644 年死於睢寧許定國誘殺高傑時。著有《夷猶草》。

　　乾隆《銅山縣誌》卷七〈人物〉：「崇禎癸酉科武舉。居鄉謹厚好設，嘗出家粟賑饑，存活甚眾。又嘗置義田十餘頃以給本族孤窮。後以保舉授河南歸德府通判，清慎自持以稱職。聞明亡，遂以身殉，死之日鬚眉猶生，正氣凜然。子膽，後官至副總兵。」

　　《徐州詩徵》收有羅霖〈張別駕曙三先生殉難睢陽〉詩。

父　張翃。字季超，一字雪客。一生不仕。曾與侯朝宗、李漁遊。卒於家。

　　道光《銅山縣誌》卷十五〈人物〉下：「張翃，字季超。兩兄膽、鐸筮仕，翃獨奉母家居，色闈承歡。暇則肆力芸編，約文會友，一時名流畢集。中州侯朝宗方域、北譙吳玉林國緒皆間關入社，有《同聲集》行世。湖上李笠翁漁、同里呂春履、維揚孫直繩、曾犟、徐碩、林梅之數子，常與翃流覽於山水間。一日扶病哭友過慟，歸即卒」。

　　《徐州詩徵》卷二：「張翃，字季超，一字雪客」。卷二選張翃七律一首，題為〈初夏有感〉：「庭角空階月似霜，清和天氣夜猶涼。花眠露浥香初細，柳靜風牽影漸長。擁石高歌舒嘯傲，拋書起舞話興亡。銜杯不與人同醉，獨醉何妨三萬場。」

姐（妹）　張孝女。

　　乾隆《銅山縣誌》卷九《賢孝》：「張孝女，郡紳翃之女。翃遘痰疾，女祝繡佛前，願以身代，割股肉暗置藥鐺內。父飲藥覺病漸瘳，越兩月起，戚黨驚傳。」

子　張彥璲。字佩韜。一生不仕。著有《情寄草》。

　　《徐州詩徵》卷一〈銅山〉：「張彥璲，字佩韜。著有《情寄草》。」卷一選張

彥璲七絕一首，題為《詠梅》：「那有春情不自知，芳葩故爾放遲遲。羅浮幽夢於今遠，為倩東風好護持。」

伯父　張膽。字伯量。清豫王多鐸南下時，召至軍中，授副總兵。攻揚州，下京口，先登陷陣。後又去山東剿殺榆園軍。官至都督同知鏢騎將軍，卒年七十有七。戴名世《南山集》有〈封誥光祿大夫又封榮祿大夫驃騎將軍副總兵都督同知張公墓志銘〉。乾隆《銅山縣誌》卷十一有王熙〈驃騎將軍張公傳〉。乾隆《徐州府志》卷十九有傳：

> 子六人，女六人，諸孫二十餘人。長子道祥，字履吉。以父蔭授秘書院中書舍人，順治十七年從定西將軍平雲南，授洱海僉事。康熙七年改雁門僉事，進參議。二十三年擢湖北按察使，居二載，以疾卒。次子道瑞，字履貞。武進士，官至福山營遊擊。三子道源，字履常，官至江西驛鹽道、工部營膳司主事。四子道溥，字履嘉。棠邑知縣。五子道汧，候選光祿寺典簿。六子道淵。

二伯父　張鐸。字仲宣。以兄膽蔭，考除國史院中書舍人，出為臨安司馬，擢漢陽知府。著有《晏如草堂集》。子張澍。字霖田，一字楚風。官至州同知。

以上僅就張竹坡的上世及同輩諸人，作了概略地勾稽，至於他的後世諸人，從略。從這些材料中，可以明顯地看出，《張氏詩譜》所排的世次是正確的，只是稍欠詳盡。根據我們目前所掌握的史料，張氏宗譜應為：

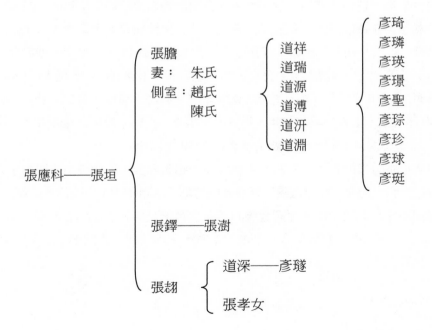

綜觀張竹坡的家世，有兩點值得我們注意：一是竹坡祖孫三代都不曾得到過一官半職，在徐州這個張家大戶中，只有竹坡這一支比較寒微，這對於我們瞭解張竹坡的生平思想很有幫助；二是張翱超脫世外的處世態度，對張竹坡帶來的影響。張翱晚年曾寫有〈春日雲龍山懷古和孫漢雯韻〉[8]詩：

> 乾坤何處不雍容，野水清清草色濃。霸氣全消空戲馬，陽春初轉雨雲龍。三千世界端為幻，七十人生敦易逢？名利於今君莫問，尼山久隱道誰從。

這首詩正是他追求隱遁思想的真實寫照，這對竹坡思想的形成過程不無關係。在查尋張翱的遊蹤時，我們還注意到侯朝宗在〈賈生傳〉中，曾提到賈開宗的「方外之友」有「張翩、沈譽、釋頂日、乘闊」諸人。[9]這裏的張翩，很可能是張翱的誤刻。

二、生平

我們曾經為張竹坡的生平勾勒過一個簡單的輪廓：一生貧困，久客他鄉。廿六歲遊揚州，與張潮、陳鼎等交往，並為《金瓶梅》作評，張潮化名「謝頤」為之序，付刻。張竹坡死得較早，死後，《金瓶梅》刻板以抵償其生前債務，轉入汪天與手；板為汪天與焚毀。茲就竹坡的生卒年、行跡、家境等生平中的幾個主要問題續考於後。

張竹坡的生卒年　在張竹坡的先世人物裏，目前能夠知道確切生卒年的，只有他的大伯父張膽。戴名世在為他寫的〈墓誌銘〉裏說：「公生於前萬曆甲寅十二月十八日戌時，卒於康熙庚午年二月初七日巳時，春秋七十有七。」即1614－1690年。他的父親張翱，確切生年不可考。但根據他與李漁有交往的記載來看，李漁到徐州，是1650年以後的事，可知張翱在1650年已是「約文會友」的年齡了。其時不可能少於二十歲，由此上推當生於1630年左右。至張竹坡的生年，肯定晚於張潮，否則不會稱張潮為叔。而張潮生於1650年[10]，是確鑿無疑的，故竹坡生年必在1650年以後。

其二，只有把張竹坡的生年和他的卒年聯繫在一起來考查，才能得出比較合乎實際的結論。原因在於劉廷璣在《在園雜誌》裏哀歎張竹坡「其年不永」。既曰「年不永」，我們認為年壽絕不能超過四十歲。而劉廷璣的《在園雜誌》寫於1712-1715年之間，可知竹坡1712年已不在人間。劉廷璣多年在淮徐為官，人地皆熟，康熙四十六年（1707）

8　道光〈銅山縣誌〉卷二十二。
9　〈壯悔堂文集〉卷五。
10　〈心齋聊複集 · 八股詩自序〉。

春天,他到徐州,就住在張家,寫有〈題徐州張氏宅,時張為滇南太守〉詩,首句為:「彭城有巨室,西漢留世家」。[11]詩題中的張,指張道源,時為雲南曲靖太守。[12]康熙四十八年(1709)和四十九年(1710),劉廷璣都曾在徐州逗留過,[13]因此,他的記載是確有所據的。那麼張竹坡是什麼時候去世的呢?據現有材料來看,他在康熙四十八年(1709)之前尚在人世。證據就是閻圻的〈聞竹坡先生將至,賦此贈之〉一詩,[14]詩云:

> 聞君年少喜長遊,我亦披雲擁翠裘。萬里山川供快筆,一囊禮樂重諸侯。龍威蝌跡文難譯,狗盜蛾眉價未投。尚有遠懷勤屐蠟,目窮天際賦登樓。

閻圻,字千里,一字坤掌。沛縣人,祖籍河南虞城。康熙四十八年己丑科二甲第四十一名進士。同科一甲為趙熊詒、戴名世、繆沅。詩寫於沛縣,肯定在閻圻赴京應試以前。詩句「聞君年少喜長遊」,說明竹坡已不是青年時代。這時的張竹坡應是遠遊返回徐州後再去沛縣的。他經歷了「刻書受累」、窮困失意的痛苦所以閻圻以作〈登樓賦〉的王粲相比。〈登樓賦〉是王粲懷鄉失意之作,借此描寫張竹坡鬱鬱不得志的境況。據此,張竹坡的卒年必在 1709 年前後至 1712 年之間。

其三,張竹坡準確的生卒年,還應當從張竹坡自己說的這段話裏去尋找:「況小子年始二十有六,素與人全無恩怨,本非借不律以泄憤懣,又非囊有餘錢,借梨棗以博虛名,不過為糊口計。」[15]這是說他自己二十六歲時評《金瓶梅》的目的和生活情況。二十六歲是哪一年呢?正是康熙三十四年(1695)。這一年評《金瓶梅》並請張潮為之序,而且同年付刻(詳後)。由此上推二十六,就是他的生年。既然死時「其年不永」,沒有活到四十歲,那麼張竹坡生於康熙九年(1670),卒於康熙四十七年(1708),恐怕這個結論,與實際情況就此較吻合了。

行蹤和家境 張竹坡的童年在徐州家館中讀書,這個館為張垣晚年所設,「課本族子弟」。竹坡自己曾有一段生動的回憶:

> 幼時在館中讀文,見窗友為先生夏楚云:我教你寫字,想來不曾教你團圖吞。予時尚幼,旁聽此言,即深自儆省。於念文時,即一字一字,作崑腔曲,拖長聲,調轉數四念之,而心中必將此一字,念到是我用出的一字方罷。猶記念的是「好

11　〈葛莊編詩鈔〉丁亥。
12　道光〈銅山縣誌〉卷十五。
13　《葛莊編年詩鈔》己丑〈彭城紀事〉、庚寅〈雲龍山〉。
14　《徐州詩徵》卷五。
15　〈第一奇書非淫書論〉。

古敏以求之」一句的文字。如此不三日，先生出會課，題乃「君子矜而不爭」。予自覺做時不甚怯力，而文成，先生大驚，以為抄寫他人；不然，何進益之速？予亦不能白。後先生留心驗予動靜，見予念文，以頭伏桌，一手指文，一字一字唱之。乃大喜曰：子不我欺，且回顧同窗輩曰：爾輩不若也。[16]

竹坡兒時的情景，歷歷在目。可惜，家境清苦。青年時代就覓食他鄉。我們不僅知道他到過揚州，而且在江南蘇州也找到了他的行蹤。讀讀他寫的二首七絕〈虎阜遣興〉[17]就很清楚了：

四月江南曬麥天，日長無事莫高眠。好將詩思消愁思，省卻山塘買醉錢。

千秋霸氣已沉浮，銀虎何年臥此丘？憑弔有時心耳熱，雲根撥土覓吳鉤。

他登上蘇州的虎丘，憑弔吳王的霸業，感慨萬千。最觸痛心頭的還是連綿不斷的窮愁。豈止借詩，他評《金瓶梅》，也正是借他人的酒杯澆自己心中的塊壘，借他人之著作發自己之文心。一篇〈竹坡閒話〉，揮揮灑灑，完全是借題發揮，試看：

間嘗論之，天下最真者，莫若倫常，最假者，莫如財色。然而倫常之中如君臣、朋友、夫婦可合而成；若夫父子、兄弟，如水同源，如木同本，流分枝引，莫不天成，乃竟有假父假子、假兄假弟之輩。噫！此而可假，孰不可假？將富貴而假者可真；貧賤而真者亦假。富貴，熱也，熱則無不真；貧賤，冷也，冷則無不假。不謂冷熱二字，顛倒真假，一至於此！然而冷熱亦無定矣。今日冷而明日熱，則今真者假，而明日假者真矣；悲夫！……作者不幸，身遭其難，吐之不能，吞之不可，搔抓不得，悲號無益，借此以自泄，其志可悲，其志可憫矣。……邇來為窮愁所迫，炎涼所激，於難消遣時，恨不自撰一部世情書，以排遣悶懷。幾欲下筆，而前後結構，甚費經營，乃擱筆曰：我且將他人炎涼之書，其所以前後經營者，細細算出，一者可以消我悶懷，二者算出古人書，亦可算我今又經營一書。我雖未有所作，而我所以持往作書之法，不盡備於是乎？然則我自做我之《金瓶梅》，我何暇與人批《金瓶梅》也哉！

說得何等逼真情切。的確，在這些地方，說他在批書，毋寧說他在做書。人間的世態炎涼，富貴真假，鬱結在他心頭的憤懣，借此宣洩無遺。設若離開竹坡的生平遭際，去探

16　〈金瓶梅讀法〉第71則。

17　《徐州詩徵》卷一、《晚晴簃詩匯》卷四十。

求張評《金瓶梅》的真正思想價值，不是臆斷，充其量，也是隔靴搔癢而已。

張竹坡在全書評語中，曾不止一次提到宋元南戲裏的《殺狗記》，這是很值得我們深思玩味的。不僅〈竹坡閒話〉裏有，而且在〈讀法〉107 條中特別點出：「此書為繼《殺狗記》而作」。我們知道，《殺狗記》這部戲，主要揭露了封建宗法制度家庭內部的矛盾，提倡兄弟間要「親睦為本」，鼓吹「孝友為先」「妻賢夫禍少」。張竹坡為什麼看重這部「宋元舊篇」呢？他在為張潮《幽夢影》所作的評語中為何又發出「求知己於兄弟亦難」的感慨呢？顯然，是現實生活中，特別是張竹坡家庭生活中出現了兄弟不和、反目為仇的事件而造成的。換言之，正是他所處的具體家庭環境，深深戳痛了他的心靈深處，才促使他借評《金瓶梅》而盡情發洩。從上一節談到的他的家世中，可以清楚地看出，在這個家族中，張膽一支，戶大丁多，「諸子皆列顯仕」。[18]張鐸一支，父子亦皆為官。唯獨張翀一支，祖孫三代布衣。竹坡在世時尤為清貧寒苦，逼得他青年時候，就流落他鄉，終日為糊口發愁。因此，張家本族兄弟間的富貴、貧窮相當懸殊，判若涇渭。[19]他們之間的矛盾也是不言而喻的。明乎此，再談竹坡的評語，就不難探求到他的「弦外之音」和評語的底蘊了。不知竹坡的詩集《十一草》海內外尚存否？如能覓得全帙，對於瞭解其中的真相和竹坡思想發展的脈絡，定能提供更為豐富的材料。

三、評《金瓶梅》的年代

戴維・T・羅伊先生曾說：「我們考證認為：他的評點產生於 1666 年至 1684 之間，可以肯定他的評本是八十年代初期完成的。」其上限為何定於 1666 年，羅伊先生沒有說出理由，不得而知。而肯定完成於八十年代初期，是因《金瓶梅》被看作一部淫書。1687年，「康熙皇帝發過敕令，嚴禁『淫書』的刊印，很可能就是這道禁令使張竹坡評刻《金瓶梅》陷入困境」。我們的看法不同，張竹坡評《金瓶梅》是在不太長的時期內完成的，時間在康熙三十四年乙亥（1695），地點揚州。

首先，張竹坡評《金瓶梅》時的家庭生活是拮据的，他沒有一個富裕優越的生活環境，更沒有那種悠閒自如的心情，去曠日持久地評點。現在看來，他生活的窮愁包括兩個具體內容：一是「小子窮愁著書，亦書生常事，又非借此沽名，本因家無寸土，欲覓蠅頭以養生耳」。他說得相當坦率。家無寸土，無以為生，評書只是為了覓得蠅頭小利。從張竹坡的家世中，看得出張翀與他的兩個兄長同為官宦人家，是富豪之室，何以落到

18　《徐州府志》卷十九。

19　見《徐州府銅山縣鄉土志》《耆舊錄》有關張膽的記載。

個「家無寸土」的窘境？原因可能是張翅不曾作官，無俸祿之入，加之一介書生，不善理財，只知約文會友。故而家道中落，以至一貧如洗，寸土皆無。二是張竹坡生活如此貧窮不算，又加上年邁的父親，病臥在床，越發貧病交加。觀張翅〈春日雲龍山懷古和孫漢雯韻〉詩，知他七十歲仍在人間。如果他生於 1630 年左右是可信的話，那麼 1700 年前後尚未去世。而根據乾隆《銅山縣誌》有關張孝女的一段記載，張翅的晚年確是體弱多病，否則，他不會因一日哭友過於悲慟，歸家就溘然死去。一貧一病，逼得張竹坡離家去揚，借評刻《金瓶梅》覓得一條生路，「為糊口計」，一語破的，道出了他評書時的急迫情狀。

其次，張竹坡自己說評《金瓶梅》時「年始二十有六」。這年他居揚州，一邊作評，一邊請張潮作序，然後謀刻。他之評《金瓶梅》和為《幽夢影》作評是同時進行的。請看他給張潮的書信：

> 連日未獲趨候，歉歉。承教《幽夢影》，以精金美玉之談，發天根理窟之妙。小侄旅邸無下酒物，得此，數夕酒杯間頗饒山珍海錯，何快如之。不揣狂瞽，妄贅瑣言數則，老叔台進而教之，幸甚，幸甚。拙稿數篇並呈，祈郢政為望。

此信肯定寫於康熙三十五年之前。看來，他是把兩書的評語同時交給張潮請他過目的。張竹坡在《幽夢影》中的八十餘則評語，雖隻言片語，亦可窺見張竹坡生平、思想的若干側面。例如張潮說：「注得一部古書，允為萬世弘功。」張竹坡評云：「注書無難，天使人得安居無累，有可以注書之時與地為難耳。」正是他評書時的生活、思想的真實寫照。因此，張竹坡評《金瓶梅》，無論如何不會拖了二十年之久。何況他已經明白告訴我們，「又非十年精思」，在那裏住著長期批書。至於他自己在〈凡例〉裏說：「此書非有意刊行，偶因一時文興，借此一試目力，且成於十數天內」。「十數天內」也難以完成十萬字的回評、夾批及附錄。他這裏指的是對《金瓶梅》所作的總評及各回的旁批、眉批，觀其評《金瓶梅》最早刻本可證。

至於康熙二十六年（1687）的禁刻「淫書」的敕令，是指：「康熙二十六年議准：書肆淫詞小說，刊刻出賣共一百五十餘種，其中有假僧道為名，或刻語錄方書，或稱祖師降乩，此等邪教惑民，固應嚴行禁止。至私行撰著淫詞等書，鄙欲淺陋，易壞人心，亦應一體查禁，毀其刻板。如違禁不遵，內而科五城御史，外而督撫，令府州縣官，嚴行稽察題參，該部從重治罪。」[20]封建統治階級以「誨盜」「誨淫」「有傷風化」的罪名查禁小說、戲曲，元、明、清三代皆有。但是，禁者自禁，小說、戲曲之作，從來就沒

20　《元明清三代禁毀小說戲曲史料》。

有被禁絕過。它們仍然在廣大人民群眾中流傳、演出，康熙一朝，亦不例外。張竹坡這個頗具「異端」思想的人，正是在這道禁令後評《金瓶梅》的，張潮托名「謝頤」為之寫了序，而且注明為「時康熙歲次乙亥清明中浣」，對《金瓶梅》和竹坡評語加以讚賞，就是對這道禁令的蔑視和反抗。

同樣，康熙四十年又發了一道禁令：「淫詞小說，俱責令五城司坊官，永行嚴禁。」但是不久，滿文譯本的《金瓶梅》就在康熙四十七年問世了[21]。譯者，據說還是康熙的一個兄弟。

因此，不能以康熙二十六年的一紙禁令為限，肯定張竹坡只能在 1687 年以前評《金瓶梅》。還是相信張竹坡自己的話，他評《金瓶梅》的時間，是康熙三十四年（1695），時年二十有六。

一九八三年六月改定於上海申江飯店

21　見北京首都圖書館藏《滿漢合文金瓶梅》，前有康熙四十七年五月序。

《金瓶梅》張竹坡評本
「謝頤序」的作者及其影響

　　中國古典小說的評點、序跋，是我國小說理論遺產的重要組成部分，受到了國內外專家、讀者的關注。近年來已著手進行系統地研究和探索，但仍有不足或空白之處，有關張竹坡對《金瓶梅》的評點和謝頤序的研究，就是一例。

　　張竹坡評本，或稱「第一奇書」本，在刊本《金瓶梅詞話》沒有發現之前，廣泛流行於國內外，影響最大。據我所知，它的刊本有兩個系統：一是原刊本和在茲堂早期刊本，一是刊刻時間較後，板心題為「繡像金瓶梅」，上署「彭城張竹坡批評」的影松軒本及其他翻刻本。兩個系統所不同的在回評部分和附錄部分，前者無回評，而後者則刪去〈凡例〉〈非淫書論〉及〈冷熱金針〉。然而，不論那個系統的刊本，均以謝頤序冠其首。序文不長，全文如下：

> 《金瓶》一書，傳為鳳洲門人之作也，或云即鳳洲手。然灑灑洋洋一百回內，其細針密線，每令觀者望洋而歎。今經張子竹坡一批，不特照出作者金針之細，兼使其粉膩香濃，皆如狐窮秦鏡，怪窘溫犀，無不洞鑒原形。的是渾《豔異》舊手而出之者，信乎為鳳洲作無疑也。然後知《豔異》亦淫，以其異而不顯其豔；《金瓶》亦豔，以其不異則止覺其淫。故懸鑒燃犀，遂使雪月風花，瓶罄篋梳，陳莖落葉，諸精靈等物，妝嬌逞態以欺世於數百年間。一旦潛形無地，蜂蝶留名，杏梅爭色、竹坡其碧眼胡手？（按：達摩別稱碧眼胡僧，見《高僧傳》）向弄珠客教人生憐憫、畏懼心，（弄珠客〈金瓶梅序〉云：「余嘗曰：讀《金瓶梅》而生憐憫心者，菩薩也；生畏懼心者，君子也；生歡喜心者，小人也；生效法心者，乃禽獸耳！」）今後看官睹西門慶等各色幻物，弄影行間，能不憐憫能不畏懼乎？其視金蓮當作敝屨觀矣！不特作者解頤而謝覺。今天下失一《金瓶梅》，添一《豔異編》，豈不大奇！
>
> ——時康熙歲次乙亥清明中浣秦中覺天者謝頤題於皋鶴堂

魯迅先生《中國小說史略》曾引述此序。孫楷第先生《中國通俗小說書目》亦有著錄，戴不凡先生並寫有專文《張竹坡評本》。但是他們都沒有談謝頤是何許人，他和張竹坡

之間有什麼關係？

那麼，此序的作者究竟是誰？

謝頤之前為《金瓶梅》作序者，僅見於詞話本欣欣子的〈金瓶梅詞話序〉和弄珠客的〈金瓶梅序〉。欣欣子和弄珠客顯係托名，迄今不知其為誰。謝頤步其塵，亦以序中「解頤而謝覺」一語化出此名，因此，其真實姓名也向無人知。要解開這個謎，還得從張竹坡談起。張竹坡以評《金瓶梅》而聞名，除劉廷璣《在園雜誌》裏極為簡略地提到他之外，其他記載很少，故《中國通俗小說書目》說：「竹坡名未詳」，「蓋徐州府人」「順康時人」。三百年過去了，時人對張竹坡的瞭解，僅限於此。

先是我們從張潮所輯的《友聲》書信集中，看到了張竹坡給張潮的三封書信，第一次知道張竹坡，名道深，徐州人[1]。之後又查到有關他家世、生平的史料，得知他生於康熙九年（1670），約卒於康熙四十七年（1708）。祖父張垣，字曙三，崇禎六年武舉，官至歸德通判。父張翱，字季超，一字雪客。入清不仕，常與李漁等流覽於山水間，並與侯方域相友善。張竹坡一生窮困潦倒，顛沛流離，二十歲以後來到揚州，結識了張潮，以叔侄相稱。為「糊口計」，開始評點《金瓶梅》，時年二十六歲。有關張竹坡的家世、生平及其評《金瓶梅》的年代，因有專文論述，此處從略。謝頤序就是張竹坡在揚州於康熙三十四年（1695）請張潮為之撰寫的。張竹坡給張潮的一封書信，道出了這個謎底：

> 捧讀佳序，真璀珠玉璨，能使鋼石生光。小侄後學妄評，過龍門成佳士，其成就振作之德，當沒世銘刻矣。謝謝。[2]

《友聲》集所收書信都是有年代可考的，此信寫於康熙三十五年無疑，時值張竹坡評本《金瓶梅》原刻本剛問世，故去書致謝。信中提到的「佳序」，會不會是張潮為張竹坡別的評本寫的序呢？不會。據我們所知，竹坡一生只系統地評過兩本書，一是《金瓶梅》，一是張潮的《幽夢影》（今存）。為《幽夢影》作評者，還有他人，斷不會單獨為張竹坡的評語寫序，何況又是張潮自己的著作呢？

我們所以肯定謝頤序的作者是張潮，不僅有張竹坡此信為證，而且還有下列旁證：

其一，張潮會欣然為之作序的。《金瓶梅》向有「淫書」之惡名，為之作序，確需膽識和勇氣，更何況康熙二十六年剛發佈了嚴禁刊刻《淫書》的禁令。然考之張潮的生平、思想、情趣，他卻是為《金瓶梅》作序的恰當人選。張潮，字山來，號心齋居士。安徽歙縣人。生於清順治七年（1650），一生不仕。《辭海·文學分冊》謂其「任翰林院

1　見 1982 年《文史》第 15 期〈《尺牘偶存》《友聲》及其中的戲曲史料〉。

2　《友聲》辛集。

侍詔」,有誤。他僑居揚州,是清初有名的刻書家,不僅自己編纂《昭代叢書》,還與王晫合刻《檀几叢書》。同時他的愛好極為廣泛,對內容新奇的小品、雜著和傳入中土的西學,都有濃厚的興趣,對小說、戲曲尤有特殊的嗜好,他編刻的《虞初新志》是人們熟知的,而他的雜劇,散曲集《筆歌》,恐知之不多。他自謂「平生無所嗜好,唯好讀新人耳目之書。」張竹坡請這位思想活躍、視野開闊的人為他的《金瓶梅》評本作序,是再合適也不過了。至於張評《金瓶梅》是否由張潮主持刊刻,因為沒有看到這方面的記載,只好存疑。

其二,此序內容與張潮的其他篇章觀點一致。序中說:「今後看官睹西門慶等各色幻物,弄影行間,能不憐憫能不畏懼乎?」這與他在《幽夢影》中所說:「《水滸傳》是一部怒書,《西遊記》是一部悟書,《金瓶梅》是一部哀書。」觀點是吻合的。又如,序文中曾一再提到輯錄唐人傳奇、宋、明傳奇的選本《豔異編》,無獨有偶,〈虞初新志有序〉裏也提到:「古之所有,不必今之所無;古之所無,忽為今之所有,固不僅飛仙盜俠、牛鬼蛇神,如《夷堅》《豔異》所載者為奇矣。」這自然不是巧合,而是反映了張潮對《豔異編》的一貫看法。

其三,張潮處的確存有他為之作序的《金瓶梅》。康熙三十六年杭州錢岳與張潮書云:「第一奇書先交六本,俟一總閱過繳上。」[3]錢岳向張潮借閱的「第一奇書」,自然是他為之作序的張竹坡評本。

張潮此序,有三點值得我們注意。首先,他一反傳統的看法,不把《金瓶梅》視為「淫書」,而是當作一部「哀書」,「視金蓮當作敝屣觀」。這無疑是一個進步,道出了《金瓶梅》的真正文學價值。作為文學名著的《金瓶梅》,如同一面照妖鏡,「懸鑒燃犀」,踏實地反映了明代中葉以後的社會現實生活,深刻地暴露了那個時代的種種黑暗和醜惡。一個清河縣的豪紳西門慶,可以上通朝廷權貴,下攬市井惡棍,賄賂公門,草菅人命。正如書中自縊而死的宋惠蓮所說:「你原來就是個弄人的劊子手,把人活埋慣了。害死人,還看出殯的。」(見二十六回)其次,指出《金瓶梅》的最大藝術特色在於「不異」。《金瓶梅》的取材,是以西門慶一家為中心,然後它的藝術觸角伸向社會生活的各個角落。展現在讀者面前的,既不是超奇非凡的傳奇人物,也不是法力無邊的神魔形象,而是一些似曾相識的凡人,正是在這些平常的人物身上,開掘出不平常的社會意義。誠如魯迅先生所說:「描寫世情,盡其情偽。」這正是《金瓶梅》現實主義藝術的最大成就,難怪美國大百科全書稱:「《金瓶梅》是中國第一部偉大的現實主義小說。」人們常說,沒有《金瓶梅》,就沒有《紅樓夢》。無論是思想、藝術,還是語言、章法,

---

3　《友聲》壬集。

《金瓶梅》都為《紅樓夢》提供了借鑒，而在題材的「不異」這一點上，曹雪芹更是明顯地繼承了《金瓶梅》：一個是西門慶一家的興衰史；一個是賈府的興衰史，只不過曹雪芹寫得更深刻、更典型，把古典小說現實主義藝術推到了新的高峰。

最後，此序影響最大的還是它開頭的一句話：「《金瓶》一書，傳為鳳洲門人之作也，或云即鳳洲手。」第一次坐實《金瓶梅》的作者是王世貞，過去相信此說者甚眾，今人亦有私篤信不疑者[4]。其實，張潮此說，是缺乏根據的。對此，魯迅先生暢快駁斥過：「這不過是一種推測之辭，不足信據」[5]。

成書於明代文壇的幾部長篇小說，無論是《三國演義》《水滸傳》《西遊記》，還是《金瓶梅》《封神演義》，無一不是長期在民間流傳，集世代藝人的智慧結晶而形成的，《金瓶梅》當然也不能例外。多少年來流行的《金瓶梅》是中國第一部文人創作的長篇小說這個說法，是值得商榷的。準確的說法，應是中國第一部以現實社會生活為題材的長篇小說，這是中國小說發展史的一個基本事實。

《金瓶梅》的作者問題，向來眾說紛紜，近年尤甚，在過去諸說的基礎上又立種種新說。看來，不少人忽略了一個最淺顯也是最根本的問題，即我們今天所看到的萬曆四十五年序刻本書名叫《金瓶梅詞話》，而不叫《金瓶梅》。至於魯迅先生依據《野獲編》的記載，推測還有一個更早的刻本，因原書不見，花多大的氣力去考證，也無法令人信服。即便是沈德符的《野獲編》也把它列於卷二十五詞曲之下。其實明人謝肇淛在〈金瓶梅跋〉裏，早就說得清清楚楚：「此書向無鏤版，抄寫流傳，參差散佚。」詞話，儘管在它的淵源和形成時間上學術界有不同的看法，但它是興盛於元、明兩代的民間說唱藝術形式，卻是大家公認的事實。因此，僅《金瓶梅詞話》這個書名，就鏨定了它的內容和形式。更重要的是，和《金瓶梅詞話》同時代刊刻的《大唐秦王詞話》亦在，完全可以拿來比較，怎麼可以硬說《金瓶梅詞話》是文人作家的個人獨創呢？看來問題的關鍵，在於有一個認真的實事求是的態度。那麼，就不難發現在《金瓶梅詞話》裏，留下了大量的明顯的民間說唱藝人集體創作的痕跡。絕不會是出於「嘉靖大名士」的手筆。打開全書第一回，就可以看出：武松在《水滸傳》裏是清河人，到了《金瓶梅》中，則是陽穀人。但是《金瓶梅詞話》中描寫開場景陽崗打虎之後，照搬了《水滸傳》裏的那首古風，還說「清河壯士酒未醒」呢！設若作者是個大名士，怎麼能一開卷就留下這種破綻和笑柄。這恰好說明《金瓶梅》和《水滸》的故事同源，是說唱藝人在流傳中出現的重迭現象所致。可是，到了張竹坡評本，經文人一改，這個破綻彌補了，全部刪去了

4　　朱星：《金瓶梅考證》。
5　　〈文學史綱要〉。

這首古風，只留下那首「壯士英雄藝略芳」的詩贊。再看第七回，西門慶為娶孟玉樓，由薛嫂陪同去見她的楊姑娘時，有這麼一段文字：「看官聽說，世上錢財，乃是眾生腦髓，最能動人。這老虔婆黑眼睛珠，見了這二、三十兩白晃晃的官錢，滿面堆下笑來」。這明顯是民間藝人在說書時的插話，名為「講批」，用來議論書中人物，或詳或略，旨在幫助聽從理解書情，辨別是非美醜。也是到了張竹坡評本，從「看官聽說」，到「最能動人」全部刊落了。這類例子，舉不勝舉。當然，我們並不否認《金瓶梅》在成書刊刻時，有文人作家加工、整理的功績，但是，應當申明：《金瓶梅》不會也不可能是某一個作家一次就加工整理而成的，而是經一人傳抄或刊刻就經過一道改動或刊落，只要校勘一下詞話本和崇禎本、張竹坡評本的異同，就可證明。

《金瓶梅》是現存的我國歷史上第一部以現實社會生活為題材的長篇小說，由明代歷史演義小說發展到清代小說巨著《紅樓夢》，《金瓶梅》處於承前啟後的關鍵位置。特別是人物形象的塑造，達到了空前的典型化高度。它結構之嚴謹，細節描寫之真實生動，為小說創作開闢了新的蹊徑。張竹坡長達十萬言的總評、回評、眉批、夾批，不乏真知灼見，為古典小說理論作出了有益的總結和探索。這些課題，在當前《金瓶梅》的研究中，既觸及不多，更談不上深入。作家的生平和思想是應該深入研究的，但在《金瓶梅》的作者問題上，長期糾纏不休，依個人愚見，是捨本而求末。至於個別文章為了考證某人就是《金瓶梅》的作者，而採取望風捕影、生拉硬扯的研究方法，則尤不足取。

一九八三年九月

略談文龍批評《金瓶梅》

　　文龍批評《金瓶梅》，這個題目，對於海內外《金瓶梅》研究者來說，怕是相當陌生的。文龍何許人？他什麼時候批評過《金瓶梅》？

　　文龍，字禹門。本姓趙。漢軍，正藍旗人。約生於道光十年（1830）。歷任南陵、蕪湖知縣。一生酷愛古典小說，自謂有「閑書癖」。據他自己說，幼年既聞有《金瓶梅》，直至咸豐六年（1856），才得以縱覽一遍。光緒五年（1879），友人邵少泉以在茲堂刊本《皋鶴堂批評第一奇書金瓶梅》相贈，開始了他對《金瓶梅》的批評，寫下了六萬餘言的眉批、旁批、回評、附記。尤其是回評，獨立成篇，對《金瓶梅》的思想、藝術、人物形象等方面，作了全面的評論與探索。不同凡俗，頗多卓見，文筆流暢，簡潔易曉。筆者前不久在查閱《金瓶梅》版本時，得以獲見。欣喜之餘，撰此小文，略作介紹，以饗同道。

　　評論《金瓶梅》，首先遇到的一個問題是：它究竟是一部什麼樣的書？全書主旨是什麼？是不是一部「淫書」？早在《金瓶梅》抄本流傳和剛一刊刻問世時，對此已有種種不同的看法。

　　屠本畯認為：「相傳嘉靖時，有人為陸都督炳誣奏，朝廷籍其家，其人沉冤，托之《金瓶梅》。」沈德符承襲這一觀點，概括為「指斥時事」之作，把《金瓶梅》與時代社會政治生活緊緊聯繫在一起。另一種看法是袁中道，他說：「大約模寫兒女情態俱備。」只有謝肇淛獨具慧眼，認為《金瓶梅》好似一幅廣闊社會生活的絢麗畫卷，其中朝野政務、市井坊裏，世態人情，盡收眼底。到了清初的張竹坡，他從自身的獨特經歷出發，由「洩憤」而歸結為「苦孝說」。文龍沒有沿著張竹坡的路子走下去，他的觀點十分明確：「是殆嫉世病俗之心，意有所激，有所觸而為是書也。」在他看來，書中有的回，如三十六回、四十九回等，確是直接影射時事，但這在全書中並非處於主導地位。作者傾全力所要描繪的，是通過西門慶一生、一家的罪惡史，解剖了一代社會的橫斷面。上自權臣、貪官、酷吏，下至篾片、地痞、娼妓，形形諸色，無惡不作，無所不及，「致使朗朗乾坤，變作昏昏世界」。他們名之為人，實則「直與豺狼相同，蛇蠍相似。強名之曰人，以其具人之形，而其心性非復人之心性，又安能言人之言，行人之行哉？」因此，他不止一次發出深沉的慨歎：「成個什麼世界？」視《金瓶梅》為整個「混濁世界」，

應當說文龍擷取了《金瓶梅》主旨之要津。

《金瓶梅》向有「淫書」「穢書」之惡名。它一出世，就有一些人說是「大抵市諢之極穢者」，「壞人心術」，「天地間豈容有此一種穢書」，「決當焚之」。文龍如何看呢？他在最後一回的回評中，曾帶有總結性地指出：「或謂《金瓶梅》淫書也，非也。淫者見之謂之淫，不淫者不謂之淫，但睹一群鳥獸孳尾而已。」文龍生活的時代，西方資產階級思想早已大量侵入，那種所謂「中冓之言，不可道也」，道出來就是「誨淫」的傳統禁區和偏見，早已被衝垮撕碎，兩性關係再也不是秘不可宣。故文龍說：「但觀其事，男女苟合而已。此等事處處有之，時時有之。」此為「人之常情」。所以，他才敢於探索兩性關係，何以人獨不可免。文龍一方面肯定《金瓶梅》不是一部「淫書」；同時又清醒地指出，書中一些「充量而言」的描寫，有不好的作用，對青少年來說，「不可令其觀之」，即便是中年人「看亦可，不看亦可」。閱讀此書，應當分清對象，有一定範圍。文龍的態度是審慎的，文龍的辨析也是可取的。他特別強調站在什麼角度看待這些描寫，是欣賞，還是痛惡，是羨慕，還是畏戒，「若能高一層著眼，深一層存心，遠一層設想」，就會「痛恨之不暇，深惡之不暇」，「正不妨一看再看」。顯然，比之張竹坡的《第一奇書非淫書論》來，文龍的評論要深刻得多，全面得多。直到現在對於如何指導讀者以正確的態度閱讀這部古典名著，尚有可資借鑒之處。

《金瓶梅》的現實主義藝術成就，是人們所推崇稱道的，文龍亦給予很高的評價。他曾不止一次地指出，《金瓶梅》所描寫的「人皆世間常有之人，事為世間常有之事，且自古及今，普天之下，為處處時時常有之人事。既不同《封神榜》之變化迷離，又不似《西遊記》之妖魔鬼怪。」這些生活中習以常見的人和事，經過作者的高度概括和典型創造，使讀者親切地感到：「天下確有此等人，確有此等事，且遍天下皆是此等人，皆是此等事，可勝浩歎哉！」真實的有血有肉的人物形象，是最有生命力的，雖然幾個世紀過去了，而《金瓶梅》所塑造的人物形象，仍「栩栩欲活，歷歷如見。」文學的生命在於真實，真實性又恰是現實主義藝術的本質特徵。文龍正是以此來評價《金瓶梅》在中國小說史上所占有的獨特地位。

小說的中心任務是寫人，是塑造典型形象。通常古典小說中的正面典型形象，如《水滸傳》中的英雄人物，《紅樓夢》裏的賈寶玉、林黛玉等，對人們的藝術感召力是顯而易見的。然而，文龍面對的是一部「嫉世病俗」的《金瓶梅》，它所塑造的大都是被譴責、被批判的反面人物形象，用文龍的話說：「作者甚有憾於世事乎？何書中無一中上人物也。」就拿書中主角西門慶這一形象來說，文龍對他的評價是：「勢利薰心，粗俗透骨，昏庸匪類，兇暴小人」。一貫「無惡不作」，「惡貫滿盈」。「若再命之不死，日月亦為之無光，霹靂將為之大作。」但是，作為藝術典型的西門慶，文龍卻十分精闢

地指出，「其名遂與日月同不朽」。請看他這段精彩的分析：

> 《水滸傳》出，西門慶始在人口中；《金瓶梅》作，西門慶乃在心中。《金瓶梅》盛行時，遂無人不有一西門慶在目中、意中焉。其為人不足道也，其事跡不足傳也，而其名遂與日月同不朽，是何故乎？作《金瓶梅》者，人或不知其為誰，而但知為西門慶作也。批《金瓶梅》者，人或不知其為誰，而但知為西門慶批也。西門慶何幸，而得作者之形容，而得批者之唾罵。世界上恆河沙數之人，皆不知為誰，反不如西門慶之在人口中、目中、心意中。是西門慶未死之時便該死，既死之後轉不死，西門慶亦何幸哉！

作為醜惡的反面典型形象，同樣可以是不朽的。這一觀點，有膽識，有魄力，有見地！這在古典小說美學領域中，是一個嶄新的命題。美與醜相比較而存在。對黑暗勢力的暴露和抨擊，對醜惡獸行的否定和鞭撻，同樣給人以美的力量，所以西門慶這一藝術典型，才能與日月同不朽。而任何典型形象的藝術創造，無一不寄託作者的理想，反面形象亦然。文龍就此又作了深一步探索：「從來無所羨慕者不作書，無所怨恨者不作書，非曾親身閱歷作書亦不能成書。」那種認為《金瓶梅》是一部只有暴露沒有批判、沒有審美理想而有嚴重自然主義缺陷的小說的觀點，讀了文龍的批評，難道從中不可以獲得一點點新的啟迪嗎？

文龍批評《金瓶梅》的另一重要內容，是有關小說理論批評的論述，既涉及方法論，又涉及小說藝術的審美特徵。限於篇幅，只好略而不論。

總之，文龍批評《金瓶梅》，思想活躍，內容豐富，其中不乏真知灼見，或發人深思，或啟人以智，值得我們去認真研究。毋庸諱言，文龍也像他以前的小說批評家一樣，有著時代和階級的侷限，某些觀點，大可商榷，既需要我們區別對待，又不可苛求於前人。

一九八五年二月於北京

文龍及其批評《金瓶梅》

作為「四大奇書」之一的《金瓶梅》，它的評點本，比之《三國志演義》《水滸傳》《西遊記》來，要少得多，今僅見《新刻繡像批評金瓶梅》和張竹坡《皋鶴堂批評第一奇書金瓶梅》兩種。是不是到了明末清初，才有人為《金瓶梅》作評呢？不是。《金瓶梅》的批評史，可以追溯到詞話本還沒有刊刻問世之前的抄本流傳時期。

眾所周知，現在《新刻金瓶梅詞話》，是沒有任何評語的。然而，細心的讀者不難發現，它的正文裏確有批評竄入其內的痕跡。為了說明問題，我們不妨舉一個例子，這就是第二十八回，潘金蓮丟失了一隻鞋後的一段描寫。具體情節是春梅押著秋菊到花園裏去找鞋：

> 這春梅真個押著他，花園到處並葡萄架跟前尋了一遍兒，那裏得來，再有一只也沒了。正是：
>
> > 都被六十拾了去，蘆花明日竟難尋。
>
> 尋了一遍回來，春梅罵道：「奴才，你媒人婆迷了路，沒得說了。王媽媽賣了磨，推不的了。」秋菊道：「好，省恐人家不知道。什麼人偷了娘的這隻鞋去了？我沒曾見娘穿進屋裏來，敢是你昨日開花園門，放了那個拾了娘的鞋去了。」被春梅一口稠唾沫啐了去，罵道：「賊見鬼的奴才，又攪磨起我來了。」

這裏的「好，省恐人家不知道。」明顯得很，是批語混入了正文。而去掉這幾個字，語句就連貫順達了。

在中國小說發展史上，這一現象，不僅見於《金瓶梅》。俞平伯先生早就從抄本《石頭記》裏，發現有批語混雜在正文中間，何況《金瓶梅詞話》從抄本出現，到刊刻問世，其間大約經歷了將近半個世紀。在這段時期內，一種抄本的出現或轉抄，或者說每經過一次文人的手，都有可能留下他們的批語。而詞話本又是坊賈拼湊各種抄本而匆匆付刻的，出現這個現象，就更不足為奇了。

《新刻繡像批評金瓶梅》的評語，文字簡略，數量亦少。只有到了清代康熙年間，年輕的天才的小說批評家張竹坡，才對《金瓶梅》作了全面系統的批評，為中國古典小說理論批評增添了新的一頁。而張竹坡之後，清人筆記中雖有記載《金瓶梅》者，多側重

於史實或傳聞，間或涉及評論，又多屬片言隻語，甚為寥寥。直到文龍批評《金瓶梅》的發現，才算彌補了這段空白。

文龍批評《金瓶梅》，過去從未為人知曉。筆者最近在北京圖書館查閱《金瓶梅》版本時，才在清「在茲堂」刊本《第一奇書》上，得見文龍手寫的回評及眉批、旁批，為數約六萬餘言。尤其是回評，獨立成篇，對《金瓶梅》的思想、藝術、人物形象，作了全面的評論與探索。文字簡潔易曉，文筆活潑流暢。保存亦較完好，殘缺極少。這一發現，對於《金瓶梅》的研究，乃至中國小說批評史的研究，無疑是一個重要的收穫。

一

文龍，字禹門。本姓趙。漢軍，正藍旗人。原籍不詳。附貢生。光緒五年（1879）三月任南陵知縣。為官清正，「興學校，除苛政，惠心仁學，恒與民親。」光緒八年（1882）改任蕪湖知縣，「其去也，人每思之。」[1]故光緒十年（1884）五月，又回任南陵[2]。對於他的詳細情況，還有待考索。不過，他在回末手批《金瓶梅》之後，往往有些簡單的附記，其內容或署衙公辦，或官場應酬，或賓朋交往，或家庭瑣事。以此並與回評文字相參照，可對他的政治思想、情趣愛好、遊跡經歷，勾勒出一個簡單的輪廓。

他在光緒五年的一則附記裏，曾寫道：「五月十九日退晚堂。大雨如注，引銘孫頑耍」[3]。可見這時他的孫子尚在幼年，而文龍當時的年齡當約在五十歲左右。如果這個推斷可以成立的話，那麼，他的生年當在道光十年（1830）左右。他曾在北京生活了一段時間，所以對京師生活頗有體會：「竊嘗謂都會之所，最足以出息人物，亦最足以敗壞人材。五方雜處之區，無所不有，亦無所不精也。每見外省聰明子弟，倜儻文人，其言談舉動，未嘗不佳，而總覺帶有土氣。中等之質，到京盤醒數月，其氣象便迥然不同。但觀曾會試舉人、不曾會試舉人，不但字法一變，文法一變，即五官亦有異也。然久於都城者，未得良朋益友，其不失其本質者蓋罕。」[4]他曾到過山東等數省，約在同治九年（1870），來到安徽，故有「余來安徽，已近十年」之語。他的宦途生涯到光緒十二年（1886）為止[5]，此後再也找不到他的行蹤。由於他常年患有心氣病，藥不離口，可能就在這一年離開人世。如果這個推測也可以成立的話，那麼他終年當不足六十歲。

1　見《南陵小志》卷二。
2　見《南陵縣誌》卷十七。
3　見七十九回附記。
4　見七十回回評。因回評部分附在本文後面，故文內引用回評文字，不再一一注明出處。
5　《南陵小志》卷二，載光緒十二年正月，知縣由德壽接任。

　　由於他長期為官，所以對官場內幕，比較熟悉。尤其是已經淪為半封建半殖民地的清末社會，其竄敗腐朽，瘡痍滿身，更加不堪入目。一部深刻暴露明代中後期社會生活黑暗的《金瓶梅》深深觸痛了他。他的很多評語，就是借小說中的人和事來表達他當時的愛惡情感，借古人的形骸來宣揚自己的政治道德觀念。在他看來，《金瓶梅》中所描寫的齷齪不堪的形形色色的人物和事件，就發生在他的身邊，「確有其事，確有其人」，不僅有，而且滔滔者，天下皆是也。他在六十回和六十三回後的附記裏，兩次記載了他在蕪湖任上迎送撫台一事。這位撫台，在大雨滂沱中，「來回四次，迎送八遭」，「而上憲體貼入微，並縴夫亦不肯用」。「明中發船價八元，暗裏花銷豈止八百？」文龍痛恨地送他四個字：「勞民傷財」。他所以在蕪湖縣任期不到兩年又調回南陵縣，就是因為發生了這樣一件事：一個本應就地正法的盜竊犯許金泗，乘風雨之夜逃脫，未能拿獲。而一位姓莫的千總乘機向他敲詐勒索，「屢次來訛」，他極為憤懣。結果是：「此番之來，竟如此下台，呵！呵！」[6]浮沉在這種政治生活中的文龍，一方面得過且過，周旋應付：「好在我已置得失於度外，作到那裏，說到那裏」[7]；一方面則是「恨不立時脫離宦海，一任我自在遊行。」[8]

　　面對這樣的社會現實生活，文龍說：「竊嘗有言曰：人生作件好事，十年後思之，猶覺欣慰；作一件壞事，十年後思之，猶切慚惶。不必對得閻羅王過，要先使主人翁安。天地既生我為人，人事卻不可不盡，與其身安逸而心中負疚，終不若身勞苦而心內無慚。負疚者享福非福，無慚者求壽得壽。此中消息，可為知者道，難與俗子言也。」文龍的這一人生態度，使他在可能範圍內，為百姓作一些力所能及的好事。光緒五年，山東、直隸、安徽大旱，病民甚多，他就積極主持放賑救災。看來「惠心仁術，恒與民親」，並不是冠冕堂皇的歌功頌德文字，而在一定程度上反映了文龍為官比較清廉的真實情況。而「未久調去，士民惜之」，則是南陵百姓對他的懷念。

　　文龍做官只到知縣，但家庭生活卻很閒適。有妻有姬，子孫滿堂。子名鼎，侄名旅、名珊。他唯一的愛好，就是酷愛古典小說，自謂「有閒書癖」。請看有關他與《金瓶梅》這段因緣的記載：

> 幼年既聞有此書，然未嘗一寓目也。直至咸豐六年，在昌邑縣公幹勾留，住李會堂廣文學署，縱覽一遍，過此則如浮雲旋散，逝水東流。嗣聞原板劈燒，已成廣陵散矣。在安慶書肆中，偶遇一部，索價五元，以其昂貴置之。邵少泉少尹，知

6　見八十五回附記。

7　見六十三回附記。

8　見九十一回附記。

予有閒書癖，多方購求，竟獲此種，交黃僕寄來。惜被鄒雋之大令抽去三本，不成全璧矣。[9]

不過時隔不久，邵少泉很快把抽去的三本寄還給他，終成全璧，這就是我們現在所看到的這部四帙二十冊北圖館藏「在茲堂」刊本《金瓶梅》。在此以前，他已經在壽州購到一部《續金瓶梅》，並為它改題為《金銀玉》。對於封建統治階級及其御用文人視為「誨盜誨淫」不登大雅之林的小說，文龍自有評價：「誰謂閒書不可看乎？修身齊家之道，教人處士之方，咸在於此矣。」因此，他廣采博收，插架自賞，僅在批評《金瓶梅》文字中提到的明清小說，計有：《水滸傳》及其續書、《西遊記》《西遊補》《聊齋》《封神榜》《紅樓夢》《紅樓補》《綠野仙蹤》《隔簾花影》《玉嬌梨》《平山冷燕》《駐春園》《好逑傳》《蕩寇志》以及二才子、三才子、七才子、八才子、九才子、十才子諸書。至於他沒有提及而收有的，就不得而知了。文龍正是在廣泛涉獵的基礎上，看出《金瓶梅》比之與它同類題材的小說高出一籌。他說：「是書若以淫字目之，其人必真淫者也。其事為必有之事，其人為實有之人，決非若《駐春園》《好逑傳》《玉嬌梨》《平山冷燕》以及七才子、八才子等書之信口開河，無情無理，令人欲嘔而自以為得意者也。」又說：「閱者直可與作者心心相應，正不必嗤其肆口妄談。若所謂二才子、三才子、七、八、九、十才子者，千金小姐，知書達禮，十五、六歲，一見俊俏小夥，便想許定終身，斯真狗屁牛屎，為此書之大罪人也。」有比較，才有鑒別。從中國古典小說自身發展中，來評論《金瓶梅》的成就與價值，這正是文龍批評《金瓶梅》的特點。

文龍批評《金瓶梅》，開始於光緒五年五月十日（農曆，下同），結束於光緒八年九月立冬前兩日，歷時三年有餘。而回評則集中寫於光緒五年、六年、八年。確切地說：是光緒五年從頭至尾評了一遍，六年作了補評，八年再次作評，前後評了三次。所以有的回目後面，有兩種不同的回評。地點，一在南陵縣署之以約小屋；一在蕪湖縣署之對我小房。

二

評論《金瓶梅》首先遇到的一個重要問題是：它究竟是一部什麼樣的書？全書主旨是什麼？其實早在《金瓶梅》抄本流傳和剛一刊刻問世時，對它就有不同的看法。屠本畯認為「相傳嘉靖時，有人為陸都督炳誣奏，朝廷籍其家，其人沉冤，托之《金瓶梅》。」

9　見第一冊後附記。

沈德符承襲這一觀點，歸納為：「指斥時事」之作。廿公跋也說：「蓋有所刺也。」把《金瓶梅》與明代社會政治緊緊聯繫在一起。另一種看法是袁中道，他說：「大約模寫兒女情態俱備。」謝肇淛則從另一角度作了闡發：「其中朝野之政務，官私之晉接，閨闥之媒語，市里之猥談，與夫勢交利合之態，心輸背笑之局，桑中濮上之期，尊罍枕席之語，驅驣之機械意智，粉黛之自媚爭妍，狎客之從諛逢迎，奴怡之稔唇淬語，窮極境象，駴意快心。譬之範工摶泥，妍媸老少，人鬼萬殊，不徒肖其貌，且並其神傳之。信稗官之上乘，爐錘之妙手也。」一部《金瓶梅》，解剖了一代社會生活的橫斷面，朝野政務，人情世態，盡收其內。誠如馬泰來先生所說：「可謂鞭辟入裏，言簡意賅。」[10]到了張竹坡，他的觀點與眾不同：「《金瓶梅》何為而有此書也哉？曰：此仁人志士，孝子悌弟，不得於時，上不能問諸天，下不能告諸人，悲憤嗚唈，而作穢言以泄其憤也。」[11]把「洩憤」歸結為「仁人志士、孝子悌弟」之「苦孝說」，則失之偏頗。張竹坡所以這樣別出心裁，實則寄寓了他自己一生的遭際，特別是家族兄弟之間的炎涼所致。

文龍沒有沿著張竹坡的路子走下去。他的觀點是相當明確的：「是殆嫉世病俗之心，意有所激，有所觸而為是書也。」他著眼於《金瓶梅》是對整個世界、整個社會的憤嫉。其中有的回，固然直接指斥時事，如第三十六回回評：「此一回概影射時事也。」指出「蔡京受賄，以職為酬。」「若再詳述，恐有更頗難盡者。即以其僕之聲勢赫炎代之，此曰雲峰先生，彼曰雲峰先生，雲峰直可奔走天下士，而號令天下財東也。若曰其奴如此其主可知，此追一層落筆也。」至於狀元蔡蘊，更是「秋風一路。觀其言談舉止，令人欲嘔。」第四十九回回目為〈請巡按屈體求榮〉，文龍就有不同的看法：「此一回斥西門慶屈體求榮，竊不謂然。此宋喬年之大恥，非西門慶之恥也。一個御史之尊，一省巡撫之貴，輕騎簡從，枉顧千兵（戶）之家，既赴其酒筵，復收其禮物，心心念念有一翟雲峰在胸中，斯真下流不堪，並應伯爵之不若，堂堂大臣，恥莫大焉。」都是明顯的影射時事之作。值得注意的是，文龍並沒有把《金瓶梅》僅僅侷限於影射時事之作，而是認為通過西門慶一家的罪惡史，概括了整個的社會生活。上自權貴、貪官、酷吏，下至篾片、地痞、流氓、娼妓，形形諸色，無惡不作，無所不及，「致使朗朗乾坤，變作昏昏世界」，「直鬧成一個混濁世界」。他們明之為人，其實「直與狼豺相同，蛇蝎相似。強名之曰人，以其具人之形，而其心性非復人之心性，又安能言人之言，行人之行哉！」因此，他不止一次地發出深沉的感歎：「成個什麼世界？」應當說文龍闡發了《金瓶梅》的主旨。

10　見《中華文史論叢》1980年第4輯。
11　見〈竹坡閒話〉。

　　《金瓶梅》向有「淫書」之惡名。李日華說它「大抵市諢之極穢者」。[12]袁照則說：「其書鄙穢百端，不堪入目。」[13]「然實蕪穢不足觀」。[14]文龍怎麼看呢？他在《金瓶梅》最後一回回評中，曾帶有總結性地指出：「或謂《金瓶梅》淫書也，非也。淫者見之謂之淫，不淫者不謂之淫，但睹一群鳥獸孳尾而已。」文龍生活的時代，西方資產階級思想大量侵入，封建社會所謂「中冓之言，不可道也」，道出來就是「誨淫」的傳統偏見早已被衝垮撕破。故文龍說：「但觀其事，男女苟合而已。此等事處處有之，時時有之」。「夫男女居室，常事也。」所以，他一方面承認書中有一些淫穢描寫，「是書蓋充量而言之耳，謂之非淫不可也。」對於青少年來說，「不可令其見之」。即便是中年人，「看亦可，不看亦可」。承認它有不好的作用。同時他又指出：「若能高一層著眼，深一層存心，遠一層設想，世果有西門慶其人乎？方且痛恨之不暇，深惡之不暇，陽世之官府，將以斬立決待其人，陰間之閻羅，將以十八層置其人。世並無西門慶其人乎？舉凡富厚有類乎西門，清閒有類乎西門，遭逢有類乎西門，皆當恐懼之不暇，防閑之不暇。一失足則殺其身，一幽會意則絕其後。夫淫生於逸豫，不生於畏戒，是在讀此書者之聰明與糊塗耳。生性淫，不觀此書亦淫；性不淫，觀此書可以止淫。然則書不淫，人自淫也；人不淫，書又何嘗淫乎？」縱觀文龍對這個問題的辨析，應當承認，比之張竹坡的〈第一奇書非淫書論〉要全面深刻得多了。《金瓶梅》中的淫穢描寫，是客觀存在，應當正視這個現實。閱讀此書，也應當有一定的範圍，用文龍的話說：「年少之人，欲火正盛，方有出焉，不可令其見之。聞聲而喜，見影而思，當時刻防閑，原不可使看此書也。」這是審慎的態度。但是，這只是問題的一個方面。應當看到，某些這方面的描寫，與塑造人物性格有關如潘金蓮之兇殘毒狠，文龍也曾不止一處指出。而重要的是從什麼角度看待這些描寫，是欣賞，還是痛惡，是羨慕，還是畏戒。文龍的這些看法，直到今天，對於指導讀者以正確的態度閱讀這部古典名著，尚有可供借鑒之處。

三

　　《金瓶梅》的現實主義藝術成就，向為人們所推崇稱道，文龍也給以全面的充分的肯定。擇其要者，略述於後。

　　首先是真實性。在他看來，《金瓶梅》所描寫的：「人為世間常有之人，事為世間

12　見李日華：《味水軒日記》。
13　見袁照：《彭石公遺事錄》。
14　見《缺名筆記》。

常有之事，且自古及今，普天之下，為處處時時常有之人事。既不同《封神榜》之變化迷離，又不似《西遊記》之妖魔鬼怪，夫何奇之有？」這些生活中習以為見的人和事，經過作者的概括和典型創造，使讀者感受到「天下確有此等人，確有此等事，且遍天下皆是此等人，皆是此等事，可勝浩歎哉！」真實是文學的生命。儘管《金瓶梅》所描寫的人和事，與文龍相距三個世紀，然而他卻發現這些栩栩如生的人物和動人心弦的事件，就存在自己的身邊，「其事為實有之事，其人為實有之人。」譬如，他稱讚書中「寫陳敬濟一無知少年孟浪小子，全無道理，一味荒唐，栩栩欲活，歷歷如見。」就深感「此等昏庸謬妄之小子，吾實見過不少」。

其次是典型性。小說的中心任務是寫人，塑造典型人物形象。通常古典小說中的正面人物形象，如《水滸傳》的英雄人物，《紅樓夢》中的賈寶玉、林黛玉等等，對人們的藝術感召力是顯而易見的。然而，文龍面對的是一部「嫉世病俗」的《金瓶梅》，作者筆下的人物形象大都是被譴責、被批判的反面人物形象，照文龍的話說：「作者甚有憾於世事乎？何書中無一中上人物也。」就拿「自始至終全為西門慶而作也」的主要人物形象西門慶來說，文龍對他的評價是：「勢力薰心，粗俗透骨，昏庸匪類，兇暴小人。」一貫「無惡不作」，「惡貫滿盈」。「西門慶不死，天地尚有日月乎？」「若再令其不死，日月亦為之無光，霹靂將為之大作。」但是，作為藝術典型形象的西門慶，文龍十分精闢地指出：「其名遂與日月同不朽」。請看他這一段精彩的分析：

> 《水滸傳》出，西門慶始在人口中；《金瓶梅》作，西門慶乃在人心中。《金瓶梅》盛行時，遂無人不有一西門慶在目中、意中焉。其為人不足道也，其事蹟不足傳也，而其名遂與日月同不朽，是何故乎？作《金瓶梅》者，人或不知其為誰，而但知為西門慶作也。批《金瓶梅》者，人或不知其為誰，而但知為西門慶批也。西門慶何幸，而得作者之形容，而得批者之唾罵。世界上恆河沙數之人，皆不知其誰，反不如西門慶之在人口中、目中、心意中。是西門慶未死之時便該死，既死之後轉不死，西門慶亦何幸哉！

作為醜惡的反面典型形象，同樣可以是不朽的，這一觀點，有膽識，有見地，有魄力！這在古典小說美學領域中，是一個新的命題。

美與醜是通過相比較而存在的，兩者既相互對立，又辯證統一。對黑暗勢力的暴露和抨擊，對醜惡獸行的否定和鞭撻，同樣給人以啟示和力量，所以，西門慶這一藝術形象，才能「與日月同不朽」。文龍還說：「從來無所羨慕者不作書，無所怨恨者不作書，非曾親身閱歷者作書亦不能成書。」《金瓶梅》當亦不能例外。

再次，文龍對《金瓶梅》「結構緊嚴，心細如髮，筆大如椽」，細節描寫的「細膩

風光」，「筆墨如火如花」，性格塑造時的「相犯而不同，相映而不異」，都有評述。特別對《金瓶梅》採用白描和寫生的藝術手法所取得的非凡成就，倍加讚賞。如描寫西門慶第二次去東京，與之往來者，僅三、四人，「直寫得終日奔忙，不遑安處，真是白描妙手。而朝廷之富麗，相府之繁華，百官之趨蹌，都城之熱鬧，令人應接不暇，又真是寫生妙手。」至於「描寫諸人言談舉止，體態情性，各還他一個本來面目。初不加一字褒貶，而其人自躍躍於字裏行間，如或見其貌，如或聞其聲。」正是古典小說中現實主義藝術所具有的獨特性。文龍的這些理論批評，都是在繼承前人的小說美學理論的基礎上，有所發展，有所深化。

四

　　文龍的批評，是手書在張竹坡批評《第一奇書》本上的。那麼他對張竹坡的原評採取什麼態度呢？他在六十七回回評後的一則附記裏曾這樣說過：「姬人夜嗽，使我不得安眠。早起行香，雲濃雨細。道台因病，停止衙參。回署，辰初，諸人均尚高臥。看完此本，細數前批，不作人云亦云，卻是有點心思。使我志遂買山，正可以以此作消閒也。」「不作人云亦云」，說明自己作了獨立思考和深入探索。因此，在一些人物評價和事件看法上與張竹坡截然不同，尤其是對吳月娘、孟玉樓、龐春梅這三個重要人物形象，文龍與之冰炭，個別地方的選辭用語也較為尖酸刻薄。由於這一部分內容，在文龍批評《金瓶梅》中，所占比重較大，所以不能不引起我們的注意。

　　限於篇幅，有關他們之間的孰是孰非，我們姑且留待以後討論。但是，在他們的這場激烈論爭中，卻可以開闊我們的視野，開拓我們的思路，對於我們深入研究《金瓶梅》這部名著，顯然是大有益處的。我個人覺得更值得我們注意的是，在文龍與張竹坡的這場辯論中，他用了不少篇幅，多處提到這樣一些問題：如何批書？究竟以什麼標準來評價作品中的人物？它的意義不僅遠遠超出了對《金瓶梅》這部小說自身的批評，而且涉及古典小說理論批評的方法論問題，涉及小說藝術的審美特徵等重大問題，應當說，這與我們當前的小說理論批評，關係就更為直接，更為密切了。

　　張竹坡生活在中國小說評點鼎盛時期，他與他同代的小說批評家們，雖也注意到小說的評點方法問題，但畢竟來不及進行深入的總結。而文龍則生活在這個鼎盛時期以後，當他大量閱讀了一些小說評點以後，特別是他自己也加入到小說批評這一行列，並且發現自己的觀點又與前人不同，甚至相左時，於是，就迫使他對如何進行小說批評這一理論問題，去作更全面、更深入的思考和探索，這是時代使然，也是小說批評史自身發展的必然趨勢。

小說理論批評，是一項艱苦的勞動，文龍對此有深切地體會：「作書難，讀書亦難，批書尤難。未得其真，不求其細，一味亂批，是為酒醉雷公。」這裏，他同時提出了兩個標準：一是「求真」，一是「求細」。那麼，「真」的內涵是什麼呢？如何才能獲得這個「真」呢？

他所謂的「真」，就是「不存喜怒於其心，自有情理定其案。」「情」即「人情」，「理」即「物理」，是指客觀事物發展的必然規律，文龍具體解釋為：「理之當然，勢之必然，事之常然，情之宜然。」其實，前人早已使用了這一概念。既然張竹坡和文龍都主「情理」說，為什麼又在具體評論過程中，得出了截然相反的結論呢？看來問題在於兩人運用這一概念時側重點有所不同，理解也不盡相同。張竹坡強調「於一個人心中討出一個人的情理，則一個人的傳得矣。」這是指塑造人物而言，並不包括評論人物的尺度。而文龍則認為，評論作家筆下的人物是否合乎情理，既不由作家的好惡來決定也不能以評論者的主觀意念為定評，而是應有一個客觀尺度。對此，文龍作了多方面的論述。在他看來，首要的是「準情度理」，「凝神靜坐，仔細尋思，靜氣平心，準情度理，不可少有偏向，故示翻新。」要做到沒有偏向，就必須：「夫批書者當置身事外而設想局中，又當心入書中而神遊象外，即評史亦有然者。」決不可「有成見而無定見，存愛惡而不酌情理。」尤其是「愛其人其人無一非，惡其人其人無一是，此其害最大。」即所謂「愛而加諸膝，惡而墜其淵」，是為大忌。要達到「準情度理」，還不能被表面現象所迷惑，「莫但看面子，要看到骨髓裏去，莫但看眼前，要看往脊背後去。」只有這樣，才能抓住真髓，做到了「求真」。

「真細」，則是「須於未看書之前，先將作者之意，體貼一番，更須於看書之際，總將作者之語，思索幾遍。」細密，這是「細」的第一層涵義。「細」的第二層涵義，則須綜觀全書，不可掛一漏萬。「看第一回，眼光已射到百回上；看到第百回，心思復憶到第一回先。」「看前半部，須知有後半部；看後半部，休拋卻前半部。今日之一人一事，皆昔日之所收羅埋伏，而發洩於一朝者也。」「準情度理」是求真求細的必需手段，求真求細是為了以情理定其案。文龍所說的「當置身於書中」，「又當置身於書外」，就是「書自為我運化，我不為書捆縛」的觀點。

正因為文龍能結合自己的批書實踐，來探索小說批評理應遵循的基本準則，所以言之有物，讀來毫不空泛，更無裝腔作勢之感，而是有根有據，體會深切，誠可謂深中肯綮。這不能不說是文龍為中國小說批評史作出的一個貢獻。

總之，文龍批評《金瓶梅》，思想活躍，內容豐富，既涉及《金瓶梅》的思想、藝術、形象、結構甚而細至回目之是否貼切，又包括小說批評方法的探索。其中不乏真知灼見，或發人深思，或啟人以智。本文意在引玉，難以概全。譬如，他對《金瓶梅》最

後十幾回的看法，就獨具慧眼，看出破綻。有的疑為「非本書正文」，有的看出是「信筆直書，不復瞻前顧後」，「生拉硬扯，並非水到渠成」。這對於我們研究《金瓶梅》的成書過程，都是富有啟示性的創見。

　　毋庸諱言，文龍也像他以前的其他小說批評家一樣，有著時代和階級的侷限。儘管他申明沒有「迂腐語」，不具「頭巾氣」，但是一口咬定「女人是傾國禍水」之陳詞濫調不放；某些觀點，亦大可商榷；從維護封建統治出發，對《水滸傳》英雄的看法，更不足取。凡此種種，當然需要我們去審慎地對待。

一九八五年三月改定於思敏齋

《金瓶梅》與《玉閨紅》

　　《金瓶梅》在中國小說史上的最大貢獻，在於打破了傳統小說的題材格局，以現實社會生活入篇，開闢了小說創作的新紀元。《金瓶梅》刊刻面世不久，一大批「世情書」風起雲湧，蔚為壯觀，《魏忠賢小說斥奸書》《警世陰陽夢》《遼海丹忠錄》《平虜傳》《皇明中興聖烈傳》《檮杌閑評》《剿闖小說》《醒世姻緣傳》《儒林外史》《紅樓夢》以及清末的譴責小說等，層出不窮，獨放異彩，形成了小說創作的主流。其中，力作《玉閨紅》，竟湮沒了近四百年之久，不能不說是小說史研究中的一個損失。

　　《玉閨紅》，六卷三十回。東魯落落平生著。作者真實姓名不可考。首序，署「崇禎四年（1613）辛未湘陰白眉老人序於金陵抱簡齋，時年六十有五」。小說書目未見著錄。江蘇省社科院所編《中國通俗小說總目提要》云：「《玉閨紅》，十回，佚。撰人題東魯落落平生。此書原藏天津圖書館，今佚。」筆者未去天津圖書館核校，不知何所據。

　　書敘魏忠賢專橫擅權。監察御史李世年為官清正，列出魏閹罪狀，冒死上奏。不意奏摺落入閹手中，反誣李世年「私受賄賂，代賣官爵」，害死獄中。夫人沈氏聞知，叫過女兒李閨貞，讓她投奔浙江外祖父家中避禍，然後一頭撞死。李閨貞年方十六，只得帶著丫鬟紅玉倉皇從府中逃出。剛出門不久，就遇到原來的差役吳來子，受其誆騙，落入虎口，淪為土娼，歷盡苦難，後紅玉入尚書府，被收作義女。閨貞被舅父沈善廉救出，與尚書府公子金文玉私訂終身。金尚書奏參逆閹，魏忠賢終被受戮。吳來子身死花下，報應不爽。

　　《玉閨紅》的創作，明顯受到《金瓶梅》的影響。它與《金瓶梅》一樣，直面現實人生，不同的是，不再假託宋朝，而是直書明事。魏忠賢受戮於崇禎元年（1628），崇禎四年小說已面世，其反映現實生活之迅速，於此可見。小說以主要篇幅描繪了私窩生活，若禹鼎燃犀，纖毫畢露。刻刻陽台，時時雲雨，三教九流，麇集蠅聚，苦不堪言。《金瓶梅》主要描寫了市井形象；《玉閨紅》對下層市井人物，尤擅畫像，如寫城外娼窩窯妓，丐女裸居其中，過著非人的生活，身心倍受摧殘，腥風苦雨，血淚斑斑，讀之令人毛骨悚然。作者洵是通俗小說的創作老手，文筆流暢，善於捕捉人物性格的主要特徵，為市井小人寫照，無不口吻畢肖；小白狼之兇狠手毒，吳來之心黑狡獪，張小腳之貪財淫蕩，糞場掌櫃門老貴之鄙吝慳刻，幾筆勾勒，性格活靈活現。加之情節緊湊，多設懸

念，使讀者關注人物命運的發展。就其反映市井生活的廣闊深刻而言，堪稱《金瓶梅》
之姊妹篇。

《玉閨紅》之命名，亦仿照《金瓶梅》，取金文玉、李閨貞、紅玉三個人物姓名中的
一字組成。《金瓶梅》裏西門慶熱結十兄弟，而《玉閨紅》中的小白狼則與「一幫無賴
賭徒結拜，號稱十兄弟，狼狽為奸，招非作惡。看官，你道這十兄弟都是誰？飛天豹劉
虎、紅臉夜叉侯喜奎、磁公雞趙三、活無常胡二、大彈子李文全、無二鬼吳來子、小白
狼于得山、大莽牛周心田、賽尉遲慈波、催命鬼崔四。小白狼同這十人勾結，成群合夥，
聚賭窩娼，無所不為。人家懼怕他們強橫，莫不退避三舍。」[1]《金瓶梅》雜有猥褻筆墨，
《玉閨紅》第七回之後描寫土娼生活，亦較為直露。至於小說語言之俚俗，間多曲詞小調，
無一不步《金瓶梅》之後塵。

然而，《玉閨紅》與《金瓶梅》關係之密切，更為重要的是湘陰白眉老人之〈序〉，
現摘引如下：

> 吾友東魯落落平生，幼秉天資，才華素茂，弱冠走京師，遍交時下名士，互為唱
> 和。而立至江南，文傾一時，遂得識荊。君為人豪放任俠，急人之急。第困於場
> 屋，久不得售，遂棄去之……。退而著述，所作甚多，而印行者，僅詩集兩卷而
> 已。今春間以近作《玉閨紅》六卷見示，一夜竟讀，歎為絕響。文字之瑰奇，用
> 語之綺麗，亙古所未之見。其描寫朝廷名器，至於市井小人，口吻無不畢肖，曲
> 盡其致。……君他作尚多，計有：《金瓶梅彈詞》二十卷、《梵林豔史》十卷、
> 《兵火離合緣》四卷、《神島記》一卷，皆未刊之作也。是書刊後，將一一付梓問
> 世，庶不負天之鍾靈於斯人耳。
>
> 　　　　　　崇禎四年辛未，湘陰白眉老人序於金陵抱簡齋，時年六十有五。

此序為已出《金瓶梅資料彙編》所未載。我們注意的自然是這部二十卷的《金瓶梅彈詞》。
從序言看，《金瓶梅彈詞》作於「今春間君以近作《玉閨紅》六卷見示」之前，亦即崇
禎四年之前，而《金瓶梅詞話》初刻於萬曆四十五年（1617），相距不遠，此可注意者一；
謝肇淛在〈金瓶梅跋〉中，曾著錄《金瓶梅》「書凡數百萬言，為卷二十」，《金瓶梅
彈詞》亦為二十卷，兩相吻合，此可注意者二；這位東魯落落平生的年齡，崇禎四年時
早已過了而立之年，他的生年當不會晚於萬曆二十七年（1600），假如與白眉老人年齡相
若，則生於嘉靖末、隆慶初（1566-1567），這正是《金瓶梅詞話》的鈔本流傳階段，此可
注意者三；「詞話」與「彈詞」，在明代末年並未釐定其明確界限，曰詞話者，乃元明

1　見《玉閨紅》第四回〈小白狼強狠強霸　張小腳勾姦賣姦〉。

之舊稱,凡說唱話本通謂之詞話,如楊慎《歷代史略十段錦詞話》,即通行本《廿一史彈詞》,以不知詞話之文,改為彈詞,實初無彈詞之稱也。準此,《金瓶梅詞話》實即《金瓶梅彈詞》也,故卷數相同。蘭陵笑笑生,因蘭陵古有南北之分,而東魯則確指山東無疑;笑笑生係化名,落落平生亦是;欣欣子隱其名姓,白眉老人亦隱去真名實姓,其間之蛛絲馬跡,耐人尋味。這為探討學術界爭論已久的《金瓶梅》作者問題,無疑又提供了一個途徑。

　　要之,《金瓶梅彈詞》縱不是《金瓶梅詞話》,但也足以證明《金瓶梅》對明代文壇有著巨大震動,它剛問世不久,就有二十卷彈詞本出現,參照張岱《陶庵夢憶》所言:「用北調說《金瓶梅》一劇,使人絕倒」,更值得深思了。

《金瓶梅》與山東風俗

談起古典小說名著《金瓶梅》，人們馬上就會想到它與山東的千絲萬縷的聯繫。欣欣子在為《金瓶梅詞話》作序時，落筆第一句話就是：「竊謂蘭陵笑笑生作《金瓶梅傳》，寄意於時俗，蓋有謂也。」今山東嶧縣，古稱蘭陵，是故不少學者，認為這位化名笑笑生的《金瓶梅》作者，必是山東人無疑。有的說他是章丘的李開先；有的說是臨朐的馮惟敏；還有的說與諸城丘志充一家有關，眾說紛紜，尚無定論，成為中國文學史上的一大懸案。

眾多研究者所以懷著濃厚的興趣，從明代山東籍作家群裏去尋找《金瓶梅》的作者，實在是因為《金瓶梅》與山東的關係太密切了：小說故事發生地在山東；《金瓶梅》的藝術描寫中，大量使用了山東方言，舉凡切口聲嗽、市塵隱語，無一不具有鮮明的山東色彩；作者對山東的風物民俗，諸如禮儀典章、婚喪嫁娶、飲食服飾，也極為稔熟。難怪鄭振鐸先生說：「我們只要讀《金瓶梅》一過，便知其必出於山東人之手；那麼許多的山東土白，絕不是江南人所得措手於其間的。其作風的橫恣、潑辣，正和山東人所作的《醒世姻緣傳》《綠野仙蹤》同出一科」。（〈談金瓶梅詞話〉）

《金瓶梅》是中國第一部以社會現實生活為題材的長篇小說，在小說發展史上承上啟下，無論在題材內容、審美意識，還是藝術表現方法、形象揭示生活的深度和力度上，都為古典小說創作開闊了一個嶄新的天地，如一座豐碑，矗立在明代文壇。如果說沒有《金瓶梅》，就沒有《紅樓夢》，是一點也不過分的。《金瓶梅》也早已躋居於世界文學名著之林，不列顛百科全書稱它是：「中國第一部偉大的現實主義小說」，也是名實相符的。

小說前八十回對山東各縣地理位置的描述，大致是不錯的，唯後二十回較為錯亂，可能是來自南方的一個鈔本。《金瓶梅》的故事，長期在山東流傳，至明隆慶始有鈔本出現，到萬曆四十五年（1617）方才刊刻問世。

《金瓶梅》使用的方言，以山東方言為主，間雜北京方言。最有鮮明地方特色，而且至今仍在民間使用的，要算魯西南一帶的方言。譬如：「達達」一詞，魏子雲《金瓶梅詞話注釋》裏解為「哥哥」，實誤。「達達」就是「爸爸」。至今在魯西南一帶仍然這樣稱謂。至於外祖母稱姥娘，對小孩的愛稱為「小羔子」，鄙稱為「尿泡種」，餃子稱

「扁食」，吵架稱「合氣」，（合，音 ge）這些帶有魯西南方言特色的辭彙，在《金瓶梅》裏屢見不鮮。即便明代使用的一些市廛隱語，今人已不可解者，亦莫不如是。例如第三十二回：鄭愛香兒道：「不要理這望江南巴兒虎，汗東山斜紋布！」作為南方人的李漁，不明白這句話的含意，於是在《新刻繡像批評金瓶梅》中對此評論道：方言隱語，含譏帶諷，如枝頭小鳥啾啾，雖不解其奇，嬌婉自可聽也。

而作為徐州人的張竹坡，一讀便知，他在《皋鶴堂批評第一奇書金瓶梅》中寫道：「譏」作「王」，「巴」作「八」，「汗」同「汗」，「斜」作「邪」，合成「王八汗邪」四字，蓋婊子行市語也。

此例足以證明，儘管《金瓶梅》是一部白話長篇小說，如果不懂得一些魯西南的方言俗語，也是難以全部讀懂的。

《金瓶梅》中的細節描寫，很多也與山東地方的風俗相符，無論是娶孟玉樓，還是李瓶兒，儘管是大白天，也要四對紅燈籠開道；第四十八回西門慶升官生子，前去祭祖，場面尤為壯觀。就山東風俗而言，在紅白喜事中，祭祖最為隆重，一應親朋皆要請到，所以書中寫了不僅重砌神道明堂，而且新蓋房屋；但祭祖又與出殯不同，必須一天了事，故西門慶家及其官客親眷，也至晚歸家。

《金瓶梅》整整用了四回篇幅，描寫了李瓶兒出殯，細緻入微，是小說中的一大關目。很多細節描寫，亦與延續至今的山東習俗相合，如為死人擦洗修整面部，謂之「開光明」，「西門慶要親與他開光明，強著陳經濟做孝子，與他抿了目」；按照山東民間俗禮，女婿是絕對不允許充當丈母娘死後做孝子的，然而李瓶兒死後，西門慶未有子嗣，故「強」要陳經濟充當假孝子；入殮時要忌生肖，六十二回陰陽徐先生批書時謂：「入殮之時，忌龍、虎、雞、蛇四生人外，親人不避。」即凡屬龍、虎、雞、蛇的外人皆不可在場；棺材從家中抬出，行將入土之前謂之「發引」，《金瓶梅》第六十五回就詳細描寫了發引的境況。

擅長描寫山東風俗人情的著名小說家蒲松齡，在他的俚曲《琴瑟樂曲》中，就多次引用了《金瓶梅》的文字。這部俚曲，描寫了一個青年女子婚嫁迎娶的具體經過，清新活潑，風趣橫生。蒲松齡在篇末〈留仙自題〉中云：「……清閒即是仙，莫怨身貧賤。好月初圓，新籬傾幾盞；好花初開，《奇書》讀一卷。《打油歌兒》將無遺，就裏情無限。……」[1]這裏所說的《奇書》《打油歌兒》，皆指《金瓶梅》而言。清康熙年間的張竹坡，把《金瓶梅》稱為「第一奇書」，而「打油歌兒」，就是《琴瑟樂曲》末尾的〈打油詩〉兩首，全係從《金瓶梅》第四回抄錄而來。由此不難看出，蒲松齡對大量描寫山

1　見日本慶應義塾大學所藏天山閣舊鈔本。

東風物民俗的《金瓶梅》相當熟悉和喜愛。

　　山東在明代出現了白話長篇世情小說的鼻祖《金瓶梅》，清代則出現了「短篇小說之王」《聊齋志異》。它們不僅展示了山東作家傑出的創造力與卓越的藝術才華，也為我們留下了一幅幅山東地區生動的社會風俗畫卷。

《金瓶梅》與蒲松齡

　　曹雪芹的《紅樓夢》創作，不論是在結構、情節或語言上的運用，還是人物形象之塑造、園林之描寫，無一不「深得《金瓶》壼奧」，國內外學人對此已多有評述。唯《金瓶梅》對清代另一位著名小說家蒲松齡的影響，尚未見涉及。

　　蒲松齡多才多藝，一生著作豐富，《聊齋志異》，凌轢前人，而他的俚曲創作，亦是通俗文學的傑出代表。根據《聊齋》中〈張鴻漸〉而改編的《磨難曲》是人們所熟知的，至於他的《琴瑟樂曲》則鮮為人知，最近，蒙劉宣同志相助，得見日本慶應義塾大學所藏天山閣舊鈔本《琴瑟樂曲》[1]，蒲松齡與《金瓶梅》之密切關係，一目了然。

　　《琴瑟樂曲》係蒲松齡中年之後所作[2]，曲後附有李希梅寫於康熙三十三年（1694）詩跋及高念東寫於康熙三十四年（1695）跋語可證。時值蒲松齡命運偃蹇、窮愁之際，「閑來時節把棋敲，悶來般河把魚釣。吃一杯樂陶陶，二三杯把那愁山推倒。」（《琴瑟樂曲·山中樂》）此曲描寫了一個青年女子婚嫁迎娶的具體經過，間以媒婆、嫂嫂眾人穿插其內，勾勒了一幅生動的社會風俗畫卷。看似作者信手拈來，妙語成趣，欲是另有一番深刻寄寓。篇首〔清江引〕云：「無可奈何時候，偶然譜就新詞，非關閑處費心，就裏別藏深意。借喜笑為怒罵，化臭腐作神奇。」篇末的〈留仙自題〉說得更加清楚：「富貴功名，由命不由俺；雪月琴瑟，無拘又無管。清閒即是仙，莫怨身貧賤。好月初圓，新籬傾幾盞；好花初開，《奇書》讀一卷。《打油歌兒》將無遺，就裏情無限。留著待知音，不愛俗人看。須知道，識貨的另是一雙俊眼。」值得我們注意的是，蒲松齡這裏所說的《奇書》《打油歌兒》，皆指《金瓶梅》而言。

　　《金瓶梅》與《三國志演義》《水滸傳》《西遊記》並稱「四大奇書」，最早可見李漁寫於清順治十五年（1658）之前的〈三國志演義序〉：「嘗聞吳郡馮子猶，賞稱宇內四大奇書，曰《三國》《水滸》《西遊》及《金瓶梅》四種，余亦喜其賞稱近是。」到了張竹坡，才把《金瓶梅》名為「第一奇書」，故蒲松齡亦以「奇書」相稱。他所說的《打油歌兒》，就是《琴瑟樂曲》末尾所寫的〈打油詩〉二首，一為「一物生來六寸長」，

1　《琴瑟樂曲》全文，將由山東《蒲松齡研究》刊出。
2　日本藤田佑賢《聊齋俚曲考》，謂《琴瑟樂曲》係蒲松齡三十五歲時所作，即康熙十三年（1674）。

一為「溫緊香乾口賽蓮」，全係從《金瓶梅》第四回抄錄而來。

細檢《琴瑟樂曲》，除〈打油詩〉二首之外，源出於《金瓶梅》者尚有多處：一是《金瓶梅》第四回之「交頸鴛鴦戲水，並頭鸞鳳穿花。喜孜孜連理枝生，美甘甘同心帶結」一賦；二是第六回「寂寂蘭房簟枕涼，佳人才子意何長」一詩；三是第八回的一支〔山坡羊〕：「喬郎心邪，不來一月。奴繡鴛衾正曠了三十夜。他悄心兒別，俺癡心兒呆。不合將人十分熱。常言道容易得來容易捨，興，過也，緣，分也。」此處只改動一字，即「喬才」改為「喬郎」。尚有一處「儀容嬌媚，體態輕盈，姿性兒百伶百俐，身段兒不短不長……，正是，比花花解語，比玉玉生香。」係由《金瓶梅》第七回描寫孟玉樓、第九回描寫潘金蓮處改寫而成。無獨有偶，附錄於《琴瑟樂曲》後的李希梅詩跋，其一「參透風流二字禪，好姻緣是惡姻緣。癡心做處人人愛，冷眼觀對個個嫌。野花野草休採折，真姿勁質自安然。山妻稚子家常飯，不害相思不損錢。」錄自《金瓶梅》第五回引首。其二〈題媒婆詩〉：「天下為媒實自能，全憑兩腿走殷勤。唇槍慣把鰥男配，舌劍能調閨女心。利市花常頭上戴，喜筵餅錠袖中撐。只有一件一堪處，半是成人半敗人。」亦錄自第七回引首，只不過改動了一、二字。

由此，不難看出，蒲松齡不僅對《金瓶梅》相當熟悉、喜愛，而且直接影響了他的俚曲創作。《金瓶梅》在中國小說史上的地位，不言自明。

蒲松齡《琴瑟樂曲》的發現，對於我們研究《金瓶梅》的成書過程及其刊刻流傳，也有著可貴的史料價值。我們知道，現存《新刻金瓶梅詞話》本載有弄珠客寫於萬曆四十五年（1617）序，毫無疑問，它是迄今我們所看到的《金瓶梅》的最早刻本。然而，由於此係坊賈為覓利拼湊不同鈔本匆匆付刻，未經文人寫定，所以書內破綻、矛盾、錯亂、脫節、重複，比比皆是。此書問世約半個世紀之後，才有李漁對詞話本作了認真的整理寫定，並為之作評，是為《新刻繡像批評金瓶梅》。新刻本文字簡潔，行文流暢，誠如沈德符所預言的「一出則家傳戶到」，受到了讀者的歡迎，張竹坡「第一奇書」評本的文字即據此而出。隨後，廣泛流行於國內外，而詞話本的流傳，幾成絕響。這一事實，在蒲松齡的《琴瑟樂曲》中，又得到了進一步證明：曲中所錄《金瓶梅》各處文字，皆據新刻本，而非詞話本。

蒲松齡好友張篤慶之岳父、王漁洋之表兄高珩（念東）跋語：

> 且如《金瓶梅》一書，凡男女之私，類皆極力描寫。獨書至吳月娘，胡僧藥、淫氣（器）包曾未沾身，非為冷落月娘，實要高抬月娘。彼眾婦皆淫媼賤婢，而月娘則貞良淑女；後眾婦皆鶉奔相就，而月娘則結髮齊眉，一概溷濁，豈辨賢愚？作者特用泥污蓮之筆，寫得月娘竟是一部書中出色第一人物，蓋作者胸中法也。

高念東對吳月娘評價，正是參照了《新刻繡像批評金瓶梅》中李漁的評語，而與張竹坡的觀點相左。李漁在他的評語中，已不止一處說吳月娘才是西門慶的「正經夫妻」，「月娘亦可謂貞婦人矣。」（八十一回評）「如此賢婦，世上有幾！」（第一回評）於此，又可證《新刻繡像批評金瓶梅》的刊刻問世，必在康熙三十三年蒲松齡作《琴瑟樂曲》之前無疑。

《金瓶梅》中戲曲演出瑣記

　　明、清長篇小說中，多有對戲曲演出之描述，以《金瓶梅》中最豐富、詳瞻。現存明人曲話或筆記，多側重於曲目和作品內容的品評，直接記載戲曲演出活動者甚少。因此，《金瓶梅》中有關戲曲演出的大量描寫，對於研究明代戲曲的演出情況，就顯得格外珍貴了。

　　有關《金瓶梅》中的戲曲史料，早在四十年代，已故馮沅君先生首作勾稽，且考核精細；戴不凡先生的《小說見聞錄》又作專章收錄，然皆有疏漏。近來，為探索《金瓶梅》的成書過程，重讀是書，凡涉戲曲演出，隨讀隨記。其中有未被馮、戴兩先生徵引者，或已作徵引仍需探求者，分述於後，故曰瑣記。

一、家樂、戲班、教坊司的規模

　　《金瓶梅》中一共寫了四班家樂，都有人數記載，使我們對明代家樂的規模有了一個較確切地瞭解。這四家是：西門慶、何太監、王皇親、蔡太師。

　　西門慶娶了李瓶兒，可說發了一批橫財，因此「家道營盛，外莊內宅，煥然一新。米麥陳倉，騾馬成群，奴僕成行」。（見《金瓶梅詞話》第二十回。以下引文凡不注明出處者，皆見此書。又：詞話本，文字多有錯訛，參照第一奇書本校改，校，不再注出——筆者）正是在這個時候，把潘金蓮房中的春梅、吳月娘房中的玉簫、李瓶兒房中的迎春、孟玉樓房中的蘭香四個丫頭裝束出來，在前廳西廂房，請樂工李銘教演習學彈唱。四個人的分工是：春梅琵琶、玉簫學箏、迎春弦子、蘭香胡琴。教師李銘，除每日三茶六飯款待外，一月給他五兩銀子。這時的西門慶，僅僅是清河縣的一個豪紳，尚未走蔡太師的門路加官為提刑所副千戶，所以他的家樂規模較小，專供清唱。

　　比西門慶家樂規模大一點的是何太監的家樂。「原來家中教了二十名吹打的小廝，兩個師傅領著上來磕頭。何太監分付抬出銅鑼銅鼓，一面吹打，動起樂來，端的聲震雲霄，韻驚魚鳥。」這日，為宴請西門慶，「吹打畢，三個小廝連師傅在筵前，銀箏、象板、三弦、琵琶，唱了一套「〔正宮端正好〕」。（七十一回）這班家樂係男班，所唱套曲「水晶宮，鮫綃帳」，見《雍熙樂府》卷二。

西門慶款待客人，請來家中演出的家樂主要是王皇親的一班家樂。第四十二回描寫正月十五日，西門慶請周守備、荊都監等眾堂客過元宵節：「卻說前廳有王皇親家二十名小廝唱戲，挑廂子來，有兩名師傅領著。先與西門慶磕頭，西門慶分付西廂房做戲房」。這天扮演的是《西廂記》，也是男班。戴不凡先生在徵引這條材料後說：「可見當時一個家班的總人數約二十人」。[1]其實，在《金瓶梅》中還記載了另一班規模更大的家樂，這就是蔡太師的家樂。

西門慶為趨炎附勢，親往東京為蔡京上壽，拜為「義父」，當他由管家翟謙帶領恭身進了大門之後，隱隱聽到鼓樂之聲，問其所以，翟管家道：「這是老爺教的女樂，一班共二十四人，也曉得天魔舞、霓裳舞、觀音舞。凡老爺早膳、中飯、夜宴都是奏的」（五十五回）。這班有二十四人的女樂，兼擅歌舞，排場更大。

看來，明代家樂規模的大小，是與本人官職、地位成正比的。這裏，我們還可以與《紅樓夢》的描寫相對照。賈府為了迎接元春歸省，特地派賈薔去蘇州買了十二個女孩子，並聘請教習。以賈府的社會地位和迎接貴妃之隆重，其規模只與何太監的家樂相等，可見明代家樂規模之大。

《金瓶梅》中寫了兩個戲班：一是蘇州戲班；一是海鹽班。第三十六回西門慶宴請安進士，安係南方人，喜尚南風，所以叫來一起蘇州戲班，共四個人：一生、一旦、一小生、一貼旦。先唱《香囊記》，後又唱了兩折《玉環記》。流動演出的戲班，不同家樂，他們的演出，是為了糊口，所以人數較少。連在「南門外磨子營兒」的住處也是相當簡陋的，我們可以從書中對同住城外的屈姥姥住處的描寫中得到證實。

《金瓶梅》中有關海鹽子弟的演出，尤為人們注目。除了第七十四回寫明三個海鹽子弟的姓名之外，還可以從他們實際演出時的出場人物得知，有生、旦、貼旦、淨少數幾個腳色，人數也是不多的。

排場最大、人數最多的要算官辦教坊司了。第七十五回宋御史在西門慶家設宴招待巡撫侯蒙，「本府出票撥了兩院三十名官身樂人，兩名伶官，四名俳長，領著來西門慶門宅中答應」。同天還請了海鹽子弟演出。至於為迎接太尉而撥來的樂人，雖未寫明人數，卻有「四名伶官」帶領，想來人數更多了。

二、演出程序

《金瓶梅》忠實地記錄了明代戲曲演出的空前盛況，舉凡賓客宴集、官場升遷、紅白

1　《小說見聞錄》。

喜慶、上墳祭祖、重大節日等等場合，都有戲曲演出活動。演唱內容豐富，有清唱、百
戲、雜劇、傳奇、木偶。參加演出人員的陣容，也較龐大，有家樂、妓樂、小優、戲班、
官身樂人，特別重大場合，一齊出場。一般說來，清唱多為妓樂、小優承擔，演唱時妓
樂坐著彈唱，小優兒則站著彈唱。如第二十一回寫李銘「上來把箏弦調定，頓開喉音，
並足朝上，唱了一套『冬景絳都春，寒風布野』」。在特定場合，他們還必須跪著唱，
如第十六回，當十兄弟知道西門慶要娶李瓶兒，預為祝酒慶賀時，「把兩個小優兒叫來
跪著，彈唱一套〔十三腔〕『喜遇吉日』」妓樂和小優兒演唱時所以有此不同的待遇，
張竹坡評本《金瓶梅》第五十四回裏道出了原委。先是兩個歌童上來唱，「常時節道：
怪他是男子，若是婦女，便無價了。」接下去西門慶說：「若是婦女，咱也早叫他坐了，
決不要他站著唱」對於西門慶這番話，應伯爵說是「哥本是在行人，說的話也在行」。
由此可知，對妓樂和小優的區別對待，乃是時風所然。

演出程序，一般先是雜耍、百戲，吹打彈唱，然後正戲開始，在正戲演出過程中，
又雜以清唱。「先是雜耍、百戲，吹打彈唱，然後正戲開始，隊舞吊罷，做了笑樂院本」
（五十八回）。「樂人撮弄雜耍回數，就是笑樂院本」（二十回）。六十三回、六十四回、
七十六回的演出程序，皆如是。正戲演出時，家樂、妓樂、小優都有明確的分工，描寫
最為細緻的是第四十八回，西門慶升了千戶，又生了官哥，雙喜臨門，於是清明節上墳
祭祖。

> 叫的樂工、雜耍、扮戲的，小優兒是李銘、吳惠、王柱、鄭奉，唱的是李桂姐、
> 吳銀兒、韓金釧、董嬌兒……當下……扮戲的在捲棚內，扮與堂客們瞧；兩個小
> 優兒在前廳客官席前，唱了一回；四個唱的輪番遞酒；春梅、玉簫、迎春、蘭香
> 四個都在堂客上邊，執壺斟酒。

這個演出程序，與《紅樓夢》所描寫的清代戲曲演出是不同的。如第七十一回，賈母八
十大壽，演員「參場」之後，南安太妃先點了一齣吉慶戲文的「開場戲」，然後北靜王
妃也點了一齣，接下去就是「正戲」開始演出，這次沒有點戲，而是「命隨便揀好的唱
罷了」。

兩相對照，可以看出明代演出的特點：

（一）雜耍、百戲是每次重大演出不可缺少的，在特殊的場合下，百戲的演出，尤為
重要。如殯葬李瓶兒的辭靈那一日：「先是歌郎，並鑼鼓地吊，來靈前參靈，吊五鬼、
鬧判、張天師著鬼迷、鍾馗戲小鬼、老子過函關、六賊鬧彌勒、雪裏梅、莊周夢蝴蝶、
天王降地水火風、洞賓飛劍斬黃龍、趙太祖千里送京娘，各樣百戲吊罷，堂客都在簾內
觀看，參罷靈去了，內眷親戚，都來辭靈燒紙，大哭一場」（六十五回）。

（二）隨著戲曲演出藝術的飛躍發展，樂工伴奏水準也日益提高，而且已經達到獨立演出的水準。《金瓶梅》中已不止一次寫道他們的單獨演奏，如第四十五回專門叫六個吹打的樂工，吹奏了一套「東風料峭好事近」。

（三）《金瓶梅》描寫了十種戲文的演出，其中全本搬演的三種，兩種是雜劇《王月英元夜留鞋記》和《韓湘子升仙記》；一是傳奇《玉環記》。其他都是選折、選出。而描寫清唱演出的則百餘處，不僅家樂、樂妓、小優兒，官身樂人唱，而且潘金蓮、孟玉樓、李瓶兒、應伯爵、陳經濟等人都會唱。可見清唱在明代風靡一時。

三、演出時間

《金瓶梅》中西門慶家演戲，大都安排在午後或夜間。第三十二回午後開始演出《韓湘子升仙記》，演了四折，「飲酒至晚方散」。三十六回蘇州戲班先演了一折《香囊記》，後演《玉環記》，「子弟唱了兩折，恐天晚，西門慶與了賞錢，打發去了」。這都是午後。夜晚演出，更為常見，七十六回海鹽子弟午後演出《裴晉公還帶記》，「唱了兩折，日平西」。晚上又唱《四季記》，「唱了《郵亭》兩折，一更時分」。最典型的是李瓶兒死後，接連演了兩夜，第一夜竟然演了個通宵，至五更方散。

一本雜劇的演出時間，需要整整一個下午，上面提到的《韓湘子升仙記》和四十三回喬五太太點的《王月英元夜留鞋記》，「戲文四折下來，天色已晚」，皆可證。而一部傳奇的演出時間則較長。六十三回至六十四回，海鹽子弟演出《玉環記》，第一天整整演了一夜，「約有五更時分，眾人齊起身……看收了傢伙，留下戲箱，明日還有劉公公、薛公公來祭奠，還做一日。眾戲子答應，管待了酒飯，歸下處歇去了」。演了一夜，《玉環記》並沒有演完。第二天劉、薛二太監來了之後，沒有接演《玉環記》，而是點了《劉智遠紅袍記》，沒聽幾折，二位太監很不耐煩，說海鹽腔「蠻聲哈剌，誰曉得他唱的是什麼」！非叫兩個唱道情的，打動魚鼓，唱了一套《韓文公雪擁藍關》故事。至晚，二太監走了之後，「將昨日《玉環記》做不完的折數，一一緊做慢唱，都搬演出來……當日眾人，坐到三更時分，搬戲已完，方起身各散。」

根據這段描寫，可知一部傳奇完整地演下來，是一整夜又一個三更天，大約相當於兩個白天的時間。這班海鹽子弟演出的《玉環記》，根據劇中人物的對話來看，肯定就是《六十種曲》本，只不過繁簡不同，試比較如下：

《金瓶梅詞話》：「下邊鼓樂響動，關目上來，生扮韋皋，淨扮包知木，同到勾欄裏玉簫家來。那媽兒出來迎接。包知木道：『你去叫那姐兒出來！』媽云：『包官人，你好不著人，俺女兒等閒不便出來，說不得一個請字兒，你如何說叫他出來！』」

《六十種曲》本《玉環記》第六齣：〔淨〕（扮包知木）：休要閑說。我且問你，簫兒成了人麼？〔丑〕（扮媽媽）：「我女兒成人兩年了」。〔淨〕：「好好，長長短短，知道了萬萬千千」。〔丑〕：「休要取笑。」〔淨〕「也罷，叫他出來見我」。〔丑〕：「包官人，你好輕人！我兒女麗春園逼邪氣鶯鶯花賽壓眾芳，美嬌嬌活豔豔的觀世音菩薩，等閒不便出來。你說不得一個『請』字，你倒說叫他出來。」

現存《六十種曲》本《玉環記》共三十四折，詞話裏描寫的演出本又較簡，尚需近二天時間。這裏，使我們連想起洪昇自己談《長生殿》演出的一段記載：

> 今《長生殿》行世，伶人苦於繁長難演，竟為儈輩妄加節改，關目都廢。吳子憤之，效《墨憨十四種》，更定二十八折，而以虢國、梅妃別為饒戲兩劇，確當不易。且全本得其論文，發予意所涵蘊者實多。分兩日唱演殊快。取簡便，當覓吳本教習，勿為儈誤可耳。[2]

二十八折，兩日演完，與《金瓶梅》中的演出時間，大體也是相當的。清初，洪昇已感受到傳奇體制太長，「伶人苦於繁長難演」。其實，在明代傳奇興盛之後，此弊病已見端倪。西門慶等人第一夜觀演《玉環記》到三更時，「左右關目還未了哩」，已經是不耐煩了：「令書童催促子弟快吊關目上來，分付揀著熱鬧處唱罷。須與打動鼓板，扮末的上來請問西門慶：『小的《寄真容》那一折可要唱？』西門慶道：『我不管你，只要熱鬧。』」演出者苦於繁長難演，觀眾又嫌長看得不耐煩，無怪清代花部諸腔興盛之時，傳奇就一蹶不振，再也無法挽回其衰頹之勢了。

應當提到的是，當時演出的提偶戲，時間較短，一部《殺狗記》，晚夕開始，「戲文上來，直搬演到三更天氣，戲文方了」（八十回）。

四、蘇州戲班演唱海鹽腔

前面提到西門慶曾請過一個蘇州戲班四個演員來演戲，這四個演員的姓名和扮演的腳色是：「裝生的叫苟子孝，那一個裝旦的叫周順，一個貼旦叫袁琰，那一個裝小生的叫胡慥」（三十六回）。其中苟子孝在請海鹽子弟來演出時又出現了，「海鹽子弟張美、徐順、苟子孝都挑戲箱到了」（七十四回）。這絕不是小說中人名的一時誤置，而是說明蘇州戲班當時演唱的就是海鹽腔。最好的例證是：三十六回蘇州戲班演出的劇碼和六十三回、六十四回海鹽子弟演出的劇碼是相同的，都有《玉環記》，這就不能說是偶然的

2　《長生殿・例言》。

巧合了。

關於《金瓶梅》的成書過程及其作者，是長期以來學術界沒有解決的疑難問題，本文難以就這個問題進行討論。但是，有一點是大家比較公認的：即《金瓶梅》所描寫的大都是嘉靖時事。而小說《金瓶梅》又第一次為我們提供了海鹽腔在當時演出的情況，具體描寫了它在嘉靖年間的巨大影響。從小說中，人們不難看出，一有達官貴人來到清河縣，西門慶就不再請擅演北雜劇的王皇親家的戲班，而是請來海鹽子弟，這就足以說明海鹽腔的社會地位高出一等。儘管劉、薛兩位太監責斥海鹽腔「蠻聲哈刺」，但是緊接著小說還有這樣一段描寫：西門慶等兩位太監走了之後，就對應伯爵說：「內相家不曉的南戲滋味；早知他不聽，我今日不留他。」伯爵道：「哥到辜負的意思。內臣斜局的營生，他只喜《藍關記》，搗喇小子，山歌野調，那裏曉得大關目，悲歡離合」（六十四回）。海鹽腔如此獲得人們的青睞，並非偶然。原來，嘉靖時，即便在北方觀眾中，南曲也比北曲受歡迎。《金瓶梅》中對善歌南曲的書童和春鴻這兩個形象的描寫，就可以看到南曲倍受重視。應伯爵曾這樣誇獎書童：「你看他這喉音，就是一管簫。說那院裏小娘們便怎的，那套唱都聽的熟了，怎生如他那等滋潤」（三十二回）。「院裏小娘們」，係指善歌北曲的妓樂李桂姐諸人，「聽的熟了」的也是說北曲。「北曲不諧南耳」，起碼在嘉靖年間不是這樣，而是「南曲已諧北耳」了。

此外，《金瓶梅》中寫得最多的清唱，直接注明南曲的，為數很多，但沒有一處提到是崑曲或崑山腔。因此，我們可以得出這樣的結論：明代嘉靖年間，經魏良輔變海鹽、弋陽而革新的崑山腔，尚未在全國流行，它的興盛，應是隆、萬以後的事；而當時最受人們歡迎的還是海鹽腔。因此，蘇州戲班演唱海鹽腔，也就不足為奇了。

五、「步戲」存疑

《金瓶梅》中的戲曲演出，有兩處提到向無人知的「步戲」，一是第十九回：

> 一日八月初旬天氣，與夏提刑做生日，在新買莊上擺酒，叫了四個唱的，一起樂工、雜耍、步戲。

一是第二十回：

> 話休饒舌，不覺到了二十五日，西門慶家中吃會親酒，插花筵席。四個唱的，一起雜耍、步戲……官客在新蓋捲棚內坐的吃茶，然後到齊了，大廳上坐。席上都有桌面，某人居上，某人居下。先吃小割海青卷兒，八寶攢湯，頭一道割，燒鵝

大下飯。樂人撮弄雜耍回數，就是笑樂院本下去。李銘、吳惠兩個小優兒上來彈
唱，間省清吹下去。四個唱的出來，筵外遞酒。

「步戲」，僅見於《金瓶梅》一書。筆者孤陋寡聞，未見其他文獻記載，故不知是聲腔、
劇種，抑是戲曲演出形式？如從演出程序看，雜耍後面，必是百戲，「步戲」，似為百
戲之一種；而從第二十回的描寫來看，雜耍之後，接著就演笑樂院本，那麼，「步戲」
又似笑樂院本的演出形式。由於小說中沒有具體紹介，很難作出確切地判斷。幸好，崇
禎刊本《繡像金瓶梅》，回前附圖，這二百幅中，有四幅涉及戲曲演出，有助於對「步
戲」之探索。這四幅圖是：

　　第一幅是第十回，西門慶與妻妾在芙蓉亭上，幾個樂人席地而坐，進行彈唱。

　　第二幅是十五回，在獅子街李瓶兒住的樓上，兩個樂妓董嬌兒、韓金釧兒坐著彈唱。
因是元宵節，唱的是「燈辭」。書面下部是樓下觀燈的遊人。

　　第三幅，就是提到「步戲」的第二十回了。畫面的上部是四個女樂人，後排兩人，
一吹笛，一吹笙；前排兩人，一撥弦子，一彈琵琶，站立整齊，邊走邊彈邊唱，簇擁著
李瓶兒朝眾官客走來。畫面下部共十六人，全都站立作拱手狀。廳的地面上還鋪著一塊
演出用的氍毹。

　　第四幅，就是六十三回海鹽子弟演出《玉環記》。廳內燃起臘燭，官客分兩列座；
另外兩面，一面是眾堂客坐在簾子內觀看演出；一面是三個樂工站著伴奏。處於畫面核
心的，則是兩個演員正站在氍毹上演出《玉環記》第六齣〈韋皋嫖院〉。

　　這四幅戲曲演出圖，前兩幅，顯是坐著清唱，可以不論；而後兩幅，特別是第三幅
則給我們提供了直觀的形象。「步戲」也者，蓋指不登台而站在氍毹上邊走邊唱之戲曲
演出形式也。因無其他史料可資佐證，立此存疑，質諸高明，並盼賜教。

作者附記：

　　此文寫成後，接吳白匋先生函示，從文字音韻學角度，對〔步戲〕作了解釋，深受
教益。又蒙先生為刊登，錄如後。

　　劉輝同志：關於《金瓶梅》裏的「步戲」一詞，由於我過去是僅僅欣賞小說，並沒
有注意到。見信後，查了若干工具書，也沒有找到確切的解釋。您從《詞話》的插圖，
認為是「有可能指不在戲曲舞台上而在氍毹上邊走、邊唱的演出形式」，我認為很合理，
可以成立。因為插圖是當時人畫的，是第一手旁證，雖沒有注明「步戲」，卻符合事實。
即使萬曆本《詞話》插圖是用崇禎本配的（我過去聽北京圖書館副館長劉國鈞先生說過），但
年代差距不到三十年，還可以作為依據。

　　我有一點猜測：戲曲來源於歌舞，古有「踏歌」一詞，又作「蹋歌」。「蹋」字見《說文·足部》，字義是「踐」也。「蹋」，又見《釋名》，義是「著地」也。「踏」是「蹋」的後起字，見《玉篇》，義也是「足著地也」。《佩文韻府》於「踏歌」條下，引用《舊唐書·睿宗紀》、段成式《酉陽雜俎》與《續列仙傳》記藍采和事為出處。總之，踏步是常用語，踏歌是步行地上而歌，步戲可能是與踏歌同一性質的形式。提供您參考。

　　還有，目前蘇州人學崑劇，師傅教學生身段（當然不在台上），還叫「踏戲」，也可說它是步戲的遺風。我覺得戲曲術語，由於文獻不足徵，用文字音韻學方法進行猜測，未為不可。不知您意下如何？

　　即頌

暑安

吳白匋復

六月十三日

《金瓶梅》的歷史命運與現實評價
——之一：非淫書辨

　　古典長篇小說名著《金瓶梅》，在中國小說發展史上，承上啟下，不可或缺。無論在題材內容、審美意識，還是藝術表現方法、形象揭示生活的深度和力度上，都為小說創作開闢了一個嶄新的天地，如一座豐碑，矗立在明代文壇。它的這一重要歷史地位，已為海內外學人所公認。然而，從它問世的第一天起，就命運偃蹇，毀譽參半。四百年過去了，這座深邃的藝術宮闕的門扉雖已打開，而它的奧秘，它的真諦，仍吸引眾多的學者去摸索，去探求。古往今來，大凡一部名著，大概都具有這樣的魅力吧！

　　《金瓶梅》全書的主旨究竟是什麼？是指斥時事，影射之作，還是暴露文學，抑是十六世紀一個商人的悲劇？眾說不一；它是一部現實主義的名著，抑是缺乏美學理想，有著嚴重缺陷的自然主義小說？各執一端；它是指向虛偽道學的鋒利匕首，抑是一部宣淫之作？分歧猶存……。對於這許多問題，我雖有自己的看法，但思考得還不成熟，願意寫出來，參加討論。本文僅就《金瓶梅》是不是一部淫書，談點個人粗淺的看法，就正於方家、讀者。

一

　　《金瓶梅》還在鈔本流傳時，就有一個淫書的惡諡，沈德符說：「此等書必遂有人板行，但一刻即家傳戶到，壞人心術，他日閻羅究詰始禍，何辭置對？吾豈以刀錐博泥犁哉！」[1]李日華說：「萬曆四十三年十一月五日，沈伯遠攜其伯景倩所藏《金瓶梅》小說來，大抵市諢之極穢者耳，而鋒焰遠遜《水滸傳》。袁中郎極口贊之，亦好奇之過。」[2]刊刻問世以後，袁照則說：「其書鄙穢百端，不堪入目。」[3]

1　《萬曆野獲編》卷二十五。

2　《味水軒日記》。

3　《袁石公遺事錄》。

與此相反，最早記載《金瓶梅》抄本的袁中郎，看了之後，倍加讚賞：「伏枕略觀，雲霞滿紙，勝於枚生〈七發〉多矣。」[4]謝肇淛論述得最為全面，他說：

> 書凡百萬言，為卷二十，始末不過數年事耳。其中朝野之政務，官私之晉接，閨閨之媒語，市里之猥談，與夫勢交利合之態，心輸背笑之局，桑中濮上之期，尊罍枕席之語，驅驥之機械意智，粉黛之自媚爭妍，狎客之從諛逢迎，奴怡之稽唇淬語，窮極境象，駴意快心。譬之範工摶泥，妍媸老少，人鬼萬殊，不徒肖其貌，且並其神傳之。信穢官之上乘，爐錘之妙手也。其不及《水滸傳》者，以其猥瑣淫媟，無關名理。而或以為過之者，彼猶機軸相放，而此之面目各別，聚有自來，散有自去，讀者意想不到。唯恐易盡，此盡可與褒儒俗士見哉？[5]

欣欣子的觀點，與之相同，他在序中說：

> 其中語句新奇，膾炙人口，無非明人論，戒淫奔，分淑慝，化善惡，知盛衰消長之機，取報應輪回之事，如在目前，始終如脈絡貫通，如萬系迎風而不亂也，使觀者庶幾可以一哂而忘憂也。其中未免語涉俚俗，氣含脂粉。余則曰：不然。〈關雎〉之作，樂而不淫，哀而不傷。富與貴，人之所慕也，鮮有不至於淫者；哀與怨，人之所惡也，鮮有不至於傷者。[6]

到了李漁，他把《金瓶梅詞話》寫定為《新刻繡像批評金瓶梅》並為之作評時，觀點極為鮮明：「讀此書而以為淫者、穢者，無目者也」。[7]不惟不穢，而且「分明穢語閱來但又見其風騷，不見其穢，可謂化腐臭為神奇矣。」[8]繼李漁之後，清康熙年間的青年批評家張竹坡，第一次寫下了〈第一奇書非淫書論〉，他說：

> 今夫《金瓶》一書，作者亦是將〈褰裳〉〈風雨〉〈蘀兮〉〈子衿〉諸詩細為摹仿耳。夫微言之而文人知儆，顯言之而流俗皆知，不意世之看者，不以為懲勸之韋絃，反以為行樂之符節，所以目為淫書，不知淫者自見其淫耳。[9]

對此，清末的文龍又進一步闡述：

4　《錦帆集》卷四。
5　〈金瓶梅跋〉，轉引自《中華文史論叢》1980 年第 4 期。
6　人民文學出版社 1985 本《金瓶梅詞話》。
7　《新刻繡像批評金瓶梅》，北京大學藏本，第一百回眉評。
8　同上，第二十八回眉評。
9　康熙乙亥本《皋鶴堂批評第一奇書金瓶梅》。

或謂《金瓶梅》淫書也，非也。淫者見之謂之淫，不淫者不謂之淫，但睹一群鳥獸挈尾而已。[10]

夫淫生於逸豫，不生於畏戒，是在讀此書者之聰明與糊塗耳。生性淫，不觀此書亦淫；性不淫，觀此書可以止淫。然則書不淫，人自淫也；人不淫，書又何當淫乎？[11]

李漁、張竹坡、文龍，迄今所知，是對《金瓶梅》作出詳細評論的僅存的三位批評家。

他們的批評，雖都帶有主觀隨意性，難免失於偏頗：對《金瓶梅》中的人物、事件，有的觀點截然相反，甚至互相攻訐，但是，在《金瓶梅》是不是一部淫書這個問題上，他們的觀點卻是完全一致的。他們的觀點毫不含糊，說得斬釘截鐵：絕不是淫書。清代的封建統治者，對《金瓶梅》的態度是：一方面一禁再禁；另一方面，又組織他的臣子全文翻譯成滿文，廣為流傳。至於當代的研究者，有的認為《金瓶梅》是個性解放的產物，應予肯定；有的則認為是「淫穢惡劄」，不應曲意回護。

以上，是對《金瓶梅》歷史命運的簡略回顧。不難看出，在《金瓶梅》是不是淫書這個問題上，兩種觀點，針鋒相對，迥然相左。問題既然如此嚴重，就值得我們認真去辨析了。

二

任何一部文藝作品的創作，都不能擺脫傳統文化對它的影響，尤其是同類體裁作品的影響，更為直接，《金瓶梅》亦不例外。因此，要想辯明《金瓶梅》是不是一部淫書，首要的任務，在於作一番歷史的縱向考查。

標誌著中國小說發展到成熟階段的唐人傳奇，找不出一篇帶有像明清時那種十分露骨的性生活描寫內容的作品。談到這個問題，人們馬上會想起張鷟用第一人稱寫下的愛情小說《遊仙窟》，裏面雖然也描寫了男女主角一夜之間的挑逗、調情和愛戀，雜有色情成分，但它畢竟還比較含蓄，往往以詩句代之。不像後來的大描大寫。要說《遊仙窟》對《金瓶梅》的創作帶來了影響，我認為是相當淡薄的。嗣後，宋元話本裏，為人們所知的，也只有一篇，即〈金虜海陵王荒淫〉，見《京本通俗小說》卷二十一。葉德輝在

10　見拙著：《金瓶梅成書與版本研究》（瀋陽：遼寧人民出版社，1986年版）。
11　同上註。

重刻此本卷後，附有跋。此本不易獲見故迻錄如下，跋云：

> 此《京本通俗小說》中之二十一卷，所敘乃金亮荒淫之事，一一與《金史·后妃
> 列傳》、海陵妃嬙諸傳相合。當時修史諸臣，或據此等記載采入，非甚之之辭也。
> 書中譯名，多同舊本《金文》，與今武英殿本重譯者小異，然殿本因注明原譯，
> 可復按也。《京本》小說為虞山錢遵王述古堂藏書，其前《碾玉觀音》《馮玉梅
> 團圓》《拗相公》《西南（應為山）一窟鬼》等七種，已為藝風老人影寫刊行，餘
> 此一卷，以穢褻棄之。吾謂金亮起自戎索，荼毒中原，恃其武威，淫暴無復人理，
> 所謂罪浮於桀，虐過於政廣。史臣謂其戾氣感召，身由惡終，使天下後世稱無道
> 主者，以海陵為首，洵不誣也。是書傳自《金文》，譯於宋人，非其獨恨其為國
> 仇，亦有族類之感，故一則曰虜中書，再則曰騷撻子。描寫金亮禽獸之行，頗覺
> 酣暢淋漓。其稍異者，此書謂蕭拱與柔妃有染，亮故殺之，史則謂妃入宮非處子，
> 亮疑蕭拱，意致之死，意史臣為蕭拱諱。[12]

既然「傳自《金史》，譯於宋人」，當為宋人所作。對此，我是深表懷疑的。細讀全卷，
文字風格很不統一，前後脈絡，亦絕不貫串，顯係後纂附改定而成。如卷首及卷尾，多
用文言，依史傳連綴成文，而中間一大段，則細寫定哥、貴哥之事，篇幅占全卷之半，
結構上很不勻稱；且語言俚俗，雜以切口聲嗽，文筆流暢，活潑生動，蓋出自民間藝人
之口，即稍涉淫穢，亦不失話本之名篇。此本之改定，又當是明清人所為，我們不妨以
女待詔與貴哥的這段對白為例：

> 女待詔道：「該有個得活寶的喜氣。」
> 貴哥插嘴道：「除了西洋國出的走盤珠，緬甸國出的緬鈴，只有人才是活寶，若
> 說起人時，府中且是多得緊，夫人恰是用不著的，你說怎活寶不活寶？」
> 待詔道：「人有幾等人，物有幾等物，寶有幾等寶，活也有幾等活，你這姐姐只
> 好躲在夫人跟前折白道綠、喝五吆六，那曾見稀奇的活寶來！」[13]

宋人何有「西洋國」之稱謂？胡適氏在讀過此本時，於此處墨筆加批：「此句十分可疑。」
所批甚是。或謂葉氏所刻，並非來自繆本，而是據《醒世恆言》本而重刊。[14]總之，現
存話本《金虜海陵王荒淫》，是否出於宋人之手，大可懷疑，即使原為宋人所作，可以

12　己未孟冬仿宋刻本《京本通俗小說》。
13　見王利器先生藏本《京本通俗小說》。
14　譚正璧：《三言兩拍資料》（上海：上海古籍出版社本）。

肯定又必經明、清人的改寫，難以據此立論它對《金瓶梅》究竟產生了多少影響。這樣，我們的考查範圍，只能限於《金瓶梅》問世之前的明代小說了。幸好，欣欣子在〈金瓶梅詞話序〉裏，給我們開列了一長串書單，序云：

> 吾嘗觀前代騷人，如盧景暉之《剪燈新話》，元微之之《鶯鶯傳》，趙君弼之《效顰集》，羅貫中之《水滸傳》，丘瓊山之《鍾情麗集》，盧梅湖之《懷春雅集》，周靜軒之《秉燭清談》，其後《如意傳》《于湖記》。其間語句文確，讀者往往不能暢懷，不至終篇而掩棄之矣。此一傳者，雖市井之常談，閨房之碎語，使三尺童子聞之，如飫天漿而撥鯨牙，洞洞然易曉。雖不比古之集理趣，文墨綽有可觀。其他關係世道風化，懲戒善惡，滌慮洗心，無不小補。

欣欣子寫此序時，可能信手拈來，故書目的時代先後順序，略有錯亂。在他開列的這批小說名單中，不少當代論者認為：能與淫穢描寫掛上鈎的，惟有《如意傳》《于湖記》。這裏的《如意傳》，當即《如意君傳》《于湖記》，當即《張于湖誤宿女貞觀記》。《于湖記》，最早見於萬曆十五年（1578）謝廷諒序刻本《國色天香》，寫的是人們熟知的潘必正與陳妙常故事，文筆淨潔，毫無淫穢可言，說它是一部淫書，實在是冤哉枉也。原書具在，讀者可以後復按。倒是收在《國色天香》卷十的〈風流情趣〉，污穢不堪入目。這一短篇，以男女陰陽二器作擬人化的描繪，無聊之甚，而它與《金瓶梅》是毫不相干的。剩下的只有《如意君傳》了，那麼，它與《金瓶梅》是什麼關係呢？

《如意君傳》，國內向無刻本流傳，孫楷第《中國通俗小說書目》亦著錄「未見」。因此，它是一部什麼樣的小說？成書於何時？成了多年難解之謎。1983 年徐朔方先生訪美，複製原件帶回，承以見示，獲見全帙。原件係活字刻本，前有華陽散人寫於甲戌之〈如意君傳序〉，後有相陽柳伯生寫於庚辰之跋。正文前題為《閫娛情傳》，全文約九千餘言。最早記載《如意君傳》流傳於世的是黃訓。黃訓，字學古，歙縣人。生於明弘治三年（1490），卒於明嘉靖十九年（1540）。嘉靖八年（1539）進士。他寫的〈讀如意君傳〉一文，收在現存明嘉靖壬戌刻本《讀書一得》卷二。可見小說《如意君傳》在嘉靖以前已經刊刻行世，華陽散人序之甲戌，最遲應是正德九年（1514），跋之庚辰，應是正德十五年（1520）。可以斷言：《如意君傳》成書刊刻在前，是它影響了《金瓶梅》的創作，情況絕不能相反。

小說《如意君傳》的主角是武則天和薛敖曹。從武則天入宮寫起：「武則天宮后者，荊州都督士彠女也。幼名媚娘。年十四，文皇聞其美麗，納之居之後宮，拜為才人。久之，文皇不豫，高宗以太子入奉湯藥。媚娘侍側，高宗見而悅，欲私之，未得便。會高宗起如廁，媚娘奉金盆水跪進之，高宗戲以水灑之曰：「乍憶巫山夢裏魂，陽台路隔豈

無聞。」媚娘即和曰：『未漾錦帳風雲會，先沐金盆雨露恩。』高宗大悅，遂相推攜交會於宮內小軒僻處，極盡繾綣。」繼而敘出媚娘於感業寺削髮為尼。高宗即位，隨納入宮，拜為左昭儀。高宗晚年，武氏擅權，誅殺賢良，任用酷吏，並與僧懷義、張昌宗、張易之相淫。以上顯係參照史實，點綴成文。

《如意君傳》著力所描寫的，乃是武則天與薛敖曹之淫亂行為，篇幅占三分之二以上。寫武氏七十高齡，得一偉岸雄健之青年薛敖曹，召進宮內，通宵達日，逞欲恣淫。所言敖曹為薛舉之後，於史無徵，係虛構而成，顯為小說家言。現在，我們可以說：在一部小說中對性生活作露骨放肆描寫的，發端於《如意君傳》，而不是《金瓶梅》。然而，小說《如意君傳》對《金瓶梅》所產生的影響，是不容忽視的。

人們大概不會忘記，《金瓶梅詞話》第三十七回，曾有這樣一句：「一個鶯聲嚦嚦，猶如武則天遇敖曹。」這就向我們透露出一個信息：《金瓶梅》在成書過程中，確是有意識地吸收了《如意君傳》中一些淫穢描寫的部分。具體說來，《金瓶梅詞話》的第十八、十九、二十七、二十八、二十九、五十、五十一、五十二、六十一、七十三、七十八、七十九等回的一些性描寫，大都從《如意君傳》中化出，或動作一樣，同出一轍；或行為相似，同一模式；或者具體描繪，一字不差；或大同小異，模仿痕跡甚濃。特別有幾段文字，明顯抄襲而來。如第二十七回的「直抵牝屋之上，忽然仰身望前一送⋯⋯」一段文字，直接移來，照抄不誤。類此者，在二十八、二十九、三十八、六十一、七十九等回皆可找到，毋需一一列舉。

不難看出，《如意君傳》開其端，《金瓶梅》繼後承襲，而《金瓶梅》畢竟不是《如意君傳》的翻版，起碼不像《如意君傳》那樣，充塞滿紙，專意於此。這，正是我們下一節將要集中討論的一個問題。但是，無論怎麼說，歷來把《金瓶梅》視為「古今第一淫書」「淫書之首」，這個觀點是根本不能成立的。

三

有比較，才有鑒別。討論《金瓶梅》是不是一部淫書，還必須和它同時代出現的淫書相比較，才能辯明。什麼叫淫書，似乎還沒有一個明確的界說。我認為還是以魯迅先生的這段論述為準：

> 然《金瓶梅》作者能文，故雖間雜猥詞，而其他佳處自在，至於末流，則著意所寫，專在性交，又越常情，如有狂疾，惟《肉蒲團》意想頗似李漁，較為出類而已。其尤下者則意欲媟語，而未能文，仍作小書，刊布於世，中經禁斷，今多不

傳。[15]

魯迅先生的話說得很明確，凡是「著意所寫，專在性交，又越常情，如有狂矣」，「意欲語媒，而未能文」者，皆可謂之淫書。這類小說在明代，特別是明末清初，不僅長篇有，短篇亦存。除《如意君傳》外，《癡婆子傳》《繡榻野史》《肉蒲團》《燈草和尚》《昭陽趣史》《兩肉緣》《素娥篇》等等皆是。對於這些真正的淫穢之書，為了不致污染筆墨，我們不宜舉其目，更不須歷盡其詳，僅以其中「較為出類」「頗為傑出」[16]之《肉蒲團》一種作對照比較，也就盡夠了。

《肉蒲團》，四卷二十回。劉廷璣《在園雜誌》云為李漁之作。考之李漁之《無聲戲》《十二樓》諸作，風格相近，故魯迅說：「意想頗似李漁」。《肉蒲團》開篇第一回用了一首詞作為引首，其詞下半闋云：「世間真樂地，算來算去，還數房中。不比榮華境，歡始愁終。得趣朝朝燕，酣眠處，怕響晨鐘。靜眼看，乾坤復載，一幅大春宮。」可以說，這正是整部小說創作的主旨。除了開始兩回及最後一回附加的一些因果報應說教之外，全都用來描寫未央生與豔芳、香雲、瑞珠、瑞玉、晨姑等人的荒淫行為，連篇累牘，津津樂道，狂嫖爛淫，不堪入目，間以割狗腎之荒唐，「同盟義議」「平分一夜歡」之下流描繪，是道道地地的一部淫書。因為它除了「專在性交」之外，一切社會網絡的流動，政治經濟的變化，全然是模糊一片，毫無鮮明的反映，更不消說什麼人物形象塑造、性格刻畫了。明末清初文壇出現的這批怪物，不論是長篇，還是短篇，包括《拍案驚奇》裏的〈喬兌換鬍子宣淫顯報施臥師入定〉〈任君用恣樂深閨楊太尉戲宮館客〉在內，都採用了一個共同模式，即通篇淫穢描寫的外表，裏上一層薄薄的因果報應，明為勸懲，實為宣淫。這是一個赤裸裸的鬼域橫行的獸性世界，除了污穢，就是爛淫，沒有任何道德與美學價值可言。

《金瓶梅》與《肉蒲團》絕然不同。它給人們展示的，乃是一幅明代後期豐富的社會生活風俗畫卷，上至皇帝、權貴、大吏，下至蔑片、地痞、娼妓，朝野政務，人情世態，盡收其內，說它是有明一代之百科全書，毫不誇張。在中國小說發展史上，它是第一部以社會現實生活為題材的長篇小說，打破了以歷史、傳奇、怪異為題材的傳統，為小說創作開闢了一個嶄新的天地。人們常說：沒有《金瓶梅》，就沒有《紅樓夢》，一點也不過分。無庸諱言，《金瓶梅》確是寫了不少西門慶的性生活，寫出了他瘋狂地占有女人的強烈欲望，就藝術形象而言，性生活是組成這一人物性格有機整體的不可缺少部分，

15　《中國小說史略》。
16　《中國通俗小說書目》。

但卻不是這個藝術形象的全部。這裏：我們不妨先把這類描寫的所占篇幅作一個簡單的對比：《如意君傳》是三分之二，《肉蒲團》是五分之四，而《金瓶梅》僅占百分之一、二。在這部長達百萬字的小說中，以刪削得比較乾淨的人民文學出版社本《金瓶梅詞話》為例，所刪字數還不足兩萬，即可證明。因此，《金瓶梅》與《肉蒲團》一類淫書的狂描爛寫，是全然不同的。

當然，僅以量的不同，作為衡量或判斷它是不是一部淫書的標準，恐有失偏頗，關鍵還在於質的顯著差異。首先，西門慶絕不能和未央生之間劃一個等號，他是十六世紀一個新興的市井形象。為了自身商業經濟的發展，迫使他與封建統治有著千絲萬縷的聯繫，上通權臣官府，勢利熏心，下攬市井惡棍，貪得無厭。但他雄心勃勃，由一個破落戶開始，不消幾年，搖身一變，家產萬貫，是一個典型的暴發戶。西門慶的形象史，正是中國封建社會走向全面崩潰，資本主義商業經濟破土而出這一特定歷史時期的社會發展史，有其豐富的社會內涵，有著巨大的認識價值。讀了《金瓶梅》，馬上就使人們聯想起恩格斯對《人間喜劇》所作的這段有名的論述：

> 巴爾札克，我認為他是比過去、現在和未來的一切左拉都要偉大得多的現實主義大師，他在《人間喜劇》裏給我們提供了一部法國「社會」特別是巴黎「上流社會」的現實主義歷史，他用編年史的方式，幾乎逐年地把上升的資產階級在 1816 年至 1848 年這一時期對貴族社會日甚一日的衝擊描寫出來，這一貴族社會在 1815 年以後又重整旗鼓，無力重新恢復舊日法國生活方式的標準。他描寫了這個在他看來是模範社會的最後殘餘怎樣在庸俗的、滿身銅臭的暴發戶的逼攻之下逐漸滅亡，或者被這一暴發戶所腐化；他描寫了貴婦人（她們對丈夫的不忠只不過是維護自己的一種方式，這和她們在婚姻上聽人擺佈的方式是完全相對應的）怎樣讓位給專為金錢或衣著而不忠丈夫的資產階級婦女。在這幅中心圖畫的四周，他彙集了法國社會的全部歷史。我從這裏，甚至在經濟細節方面（如革命以後動產和不動產的重新分配）所學到的東西，也要比當時所有職業的歷史學家、經濟學家和統計學家那裏學到的全部東西還多。[17]

我認為恩格斯的這一評價，移到小說《金瓶梅》上，也是完全得體和適用的。君不見當代從事明代社會、歷史、哲學、經濟、宗教、風俗、語言、服飾、飲食、戲曲等等的研究者們，不是都到《金瓶梅》裏去尋找他們所需要的那些無比豐富的真實的形象史料嗎？

其次，《金瓶梅》中的性描寫，除了韻文部分的意在渲染，可以全部刪去之外，都

17　馬克思、恩格斯《論文學與藝術》（北京：人民文學出版社，1982 年版）。

與刻畫人物性格密不可分。李瓶兒之溫順，潘金蓮之狡詐，王六兒之貪財，宋惠蓮之「占高枝」，無一不在性生活的描寫中，鮮明地展現出她們的這一性格特色。而所有這些人物，又並非僅僅是個淫婦形象，而是那個歷史條件下的婦女典型形象，概括出那一特定時代的某些特徵，是「著此一家，即罵盡諸色，蓋非獨描摹下流言行，加以筆伐而已。」以宋惠蓮為例，儘管她在小說中所占篇幅不多，但卻是《金瓶梅》中塑造得最為成功的典型形象之一。她的被侮辱與被損害，她的行為放蕩與善良心地，她的覺醒與抗爭，通過多側面、多層次（包括與西門慶的幾次性關係）的皴染，這個複雜的人物性格給讀者留下深刻的印象，發人深思，引人歎唶。如果全然抽去她的性生活的描寫部分，毫無疑問，這個「辣菜根子」性格，必然會黯淡失色，單薄蒼白。同樣的道理，作為一個新興市井人物形象的西門慶，抽去了這一部分，也破壞了這一形象的完整與豐滿，儘管他還是個西門慶，但絕不是《金瓶梅》中的西門慶。淫書與非淫書，在這裏有了一個明顯的分界：前者「專在性交」，而後者則作為塑造人物形象的一個手段，由於不著意於此，所以在性生活描寫的同時，插進去很多其他事件。曾有人作過這樣的統計：有關《金瓶梅》的這類描寫，全書共出現一百零五處，其中大描大寫者三十六處，小描小寫者三十六處，一筆帶過者三十三處。以性描寫最為集中的第二十七回〈李瓶兒私語翡翠軒　潘金蓮醉鬧葡萄架〉為例，開始的環境點染，用了一長段「留文」，閃爍著憤世憫人的民主思想光輝；接著用「私語」和「醉鬧」反襯出李瓶兒和潘金蓮兩種絕然不同的性格，而且交待出李瓶兒已懷身孕，為她們日後的矛盾發展，特別是潘金蓮謀害官哥埋下了伏筆；而「醉鬧」一節文字，用潘金蓮丟了一隻鞋這個細節，勾出毒打秋菊，並襯出陳經濟與潘金蓮的關係日趨表面化，用陳經濟的一句話說：「不怕他不上帳兒」；而秋菊此日之含恨，鑄成她日後在月娘面前一而再、再而三的「泄幽情」，直置潘金蓮於死地。可以看出，第二十七回，是諸多矛盾縮接、生發之回，在全書中舉足輕重，豈是一「淫」字概括得了的？《金瓶梅》之不「專在性交」於此可見，一目了然。

　　再次，評價任何一部文藝作品，都不可脫離開這部作品產生的特定時代。《金瓶梅》誕生的時代，正好是中國社會大轉折的時代，漫長的封建社會開始走上了總崩潰、總瓦解的衰亡道路，而帶有資本主義生產方式的社會經濟，儘管還處於萌芽狀態，卻作為一股最有生氣的社會力量，登上了社會舞台。為了廓清它們前進道路上的障礙，朝著一切維護封建統治秩序的宗法道德觀念，發起了猛烈的攻擊，尤其與宋、明以來鼓吹的「存天理，去人欲」的虛偽道學，針鋒相對；情與性就是它們手中的兩把鋒利匕首，投向禁錮人欲的封建禮教。反映在文學領域內，《金瓶梅》與《牡丹亭》就是其中的傑出代表。專就這個意義上說，《金瓶梅》中的描寫，從大膽肯定人的性欲出發，進一步肯定人的生存價值，帶有濃厚的人文主義色彩，標誌了一個時代的覺醒。而《肉蒲團》一類淫書

的惡性氾濫，對這個剛剛覺醒的時代來說，又恰是一個反動，是對人的存在價值的一次否定。《金瓶梅》與《肉蒲團》的歷史地位和作用是全然不同的，不容混淆，更不可等量齊觀。還是魯迅先生說得好：「作者之於世情，蓋誠極洞達，凡所形容，或條暢，或曲折，或刻露而無相，或幽伏而含譏，或一時並寫兩面，使之相形，變幻之情，隨在顯見，同時說部，無以上之，故世以為非王世貞不能作。至謂此書之作，專以寫市井間淫夫蕩婦，則與本文殊不符，緣西門慶故稱世家，為搢紳，不惟交通權貴，即士類亦與周旋，著此一家，即罵盡諸色，蓋非獨描摹下流言行，加以筆伐而已」。[18]因此，視《金瓶梅》為一部淫書的觀點，也是不能成立的。

尤其值得一提的是：《肉蒲團》在具體描寫中，並不把《金瓶梅》視為「淫詞褻語」之書。這裏有兩例可尋，第一例在第三回：「未央生要助他的淫興，又到書鋪中買了許多風月之書，如《繡榻野史》《如意君傳》《癡婆子傳》之類」。第二例在第十四回：「那丈夫所買之書，都是淫詞褻語，《癡婆子傳》《繡榻野史》《如意君傳》之類。」淫書之作者，尚且不把《金瓶梅》視為淫書，僅此一點，難道不耐人尋味嗎？

四

辨明《金瓶梅》並非是一部淫書，不等於說《金瓶梅》中就沒有淫穢描寫；肯定情與性的進步歷史作用，更不是為《金瓶梅》的嚴重缺陷曲意回護，人世間的任何事物從來就沒有那樣單純。

我認為《金瓶梅》中的性行為描寫，大致有三種情況：一是與刻畫人物性格密不可分；二是為寫性而寫性，帶有嚴重的低級欣賞情趣，其韻文部分的肆意渲淫尤甚，成為贅疣，把這一部分刪去，對這部小說的美學價值不會有絲毫影響；三是重複雷同過多，完全可以一筆帶過。即便是第一種情況，裏面也摻雜了一些純動物性的露骨描寫，亦可刪削。因而，從總體看，《金瓶梅》中的性行為描寫，是不成功的，恰是這部作品的嚴重缺陷。問題主要在於作者的欣賞趣味低下，只要一涉性行為描寫，便把人的價值降低到一般動物的層次，而未有美的昇華，《金瓶梅》與《查泰萊夫人的情人》的區別，正在於此。產生這一問題的根源，有社會歷史條件的客觀侷限，也是與《金瓶梅》的成書過程密不可分。

前已論及，處在中國歷史大轉折的明代社會，帶有資本主義因素的新興經濟，僅僅處於萌芽狀態；而資產階級遠沒有形成一個獨立的階級而存在。它要與舊的封建勢力決

18　《中國小說史略》。

裂，但又缺乏一個自覺的明確方向，觸目所及，腐朽爛濫，漆黑一團，滔滔盡是，看不到自己為之奮爭的光明前景。反映到小說《金瓶梅》中，則表現為：對舊的傳統的封建禮教，辛辣譏諷與無情抨擊有餘，而對美的理想追求與建樹不足；僅僅滿足於對醜的揭露或陳列，而不能打碎這個醜惡畢露的展覽櫥窗，另鑄一個美的高尚的境界。也正因為這股新興的勢力，脫胎於舊的封建營壘，當它還在幼弱之時，又必然在很多方面依附於舊的傳統觀念而不能自主，這一點，在對待婦女的態度上，反映得格外明顯。傳統的封建觀念，一向視婦女為「尤物」「禍水」，到了《金瓶梅》中，她們一變而成為反對禁錮人欲的泄欲工具，表現形式不同，而觀念的實質則一。待到二百年後的《紅樓夢》問世，這一觀念才得到徹底轉變。可以說，明代中後期的社會歷史，不僅沒有為《金瓶梅》創造出一幅美的藍圖，而且也不可能為它指出美的有景。具體論述這方面的歷史侷限，不是本文之主旨所在。

另一方面，與《金瓶梅》的成書過程有關。我從來不認為《金瓶梅》是一部文人作家獨創的長篇小說，而是民間藝人世代相傳，集體創作而成，成書過程相當複雜。尤其在那個社會風氣低下的圈內廣為流傳，難免泥沙俱下，良莠混雜，從小說《如意君傳》對燒香這一細節具體描寫，就可見一斑。原來燒香竟是「民間私情，有於白肉中燒香疤者，以為美談。」《金瓶梅》三次寫了燒香，即由原來的民間風俗而來。設若再佐以「葷口」，用來招徠迎合部分讀者，造成《金瓶梅》中的部分淫濫描寫，也是不難想像的了。雜以淫穢描寫和審美情趣低下，正是《金瓶梅》的嚴重缺陷所在。

時代發展到今天，堅持四項基本原則，堅持改革開放，建設具有中國特色的社會主義現實社會，對《金瓶梅》的性行為描寫更應當採取審慎的態度。對於一般讀者來說，應當讓他們接受一切可資利用的祖國優秀文化遺產的精神陶冶，增強民族自信心；同時又要免除一切淫穢的東西所帶來的惡劣影響，尤其是對青年的影響。把《金瓶梅》中所有的淫穢描寫全部刪節出版，不失為兩全之道，我舉雙手贊成。而作為高等學校和科研單位專門從事小說的研究者來說，他們都已具有獨立的鑒別能力，應當為他們創造通讀全書的條件，再也不能讓老師給大學生講《金瓶梅》而教師卻沒有看過《金瓶梅》的不正常現象存在下去了。

歷史反思，不是為了追懷逝去的悠悠歲月；他山攻磋，而在著眼於當今之小說創作。當前，社會上流行著「性文學」的說法，作為一種觀念來說，在中國小說史裏確是不存在的，找到的只能是《肉蒲團》一類傷風敗俗、亂倫無德的淫書。至於在一些小說名著如《金瓶梅》中雜有一些性行為描寫，也斷然不能名之為「性文學」。它寫性，是為了反對禁錮人欲的封建禮數，而且早已完成了在那個特定歷史時代的歷史使命。何況，與它們的歷史使命伴隨而來的性行為描寫，都具有不可彌補的嚴重缺陷，包括《紅樓夢》

的個別類似細節描寫在內，都是作家審美情趣低下的敗筆，絲毫不值得去效法。而那些狂描濫寫的淫書，也早已被掃進了歷史的垃圾堆。因此，在文學作品中，性行為描寫是永遠不值得提倡的。如果有人想以此來刺激人的感官，招徠讀者，不僅是自己才華枯竭的表現，而且也是對藝術美的踐踏和褻瀆，必然走進創作的死胡同而抱憾終身。一部明代小說史已經作出了歷史回答，可供鑒誡和深思。

一九八七年六月初稿於京郊思敏齋

一九八八年九月改定

《金瓶梅》是假託宋朝實寫明事

　　《金瓶梅》在中國小說史上，是第一部以現實社會生活為題材的長篇小說。表面上寫北宋末年，儘管有人還為它編年，而實則寫明事。無論典章制度，事件史實，還是人物形象，習俗方言，無一不打上鮮明的明代印記。

　　眾所周知，《金瓶梅詞話》之為書，尤其西門慶和潘金蓮的故事，是以《水滸傳》為藍本，敷衍鋪張而蔚為大國；而《水滸傳》所用的宋元方言，至明，已成為歷史陳跡，不復使用，故《金瓶梅詞話》在引用時，必須以當時的語言加以解說或串講，否則，讀者和聽眾會不知其所云為何。譬如《水滸傳》之第二十四回：王婆道：「大官人，但凡挨光的兩個字最難，要五件事俱全。」到了《金瓶梅詞話》第三回，就這樣寫道：「怎的是挨光？似如今俗呼偷情就是了。」又如：「搗子」一詞，《水滸傳》凡三見：第二十五回：「如今這搗子病得重。」第二十九回：「這幾個火家搗子，打得屁滾尿流。」第三十二回：「餘者皆是村中搗子。」到了《金瓶梅詞話》第十九回：「那時，宋時謂之搗子，今時俗呼為光棍是也。」這時的「如今」「今時」，指的就是明代，則是確鑿無疑的了。

　　談到寫的是明代的事件史實，例證是俯拾皆是。吳晗在其著名論文〈金瓶梅的著作時代及其社會背景〉一文中，曾經列舉「馬價銀」「皇莊」「番子」，旁徵博引，詳加考核，確是明代之事。只不過，他由此得出的結論：「《金瓶梅》的成書年代大約是萬曆十年到三十年（1582-1602）」，卻有所失誤。

　　《金瓶梅詞話》第七回，孟玉樓說：「常言道：世上錢財倘來物，那是長貧久富家。緊著起來，朝廷爺一時沒錢時，還問太僕寺借馬價銀子支來使。」據《明史》記載，太僕寺之有馬價銀，始於成化年間，但朝廷爺借支馬價款銀，並非萬曆十年以後才出現的現象。查《明實錄》，早在嘉靖十六年（1537），就挪借太僕寺馬價銀，為度過財政困難的應急辦法之一。嘉靖十七年十二月：「一動支馬價款官柴薪銀三十萬兩，先送工所雇役支用。」嘉靖十八年閏七月：「給濟太享殿、慈慶宮等大工之用，仍借支貯庫及馬價銀四十萬有奇。」都是明證。

　　採「皇木」，建「皇莊」。據《明史·食貨志》，採皇木始於成祖，歷洪熙、宣德、正德各代有之，至嘉靖、萬曆而極。「皇莊」亦非吳晗所言：「嘉靖時代無皇莊之名，

止稱官地。」不僅《明實錄》嘉靖十九年（1540）六月已有「皇莊」一詞記錄在案，而且其源可溯至洪熙時仁宗的「仁壽宮莊」「未央宮莊」，至成化時因沒收太監曹吉祥的地畝，作為宮中莊田，逐正式定名「皇莊」。所謂「番子」，那是自明朝設立東廠以後就有的，說嘉靖時番子不敢放肆，純係想當然之詞，不足為憑。

《金瓶梅詞話》卷首有酒色財氣〈四貪詞〉，研究者咸謂，來自萬曆十七年（1590）十二月二十一日，大理寺左評事雒于仁上奏酒色財氣四箴，批評、勸諫皇帝朱翊鈞之史實。由於本書後面有專題，此處一筆帶過。[1]

臨清，在明代是個重要的商埠，扼運河通道，商賈雲集。對此，《金瓶梅詞話》作了如實描寫，請看第九十八回這段贊詞，寫得何等氣派：「正東看，隱隱青螺堆岱嶽。正西瞧，茫茫蒼霧鎖皇都。正北觀，層層甲第起朱樓。正南望，浩浩長淮如素練。」這裏所寫僅是一座酒樓四望景觀，其整個城市的繁華景象，可想而知。臨清在明代又是一個重要鈔關。《明史》卷八十一云：

> 宣德四年（1429）以鈔法不通，由商居貨不稅。由是於京省商賈湊集地市鎮店肆門攤稅課，增舊凡五倍，兩京蔬果園，不論官私，種而鬻者，塌房庫房店肆居商貨者，番令納鈔。委御史、戶部、錦衣兵馬司官各一，於城門察收舟船受雇裝載者，計所載料多寡、路遠近納鈔。鈔關之設自此始。

後文列舉各地鈔關十一處，臨清在其內。以此與《金瓶梅詞話》第五十八回提到的「臨清鈔關」和其他回內對納稅細節的描寫相較，兩者完全相符。臨清地名未變，但絕不是宋時之臨清，而是明代的了。順便說一下，臨清，今屬山東省。而山東在宋代叫京東路，元代稱腹裏，小說第六十五回說的「咱山東一省也響出名去了」。「山東一省」這個稱謂，也只有明代以後才能出現。

最令人注目的是：《金瓶梅詞話》裏竟出現了一些真名實姓的明代人。在小說中，他們既不同於《水滸傳》或《宋史》裏已有之人，也不同於作者憑空虛構的人物，而是實實在在的明朝人。更叫人驚異的是，小說對他們的描寫，和他們本人的生平行實，也大體相符。如出現在第四十八回、六十五回的陽穀縣丞狄斯彬，小說寫他「本貫河南舞陽人氏，為人剛而且方，不要錢，問事糊突，人都號他做『狄混』」。狄斯彬傳在《明史》裏，附〈楊允繩傳〉後，溧陽人。《溧陽縣誌》亦有傳。嘉靖二十六年（1547）進士。官御史時，因彈劾提督中官杜泰，貶為宣武典史。溧陽縣有二：一在江蘇；一在河南。縣丞，在明代是縣的佐貳官，實際上就是典史。不難看出，小說對狄斯彬的描寫，是確

---

[1]　本書指張兵、張振華選編：《金瓶梅說》（南昌：江西教育出版社，1999 年）。

有所本的。

又如第六十五回、七十七回提到的韓邦奇，他是明代一位有名望的人物。錢謙益就說過：「汝節（按：韓邦奇，字汝節）奇偉倜儻，談理學，負經濟，海內稱苑洛先生。」這位曾任山東副使的韓邦奇，在小說裏以徐州知府的面目出現，雖仕歷稍有異，但寫他「志多清修，才堪廊廟」，卻又是相合的。

類此者，或是一筆帶過的明代官吏還有，不必一一例舉。值得注意的是：《金瓶梅詞話》中個別重要人物，在明代也確有同名而經歷近似的人，如西門慶的親家陳洪，與隆慶年間司禮掌印太監陳洪的名字一模一樣。陳洪的兒子、西門慶的女婿陳經濟，在明代還真有一個叫這個名字的人。這位陳經濟，字鴻宇，河南禹州人。萬曆八年（1580）進士，任湖州知府。沈德符在《萬曆野獲編·士紳怪癖》中記載：「近日陳經濟為湖州太守，酷惡鴉聲。偶聞之，必痛笞其家人，遂目為『陳老鴉』。」這位外號「陳老鴉」的陳經濟，與《金瓶梅詞話》裏的陳經濟，究竟有沒有關係？什麼樣的關係？倒真是一向未引起人們注意而又未解之謎呢！

至於小說中寫宋時人，穿戴卻是明代服飾，吃的是明代獨有的菜肴，喝的是明代才出產的酒，等等，本書將有專章，一一道來。請讀者耐心看下去，自會一目了然。[2]

《金瓶梅》假託宋朝，實寫明事，是毋庸置疑的。這樣，現實社會生活進入了長篇小說，就為中國的長篇小說創作開拓了一個新紀元。原來在中國長篇小說中（包括宋、元講史評話），占據主導地位的，不是歷史上的帝王將相，就是超人的傳奇英雄，或者是怪誕虛幻的神魔鬼怪。我們只要讀一下《三國演義》《水滸傳》《西遊記》以及明代大量出現的講史、神魔篇會，就可知曉。《金瓶梅》出，為之突然一變，它筆下的人物，都是現實社會中常見的市井細民、官吏、商人、地痞、無賴、娼妓、醫生、牙婆、道士、和尚……可以這樣說，明代城市中的三百六十行各色人物一一攬入其內。當然，它也寫了皇帝老兒、權臣大吏，但僅僅是陪襯，不是主要人物。因此，說《金瓶梅》是一幅豐富的明代社會風俗畫卷，一點也不過分；說它是有明一代百科全書，絲毫也不誇張。

2　同註1。

《金瓶梅》研究十年

如果從袁宏道萬曆二十四年（1596）給董其昌信中評論《金瓶梅》「雲霞滿紙，勝於枚生〈七發〉多矣」算起，《金瓶梅》的研究，已近四個世紀之久。其間，大致可以分為四個階段：一是《金瓶梅》刊刻問世前後的明代後期，當這部奇書橫空出世，震驚文壇之時，不少文人學士圍繞著它的反映廣闊社會生活的豐富內涵，來探求其創作主旨，諸說不一，毀譽參半。二是有清一代，以李漁、張竹坡、文龍為代表，對《金瓶梅》作了評點，從創作意圖、深刻寓意，到藝術構思、細節描寫，作了全面評價。尤以青年批評家張竹坡寫下的總論、回評、眉批、夾註，總十數萬言，條分縷析，擘肌分理，獨具特色。三是清末民初至「文化大革命」。先是前輩學者魯迅、鄭振鐸、吳晗等人，對《金瓶梅》反映的時代背景、社會意義、創作得失，作出了精闢論述：復有各種文學史、小說史的專章評論，間以五十年代有關《金瓶梅》作者及成書過程問題的討論。然而就總體而言，特別與其他幾部中國古典小說名著的研究相比，《金瓶梅》研究則顯得十分沉寂。這不能不與它長期以來就有「淫書」之惡諡而遭到禁錮有關。四是黨的十一屆三中全會以來的十年，是《金瓶梅》研究史上的繁榮階段。有人作過這樣一個粗略統計：建國前所發《金瓶梅》論文不過三十篇，建國後「文化大革命」前，大陸（不含港、臺）僅僅十餘篇；專著，除屬於資料性的《瓶外卮言》外，一片空白。但是這短短的十年，論文已逾數百篇，專著（不含《資料彙編》）十餘種。[1]這十年來《金瓶梅》研究的主要特徵，在其全面、系統、深入，不論是《金瓶梅》的作者、版本、成書過程，還是思想內涵、美學價值、在小說發展史上的地位，乃至與時代政治、經濟、哲學、宗教、民俗、語言的關係，均得以全面展開。

國外的《金瓶梅》研究，是從張竹坡的《第一奇書》本被日、德、英、法等各種文字節譯而興起的，迄今《金瓶梅》的全譯、節譯本已有幾十種文字，《金瓶梅》早已躋身世界文學名著之林。在國內《金瓶梅》研究處於相對沉寂之時，國外學者先走一步，美國哈佛大學教授韓南的〈金瓶梅版本及其他〉〈金瓶梅探原〉及日本學者鳥居久晴的〈金瓶梅版本考〉等，都是《金瓶梅》研究的力作。1983 年 5 月，美國印第安那大學又

1　　徐瑞潔、李菀：《金瓶梅版本及研究論著、目錄索引》。

率先召開了第一次《金瓶梅》專題學術討論會。面對著誕生於我國的這部小說名著，其研究水準卻落後於外國學者的不正常狀況，國內《金瓶梅》研究者，無不憂思反側。值得欣慰的是：近十年來，在老一輩學者的帶領下，一代中青年研究者迅速崛起，有的地區甚至形成了《金瓶梅》研究群。他們在繼承前人已有研究成果的基礎上，獨立思考，迎頭趕上。經過徐州的 1985、1986 年和揚州的 1988 年三次國內《金瓶梅》學術討論會，以及前不久在徐州召開的首屆國際《金瓶梅》學術討論會的檢驗，目前國內的《金瓶梅》研究水準，不僅和國外的研究水準並駕齊驅，而且在有的方面取得了重大進展和新的突破。

一、進展與突破

(一)作者之探索

研究任何一部文藝作品，首先要瞭解它的作者，否則無法知人論世，無法探求作品的真諦。《金瓶梅》作者問題，成為研究者爭論的一個焦點，一直為國內外學者所關注。還在《金瓶梅》抄本流傳階段，它的作者就是一個謎。現知最早論及《金瓶梅》作者的是屠本畯，他在萬曆三十五年（1607）時寫道：「相傳嘉靖時，有人為陸都督炳誣奏，朝廷籍其家，其人沉冤，托之《金瓶梅》。」[2]萬曆四十二年（1614）袁中道則說：「舊時京師，有一西門千戶，延一紹興老儒於家。老儒無事，逐日記其家淫蕩風月之事，以西門慶影其主人，以餘影其諸姬。」[3]到了萬曆四十年（1616）謝肇淛又說：「相傳永陵（嘉靖）中，有金吾戚里，憑怙奢汰，淫縱無度，而其門客病之，采摭日逐行事，匯以成編，而托之西門慶也。」[4]他們既沒有說出作者的真實姓名，而且所用均寫「相傳」。《金瓶梅詞話》刊刻面世後，論及它的作者的有兩家影響較大：一是沈德符，他約在萬曆四十七年至四十八年（1619-1620）時說：「聞此為嘉靖間大名士手筆，指斥時事」；[5]二是晚出的欣欣子〈新刻金瓶梅詞話序〉：「竊謂蘭陵笑笑生，作《金瓶梅傳》，寄意於時俗，蓋有謂也。」從明末清初起，人們大都以這兩點為據，去尋求《金瓶梅》的作者，開出了一串作者候選人名單，如王世貞、徐渭、盧楠、薛應旂、李卓吾、趙南星、李漁……。

2　《山林經濟籍》惇德堂刻本卷八。
3　《遊居杮錄》卷九。
4　《小草齋齋集》卷二十四〈金瓶梅跋〉。
5　《萬曆野獲編》卷二十五。

由於清初的宋起鳳和化名謝頤為張竹坡《第一奇書金瓶梅》作序的張潮，公開為王世貞說揭櫫，《金瓶梅》為王世貞作，遂盛行一時。待到 1931 年吳晗發表了〈清明上河圖與金瓶梅的故事及其演變〉及 1934 年所寫〈金瓶梅的著作時代及其社會背景〉，才廓清了種種迷霧；同時魯迅、鄭振鐸亦撰文否定，王世貞一說隨之根本動搖。

本世紀三十年代初，《金瓶梅詞話》在山西發現，人們才得以獲見《金瓶梅》一書的原貌。有人認為，《金瓶梅》不僅不是王世貞所作，而且也「不是哪一個『大名士』、大文學家獨自在書齋裏創作出來的，而是在同一時間或不同時間裏的許多藝人集體創作出來的，是一部集體的創作，只不過最後經過了文人的潤色和加工而已。」[6]《金瓶梅》集體創作說遂應運而出。是文人作家獨創，抑是集體之作？十年來有關《金瓶梅》作者問題的研究，正是由此而起步的。

力主《金瓶梅》是中國小說史上第一部文人獨創長篇的研究者，在仔細驗證前人諸說基礎上，又提出不少新說，形成了舊說猶存，新說並起的鬧熱局面。迄今，《金瓶梅》作者的主名者已有二十餘人之多。

早在六十年代初，中國科學院本《中國文學史》，在《金瓶梅》一節注文中提出作者是「李開先生的可能性較大」。但直到 1980 年，徐朔方先生寫於 1964 年的〈金瓶梅的寫定者是李開先〉發表之後，「李開先說」才在學術界產生了較大反響。此文以及作者陸續寫出的〈金瓶梅成書補證〉〈金瓶梅成書新探〉，著眼於內證，從《金瓶梅詞話》中大量抄引李開先的《寶劍記》入手，博引旁徵，以期得出科學的結論。但是，持「李開先說」者亦有不同，一說李是《金瓶梅》的寫定者；一說李是它的作者。最近青年研究者卜鍵，進一步詳考李開先之生平行實與宦跡遊蹤，兼及譜系謫庶之辨析，由《金瓶梅詞話》成書於嘉靖後期，至詞話本內容與《寶劍記》《西廂記》之比較，從李開先的創作思想與《金瓶梅》美學思想的對比，到蘭陵笑笑生的考辨，寫成專著《金瓶梅作者李開先考》，可說是李開先說的集大成者。儘管此著過於細密，易流於穿鑿附會，但在《金瓶梅》作者的探索中，卻是一部引起了研究者注意的新作。

1983 年，張遠芬在系列論文基礎上匯為專著《金瓶梅新證》，論證賈三近是《金瓶梅》的作者。賈三近，山東嶧縣人，古代恰為蘭陵，與欣欣子所言「蘭陵笑笑生」不謀而合；並認為書中多次提到的金華酒，就是產於嶧縣的蘭陵酒，《金瓶梅詞話》中的山東土白也多是嶧縣方言。此說一出，多有商榷。蘭陵古代有二：一為山東嶧縣；一為江蘇武進，難以定論。不可忽略的是：這畢竟是國內出版的第一部有關《金瓶梅》作者的專著。

6　潘開沛：〈金瓶梅的產生和作者〉，載 1954 年 8 月 29 日《光明日報》。

十年來《金瓶梅》作者討論中，黃霖 1983 年提出的屠隆說，是國內外影響較大的說法之一。這位一生風流倜儻，混跡官場又被罷官，篤信佛道而又熟稔戲曲之作的屠隆，確是具備創作《金瓶梅》的多種條件，加之移家武進，與「蘭陵」相符，而黃霖論證的核心，在於查出《金瓶梅詞話》第五十六回〈應伯爵舉薦水秀才〉所念一詩一文，出自笑話集《開卷一笑》。此集卷三題為「卓吾先生編次，一衲道人屠隆參閱。」卷一又有「卓吾先生編次，笑笑先生增訂，哈哈道士校閱。」卷五〈別頭巾文〉，更直署「一衲道人」。據此，認為笑笑先生、哈哈道士、一衲道人、屠隆是一個人，並進一步推論笑笑先生即欣欣子所記「笑笑生」。自然，屠隆便是《金瓶梅詞話》的作者了。在我看來，此說是從小說裏尋找內證中比較有說服力的一種，論證亦為前人所未見，故受到學術界的重視，並引起一場爭論。討論愈細，持議與否定雙方思考愈深，各自的疏漏也愈明顯。且不說《開卷一笑》（又名《山中一夕話》）這類笑話文字遊戲集的編刻，多係輾轉相抄，書賈射利而為，刊刻年代難以確定，不能作可信史料拈來就用，恐怕屠隆說的主要癥結還在於：第五十六回正是沈德符所說：「然原本實少五十三回至五十七回，遍覓不得，有陋儒補以入刻。無論膚淺鄙俚，時作吳語，即前後血脈，亦絕不貫串，一見知其贗作矣。」[7]「陋儒補以入刻」的贗名，似不可當作真品論證其作者。當然，這五回是不是贗作，沈德符的話是否可信，也有絕然不同的兩種看法。另外，屠隆與前面提到的第一個論及《金瓶梅》作者的屠本畯的關係，更不容忽視。幾年前我已著文提及，現轉錄於此：「認為《金瓶梅》係屠隆所著，這就與屠本畯編次的這部《山林經濟籍》以及他所寫的這則跋語直接有關了，……屠本畯與屠隆同里同宗，屠隆與屠本畯及其父屠大山關係又相當親密，《山林經濟籍》中也輯有屠隆的《婆夢園清語》，屠隆為屠本畯的《霞爽閣空言》所寫序亦收在本書卷二十四中，更何況屠隆的兒子屠一衡還為《山林經濟籍》寫了序言。設若《金瓶梅》係屠隆之大作，屠本畯絕不會不知道，他更不必跑到金壇王宇泰那裏，看他收藏的二帙抄本，亦斷然不會寫出『相傳為嘉靖時，有人為陸都督炳誣奏，朝廷籍其家，其人沉冤，托之《金瓶梅》』這樣的話來。僅此一點，屠隆之作《金瓶梅》一說，就難以站得住腳了。」[8]

近期《金瓶梅》作者的討論，除上述諸說之外，湯顯祖、沈德符、馮夢龍、袁無涯、謝榛、李先芳、王稚登等也被研究者陸續提了出來。證據多寡有異，反響強弱不一，限於篇幅，不再一一贅述。

與文人作家獨創說並存的是集體創作說。圍繞此說之爭論，近年來十分矚目。較之

[7] 《萬曆野獲編》卷二十五。
[8] 見拙著：《金瓶梅成書與版本研究》（瀋陽：遼寧人民出版社，1986 年版）。

1954 年潘開沛〈金瓶梅的產生和作者〉發表後引出的討論，有了可喜的進展。這突出表現在：不僅僅局限於《金瓶梅》一部小說，而是立足於整個明代成書的小說名著，來探討它們共同的發展規律。

筆者所見不廣，僅就個人涉獵，最早指出《金瓶梅》是部集體創作這一問題實質的，是明末清初的《續金瓶梅》作者丁耀亢。他在《續金瓶梅·凡例》中說得再清楚不過：「小說類有詩詞，前集名為《詞話》，多用舊曲。」《續金瓶梅》第一回開篇，又作了進一步說明：「見的這部書（指《金瓶梅詞話》）反做了導欲宣淫的話本。」他說的「前集」，就是《金瓶梅詞話》。所以名為「詞話」，是因為小說裏「類有詩詞」，「多用舊曲」；而且把這類「詞話」逕直稱為「話本」，和宋元話本相題並論，真是一語破的，深中肯綮。

眾所周知，話本是民間說話人的「底本」，這是國內外學術界一致公認的事實，《金瓶梅》亦應在其列。因為此書既云「詞話」，就釐定了它的藝術範圍。所謂詞話，是興盛於元明兩代的民間說唱藝術。詞話，亦即話本，這一藝術形式與其他藝術形式相比，它的本質特點，也就是丁耀亢所說的「類有詩詞」，亦即《醉翁談錄》甲集卷一〈小說開闢〉所說的「吐談萬卷曲和詩」。詞（含曲和詩）是可唱的韻文，話指說散，話本就是詞話本的簡稱，「話本」之「話」，指的就是詞話。長期以來，研究者往往把「話本」之「話」理解為只說不唱。此說並不符合現存宋元話本的實際，我們只要看看話本裏出現的數量不等的詩詞韻文和讀一讀《快嘴李翠蓮記》這類話本，就可一目了然。這絕不可視為一個小小的名詞解釋，而是涉及中國小說藝術發展史上出現的一個重要環節，即中國明代成書的長篇小說，無一例外地都經歷了一個詞話的發展階段。根據不止一種明代記載，《水滸傳》《平妖傳》的成書過程，都有過一個詞話階段，只是早已失傳不存了。唯有《金瓶梅詞話》，可說是中國宋元明三代通俗長篇小說發展中唯一現存的詞話本，是長篇小說詞話本僅存的活化石。

中國長篇小說的成書，經歷了一個漫長的過程，起碼不少於宋元明三代。早在《三國志演義》成書之前《三國志平話》《三分事略》已經制訂出三國故事的基本框架；另外，元雜劇的五十餘種三國戲，場面恢宏，形象豐滿，也為《三國志演義》的成書打下了深厚的基礎。《水滸傳》《西遊記》也有類似過程。由於長篇小說人物眾多，結構宏偉，情節複雜，它們需要較長時間的流傳和積累。一般說來，是先有單個的故事，然後才匯為三國、水滸、西遊故事系列集群，羅貫中、施耐庵、吳承恩正是在此基礎上加工寫定而成書。

當我們勾勒了和《金瓶梅詞話》幾乎同時成書的這幾部長篇名著發展脈絡之後，不言而喻，這些長篇小說的作者，絕對不會，也絕不可能是某一位大作家大手筆的個人獨

運,而是眾多民間藝人、書會才人集體智慧的結晶。它們的最後成書,也必然是長期流傳、世代累積的結果。細檢《金瓶梅詞話》作品實際,我們可以得出它是世代累積型集體創作這個結論。

首先,《金瓶梅詞話》中保留的可唱韻文之多,有目共睹。有的回文字不長,韻文所占比重卻很大,如第八十三回,除回首韻文外,竟一連用了〔寄生草〕、〔雁兒落〕等七支小曲或小令,兩首詩贊,一長段賦體韻文。況且這一藝術形式,並非單見某一回或某幾回,而是貫串全書。我曾經作過一個粗略統計:一部《金瓶梅詞話》,其中曲、詞、詩、贊、賦及其他俚俗可唱韻文,竟有五九九種。而細心的讀者從它說散文字裏面,仍然可以發現有大段韻文夾雜其間。試以第八十六回王婆領走潘金蓮時,她們之間的這段對話為例:

> 王婆:「金蓮,你休呆裏撒奸,兩頭白麵,說長並道短。我手裏使不得你巧語花言,幫閒鑽懶。自古沒個不散的筵席,出頭橡兒先朽爛。人的名兒,樹的影兒,蒼蠅不鑽沒縫的蛋。你休把養漢當飯。我如今要打發你上陽關。」金蓮道:「你打人休打臉,罵人休揭短。常言一雞死了一雞鳴,誰打鑼,誰吃飯,誰人常把鐵箍子□。那個常將席篾兒支著眼。為人還有相逢處,樹葉兒落還到根邊。你休把人赤手空拳往外攢。是非莫聽小人言。正是:女人不穿嫁時衣,男兒不吃分時飯。自有徒勞話歲寒。」

這是典型的一例。證明說話人在說書時,亦琅琅上口,韻味鏗鏘。說唱成分這樣多,氣氛如此濃厚,用現代小說創作方法去衡量,似乎很難理解。其實,正是為詞話這一藝術形式所制約,說了一段之後就得唱,不分時間、場合,也無論是否符合人物性格發展邏輯。譬如,第七十九回描寫西門慶臨死之前,幾度昏迷,竟還有氣力唱出一支〔駐馬廳〕的曲子;儘管吳月娘其時已悲痛欲絕,又竟能回唱一支曲子。

其次,大量採錄、抄襲他人之作。《金瓶梅詞話》對宋元話本,元明雜劇、傳奇作了大量採錄。第一回開頭就用了《清平山堂話本》中〈刎頸鴛鴦會〉的入話,把「丈夫隻手把吳鉤」借來,中間僅改一個字。接下去對潘金蓮的描寫,則參照了《京本通俗小說》第十三卷〈志誠張主管〉。小說結尾時李安與春梅的一段,亦源於這個話本小說。第三十四回和第五十一回西門慶兩次提到的阮三與陳小姐一案,見於〈戒指兒記〉。第七十三回薛姑子講說的故事,直接採自〈五戒禪師戲紅蓮記〉。對此,不少學者作了精心查考,一一比較鉤稽。其中,以美國韓南教授的〈金瓶梅探源〉一文最為博洽完備。他指出有九種話本或非話本小說的情節,被《金瓶梅》所借用,或用作穿插,除上面提到的幾篇外,尚有〈楊溫攔路虎傳〉〈西山一窟鬼〉《如意君傳》《新刊京本通俗演義

全像百家公案》〈新橋市韓五賣春情〉。唯最後一種不敢苟同，即《金瓶梅》第九十八回、九十九回寫陳經濟臨清遇韓愛姐，源於〈新橋市韓五賣春情〉。恰恰相反，收在《古今小說》的此篇，是改寫了《金瓶梅詞話》。其失誤在於忽略了中國小說與戲曲在題材內容上吸收和借鑒的發展關係，它們不僅有單向吸收，也有雙向交融，更有連環交替。[9]此外，李開先的傳奇《寶劍記》多次被《金瓶梅》大段引用，或作唱，或為正文描寫敘述之用。套曲二十套（其中十七套是全文）、清曲一〇三支，分別來自《雍熙樂府》《詞林摘豔》《盛世新聲》《吳歈萃雅》。作為一部近百萬字的長篇小說，個別處採錄前人之作，本不足奇。然而，如此大量採錄，甚至一字不改的照抄，作為文人作家的創作，實在不可思議。但作為民間藝人，書會才人，卻是人人都可以摹仿或抄襲前人之作，可以修改增刪他人之作，這不僅無損於他們的聲譽，而且正是他們創作中藝術交流的必要手段。

再次，訛誤、錯亂、重複、破綻，俯拾即是。年、月干支上的錯亂，人物、事件上的矛盾，行文粗疏，破綻百出，情節重複，前後照抄，諸如此類現象，在最近幾年的《金瓶梅》研究中，不少學者用力甚勤，一一拈出。譬如第一主角西門慶，出場說他二十七歲，二十九歲生官哥，三十歲官哥與瓶兒雙亡，又一年死去，應是三十一歲。小說卻說他死時三十三歲，全不合。再看潘金蓮，第一回故事發生在政和二年，武松說他二十八歲，潘金蓮說：「叔叔到長奴三歲」，是二十五歲。第二回轉入政和三年，潘金蓮的年齡竟然一歲不長，仍是二十五歲。僅此數例，就可看出：如此顛倒錯亂，出現在文人作家的筆下實難想像，但作為每日分段說唱的詞話，各部分之間有著相對的獨立性，說唱者本人不加思索，順口而出，則是可以原諒的了。至於說到重複，第十九回潘金蓮獨自在假山旁撲蝶，與陳經濟相互調情，以及陳經濟上前親嘴被她推了一交的情節，五十二回又重演了一次。第四十八回清明節上墳祭祖回來後官哥兒生病的前後情節，和第九十回清明節吳月娘帶孝哥兒上墳祭西門慶回來後的生病描寫，文字大同小異，恰似一個模子鑄造。如果《金瓶梅詞話》是一位大作家的個人獨運，怎麼可能？設想：他寫前面章節時思路敏捷，才華橫溢，而寫到後面部分，又突然才思枯竭，非要照抄前面的情節不可？

不同意世代累積型集體創作說的研究者，也提出駁議，主要論點是：一、《金瓶梅》是以散文敘事為主的小說，與以唱為主獨立門庭的說唱藝術形式詞話，不能等同；二、《金瓶梅》在當時的出現很突兀，沒有跡象表明此前曾在社會上流傳和演唱過；三、《金

9　詳見拙文：〈題材內容上的單向吸收與雙向交融——中國小說與戲曲比較研究之二〉，載《藝術百家》1988 年第 3 期。

瓶梅》小說的整體性充分說明了它是作家有計畫的創作，其前後脫節、重出及描寫中的種種破綻，得因於「草創性」和「創作成書的特殊情況」。[10]

(二)《金瓶梅》的寫定者

世代累積型集體創作的持議者，雖然摘掉了羅貫中、施耐庵、吳承恩是《三國志演義》《水滸傳》《西遊記》作者的桂冠，卻無意貶低他們創造性的藝術成就，絲毫也不抹殺他們在中國小說史上的貢獻。因為，從宋元民間集體創作的短篇、長篇小說，發展到文人作家獨創的短篇和長篇小說，必須有一個循序漸進的發展歷程，其間必有一個過渡階段。這個發展過程，我們可以歸結為：集體創作——文人加工寫定——作家創作。文人加工寫定恰好處於過渡環節，承上啟下，不可或缺。那麼，誰是《金瓶梅》的加工寫定者呢？徐朔方先生認為是李開先或他的崇信者，而我則認為是李漁。

前面已經談到，現存《金瓶梅詞話》的錯亂、破綻比比皆是，顯係書賈拼湊不同抄本匆匆付刻，連抄本中的批語都誤作正文入刻，不像經過文人作家的加工寫定。我們這裏所說的加工寫定，不是指個別文字的圈點，修改或增刪，而是從回目、情節到人物、事件、結構，進行一次全面的加工、潤色、刪改、增飾，只有《新刻繡像批評金瓶梅》出現，才名符其實地完成了這項工作。這主要表現在：一、改變原詞話本的說唱特色，對可唱韻文進行了徹底刪削，其數量不下三分之二，而且又大量刊落了轉錄或照抄他人之作；二、變依傍《水滸傳》而獨立成篇，不從景陽崗武松打虎寫起，而是玉皇廟西門慶熱結十兄弟，與最後一回的永福寺作雙峙起結，前後映照，渾然一體；三、在情節人物上修補原詞話本的明顯破綻；四、回目、引首作了統一加工；五、全部行文作了潤飾，去其瑣碎重複，相對來說較為整潔。

儘管研究者對《金瓶梅》的作者存在著分歧意見，但卻一致認為《新刻繡像批評金瓶梅》和《金瓶梅詞話》是不同系統的兩種版本，前者在《金瓶梅》研究中具有特殊的地位和價值。探索《金瓶梅》的成書過程，研究《金瓶梅》的版本，都少不了它，在詞話本未被發現前，正是它及張竹坡依此作評的《第一奇書》風靡海內外。遺憾的是，過去對於《新刻繡像批評金瓶梅》本的研究實在太薄弱了。這個研究課題被提到日程上來，也是最近幾年的事，這正是十年來《金瓶梅》研究中的又一個進展。

《新刻繡像批評金瓶梅》的研究，主要圍繞兩個問題展開：一是誰為之寫定作評？二是刊刻於何時？

1.寫定作評者應是李漁。

10　李時人：〈說唱詞話和金瓶梅詞話〉，載《復旦學報》1985 年第 5 期。

筆者 1985 年在首都圖書館查閱館藏此本時，無意中從圖後正文前發現了一葉題記。題係一首詞，分上下兩闋，缺調名：

> 貪貴貪榮逐利名，□□醉後戀歡情。……須知先世種來因，速覺情，出迷津，莫使輪回受苦辛。
>
> 回道人題

此題置於圖後正文之前，無異於告訴人們：回道人即是此書之寫定作評者。他承襲弄珠客、廿公、欣欣子的手法，隱名埋姓，化名作題。一般古代小說戲曲研究者，對回道人這個名字並不陌生，回字拆開即為呂，在古代小說戲曲中，他經常是以呂洞賓的代號而出現的。而李漁原名仙呂，字謫凡，化名回道人，正相合。何況在李漁所著小說中，回道人是經常出現的，《十二樓·歸正樓》第四回裏有回道人，《肉蒲團》中有回道人，《合錦回文傳》還有回道人的題贊。

更值得我們注意的是，所有張竹坡批評的《第一奇書》早期刻本，都在扉頁右上端署為「李笠翁先生著」。如果我們考查一下張竹坡與李漁之間的不尋常關係，便可瞭解這一題署確有所據，並非借李漁大名來抬高自己評本的身價。李漁係竹坡之父執。竹坡之父張翶與李漁過往甚密，常流連於山水間，《銅山縣誌·張翶傳》已是記錄在案。而且李漁還在張竹坡的家裏住過一段時間：「湖上李笠翁偶過彭門，寓公（按：指張翶）廡下，留連不忍去者將匝歲。」[11]其時當在李漁移家金陵之後的康熙二年（1663）。因此張竹坡對父輩的密友李漁是相當熟悉的。他的評本《第一奇書》的文字，又恰恰來自《新刻繡像批評金瓶梅》，而不是詞話本；就連《第一奇書》的命名，也源於李漁〈三國志演義序〉。他署為「李笠翁先生著」，斯言當屬可靠無疑。同時，從李漁是創作小說和戲曲的當行裏手這點來看，他加工寫定《金瓶梅》不僅符合他的志趣愛好，而且也是那個「搜奇索古，引商刻羽」的時代使然。

我所以論定李漁既是《新刻繡像批評金瓶梅》的寫定者，又是為之作評者，可從以下幾個方面來考查：

其一，《金瓶梅詞話》所用方言，主要流行於徐州以北、黃河沿岸這一區域。作為祖籍浙江長期生活在吳語區的李漁來說，語言上不可能沒有隔閡，個別北方方言他不知底裏，亦不足為怪；在他寫定、作評時，習慣地使用他所熟悉的方言詞匯，也很自然。這兩種情況都頻頻出現在李漁寫定的正文和評語中。比如，第三十二回鄭愛香兒罵應伯爵的這句話：「不要理這望江南巴兒虎，汗東山斜紋布！」李漁在此處眉評中寫道：「方

11　乾隆四十二年刊本《張氏族譜·司城張公傳》。

言隱語，含譏帶諷，如枝頭小鳥啾啾，雖不解其奇，嬌婉自可聽也。」作為南方人的李漁，自然「不解其奇」，而作為北方人的張竹坡卻深明其意：「望作王，巴作八，汗同汗，斜作邪，合成『王八汗邪』四字，蓋表子行市語也。」同樣，李漁用南方方言寫的評語「弄阿呆口角，妙。」在張竹坡的筆下是無論如何也找不出的。正文亦如此，詞話本第八十六回：「十一月二十七日，孟玉樓生日。」改為「十一月念七日」，顯然根據李漁熟悉的方言，信手拈來，一揮而就。

其二，《金瓶梅》第三十八回寫王六兒與西門慶勾搭成姦之後，與丈夫韓道國有一段對話。李漁為這段文字寫了眉評：

> 老婆偷人，難得道國不氣。若謂予書好色亦甚於好財；觀此，則好財又甚於好色也。

正因為李漁對詞話本作了一番認真加工寫定，他才敢於聲稱《新刻繡像批評金瓶梅》本為「予書」。又如第八十回水秀才代人為西門慶作祭文處。他評道：「祭文大屬可笑，唯其可笑，故存之。」自己刪改過正文，自己又在評語中交待刪或留的理由。李漁為之寫定，又為之作評，豈不昭然若揭？

其三，我們還可以拿李漁在〈三國志演義序〉裏對《金瓶梅》的評價和他寫的評語，作比較研究，不難發現兩者的觀點完全吻合。〈三國志演義序〉云：「嘗聞吳郡馮子猶，賞稱四大奇書，曰《三國》《水滸》《西遊》及《金瓶梅》四種，余亦喜其賞稱為近是。……若夫《金瓶梅》，不過譏刺豪華淫侈，興敗無常，差足淡人情欲，資文談柄已耳，何足多讀。」這個觀點，可說作為一條主線，貫串在全部眉評和旁評中。然而，有人懷疑此序非李漁所寫。近讀陳翔華的文章，第一次披露了李漁為毛宗崗評本所寫序文中，亦談到《金瓶梅》。[12]這是已出的任何一種《金瓶梅資料彙編》都未收錄的，筆者不敢掠美，轉抄如下：

> 昔弇州先生有宇宙四大奇書之目，曰《史記》也，《南華》也，《水滸》與《西廂》也。馮猶龍亦有四大奇書之目，曰《三國》也，《水滸》也，《西遊》與《金瓶梅》也。兩人之論各異。愚謂書之奇當從其類，《水滸》在小說家，與經史不類，《西廂》係詞曲，與小說又不類。今將從其類以配其奇，則馮說為近是。

準此，李漁之序絕非偽作也。

對於李漁是《新刻繡像批評金瓶梅》的寫定者、作評者，學術界也有不同意見。一

12　陳翔華：〈毛宗崗生平與三國志演義毛評本金聖歎序問題〉，載《文獻》1989 年第 3 期。

種認為李漁是作評者，但不是寫定者；另一種認為馮夢龍才是評改者，而不是李漁。黃霖的新作〈關於《金瓶梅》崇禎本的若干問題〉就持此說；魏子雲、陳毓羆、陳昌恆等也先後探討了馮夢龍與《金瓶梅詞話》之間的關係，並對筆者的李漁說提出質疑。黃霖同意「李漁曾用『回道人』的化名，則毫無疑問」，但是認為首圖本起碼是翻刻過兩次的後刻本，即使是李漁的題詞，也只能是書賈補以入書，「故欲以後出的首圖本上的題詩作者回道人來確定崇禎本的評改者，是沒有說服力的」。其次，從時間上看，李漁絕不可能在崇禎年間作評，而此書刻於崇禎無疑。再次，《第一奇書》所署「李笠翁先生著」，「是書商為招徠讀者而搞的把戲」；根據當時習慣，「其『著』字正恰恰否定了李漁加以評點和修改」；「從《第一奇書》命名來看，也可見與李漁的觀點相悖」，李漁是把《金瓶梅》列於奇書第四種而非第一，「顯然，張竹坡的《第一奇書》的命名不但並非來自李漁，而且正與李漁稱《三國》為『第一才子書』的說法針鋒相對」；張竹坡的批評與崇禎本評語多有牴牾，特別是對吳月娘的批評處處唱對台戲，「假如張竹坡果真明知原評為父親的好友李漁所作，且有意在書前署明『李笠翁先生著』的話，怎麼會用這樣的口氣呢？而現在張竹坡用的就是這樣一種大不敬的口氣，這正反映了張竹坡心目中的崇禎本與李漁毫無關係。」

2.刊刻年代。

　　鄭振鐸、孫楷第先生都認為是明崇禎刻本，特別從圖刻者姓名立論，確有所據。只要拿刻於清康熙年間的《第一奇書》與之相校，就會發現明顯不同；凡正文中有礙清廷忌諱的字眼，《新刻繡像批評金瓶梅》依詞話本不加改動，而《第一奇書》則作了修改，如第十七回宇文虛奏章中的「虜」「夷狄」「夷虜」就是。說明此書刻於明末，至遲清初，絕不會晚於文字獄盛行的康熙。對此，大陸學者的看法基本一致。

　　海外學者不同，美國普林斯頓大學教授浦安迪則認為二十卷本的《新刻繡像批評金瓶梅》與十卷本《金瓶梅詞話》似難分清先後，並把《新刻繡像批評金瓶梅》的評點者遠溯到《金瓶梅》成書之時，懷疑出自李卓吾或他的崇信者之手。[13]香港梅節先生也認為：「現存之《新刻繡像批評金瓶梅》，可能是這個二十卷本的第二代刻本。二十卷本面世風行一時，書林人士見有利可圖，乃梓行十卷本《金瓶梅詞話》。」[14]臺灣魏子雲先生還說它刻於天啟年間。對於這些說法，大陸尚未見有撰文贊同者。

13　浦安迪（Andrew Henry Plaks）：〈瑕中見瑜——論崇禎本金瓶梅的評注〉，見《金瓶梅西方論文集》（上海：上海古籍出版社，1987年版）。
14　梅節：《全校本金瓶梅詞話·前言》（香港：星海文化出版公司，1987年版）。

(三)張竹坡的家世生平

如果說國內學者在《金瓶梅》研究中，不少問題還處於探索階段，只是取得一些進展的話，那麼，在《金瓶梅》重要批評家張竹坡的家世生平研究上，則有了一個明顯的突破，完全處於領先地位。吳敢新著《金瓶梅評點家張竹坡年譜》《張竹坡與金瓶梅》對張竹坡家世生平的翔實考證，尤其是他發現的乾隆四十二年刊本《張氏族譜》和其中的〈仲兄竹坡傳〉，一經刊布，即成定讞，為國內外學者所首肯。

張竹坡因評點《金瓶梅》蜚聲海內外。然而長期以來，對張竹坡其人，研究者所掌握的材料，實在可憐得很，不外乎劉廷機《在園雜誌》裏的一條簡短記載，張竹坡寫給張潮的三封書簡，《幽夢影》裏的幾則評語。難怪英國學者阿瑟·戴維·韋利根本否定有張竹坡此人，認為只是一個偽託的假名[15]。真正稱得上張竹坡研究，那也是近十年的事，美國芮效衛教授〈張竹坡評《金瓶梅》〉是其中較早發表的一篇。即便這篇專文，也把張竹坡說成是張潮同父異母兄的兒子。國內所發論文，一涉竹坡家世生平，或語焉不詳，或管窺蠡測，多有失誤，就連竹坡是其名或字或號都說不清楚。正是由於吳敢的辛勤勞動，遍訪了凡能查詢到的每一個張氏家族的後裔，終於在張竹坡後人的房梁上找到了積土寸許的《張氏族譜》，時在 1984 年。同時又獲見康熙六十年刊本《張氏族譜》、道光五年刊本《彭城張氏族譜》、光緒十六年抄本《曙三張公志》等多種寶貴文獻史料，張竹坡的家世生平才得以準確無誤地公之於世。

張道深（1670-1698），字自得，號竹坡，江蘇徐州人。負才落拓，五次鄉試，皆落秋榜。竹坡一生雖然短促，卻頗為坎坷。其父張翀，奉母家居，終生不仕，約文會友，肆力芸編，與李漁、侯朝宗相友善。這與兩兄張膽、張鐸，官運亨通，戶大丁多，形成鮮明對照。張翀去世時，竹坡才十五歲，家道中落，貧困窮苦，為糊口計，開始奔走他鄉，飽嘗了人間冷暖和世態炎涼。正是「窮愁所迫，炎涼所激」的環境玉成了張竹坡，使他在二十六歲為《金瓶梅》寫下了洋洋十數萬字的評語。據他自己說，這些評語「作於十數天內」，殫精竭思，二十七歲時就滿頭白髮。二十九歲時，一夕嘔血數升，一位年輕的有才華的小說理論批評家，就這樣離開了人世。

明代以後古典小說戲曲領域內興起的評點派，是中華民族所獨有的文學理論批評方法。評點家以「通作者之意，開覽者之心」為宗旨，探求作品的微言大義，而任何一部小說的評點，都是評點者自己哲學思想、道德觀念、審美意識、鑒賞情趣的充分表現。研究者所以要認真考查張竹坡的家世平生，瞭解父輩及師友對他思想的薰陶和影響，追

15　〈金瓶梅引言〉，見《河北大學學報》1981 年第 1 期。

索他的行止蹤跡，才能更深入、更客觀地探求他批評《金瓶梅》的豐富內涵，總結他評點的成就與不足。

張竹坡徹底批駁了《金瓶梅》是部「淫書」的謬論，認為是一部描寫人情冷暖，世態炎涼，「著此一家，罵盡諸色」的現實主義巨著。他又別具眼力地視為「獨罪財色」的洩憤之作，「因一人寫及全縣」，由一家而及「天下國家」，深刻抨擊了整個社會的黑暗與糜爛，「直使之千百年後永不復望一復燃之灰」。如此情激直切，也只有聯繫他的生活環境氛圍，尤其張翓一支在整個張氏家族中所處地位，才能理解《金瓶梅》的這一部分描寫何以在張竹坡心靈深處產生了如此強烈的震盪。就連他有失牽強附會的「苦孝說」，也可從中找出此說偏頗的根源。人們讀張竹坡的批評文字，時時感到一股虎虎有生氣的熱流，迎面撲來，恣意奔放，坦率真誠，不趨時俗，無拘無束。這也只有準確掌握它的寫作年代後，才能得到合理解釋。李漁是竹坡之父執，但他不依傍前賢，亦步亦趨，而是根據自己的藝術理解，獨抒胸臆，在一些問題上，特別是對吳月娘這一藝術形象的評價上，與李漁針鋒相對，芒鋒畢露而又年輕氣盛，雖易流於主觀武斷，卻發前人之所未發，言他人之所未言，閃耀著青年人敏銳的智慧火花，這正是青年批評家的最可貴之處。

(四)文龍手評之發現

就目前所知，前人之為《金瓶梅》作評者。除李漁、張竹坡之外，就是清末的文龍了。1985 年初，筆者在瀏覽《金瓶梅》版本時，於柏林寺北京圖書館所見。由於評語直接寫在《第一奇書》在茲堂刻本上，並未付刻，故不見前人著錄。《金瓶梅》第三個評本的發現，無疑是國內十年來《金瓶梅》研究中另一個新的收穫。

文龍評本和其他小說評點派有一個顯著差異：他不以評點小說作為謀生的手段，也不想以此付刻賈利，因而，嘩眾取寵、聳人聽聞的評點派常見的筆調不多，代之以比較實事求是的評論。他邊讀邊思，有所感而發，歷經三年，寫下了六萬餘言的回評和少量眉評，感情真摯，讀來可親。

第二個特點是，正因為他的評語直接寫在張竹坡評本的每回後面，所以，有數量較多的評語針對張竹坡的觀點而發。在一些事件看法和人物評價上同張竹坡截然相反，特別是對吳月娘、孟玉樓、龐春梅這三個藝術形象，幾成冰炭。下筆雖尖酸刻薄，但有些對張竹坡批評之批評，卻甚有見地。毋庸置疑，他們的激烈辯論，可以開拓我們的思路，對於深入研究《金瓶梅》，大有裨益。只是內容上顯得狹窄，不如張竹坡那樣汪洋恣肆，豐富廣泛。但是，也有不少精彩評語。使人難以忘懷。譬如這段評語：

《水滸傳》出，西門慶始在人口中；《金瓶梅》作，西門慶乃在人心中；《金瓶梅》盛行時，遂無人不有一西門慶在目中、意中焉。其為人不足道也，其事蹟不足傳也，而其名遂與日月同不朽，是何故乎？作《金瓶梅》者，人或不知其為誰，而但知為西門慶作也。批《金瓶梅》者，人或不知其為誰，而但知為西門慶批也。西門慶何幸，而得作者之形容，而得批者之唾罵，世界上恆河沙數之人，皆不知其誰，反不如西門慶之在人口中、目中、心意中。是西門慶未死之時便該死，既死之後轉不死，西門慶亦何幸哉！

文龍對西門慶其人早有評價：「勢利熏心，粗俗透骨，昏庸匪類，兇暴小人」，「若再令其不死，日月亦為之無光，霹靂將為之大作」。文龍精闢之處，是他看到了作為藝術典型形象的西門慶，「其名遂與日月同不朽」。這無異於告訴人們：醜惡的反面典型形象，具有和正面典型形象同等的美學價值，這一認識，在古典小說美學領域中是個飛躍。

第三個特點是，結合自己的批書實踐，來探索小說理論批評應當遵循的基本原則。文龍說：「作書難，讀書亦難，批書尤難。未得其真，不求其細，是為酒醉雷公。」這裏，他提出了兩條準則：一是「得真」；一是「求細」。在他看來，「真」，就是「不存喜怒於其心」，評論作家筆下的人物是否合乎情理，既不由作者的好惡來決定，也不能以評論者的主觀意念為定評，而是「準情度理，不可少有偏向，故示翻新」。尤其不可「愛其人其人無一非，惡其人其人無一是」。要達到「準情度理」，就「要看到骨髓裏去」。抓住骨髓，即可「得真」。「求細」，則是「須於未看書之前，先將作者之意體貼一番，更須於看書之際，總將作者之語，思索幾遍，此為細密」。特別強調綜觀全書，不可掛一漏萬：「看前半部，須知有後半部；看後半部，休拋卻前半部。今日之一人一事，皆昔日之收羅埋伏，而發洩於一朝者也。」「看第一回，眼光已射到百回上；看到第百回，心思復憶到第一回先。」準情度理是得真求細的必需手段，得真求細是為了以情理定其案。這正是文龍「書自為我運化，我不為書捆縛」的觀點，是他對中國小說批評史作出的一個貢獻。

二、《金瓶梅》成書年代——一個爭論熱點

與《金瓶梅》作者休戚相關的是《金瓶梅》的成書年代，這是十年來《金瓶梅》研究中的另一個爭論熱點。

從作者問題的論述中，我們已經得知，在明人記載裏，成書於嘉靖說占主導地位，特別是由「嘉靖間大名士」坐實為王世貞中年之作以後。直到本世紀三十年代，魯迅、

鄭振鐸、吳晗等徹底推翻了王世貞作《金瓶梅》說，成書於萬曆說又占上風。單就成書年代來說，近年來的爭論，也是基於嘉靖、萬曆兩說進行的。

當年萬曆說所以占上風，主要與吳晗、鄭振鐸尋找的內證有關，如吳晗在〈金瓶梅的著者時代及其社會背景〉一文裏對小說第七回中寫到朝廷向太僕寺借馬價銀子一事，引證《明史》卷九十二《兵志・馬政》的記載，得出「由此可知詞話中所指必為萬曆十年以後的事」。又對「番子」「皇莊」、佛道興衰、太監擅權等作了考證，結論是：「《金瓶梅》的成書年代大約是萬曆十年到三十年（1582-1602）。」即使退一步說，最早也不能過隆慶二年，最遲也不能過萬曆三十四年（1568-1606）。鄭振鐸先生據欣欣子序中提到的「前代騷人」作品中有《如意傳》《于湖記》，蓋為萬曆年間盛行的小說，自然《金瓶梅》之成書不會早於萬曆年間。上述論斷，長期以來奉為不可動搖的結論。但近來隨著研究的逐步深入，以及新的文獻史料的不斷發現，吳、鄭二先生的研究中的失誤和疏漏，已一一顯示出來。就拿支使馬價銀這一史實來說，根據《明史》的那段記載，得出這個結論並不錯。問題是《明史》的那段記載本身不準確，它誘使人得出錯誤的結論。查《明實錄》，早在嘉靖十六年（1537）就挪借太僕寺馬價銀，為度過財政困難的應急辦法之一。「皇莊」，亦非吳晗所言「嘉靖時代無皇莊之名，止稱官地。」不僅《明實錄》嘉靖十九年（1540）六月已有「皇莊」記錄在案，而且源可溯至洪熙時的「仁壽宮莊」「未央宮莊」，至成化因沒收太監曹吉祥的地畝作為宮中莊田，遂正式定名「皇莊」。至於《如意傳》《于湖記》，更不是萬曆時期的作品。《如意傳》，即《如意君傳》。早在嘉靖年間的黃訓（1490-1540），讀到這部小說後，就寫了〈讀如意君傳〉一文，收在嘉靖四十一年（1562）刊刻的《讀書一得》卷二。

持成書於嘉靖年代的研究者們，又對《金瓶梅詞話》作了一番仔細核查，發現確有幾個嘉靖年間的實有人物；大量戲曲活動中所寫聲腔、時調，也都是流行於嘉靖時，而無任何萬曆間的痕跡。而持萬曆說的研究者也據此以為書中某些人和事，非萬曆時代人不能知，黃霖在〈金瓶梅成書三考〉中說得好：「只要《金瓶梅詞話》中存在萬曆時期的痕跡，就可以斷定它不是嘉靖年間的作品。因為萬曆時期的作家可以描寫先前嘉靖年間的情況，而嘉靖時代的作家絕不能反映出以後萬曆年間的面貌來。」

目前，兩說的爭論，難分軒輊。不過，在力主萬曆說中，有一種觀點認為《金瓶梅》是直接影射萬曆皇帝及其一朝政治事件，這便是臺灣的魏子雲先生。他在《金瓶梅編年說》中寫道：「《金瓶梅詞話》第一回，引述劉、項之與戚夫人、虞姬的『豪傑都休』等事；特別是戚夫人的要求廢嫡立庶事。對萬曆一朝來說，它顯然是影射神宗的寵愛鄭貴妃與其子福王常洵。更可以說是明喻、明指，已不止是影射與隱指。關於這一點，應是任何人都無法否定的一個事實。」魏先生的這一觀點，像根主線貫穿在他的《金瓶梅》

研究論著中，如《金瓶梅探原》《金瓶梅的問世與演變》。對此，徐朔方、陳詔及美國的鄭培凱等先生均撰文與之商榷。

作為藝術創作的小說，既不是歷史著作，也不是紀實性報告文學，允許作者虛構。即便是出現在《金瓶梅》中宋代實有的歷史人物、史實，也是經過虛構和改造的。如果拿典型概括後的藝術形象，和真實人物作簡單比附，或者確指小說中的人物形象就是影射某某人，以此去探求作品的「隱喻」，不可避免地帶有研究者自己的強烈個人色彩。持這種方法研究小說，非今日始。以《紅樓夢》為例，早在本世紀初，就有人認為《紅樓夢》是影射清世祖福臨和董鄂妃，以此去探求《紅樓夢》的微言大義。後人把這一派統稱為「索隱派」。《金瓶梅》影射說，其實就是《紅樓夢》索隱派的翻版。同樣不符合《金瓶梅》作品的實際。比如以《金瓶梅》是影射明神宗寵愛鄭貴妃與其子福王常洵一點而言，眾所周知，所謂萬曆三大案，曾延續數十年之久，包括冊立、妖書、挺擊、紅丸、移宮等一系列事件在內。《金瓶梅》的描寫，很難和這些事件對上號，而有些事件，如紅丸、移宮，並非萬曆朝事，而是發生在泰昌、天啟時。於是，影射說又把《金瓶梅》所寫北宋末年的一年改元，比附為萬曆四十八年的泰昌、天啟改元。然而這樣的類比，又根本不符合兩個朝代的主要事實：萬曆末年鄭貴妃擅權，為立太子引起長期爭論，光宗實際上是因精神迫害致病，即位一月即死去，而北宋徽宗和欽宗之間並不存在這種爭議和隔閡，他們是父子兩代，不是萬曆到天啟的三代，情況毫不相同；重和與宣和是徽宗的年號，這和萬曆四十八年、泰昌元年父子兩個皇帝的年號，實際上還得加上天啟，即祖、父、孫三個同在一年，根本不能相比。因此，這些影射和比附，只是研究者的主觀想像，缺乏客觀根據，難以令人置信。

既然《金瓶梅詞話》是「明喻、明指」萬曆一朝所發生的一系列政治事件，那麼《金瓶梅》的成書年代必在萬曆四十八年以後，對此，魏子雲先生也說得明確：「我敢肯定的說，萬曆丁巳序的《金瓶梅詞話》，其成書年代，最早絕不會越於天啟元年」。可惜，魏先生的這個結論，與現存明人記載完全不符：明明萬曆三十五年（1607）屠本畯就記載了「王大司寇鳳洲先生家藏全書」，那麼，萬曆三十五年已經成書的《金瓶梅》，怎麼可能從中找出萬曆四十八年的史實呢？自然，袁氏兄弟萬曆三十七年有了《金瓶梅》全稿，在魏先生看來也是「不合情實」。可是，現在《新刻金瓶梅詞話》刻本卻又載有萬曆四十五年（1617）東吳弄珠客序，《金瓶梅》之成書最晚必在是年之前，這是任何人都無法推翻的鐵證。毫無疑問，從中也找不出萬曆四十八年發生的事件。說來，這也應是一個肯定性的結論。是故魏子雲先生的觀點，迄今未得到國內外《金瓶梅》研究者的贊同。

三、重視本體研究

　　《金瓶梅》本體研究，包括創作主旨、藝術成就、審美價值以及小說創作觀念的更新等等問題，歷來是《金瓶梅》研究中較為薄弱的一環。近十年來，雖不像《金瓶梅》作者、成書、版本等問題那樣爭論激烈，卻愈來愈受到研究者的重視。

　　儘管對《金瓶梅》的「影射說」，海內外學術界持有截然不同的觀點，但卻一致認為《金瓶梅》是一部假託宋朝、實寫明事的長篇小說。無論是典章制度、人物事件，還是史實習俗、方言服飾，無一不打上明代社會生活的鮮明印記。尤其引人注目的是：《金瓶梅詞話》裏還有幾位真名實姓的明代人。更驚人的是小說描寫與他們的生平行實也大體相符，如狄斯彬、韓邦奇等就屬於這一類。就連西門慶的親家陳洪和小說主要人物形象之一的陳經濟，在明代也可以找到。這類人物僅僅是同姓的偶然巧合，還是曾為小說的創作充當了一個「模特兒」，倒是《金瓶梅》研究中還未涉獵的一個問題。社會現實生活進入中國長篇小說，就為小說創作開闢了一個新紀元。小說觀念為之一變。那麼，作者憑藉明代現實社會生活，寄託了什麼樣的深刻寓意呢？換句話說：究竟什麼是《金瓶梅》的創作主旨呢？對此，回答是各不相同的。

　　關於《金瓶梅》的創作主旨，從明末開始，就有政治寓意說、諷勸說、復仇說，還有張竹坡異想天開的苦孝說等多種說法。其中復仇說、苦孝說因係明顯的穿鑿附會，逐漸銷聲匿跡；而前兩說則時有所見。二十年代，魯迅先生嘗以「世情書」即「描寫世情，盡其情偽」來涵蓋全書。鄭振鐸先生總結為：「它是一部很偉大的寫實小說，赤裸裸的毫無忌憚的表現著中國社會的病態，表現著『世紀末』的最荒唐的一個墮落的社會的景象」，所論都是相當深刻精彩的。但在具體論述時，研究者的觀點和側重點又是不同或迥異的。黃霖認為它是一部「暴露文學的傑作」：「在我國文學史上，《金瓶梅詞話》的最大特色是什麼？曰：暴露。」[16]有的研究者則認為此說不足以概括《金瓶梅》的全部思想價值，原因是在古代作家作品的評價中，把一部作品說成是「對封建統治腐朽與罪惡的暴露」，只是一個最低的認可條件，和這部里程碑式的巨著不符。何況，既然專著「暴露」，必然是滿目瘡痍，漆黑一團，這正好為長期流行的一種觀點找到了理論依據。這種觀點是：《金瓶梅》作者沒有任何美的理想，再加上性行為的直露描寫，即便可以稱它是現實主義作品，但也存在著嚴重的自然主義傾向。於是，〈略論金瓶梅評論中的溢美傾向〉[17]應運而生。

16　見徐朔方、劉輝編：《金瓶梅論集》（北京：人民文學出版社，1985年版）。

17　見《金瓶梅論集》。

　　在我看來，《金瓶梅》的創作主旨可以用四個字來概括：憤世嫉俗。作品通過西門慶一生的發跡變泰、興衰榮枯，提示了處於封建主義制度末世的明代社會的真實內幕，上自權臣、酷吏，下至篾片、地痞，形形諸色，無惡不作。作者直面現實人生，有暴露，有抨擊，然而他的態度又是清醒和冷峻的。《金瓶梅》形象真實地揭示出封建社會必然崩潰沒落的趨勢，這正是其不可磨滅的思想價值所在。

　　作者憤世嫉俗的深刻寄寓，全部傾注在小說主人公身上。隨著對《金瓶梅》創作主旨的不同理解，自然對如何準確把握西門慶這一藝術形象的豐富內涵，也有著不同認識。盧興基認為《金瓶梅》的主題是描寫了「十六世紀一個新興商人的悲劇故事」，西門慶恰是「十六世紀中國的新興商人」形象，「一個雄心兼有獸性的中心人物。」[18]此說頗具新意，曾獲得一些人讚賞，然亦有駁難。不可否認，《金瓶梅》描寫了西門慶經商活動，他從一個開生藥鋪的破落戶，短短幾年，搖身一變，家纏萬貫。然而西門慶之發跡，主要是在封建官僚機構庇護下而羽翼豐滿的，絕非單純經商所致。只有當他上通朝臣下攬無賴，混了個理刑副千戶之後，才敢於明火執仗地貪贓枉法，強取豪奪，一變而成暴發戶。說他是「官僚、惡霸、富商三位一體的封建勢力代表人物」，雖有失偏頗，但要說西門慶是「中國封建社會和他的掘墓人」，則言過其實。小說對西門慶這一藝術形象，曾有過明確的概括：「本係市井棍徒，夤緣升職，濫冒武功，菽麥不知，一丁不識。」在作者的心目中，他原是城市生活中的一個市井形象，且是個惡棍的代表。正是通過對他以及他所維繫的社會網絡的批判和揭露，表達了作者憤世嫉俗的創作主旨。

　　應當指出，在如何評估《金瓶梅》思想與藝術價值的研究中，有兩個問題討論得相當熱烈，即《金瓶梅》是不是一部淫書？在藝術上它是否是三流之作？

　　《金瓶梅》是不是一部淫書，並不是近年來才出現的熱門話題，而是在《金瓶梅》研究史上，早就並存的兩種觀點。明末李日華稱它為「大抵市諢之極穢者耳。」[19]清代的袁照也說：「其書鄙穢，不堪入目。」[20]相對來說，明清兩代持與此相反觀點者仍居多數，不僅袁中郎贊之為：「雲霞滿紙，勝於枚生〈七發〉多矣」，而且在謝肇淛、弄珠客、欣欣子的筆下，也絲毫得不出它是一部淫書的結論。明末清初，李漁第一個站出來為其吶喊：「讀此書而以為淫者、穢者，無目者也。」不惟不淫，而且「分明穢語，閱來但又見其風騷，不見其穢，可謂化腐臭為神奇矣。」之後，張竹坡寫下了〈第一奇書非淫書論〉。清末的文龍，又作了進一步闡述：「或謂《金瓶梅》淫書也，非也。淫者

18　〈論《金瓶梅》──十六世紀一個新興商人的悲劇〉，載《中國社會科學》1981 年第 3 期。
19　見《味水軒日記》。
20　見《袁石公遺事錄》。

見之謂之淫，不淫者不謂之淫，但睹一群鳥獸孳尾而已。」兩種觀點，針鋒相對。

《金瓶梅》十年研究，那種視《金瓶梅》為淫書，甚至「古今第一淫書」的陳腐觀念絕跡了。但是，在如何評價《金瓶梅》性描寫這部分內容上，尚有不同看法。不過，就其總體來講，研究的視野更為開闊，一方面把《金瓶梅》的性描寫，和整個中國古代小說史上出現的一批淫穢小說聯繫起來，作縱向考查或橫向比較；另一方面又歷史地、辯證地、具體地分析《金瓶梅》性描寫部分的得失成敗，這主要反映在：

第一，判斷《金瓶梅》是部淫書或非淫書，首先必須為淫書釐定一個概念，劃清淫書與非淫書的分界。

我們不妨以魯迅先生在《中國小說史略》裏的這段論述為準：

> 然《金瓶梅》作者能文，故雖間雜猥詞，而其他佳處自在，至於末流，則著意所定，專在性交，又越常情，如有狂疾，惟《肉蒲團》意想頗似李漁，較為出類而已。其尤下者則意媟語，而未能文，乃作小書，刊布於世，中經禁斷，今多不傳。

這裏劃出了一個明確界限：凡是「著意所寫，專在性交，又越常情，如有狂疾」，「意欲媟語，而未能文」者，都可歸入淫書之列。這類小說，在明末清初，不僅長篇有，短篇亦存，除早於《金瓶梅》的《如意君傳》外，《癡婆子傳》《繡榻野史》《肉蒲團》《燈草和尚》《昭陽趣史》《兩肉緣》……可以開出一串不短的書單。僅以其中「較為出類」「頗為傑出」的《肉蒲團》一種為例，說明其特色。

《肉蒲團》開篇一首詞就寫道：「世間真樂地，算來算去，還數房中。不比榮華境，歡始愁終。得趣朝朝燕，酣眠處，怕響晨鐘。睜眼看，乾坤復載，一幅大春宮。」這就是整部小說的創作主旨。除了開頭及最後一回附加點因果報應說教之外，全部篇幅用來描寫未央生與豔芳、香雲、瑞珠、瑞玉、晨姑等人的性交，連篇累牘，津津樂道，狂嫖濫淫，不堪入目。間以割狗腎之荒唐，「同盟義議」「平分一夜歡」之下流筆墨，是一部名符其實的淫書。除了「專在性交」之外，一切社會網絡，政治經濟，全然模糊一片，更不必說什麼形象塑造，性格刻畫。明代後期文壇出現的這批怪物，有一個共同的模式：通篇淫穢內容，裹上一層薄薄的因果報應的外衣，明為勸懲，實在宣淫，沒有任何道德與美學價值可言。

《金瓶梅》與《肉蒲團》不同，它展示給人們的是一幅豐富無比的明代社會生活風俗畫卷，是有明一代之百科全書。無庸諱言，它確有性描寫，有的還很刻露，但在全部百萬字中充其量不過占百分之二左右。特別在質上與淫書有明顯不同，西門慶絕不是個單純的淫棍，乃是一個十六世紀新崛起的雄心勃勃的市井形象。西門慶的形象史，反映的正是中國封建社會走向全面崩潰，資本主義商業經濟破土欲出這一特定歷史時代的社會

發展史。君不見當代從事明代社會、歷史、哲學、宗教、風俗、語言、服飾、飲食、戲曲等方面研究的學者們，不是一個個都到《金瓶梅》裏去尋找他們各自所需的無比廣闊而真實的形象史料嗎？此外，《金瓶梅》的性描寫，除了一些韻文意在渲染可以刪汰而外，都與刻畫人物性格密不可分。李瓶兒之溫順，潘金蓮之狡詐，王六兒之貪財，宋惠蓮之「占高枝」，無一不在性生活描寫中，展現出她們的性格特色。須知，她們並非簡單的淫婦，而是那個歷史時代條件下的婦女典型。如宋惠蓮，她的被侮辱與被損害，她的行為放蕩與心地善良，她的覺醒與抗爭，通過多側面，多層次，包括與西門慶幾次性關係的皴染，才充分顯示了她的複雜的人物性格。如果全然抽去有關她性生活描寫部分，這個「辣菜根子」性格，必然黯然失色，單薄蒼白。同樣的道理，去掉西門慶對女人強烈的占有欲望，他的雄心勃勃性格，也不夠豐富完整。他還是西門慶，只不過再也不是《金瓶梅》裏的西門慶。淫書與非淫書，在這裏出現了明顯分野。值得提及一筆的是，連《肉蒲團》都不視《金瓶梅》為「淫詞褻語」，僅此一點，就很耐人尋味了。

第二，除了橫向比較之外，我們還可以作個縱向考查。

《金瓶梅》之前，傳統文化中，對愛情乃至性愛的描寫，雖多如牛毛，但比較起來，大多還是含而不露，重在意象。就小說史而言，《飛燕外傳》因不明創作年代可以略而不論，唐代張鷟的《遊仙窟》可能是較早出現的一篇，描寫了男女一夜之間的挑逗、調情和愛戀，雖雜以色情成分，但畢竟比較含蓄，往往以詩句代言。至於收在《京本通俗小說》卷二十一的〈金虜海陵王荒淫〉，有的研究者認為是宋元舊篇，或出自宋人之手。胡適先生早已存疑。如說它據《醒世恆言》而重刻，不無道理，那是《金瓶梅》以後的事了。在中國古代小說中，以主要篇幅對性生活作繪聲繪色露骨描寫的，首推刊刻於明正德年間的《如意君傳》，正是它對《金瓶梅》產生了直接影響。

《如意君傳》，全文九千餘言，重點描繪已是七十高齡的武則天，得一偉岸雄健的青年男子薛敖曹，召進宮內，通宵達旦，逞欲恣淫，性描寫所占篇幅三分之二以上。《金瓶梅詞話》第三十七回寫了這樣一名話：「一個鶯聲嚦嚦，猶如武則天遇敖曹。」這就清楚地表明：《金瓶梅》有意識地吸收了《如意君傳》的細節描寫。具體說來，有十幾回文字的性描寫，大都從《如意君傳》化出，模仿痕跡甚濃，尤其是幾段刻露文字，更是公開地抄襲。

第三，評價任何一部文藝作品，都不能離開產生這部作品的具體時代。

《金瓶梅》成書的明代，整個社會千瘡百孔，腐朽不堪，尤以淫蕩成風。封建統治者從皇帝開始，上下沆瀣一氣。明代皇帝之淫濫，代不乏人，一代超過一代，花樣百出，實屬空前。我們只要翻閱一下《萬曆野獲編》卷二十一的〈秘方見幸〉和〈進藥〉兩條，就可見其大端。後宮淫亂，竟也分出春夏秋冬各種花樣。上有所好，下必甚焉，連名相

張居正亦在其列。在他們的帶領下，不少名人學士詩酒放誕，狎妓宿娼，成了文壇佳話：李開先的宿妓染疥，謝榛的賦曲得妾，王世貞的作詩贊「鞋杯」，臧晉叔的與孌童戲遊，屠隆的花柳病，湯顯祖的為之〈戲寄十絕〉，都被當作風流韻事，「藝林以為美談」，流布四方。皇帝臣子上行下效，文人名士推波助瀾，淫靡之風，吹到社會各個角落。「春宮圖」於是不脛而走，連青年女子都視為「春宮尤精絕」；[21]甚至日常生活所用的酒杯茶具普通器皿上，也刻有男女私藝之狀。[22]正是這樣的時代風尚影響，在明代中後期文學作品才出現了程度不同的性描寫內容。

　　《金瓶梅》受這個「時尚」的影響，甚或借性描寫來暴露這個「時尚」的醜惡，這僅是一個方面。另一方面，《金瓶梅》誕生的這個時代，正好是中國社會大轉折的時代：漫長的封建社會已處末世，而帶有資本主義生產方式色彩的經濟，儘管是萌芽，但終於破土，作為一股新的有生氣的社會力量，登上了歷史舞台。為了廓清前進道路上的障礙，朝著一切維護封建統治秩序的宗法道德觀念，發起了衝擊。情與性，就成了兩把鋒利的匕首，投向禁錮人欲的封建禮教。反映在文學領域內，《牡丹亭》與《金瓶梅》就是其中的傑出代表。專就這個意義上說，《金瓶梅》中的性描寫，帶有一定的人文主義色彩。

　　第四，肯定《金瓶梅》不是一部淫書，不等於說《金瓶梅》中就沒有淫穢描寫；辨析淫書與非淫書之分界，絲毫也不意味著把《金瓶梅》的性描寫說成是成功之筆，恰恰相反，總起來看，它正是《金瓶梅》的敗筆所在。

　　它為寫性而寫性，帶有嚴重的低級欣賞情趣，其韻文部分的肆意渲染，確是贅疣。另外，重複雷同，翻來覆去，即便與刻畫人物性格密不可分的描寫，裏面也摻雜了一些純動物的露骨反映，把人的價值降低以純動物的層次，而未有美的昇華。至於造成敗筆的原因，是相當複雜的。前面已談到，處在中國歷史大轉折的明代社會，帶有資本主義因素的新興經濟，僅僅處於萌芽狀態，缺乏一個自覺的明確方向，觸目所及，漆黑一團，看不到為之奮爭的光明前景。反映到《金瓶梅》中，對舊的封建禮教譏諷與抨擊有餘，卻缺乏美的理想；滿足於對醜的揭露或陳列，而不能打碎這個醜態畢露的展覽櫥窗，另鑄一個美的高尚境界。正因為這股新興的勢力，脫胎於舊的封建營壘，在其幼弱階段，必然在很多方面依附於舊的傳統觀念而不能自立。這在對待婦女的態度上反映得格外明顯。舊的封建觀念一向視女人為「尤物」「禍水」，到了《金瓶梅》，她們一變成為打破禁錮人欲的泄欲工具，表現形態不同，而觀念實質則一。待到二百年後《紅樓夢》問世，這一觀念才得到徹底改變。可以這樣說：明代中後期，還不可能為《金瓶梅》編織

21　見徐樹丕：《識小錄》。

22　見《萬曆野獲編》卷二十六〈瓷器〉。

一幅美的藍圖創造出必備的客觀條件。同時,也與《金瓶梅》的成書過程有關,筆者不認為《金瓶梅》是一部文人作家的力作,而是世代累積型的集體創作。在那個社會流俗圈子裏轉來轉去,難免泥沙俱下,良莠混雜,如再為了招徠聽眾,迎合部分市民的低級情趣,佐以「葷口」,《金瓶梅》雜有淫穢描寫,也就不難想像了。

不管國內外學者對《金瓶梅》的評價多麼分歧,有一點卻是公認的:《金瓶梅》是中國第一部以社會現實生活為題材的長篇小說,為小說創作開拓了一個嶄新的藝術世界,沒有《金瓶梅》,就沒有《紅樓夢》,它確是矗立在中國小說史上的一座豐碑,所以《大不列顛百科全書》稱它是:「中國第一部偉大的現實主義小說。」只有一篇文章,看法截然相反:「我翻閱了近年一些《金瓶梅》論文,大都肯定它在文學史上的地位,對它的藝術成就褒揚很多。最近讀到美籍學者夏志清〈金瓶梅新論〉,對它的結構的凌亂、思想上的混亂以及引用詩詞的不協調,均有論列。」要講《金瓶梅》的藝術成就,「恐怕只能歸入三流。」[23]

此說在國內遭到了眾多研究者的駁難,甯宗一先生撰文說:「在對《金瓶梅》的藝術未作任何具體分析的情況下就輕率地把它打入『三流』,也頗難以使人信服。」又說:「現在的問題是如何發現《金瓶梅》的藝術成就,細緻地分析它的藝術成就及其不足,以及通過比較研究,正確評估它的審美價值。而其中發現和認識《金瓶梅》提供了那些新的東西,則是最根本的。」[24]

《金瓶梅》為中國小說創作究竟作出了哪些開創性的藝術貢獻呢?近十年來,人們對此作了大量探討,擇其犖犖大端,不外有二:一是現實社會生活入篇,為小說創作開闢了新紀元。原來在中國長篇小說中,包括宋元平話,占據主要位置的,不是帝王將相,就是傳奇英雄,或者是荒誕虛幻的神魔鬼怪。《金瓶梅》出,為之巨變,它筆下的主要人物形象,乃是現實社會中常見的市井細民、下層官吏、商人、地痞、無賴、娼妓、牙婆、醫生、和尚、道士……芸芸眾生。諸凡明代城市生活中的三百六十行,各色人等,無不盡攬其內,構成了一幅絢麗多彩的社會生活長卷。二是在情節結構和形象塑造上打破了單線發展的模式,現實主義的小說藝術邁入成熟階段,使小說藝術更貼近生活,像現實社會生活那樣多彩多姿,複雜廣闊。在《金瓶梅》之前,還找不出一部長篇小說,像它這樣在讀者心靈上喚起如此強烈的真情實感。

從藝術反映生活這個總題來說,《金瓶梅》無論是形象塑造,性別刻畫,還是結構

23　包遵信:〈色情的溫床和愛情的土壤〉,載《讀書》1985 年第 10 期。

24　甯宗一:〈說不盡的《金瓶梅》──「金學」思辨錄之一〉,見《金瓶梅學刊》(試刊號),中國金瓶梅學會編印,1989 年。

安排，情節勾連，都由過去一元的、單向的平面形態，趨於多元、雙向、立體化。小說再不是按類型化的人為配方，來勾勒、演繹形象：好的完美無缺，壞的一無是處，而是打破單一的性格色調，出現了多色素的人物形象。《金瓶梅》的語言，純係現實生活中的口語，並善用諺語、歇後語，真切、樸實、新鮮、活潑，妙趣橫生，耐人咀嚼，使人物性格格外鮮明生動。小說的結構，也不再是由一個個人物或單獨的事件，單珠散顆，巧作連環，而是以西門慶為中心，輻射到四面八方，組成一個完整的社會網絡，首尾連貫，結構謹嚴。情節勾連，猶如草蛇灰線，伏脈千里，矛盾剛一縮接，馬上又伸延生發，筆大如椽，又心細如髮。小說情節之間，再也不是支離破碎的「百衲衣」，而是主次分明，曲折有致，時空交錯，渾然一體。《金瓶梅》所取得的現實主義藝術成就，只有《紅樓夢》可與之匹敵。難怪明末的小說批評家謝肇淛在讀了《金瓶梅》之後，發出這樣的驚歎：「譬之範工搏泥，妍媸老少，人鬼萬殊，不徒肖其貌，且並其神傳之。信稗官之上乘，爐錘之妙手也。」[25]

在肯定《金瓶梅》藝術上所取得傑出成就的前提下，研究者從來也不認為它在藝術上已是完美無缺，相反，也存在著明顯的不足。除了前面已經談到的細節上的粗疏、破綻有損小說的真實性之外，還在於它不分場合、人物心理特徵，大量抄錄了游離情節之外的他人之作，顯得冗雜蕪亂，而最後十幾回文字，有強弩之末之勢，尤其是雷同重複的性描寫，採取自然主義的鋪排渲染手法，更是嚴重的缺陷。但是，從整體來說，瑕不掩瑜，《金瓶梅》在藝術上絕非三流之作，而是中國小說史上的上品。

結　語

《金瓶梅》研究十年，取得了顯著成績。這與我國政府的大力支持密不可分，近年來相繼批准出版了各種版本的《金瓶梅》，就是有力的證明。《金瓶梅》的內容比較複雜，國家採取審慎而明智的政策，是完全正確的：對於一般讀者來說，應當讓他們接受一切可資利用的祖國優秀文化遺產的精神陶冶，同時又要免除一切淫穢的東西所帶來的惡劣影響，把《金瓶梅》中所有淫穢描寫全部刪節出版，不失為兩全之道。而對專門從事小說研究的學者來說，影印或全本出版正是《金瓶梅》研究必不可少的物質基礎。《金瓶梅》研究所以能在短短的十年取得長足進展，正是因為政府為研究者創造了安定的研究環境和優良的研究條件。

但是，我們也應當清醒地看到，我國《金瓶梅》研究的整體水準還不夠高，還存在

---

[25] 《小草齋文集》卷二十四〈金瓶梅跋〉。

著很多薄弱環節，甚至是空白。我這裏指的不單是那些糾纏已久的作者、成書年代等問題，而是對這部可以和世界任何文學名著相媲美的現實主義巨著，還有很多未知數，等待我們下苦功夫去作深入研究。特別對《金瓶梅》的本體研究，尤為薄弱，不僅對它的題旨還沒有作出具體的令人信服的分析，而且對《金瓶梅》的審美價值更有待作出實事求是的評估。這不單單是一些細節和隱語讀不懂，無法確指，就連它描寫的社會習俗，我們也是一知半解，如《金瓶梅》寫到的佛道場面，那是傳統佛教和《道藏》裏找不到的，而是世俗化了的明代佛道，至今仍不明底裏。僅此一點，就可知擺在我們面前的研究任務是如何的艱巨和繁重。

隨著小說研究思維空間的不斷拓展，要想在《金瓶梅》研究上有所前進和突破，需要我們在資料和理論兩個方面作好充分準備。資料的準備，《金瓶梅》的各種版本自不可少，而與《金瓶梅》有關的外圍史料，更是目前之急需。單是明代典籍，已是浩如煙海，而研究《金瓶梅》必不可缺的明代中後期以下的正史、文集、野史、稗記也不可勝數，沒有經過甄別而掌握到翔實可靠的資料，就想得出正確的判斷，無異緣木求魚，其結果不是空話連篇，就是主觀武斷，這種學風是不足取的。理論準備的當務之急，是學習和掌握馬克思主義文藝觀，且不可跟在別人的後面，亦步亦趨，拾些洋教條的餘唾，裝點門面，最是害人。目前，更為重要的是《金瓶梅》研究界，共同創造一個寬容和諧的學術研究氛圍，善於傾聽不同意見，從中汲取有益的東西；可以有不同學派，但不可持門戶之見，為了弘揚傳統民族文化的共同大業，勇於開拓，攜手並進。

明清時期的《金瓶梅》研究與批評

　　明清兩代是中國古代小說與戲曲理論批評空前繁榮、興盛的時代。還在《金瓶梅》的鈔本流傳階段，已經引起文人學士的極大關注，公安派的袁氏昆仲最先驚呼這部橫空出世的奇書「伏枕略觀，雲霞滿紙，勝於枚生〈七發〉多矣」，稱讚《金瓶梅》「瑣碎中有無限煙波，亦非慧人不能」。與此針鋒相對，李日華則說：「大抵市諢之極穢者，而鋒焰遠遜《水滸傳》。袁中郎極口贊之，亦好奇之過。」沈德符又說：「此等書必逐有人板行，但一刻則家傳戶到，壞人心術，他日閻羅究詰始禍，何辭置對，吾豈以刀錐博泥犁哉？」對小說《金瓶梅》所反映的社會內涵，做出了兩種截然相反的結論。《金瓶梅》的研究者圍繞這一命題，進行了長達四百年的論爭。

　　待到萬曆四十五年（1617）《新刻金瓶梅詞話》版刻面世，引發了更多的研究層面，諸如《金瓶梅》究竟怎樣成書？創作主旨是什麼？它的作者是誰？是不是一部淫書？它的社會功能是「勸懲」還是「誨淫」？藝術塑造是否另闢蹊徑？等等，為研究者拓展了新的研究視野。據不完全統計，在明末短短的幾十年間，現存著作中約有二十種古籍提到了小說《金瓶梅》。其中，以謝肇淛的〈金瓶梅跋〉論述的最為全面、精到：

> 《金瓶梅》一書，不著作者名代。相傳永陵中有金吾戚里，憑怙奢汰，淫縱無度，而其門客病之，采摭日逐行事，匯以成編，而托之西門慶也。書凡數百萬言，為卷二十，始末不過數年事耳。其中朝野之政務，官私之晉接，閨闥之媟語，市里之猥談，與夫勢交利合之態，心輸背笑之局，桑中濮上之期，尊罍枕席之語，驵驓之機械意智，粉黛之自媚爭妍，狎客之從諛逢迎，奴怡之稽唇淬語，究極境象，駴意快心。譬之範工摶泥，妍媸老少，人鬼萬殊，不徒肖其貌，且並其神傳之，信稗官之上乘，爐錘之妙手也。其不及《水滸傳》者，以其猥瑣淫媟，無關名理，而或以為過之者，彼猶機軸相放，而此之面目各別，聚有自來，散有自去，讀者意想不到，唯恐易盡，此豈可與褒儒俗士見哉？此書向無鏤版，鈔寫流傳，參差散失，唯弇州家藏者最為完好。余於袁中郎得其十三，於丘諸城得其十五，稍為釐正，而闕所未備，以俟他日。有嗤余誨淫者，余不敢知。然溱洧之音，聖人不刪，則亦中郎帳中必不可無之物也。仿此者有《玉嬌麗》，然而乖彝敗度，君子

　　無取焉。

　　他對《金瓶梅》的流傳過程、作者、創作主旨、內容、藝術等作了整體研究；並且把儒家的經典《詩經》和《金瓶梅》兩相比較，反映了他超人的膽識。特別是對「誨淫」之論作有力駁斥，誠為「駸意快心」之論。謝肇淛不僅認真閱讀了全書，而且對《金瓶梅》的藝術表現給予高度概括：「譬之範工摶泥，妍媸老少，人鬼萬殊，不徒肖其貌，且並其神傳之，信稗官之上乘，爐錘之妙手也。」對於謝肇淛的藝術敏銳力，我們不能不發出由衷的驚歎。

　　清代的《金瓶梅》研究，大抵沿襲晚明的研究思路，只是在廣度與深度上有所區別，不同是帶有鮮明的時代烙印。當清代封建統治者地位獲得鞏固之後，隨之而來的是文化鉗制政策之實施，文網森嚴，大興文字獄。對於明末以來就有爭議的小說《金瓶梅》是不是應當打入「禁書」之列，成了文壇關注的焦點。衛道者認為它是一部「誨淫」之作，應當嚴加禁毀，甚至不惜捏造果報故事，詆毀《金瓶梅》的作者。申涵光的《荊園小語》開其端，徐謙的《桂宮梯》則言之鑿鑿。清同治時，林昌彝看到《金瓶梅》驚惶失措，大叫「人見此書，當即焚毀，否則昏迷失性，疾病傷生，竊玉偷香，由此而起，身心瓦裂，視禽獸又何擇哉」！而清初的張竹坡和清末的文龍對此謬論以迎頭痛擊，一針見血地指出，《金瓶梅》是一部嫉世憤俗之作，絕對不是淫書：「書不淫，人自淫耳，人不淫，書又何嘗淫乎？」

　　晚清以降，隨著西方文化思想的東移，以及美學理論和小說觀念的引入，為傳統的小說理論批評注入了新鮮血液。特別是在「小說界革命」口號的影響下，對小說的社會功用、藝術特徵、創作規律都有了全新的認識。曼殊在〈小說叢話〉中說：「《金瓶梅》之聲價，當不下於《水滸》《紅樓》……蓋此書是描寫下等婦人社會之書也。試觀書中之人物，一啟口，則下等婦人之言論也；一舉足，則下等婦人之行動也。……論者謂《紅樓夢》全脫胎於《金瓶梅》，乃《金瓶梅》之倒影云，當是的論。」王文濡更具卓識，置《金瓶梅》和西方名著相並列：「小說以敘述下流社會情況為最難著筆，非身入其中，深知其事者，斷不能憑空結撰，摹繪盡致，此文人學士之所短，而舊小說如《金瓶梅》等書，所以曠世不一見也。西人亦名，小說名家如林，而工於此道者，在英則有迭更司，在美則有馬克·吐溫，在法則有查拉，在俄則有杜瑾納夫。前後相望，不過數人；數人之撰著，又皆膾炙人口，其如難能可貴則一也。「（〈廢物贅語〉）對這方面有興趣的讀者，不妨翻閱一下黃霖先生所編的《金瓶梅資料彙編》（中華書局 1997 版），收錄的最為完備。

　　在《金瓶梅》研究史上，從現存史料看，明清兩代首推李漁、張竹坡、文龍三大家。

他們分處三個不同時代，代表了明清時期《金瓶梅》研究與批評的最高成就。

李漁是人們所熟知的。他的《閒情偶寄》在中國古代戲曲理論批評史上凌轢前人，首屈一指。他為《新刻繡像批評金瓶梅》所寫的眉評、夾評則是付刻的《金瓶梅》第一個評本，對《金瓶梅》的現實意義和藝術特色都有中肯分析，不乏真知灼見。他強調《金瓶梅》取材於「世情」：「此書只一味打破世情，故不論事之大小冷熱，但世情所有，便一筆刺入。」所謂「世情」，是指現實社會的世態人情，不是歷史故事，更不是虛幻的神話，而是人們日常所見的普通生活現實。這就抓住了小說內容的主要特色，從本質上揭示了《金瓶梅》的豐富社會內涵。李漁的評點還著眼於人物形象的刻畫和塑造，尤其對主角西門慶著墨甚多，指出這個藝術形象的複雜多樣。至於《金瓶梅》的藝術描寫特色，李漁尤為關注，沿襲傳統的文論術語，一一予以點明，如「白描」「頓挫」「伏脈」「針線」「文章捷收法」「意到筆不到」「畫龍點睛」「餘波縈回」等等，為作者刻畫人物的苦心孤詣作了總結，這在明代小說批評中是少見的，成為金聖歎、張竹坡談論小說作法的先行者。應當向讀者做出交待的是，李漁是《新刻繡像批評金瓶梅》評點者，僅是筆者管見，隨著十幾年來《金瓶梅》研究不斷深入發展，有的研究者曾提出是馮夢龍，但都缺乏有力的證據。看來，一時難成定論。不過，《新刻繡像批評金瓶梅》評點者的歷史功績，不會因此而湮沒。

張竹坡為《第一奇書金瓶梅》寫下的十餘萬字的總論、回前評、眉評、夾評，對《金瓶梅》剖析得最為完善、系統、全面，堪稱《金瓶梅》研究的第一人。早期的所有國外改編本、節譯本、全譯本，幾乎都是直接或間接地依據張評本。儘管張竹坡的名字早已為國內外所熟知，然而真正知曉他的家世、生平、遭際，還是不久前的事。二十世紀八〇年代，吳敢先生最先尋找到《張氏族譜》，幾百年來籠罩在張竹坡頭上的種種迷霧才徹底廓清。張道深，字自得，號竹坡。江蘇徐州人。生於康熙九年（1670）。二十六歲時為《金瓶梅》作評。惜其英年早逝，這位傑出小說理論批評家，在世僅二十九年。

張竹坡認為《金瓶梅》是描寫人情冷暖、世態炎涼的小說，是「一部世情書」。魯迅先生在《中國小說史略》裏就沿用了張竹坡這名言。張竹坡基於對《金瓶梅》全面深入瞭解，注意到這部長篇小說「因西門慶一分人家，寫好幾分人家」，「因一人寫及全縣」，並且他不滿足於「止寫一家，不及天下國家」，這個總體把握相當精確。同時又對小說「著此一家，罵盡諸色」的特色，作了深入分析。這在《金瓶梅》始終戴上一頂「淫書」惡諡的年代，不能不說是獨具慧眼。「罵盡諸色」，就是揭露、抨擊朝野上下形形色色醜惡現象，所以小說中處處流露出一種「憤懣氣象」。張竹坡這些評論應當說相當冷靜、客觀；不過他為反駁「淫書論」而作的〈苦孝說〉和〈竹坡閒話〉，又使他陷入主觀臆測的泥沼裏面，這正是張竹坡在評論《金瓶梅》思想內容時所反映出的矛盾心態。

張竹坡對《金瓶梅》的藝術分析和藝術評價，在〈讀法〉、回前評、眉評中占的分量最大，這也是張竹坡小說理論批評裏最為閃光耀眼之所在。他注意到小說真實性之重要，並且對此又作了進一步探討。《金瓶梅》真實地反映了廣闊的社會日常生活，但絕不是某個西門慶的「計帳簿」，「不是死板一串鈴」，簡單的生活刻板記錄。作為文學作品的一部小說，「其假捏一人，幻造一事，雖為風影之談，亦必依山點石，借海揚波」，必然是現實生活與藝術幻構的結合。只要符合人物的「情理」，符合現實生活的「人情事理」，亦即客觀事物的內在聯繫，就是真實的，這也是文學作品真實性的完滿體現。至於《金瓶梅》在人物塑造和細節描寫上取得的藝術成就，張竹坡花費的筆墨尤多。他稱讚「何止百餘人」的《金瓶梅》裏人物形象，描繪得有血有肉，個性鮮明，所謂「毛髮皆動」，「心肺皆出」，「儼然紙上活跳出來，如聞其聲，如見其形」。潘金蓮是《金瓶梅》中描寫得活靈活現的一個主要人物形象。她的語言最富個性化，正如張竹坡評語中所說，好似「妒婦在紙上伸口吐舌而談」，「一路開口一串鈴，是金蓮的話，作瓶兒不得，作玉樓、月娘、春梅亦不得，故妙」。張竹坡對《金瓶梅》善於在眾多人物的場面中，寫出各人不同的語言、動作和心態，更加極力讚賞。六十二回寫李瓶兒之死，包括死前、死後、報喪三大段文字，是《金瓶梅》寫得最成功的一個大場面。張竹坡在回前評中做了細緻分析，最後指出，不但「其三段中如千人萬馬，卻一步不亂」，而且寫各人「情事如畫」，「西門是痛，月娘是假，玉樓是淡，金蓮是快」。《金瓶梅》還善於從身分、地位、職業相同相近的人群中，寫出不同的人物性格特徵，張竹坡稱之為「善用犯筆而不犯」。他說：

> 如寫一伯爵，更寫一希大，然畢竟伯爵是伯爵，希大是希大，各人的身分，各人的談吐，一絲不紊。寫一金蓮，更寫一瓶兒，可謂犯矣，然又始終聚散，其言語舉動，又各各不紊一絲。寫一王六兒，編又寫一賁四嫂；寫一李桂姐，偏又寫一吳銀姐、鄭月兒；寫一王婆，偏又寫一薛媒婆、一馮媽媽，一文嫂兒，一陶媒婆；寫一薛姑子，偏又寫一王姑子、劉姑子，諸如此類，皆妙在特特犯手，卻又各各一類，絕不相同也。

對《金瓶梅》藝術個性的精彩描寫，張竹坡推崇備至，「文筆無微不至，所以為小說之第一人也」。「千古稗官不能及之者，總是此閒筆難得也」。張竹坡對《金瓶梅》的研究和評論，總結了小說所取得的現實主義成就，闡述了某些現實主義的文學觀點，使他在中國古代小說理論批評史上占有光輝的一頁。

第三位為《金瓶梅》作評者，是清末的文龍。文龍，字禹門。本姓趙。漢軍，正藍旗人。曾任南陵和蕪湖知縣。自謂有「閒書癖」，一生酷愛古典小說。約在咸豐年間，

他買到一部四帙二十冊的在茲堂刊本《第一奇書》，就在每回回末寫下了六萬餘言的評語。他讀書很細，所寫評語，始於光緒五年五月，終於光緒八年九月，三年有餘。有的評語寫過之後，不滿意需要修改，而原書回末留有空間有限，又不便塗改，故在原評語上用紙蓋住，重新再寫，如第六十六回回末評即是。嚴格地說，這是他的讀書劄記。由於他根本不打算付刻射利，更不願示人藉以沽名，所以信手拈來，直抒胸臆，真實地反映了他的藝術鑒賞力。

文龍認為《金瓶梅》是社會現實生活的真實寫照，所寫人物和事件，「人皆世間常有之人，事為世間常有之事，且自古及今普天之下，為處處時時常有之人事」。《金瓶梅》的作者正是借他們來發洩心中的憤怒，「是殆嫉世病俗之心，意有所激、有所觸而為是書也。」應當說文龍正確地闡發了《金瓶梅》的創作主旨。文龍的評語中，對延續了數百年的「淫書」謬論，也給予了有力反擊：「或謂《金瓶梅》淫書也，非也。淫者見之謂之淫，不淫者不謂之淫，但睹一群鳥獸孳尾而已。」「生性淫，不觀此書亦淫；性不淫，觀此書可以止淫。然則書不淫，人自淫也；人不淫，書又何嘗淫乎？」不可否認，比之張竹坡之〈第一奇書非淫書論〉要全面深刻得多。

《金瓶梅》現實主義藝術成就，向為人稱道，文龍也給予充分肯定，諸如文字的真實性、藝術典型形象塑造等，都有論述。尤其是對反面人物形象的塑造，更有驚人之論：

> 《水滸傳》出，西門慶始在人口中；《金瓶梅》作，西門慶乃在人心中，《金瓶梅》盛行時，遂無人不有一西門慶在目中、意中焉。其為人不足道也，其事蹟不足傳也，而其名遂與日月同不朽，是何故乎？作《金瓶梅》者，人或不知其為誰，而但知為西門慶也。批《金瓶梅》者，人或不知其為誰，而但知為西門慶作也。西門慶何幸，而得作者之形容，而得批者之唾罵。世界上恆河沙數之人，皆不知其誰，反不如西門慶之在人口中、目中、心意中，是西門慶未死之時便該死，既死之後轉不死，西門慶亦何幸哉！

作為醜惡的反面典型形象，同樣可以與日月同不朽，這一觀點，多麼有膽識，有見地，有魄力！這在古典小說美學領域中，是一個嶄新的命題。

文龍的批評是手書在張竹坡評本之上的，他不作人云亦云，而是獨立思考，在一些人物和事件上與張竹坡幾成冰炭，特別是對吳月娘、孟玉樓、龐春梅三個人物形象，評價絕然相反。他們的論爭，不僅可以開拓我們的研究視野，拓展我們的思路，而且對於如何批書，什麼是評價人物的標準，文龍都有論述。這已涉及古典小說理論批評的方法論，對我們的當前文藝理論批評建設尤有裨益。

文章千古事　得失寸心知

此文構思已是許久，始終不敢下筆。恰在此時，因公東渡扶桑，說來也巧，此行就我一人，煢煢孑立，形影相弔。乘的又是美國聯合航空公司的班機，鄰座全是碧眼金髮，語言不通，只好閉目養神。平生未歷此境，半是寂寞，半是愜意，我什麼都可以想，什麼都可以不想。憑窗下視，水天一色，浩瀚的大洋，無邊無際。突然出現了幾個白點，還拖著一絲銀線，初不知為何物，凝視良久，方知是大海中的航行的各類船隻，真是太渺小了。這些白點，給我帶來了靈感，我們的《金瓶梅》研究自述，不是像它們一樣渺小嗎？小的只是淡淡的一絲白線；《金瓶梅》在整個中國古典文學巨流中，不也僅僅是一絲小小的溪澗？雖則是渺小的一絲，卻自有其航行軌跡，那就去追蹤一下吧！

一

1938 年，我出生在江蘇省豐縣復興河畔的劉曉營。雖家境清苦，卻是詩書門第。在此窮鄉僻壤，我卻能看《學燈》《東方雜誌》，這都是父親帶回家來的。我的二祖父是晚清秀才，補過稟，擅駢文，我就是從他的手中最早看到了線裝書。《三字經》《百家姓》《論語》《孟子》《唐詩三百首》《古文觀止》……不少篇章，我至今仍可背誦。二祖父和家父是我的啟蒙老師。尤其二祖父辦的私塾班，我年齡最小，但要求嚴格，書背不出來，手心就要挨板子。他有《隨園全集》，喜袁子才詩文。特別是他給學生講《聊齋》，稱頌蒲松齡之偉大，現在想來，仍使我驚奇。從此，我與中國古典小說結下了不解之緣。

1947 年，家母讓人把我帶到南京，就讀於市立第二中學鼓樓初中部。1948 年又轉到蘇州，在蘇州美專附中讀書。全國解放後，父親在三野政治部文藝幹部訓練班任教，我又到白下路市立三中上學。不想 1950 年家母病逝，我無人照料，又到了部隊。當時小號軍裝穿在身上，上衣也要過膝。十三歲的我能幹什麼呢？名為文工團員，充數而已。好在不離家父身邊，我對古典文學的學習和愛好，一天也未放棄。1956 年，我從南京考入北京大學中文系，才算找到了我理想的歸宿。

由部隊邁入北大，換了一個嶄新的天地。清幽燕園，湖光塔影，漫步其間，更激發

了我刻苦攻讀的決心。一年過去了，正當我為了拿到五分廢寢忘食地苦讀的時候，反右鬥爭開始了。想不到以左派自封的我，在反右後期，因戀愛而惹禍，升溫成「政治問題」，株連了他人。經過這次劫難，就好似在大海中搏擊得精疲力竭的我，被沖上了海灘，躺在沙粒上，多麼想盡情地沐浴在陽光下呵！我太疲乏了。而唯一可以陶冶我性情的便是書，於是便躲進圖書館，「結廬在人境，而無車馬喧。」恰在此時，吳組緗老師開設了《中國小說史》這門課；中山大學的王季思先生因編寫文學史，進駐北大專家招待所，同時給我們講授《中國戲曲史》，這是自浦江清先生去世後，第一次開出這門課。是這兩位老師，確立了我一生的研究道路。

二

剛進大學，靠著點「四書五經」的底子，立志於先秦文學。當聽吳、王二位先生的課之後，古典小說戲曲給了我更大的誘惑力，興趣愈來愈濃。1958 年，集體搞研究，蔚然成風，大學生亦在其列。我們班成立了瞿秋白文學研究會，曾編歷代歌謠，又把《儒林外史》某些章節改編成電影劇本，名為《范進與周進》，我都參加了。其後，全年級集體編寫《中國戲曲發展史》，我和李文初同學負責洪昇、孔尚任兩章。《戲曲史》雖未公開出版，卻也鉛印成兩帙。洪昇一章改寫後，在《北京大學學報》刊出。我大學的畢業論文，寫的就是《孔尚任與桃花扇》。

五十年代的北京大學，就文科而言，師資力量雄厚，陣容整齊。在我畢業前後的近十年間，所受教益，難以臚列。游國恩先生之講《楚辭》，博引旁證，翔實深厚；林庚先生之授《唐詩》，一堂說「木葉」，同學們為之拍案叫絕。朱光潛先生之《美學》、任繼愈先生之《佛學十講》，就連朱德熙先生之《語法理論》，都使我聽得入迷。而北大固有的相容並蓄，博採眾長，各種學術觀點並存的傳統學風，更給我深遠影響。馮沅君、陸侃如、夏承燾諸時賢，都請進了我們的課堂。特別是一些專題講座，如聶崇岐先生之《歷代職官考》，何其芳、吳組緗先生同講《紅樓夢》，每週兩次，一人講一堂，更使我終生難忘。

在我的治學道路上影響最深的，是向達（覺明）先生。我受他的教誨是在畢業之後，當時正專心研究洪昇和孔尚任。一個偶然的機會，陰法魯先生告訴我向達先生處存有一幅裝裱精美、洪昇用金字寫的壽序，彌足珍貴。於是，一天下午，我去拜見先生。我在學生時代已久聞先生之大名，知道他博學雅識，學貫中西，在敦煌學、版本學、目錄學，尤其是唐代西域文化、少數民族史上都有很高的造詣。先生拿出這篇壽序，金子輝煌，耀人耳目。序存一頁，前闕。先生一字一句，讀給我聽。根據他的研究，這是洪昇寫給

蘇州巡撫宋犖的，時在康熙三十一年之後。接著詢問我研究的課題，又把鄧之誠先生為編《清詩紀事初編》所作卡片千餘張交給我，叫我仔細看看。初次造訪，先生誨人不倦、對學生的真摯之情，使我感動得幾乎落下淚來。一坐三個小時，該吃晚飯了，我告辭出門。先生送到門外說：「你隨時都可以來找我。」我抱著卡片，連蹦帶跳跑回宿舍。時在 1962 年 3 月。

　　1961 年北京市委決定開辦北京電視大學，中文系由北京大學中文系主辦。1961 年，我畢業後留校做助教。從 32 齋搬進一人一間的 29 齋助教宿舍。這裏與何先生的燕南樓寓所，隔樓相望，近在咫尺。斯時，先生雖被錯劃為右派，身心俱受摧殘，卻怡然達觀，不以為然。世俗子以白眼相視，我對先生卻愈加崇敬，踏破門檻，朝夕相問。直到 1965 年為止，三年有餘，說是他的研究生，可；說是私淑弟子，亦可。

　　先生以「南洪北孔」為題，告我如何收集資料。他要求我先把清代順、康、乾三代的正史、別集、野史、稗乘，通覽一遍，記下與洪、孔有關的史料。從作家的家世、生平、交遊入手，作品繫年，因人立傳，因事紀年，乃至月、日，爾後方可談到「研究」二字。由此引發，先生從國內外公私藏書特點，到版本、紙張鑑定；由寧波天一閣，到南京八千卷樓、上海嘉業堂以及陵氏皕宋藏被日本男爵買走變為靜嘉堂，詳加介紹。從敦煌寫本到宋刻元槧、明之活字本，而且翻箱倒櫃，拿出他的珍藏秘笈讓我寓目，加深印象，完全把我帶進了一個古老的文化世界。縱覽古籍，神遊書苑，摩挲實物，心與古會，清貧學子之苦，塵世擾攘之勞，不復關情，平生之樂無逾於此者矣。就連我與《金瓶梅》結下姻緣，也是先生帶我去北京大學圖書館善本室，當翻閱《尺牘偶存》《友聲集》時，發現了張潮給張竹坡的三封書信而發端。文化大革命起，先生由北大搬到北新橋，我也泥菩薩過江，自身難保。先生仙逝，我恰不在京，未能最後看望我終生難忘的恩師一眼。每念及此，不禁潸然淚下。總結先生的教誨，只有四個字：為學老實。幾十年來，我正是遵循先生的這一教導，由點到面，由面及代，一點一滴，一步一步，對明清小說戲曲作了一些研究。看起來很笨拙，但我內心卻覺得很充實。

三

　　我按照先生的要求，先是在北京翻閱史料，連清華大學的三十萬冊古籍也不放過。他們不開架，暑假我就幫助他們整理。仗著年輕力壯，在地下室整整呆了兩個月。天熱氣悶，我就赤腳光背，只穿一條短褲，仍汗如雨下。原來不讓我看書的圖書管理人員也被感動了，連中午飯都買給我吃。邊整理邊找尋我需要的史料，徐咸浴的《世德堂詩詞樂府鈔》三十卷，就是在那裏發現的。其中記載了與孔尚任有關的珍貴史料，以確鑿的

文獻證明《桃花扇》中的名曲〔哀江南〕，原來出自徐咸浴的手筆。其後，我又自費去南京、上海、杭州、寧波，《筆歌》就是在天一閣發現的。短短幾年，所作卡片十大捆。正是在這個基礎上，從 1962 年起，開始在《光明日報》《文匯報》《新建設》等報刊上發表論文，至文化大革命止，約十餘萬言，其中以研究孔尚任的文章居多。

四

我第一次看到《金瓶梅》這部書是大學時代。當時蘇聯留學生 Ｂ·Ｋ·塔瓦羅夫在天津舊書肆上買到廣文書局經刪節後出版的《金瓶梅》，四冊。暑假回國時海關不讓他帶走，我是他的輔導員，就轉送給我。印象淡薄，書也早已散佚。集體科研編《歷代歌謠選》，民研會的陶鈍先生主其事，找我們座談了幾次，印象最深的是叫我們找找江紹原先生，並在他的帶領下訪問了仍住在八道灣的周作人。這位魯迅先生的胞弟，其時已老態龍鍾。他的日本夫人跪請我們進屋，弄得我手足無措。而他一口濃重的紹興話，我一句也聽不懂。其次就是提到《金瓶梅》，說那裏面也有歌謠，應當抄出來。回到學校找書，遇到麻煩。1957 年影印的《金瓶梅詞話》，中文系的教授才有資格買。系資料室有一部，控制極嚴。費了九牛二虎之力，總算讓看看，自然不是一字一句地認真閱讀。真是名符其實的一目十行，至於補以入刻的那二百幅圖，對不起，早收起來，翻都不准翻。吳組緗先生講《小說史》，《金瓶梅》談得很概括，倒是周揚同志的一次報告，給我留下了深刻印象。報告中心是談毛澤東思想，包括他的文藝思想，是時代智慧的集中。談到《金瓶梅》，他有個很好的比喻。大意是：《金瓶梅》描繪的明代現實社會生活，相當全面，也很深刻，好似一個烈日曝曬下的大糞缸，臭氣熏天。而作者又拿起一根棒子，在那裏盡心攪拌，更無法使人忍受了。比喻得很形象，使我對《金瓶梅》有個總體把握。由於看不到原書，研究是提不到日程上來的。

我初次認真閱讀《金瓶梅詞話》，已是 1973 年了。我從譚天健同學處借來，靜靜地讀了兩遍，我被它描寫社會生活之深刻所吸引，尤其和明代其他長篇小說相比，自有其不朽價值，便下決心要研究這部奇書。但頗少暇日，又手頭無書，這個決心也就擱淺了。待到 1982 年《中國大百科全書·戲曲卷》編纂完畢，我才真正騰出空隙來，潛心研究《金瓶梅》。其契機，想不到來自趙景深先生。

因編《戲曲卷》，我結識了趙老，他是分編委副主任，我去上海總要拜望他老人家。他的研究生陸樹崙、李平、江巨榮，又是我的好友。他們每週都在這位慈祥的長者家裏聚一次，問學切磋，氣氛融洽，只要我在上海，每次必到。趙先生藏書頗豐，尤以小說戲曲居多，他的學生都可以借走，只要登記一下即可。影松軒本《第一奇書》，就是趙

老借給我的。我始終未能忘懷張竹坡，他畢竟是我的同鄉。當張潮給他的三封書信公佈之後，我覺得應對他的生平作一番探考，為此，我才結識了黃霖同志。趙老也認為這個課題很好，一是《第一奇書》在《金瓶梅》研究史上影響最大；二是對張竹坡的生平、家世當時還是一片空白。所以，他囑我寫一部像樣的《張竹坡評傳》出來，並慨然允諾影松軒本供我長期借用。直到趙老辭世後，才把這部書還給他的家屬。幸運的是王利器先生也把日本友人送給他的據慈眼堂本和棲息堂本影印的《金瓶梅詞話》，讓大連圖書館複印了一套給我；鄧興器同志也把 1957 年影印本借給了我。書為羅合如先生所藏，鄧是他的賢婿，羅先生去世後，藏書給了鄧興器。這樣，在我的案頭，就有了三部不同版本的《金瓶梅》，可資比較。書在手頭，自然看得細。我仍用笨拙的老辦法，分門別類，邊讀邊記，半年下來，居然卡片盈篋。

　　我為我的研究，制定了兩個讀書計畫，一是把國內現藏的各種不同《金瓶梅》版本，凡是能夠找到的，都鑽窟窿打洞親自看一遍。看書之難難於上青天，線裝書難，善本書尤難，帶「金」字的更是難上加難。這方面我可能是個幸運兒，北京大學所藏，因是母校，圖書館的諸公多是熟人，比較順利；首都圖書館馮館長恰有一面之識，而當時新任社科部主任的閻中英同志，又是我的學長，也算好辦；唯有北京圖書館，善本室我還較熟悉，而絕大部分《金瓶梅》藏在柏林寺分館，就難辦了。那裏的線裝書藏量可觀，目錄上竟無一部《金瓶梅》，我知道這是秘不示人。於是，我走了另一個捷徑，先請總館的熟人把他們的藏書目錄和購書目錄，凡是《金瓶梅》，都抄了出來，再請總館辦公室主任黃潤華同志陪我去柏林寺，按圖索驥，總算一部一部都搬了出來，讓我翻了個底朝天。最可記錄下來的是鄭振鐸所藏《新刻繡像批評金瓶梅》，原書雖有殘缺，還算完整。而在文化大革命混亂時，此書被一位青年管理人員偷了出來，並撕下了幾頁帶有性描寫的部分。監守自盜，必然釀出大禍，後被判了刑。他們目錄不公開，管理較嚴，自是有情可原了。我沒有預料到的是一去柏林寺，竟然安營紮寨待了三個月，這便是文龍評本的發現所致。

　　這個評本是我無意中發現的。說無意，是我查閱此本時並沒有帶著發現新評本的目的。因為戴不凡先生在著錄《在茲堂》本時，說是《第一奇書》的最早刻本；據我所知，國內藏有此本者，寥寥無幾，所以我特別注意。開始在〈寓意說〉中，看到一段墨評，我沒有介意。逮到翻閱正文，發現每回後面都有評語，並間有眉評、旁評，心裏才豁然開朗，這不是繼張竹坡之後另一新評本嗎？我的狂喜心情是可以想知的，大有「踏破鐵鞋無覓處」之慨。狂喜之餘，我又發怵了。線裝書只准拍照，不准複印，何況是《金瓶梅》；我自帶照相機拍，又不允許；請他們拍，價格昂貴不必說，而且只准拍幾張作為書影，唯一可行的辦法就是抄了。可惜這位文龍先生蠅頭小楷，密密麻麻，有的字頗難

辨認，抄的進度很慢。加之離家又遠，每天風雨無阻，中飯只是速食麵充饑了。

北京看完後，又去上海、天津、南京、徐州。上海圖書館所藏，多虧黃霖同志引見。在查閱了幾十種版本《金瓶梅》之後，我實施第二個讀書計畫，即對早期記載《金瓶梅》的史料，一一甄別。我多年養成一個壞毛病，前賢說的話，不管你是什麼大家，不讓我經眼，我從不盲從輕信。譬如，孫楷第先生著錄首都圖書館《新刻繡像批評金瓶梅》本時，說無評語，其實評語俱在；存圖百幅，也不對，是一百零一幅，另一頁為「回道人題」。又如《如意君傳》，鄭振鐸先生說刻於萬曆間，實誤。只要查一查黃訓生平，讀一讀嘉靖刻本《讀書一得》裏的〈讀如意君傳〉一文，即可了然。屠本畯在《山林經濟籍》裏的一段話是真是假，只要找到兩種不同編排的《山林經濟籍》，亦可迎刃而解。沈德符在《萬曆野獲編》中的記載，是出自本人手筆，還是後人附纂，看看〈萬曆野獲編分類摘錄〉，就可得出符合實際的答案。

遺憾的是，我不再是三十年前的我，雖不能自稱垂垂老矣，但也過了「知天命」之年。早已缺乏那種不達目的決不休止的勁頭，再也沒有東奔西跑到處尋書的體力，更沒有精力把嘉靖至明末所有正史、文集、野史、稗記都通覽一遍。我堅信，如果有人肯付出這個勞動，那麼，在《金瓶梅》成書及其他主要問題上，會有收穫的。每想到這裏，我只好悵望青天，眼裏溢滿了淚水，欷歔歲月之無情。

讀書之計畫得以實現，我才陸續寫出了〈從詞話本到說散本〉〈《金瓶梅》版本考〉〈論《新刻繡像金瓶梅》〉〈《如意君傳》之刊刻年代及其與《金瓶梅》之關係〉〈《山林經濟籍》與《金瓶梅》〉〈《萬曆野獲編》與《金瓶梅》〉等等，粗略統計，已有三十篇之多。均就耳目所及者，為之抉擇爬梳，藉供留心此一方面史實者為之捃摭，於所不知，謹從蓋闕，非敢妄出空言。有關黃訓生平之考實，〈讀《如意君傳》〉的寫作年代，《新刻繡像批評金瓶梅》的「回道人題」，甚或文龍手批《金瓶梅》，以為或可以稍省覽者翻檢之勞云爾，大雅君子或不以為非歟！文章千古事，得失寸心知喲！

五

自本世紀三十年代初，在山西發現了《金瓶梅詞話》起，古典小說研究領域中就增添了一個部門，近世諸賢魯迅、鄭振鐸、吳晗等相繼撰文，論述纂詳，日本、西方諸國的漢學家們在版本、探源、資料整理以及研究傳播方面都作了有益的工作。國內近十年來的《金瓶梅》研究，更有了長足發展，蔚為壯觀，時賢謂之「金學熱」。有關《金瓶梅》作者、成書、創作主旨、藝術等方面，均有宏篇巨制，為之推要闡明。若余之不學，本不足以語此，僅在成書、版本上作了點滴探索，並世君子視此為「金外學」——蓋雕

蟲小技之謂爾。雖是無當宏旨之瑣屑微末，惟想求證《金瓶梅詞話》不僅不是中國第一部文人作家獨創的長篇小說，而且也未經文人作家之加工寫定。不從小說發展史的氛圍裏研究它們獨特的發展規律，而是孤立地指出一部作品的作者來立論，如《金瓶梅》作者，無異於緣木求魚，不著涯際。早在明末，屠本畯說：「相傳嘉靖時，有人為陸都督炳誣奏，朝廷籍其家，其人沉冤，托之《金瓶梅》。」沈德符亦云：「聞此為嘉靖間大名士手筆」，已是「相傳」和「聞此」，根本無法確指。經過近四百年的推測，迄今時賢已提出有三十餘人的一長串《金瓶梅》作者候選人名單，豈非叩槃捫燭？再爭論若干個世紀，恐怕都不會有個美妙的結果。我作如是觀。

我所以認定《金瓶梅》不是文人作家之作，不僅僅侷限於這一部小說，而是立足於整個明代成書的長篇名著，來探討它們共同的發展規律。不僅小說，還應旁及戲曲。宋元話本、評話不消說，宋元南戲、元雜劇前期之作，無一不是出自民間藝人、書會才人之手筆，徐朔方先生把這類作品概括名為世代累積型集體之作，我是非常同意的。幾年來我連續撰寫了幾篇中國小說戲曲比較研究的文章，有一部分都是與《金瓶梅》成書密切相關的。其實，早在明末清初，丁耀亢已明確無誤地指出，《金瓶梅詞話》是部「話本」。明代長篇小說之成書，無一例外地都經歷了一個詞話發展階段。根據不止一種明代記載，《水滸傳》《平妖傳》的成書過程，都有過一個詞話階段，只是早已失傳不存了。唯有《金瓶梅詞話》，可說是中國宋元明三代通俗小說發展中唯一現存的詞話本，是長篇小說詞話本僅存的活化石。

世代累積型集體之作的刊刻傳佈，必經文人作家的加工寫定。從宋元民間集體的短篇、長篇小說，發展到文人作家獨立創作的小說，必須有一個循序漸進的發展歷程，其間必有個過渡。我把這個發展歷程總結為：世代累積型集體創作──文人加工寫定──作家文思獨運。文人加工寫定恰處於過渡環節，承上啟下，不可或缺。然而現存《金瓶梅詞話》之珍貴還在於它保存了集體創作的原貌，而未經文人作家的加工寫定。它的刊刻，顯係書賈射利，匆匆拼湊不同鈔本而成，連鈔本中的批語都誤作正文入刻。至於大量採錄、抄襲他人之作，行文粗疏，破綻百出，情節重複，前後照抄，訛誤錯亂，俯拾即是，更是有力的內證。它的加工寫定，待《新刻繡像批評金瓶梅》出，方算完成。因為，我們所說的加工寫定，不是指個別文字的圈點或修改，而是從回目、情節到人物、事件、結構，進行一次全面的加工、潤色、刪改、增補，只有《新刻繡像批評金瓶梅》本，才名符其實地完成了這項工作。寫定者是誰？我認為是李漁。

我的這一系列觀點，已分別有專文詳論，就不在這裏贅述了。

十年來，國內《金瓶梅》研究有了長足進展，取得了顯著成績，這與我國政府的大力支持密不可分。國家採取了明智而審慎的政策，相繼批准出版了各種版本的《金瓶

梅》，為我們創造了安定的研究環境和優良的研究條件。同時，我要特別感謝一批肯於犧牲自己的研究，而為研究者提供服務的同志們，徐州《金瓶梅》研究群體就是其中的傑出代表。在吳敢同志的組織領導下，他們相繼在徐州主持召開了國內第一屆、第二屆《金瓶梅》學術討論會以及首屆國際《金瓶梅》學術討論會。對推動《金瓶梅》研究事業的興旺發達，作出了貢獻。他們的辛勤勞動，必將載入《金瓶梅》研究史冊。

從大學畢業從事研究工作起，到現在整整三十年。三十年的歲月一晃過去了，回首自己走過的道路，不勝慚愧之至，學無所長，毫無建樹。寫這篇自述，可為自己立一個里程碑，一以鞭策自己；一以求同仁監督共勉，其目的不過如此而已。

一九九〇年九月改定於徐州

附　錄

一、劉輝小傳

　　男，漢族。1938 年生，2004 年 1 月 16 日逝世。江蘇省豐縣人。筆名劉小營。1961 年畢業於北京大學中文系。歷任北京大學中文系助教、《中國大百科全書・戲曲卷》責任編輯、中國古代小說百科全書編委會副主任、中國大百科全書出版社副編審、中國古代戲曲學會理事、江蘇師範大學文學院客座教授。原中國《金瓶梅》學會會長、《金瓶梅研究》主編。金學著述之外，另有《小說戲曲論集》《洪昇集箋校》《孔尚任佚文編年箋釋》等。

二、劉輝《金瓶梅》研究專著、編著、輯校、論文目錄

(一)專著

1. 《金瓶梅》成書與版本研究，瀋陽：遼寧人民出版社 1986 年。
2. 《金瓶梅》論集，臺北：貫雅文化事業有限公司 1992 年。

(二)編著

1. 《金瓶梅》論集，徐朔方、劉輝編，北京：人民文學出版社 1986 年。
2. 《金瓶梅》研究集，杜維沫、劉輝編，濟南：齊魯書社 1988 年。
3. 《金瓶梅》詞典（副主編），長春：吉林文史出版社 1988 年。
4. 《金瓶梅》之謎，劉輝、楊揚主編，北京：書目文獻出版社 1989 年。
5. 金瓶梅學刊，劉輝主編，試刊號，1989 年 6 月內部印行。
6. 金瓶梅研究，劉輝主編，1-4 輯，江蘇古籍出版社 1990 年 9 月-1993 年 7 月；5 輯遼瀋書社 1994 年 4 月；6、7 輯，知識出版社 1999 年 6 月-2002 年 9 月。

(三)輯校

1. 會評會校《金瓶梅》，劉輝、吳敢輯校，香港：天地圖書出版公司 1994 年一版，1998 年二版，2010 年三版。

(四)論文

1. 張竹坡及其《金瓶梅》評本
   顧國瑞、劉輝，中國古典小說戲曲論集，上海古籍出版社 1985 年 6 月。
2. 《金瓶梅》張竹坡本「謝頤序」的作者及其影響
   藝譚，1985 年第 2 期。
3. 北圖館藏《山林經濟籍》與《金瓶梅》
   文獻，1985 年第 2 期；蔡國梁《金瓶梅評注》收錄時更名為：屠本畯的《金瓶梅》跋語。
4. 略談文龍批評《金瓶梅》
   光明日報，1985 年 5 月 21 日。
5. 現存《金瓶梅詞話》是《金瓶梅》的最早刊本嗎——與馬泰來先生商榷
   光明日報，1985 年 11 月 5 日。
6. 從詞話本到說散本——《金瓶梅》成書過程及作者問題研究之一
   中國古典文學論叢，1985 年 3 輯。
7. 北圖藏《金瓶梅》文龍批本回評輯錄（上）

文獻，1985 年第 4 期。

8. 談文龍對《金瓶梅》的批評
   文獻，1985 年第 4 期。

9. 北圖藏《金瓶梅》文龍批本回評輯錄（中）
   文獻，1986 年第 1 期。

10. 《萬曆野獲編》與《金瓶梅》
    徐州師範學院學報，1986 年第 1 期。

11. 北圖藏《金瓶梅》文龍批本回評輯錄（下）
    文獻，1986 年第 2 期。

12. 《金瓶梅》主要版本所見錄
    復旦學報，1986 年第 2 期。

13. 《金瓶梅》中戲曲演出瑣記
    劇藝百家，1986 年第 2 期。

14. 《金瓶梅》版本考
    金瓶梅論集，人民文學出版社 1986 年 11 月。

15. 《金瓶梅》與蒲松齡
    復旦學報，1987 年第 1 期。

16. 《如意君傳》的刊刻年代及其與《金瓶梅》之關係
    徐州師範學院學報，1987 年第 3 期。

17. 論《新刻繡像批評金瓶梅》
    文學遺產，1987 年第 3 期。

18. 《金瓶梅》與山東風俗
    文史知識，1987 年第 10 期。

19. 《如意君傳》與《金瓶梅》
    《金瓶梅》研究集，齊魯書社 1988 年 1 月。

20. 非淫書辨——《金瓶梅》的歷史命運與現實評價摭談
    劉輝、及巨濤，文學評論叢刊，第 31 輯，文化藝術出版社 1989 年 3 月；金瓶梅學刊，創刊號，1989 年 6 月，署名劉輝，題目改為〈《金瓶梅》的歷史命運與現實評價——之一：非淫書辨〉。

21. 《金瓶梅》研究十年
    中國社會科學，1990 年第 1 期；《金瓶梅研究》第一輯，江蘇古籍出版社 1990 年 9 月，題目改為〈回顧與瞻望——《金瓶梅》研究十年〉。

22. 也談《金瓶梅》的成書與「隱喻」──與魏子雲先生商榷
    《金瓶梅》藝術世界，吉林大學出版社 1991 年 7 月。

23. 再談張竹坡的家世、生平及其評《金瓶梅》的年代
    文學遺產增刊，第 17 輯，中華書局 1991 年 9 月。

24. 《金瓶梅》與《玉閏紅》
    文史知識，1987 年第 10 期；金瓶梅研究，第四輯，江蘇古籍出版社 1993 年 7 月。

25. 文章千古事，得失寸心知
    《我與金瓶梅──海峽兩岸學人自述》，成都出版社 1991 年 7 月；金瓶梅研究，第
    五輯，遼瀋書社 1994 年 4 月。

26. 《金瓶梅》是假託宋朝實寫明事
    金瓶梅說，江西教育出版社 1999 年 1 月。

27. 嬉笑怒罵，亦俚亦雅──讀《金瓶梅》第四十八回劄記
    金瓶梅研究，第六輯，知識出版社 1999 年 6 月。

28. 《會評會校金瓶梅》再版後記
    金瓶梅研究，第七輯，知識出版社 2002 年 9 月。

29. 明清時期的《金瓶梅》研究與批評
    古典文學知識，2002 年第 5 期。

30. 「為學日益　為道日損」──讀吳敢新著《20 世紀金瓶梅研究史長編》有感
    徐州師範大學學報，2004 年第 4 期。

後記：
這就是劉輝──劉輝先生十周年祭

　　劉輝先生 2004 年 1 月 16 日因病在京辭世。他所在的單位在其追悼會上，依例印發有一份〈劉輝同志生平〉。悼詞起首第一句為「中國大百科全書出版社文藝文教部副編審劉輝」云。卜鍵兄出席了劉輝先生的追悼會，他對「副編審」一詞頗覺不類。其實大百科的組織人事部門只是據實擬稿，劉輝兄的職稱確實是副編審，而且這副編審正如悼詞下文所言，還僅是 1992 年 3 月評聘的。劉輝先生 1961 年畢業於北京大學中文系，1980年調入大百科，如悼詞所說「具有較廣博的科學文化知識和較高的學術水準，長期從事中國古典文學學術研究，對古代戲曲及明清小說造詣尤深」。無論是從學歷、資歷、成果、水準等全面衡量，劉輝兄都應該是正高職稱，而且至少在他獲得副高職稱的時間之前，就應該是正高職稱。

　　劉輝先生從二十世紀八○年代後期開始，在他出席的所有學術與社會活動中，在職稱一欄所填寫的都是正高。他不是弄虛作假，1986 年他就被徐州師範學院中文系禮聘為兼職教授。充滿自信是劉輝兄的鮮明特點之一。另有例可證。二十世紀九○年代中期，因為一場小官司，他與卜鍵兄等曾聯絡 60 名專家學者，於 1997 年 9 月發表了一個〈呼喚公正與清白的聲明〉。記得當時卜鍵兄和我在他家中議事，他斷然地說：「我打頭，全要知名學者，一個副高都不要！」他說話時的大義凜然，使我和卜鍵均點頭稱是。少頃，我倆回過味來，相視一笑，我對卜鍵耳語說：「這 60 位師友中，可能只有他一個人是副高」。我就是正高，你愛評不評，這就是劉輝。

　　劉輝兄長我 8 歲，比卜鍵大 18 歲，我和卜鍵是被他特許的可以當面調侃的少數之一。不少時候，我們也樂於逗他為樂，當然最後三人哈哈大笑了事。劉輝、卜鍵和我都是徐州人，過從甚密，感情頗篤，大概是桑梓情誼而又研究方向相近的緣故。劉輝好酒，但酒量不大，用圈內的話說：「不是盛酒的傢伙」。有一次他探親返京，我設家宴請他，他喝得糊裏糊塗，及巨濤兄也是酒酣耳熱，仍堅持送他上火車，告訴與他同車廂的中國礦業大學的一位教授相助：「連他一起，大小八件！」

　　只要我倆同會，一般都是同居一室。夜深人靜，公務、交遊事畢，我倆或者再約上

幾位，如林辰先生、卜鍵、及巨濤等，還要喝上幾杯，戲稱為「小品」。2001 年 10 月 28 日-31 日，浙江大學舉辦「慶祝徐朔方教授從事教學科研 55 周年暨明代文學國際研討會」，劉輝和我與會，他還帶了兩瓶一斤裝的北京紅星二鍋頭，被我倆兩個晚上幹掉。蔣宅口老大百科有一間平房，是劉輝當年的書房，他名之為思敏齋。1985 年 10 月，長春《金瓶梅辭典》編委會後，我和張遠芬兄、及巨濤兄路經北京讀書，適遇徐州師範學院院長邱鳴皋先生在京公幹，在思敏齋我們五人喝酒聊天，竟有 5 瓶下肚，最先醉的卻是年齡最小的及巨濤。

就在那次從長春到北京的硬臥火車上，我因重感冒躺在中鋪閉目養神，劉輝住我下鋪。列車剛剛啟動，突然，一聲大吼，一個黑影竄出，直奔車廂那頭。我一下子清醒過來，原來是一位長春女士無理欺侮一位上海男子，劉輝兄抱打不平，非要列車長和乘警令那位中年婦女當眾道歉不可。那一女子被劉輝的氣勢鎮住，倒真的做了檢討。為了褒獎劉輝，列車長還特意為我燒了一碗麵條。仗義執言、敢說敢為是劉輝兄的又一鮮明個性。他看不慣《金瓶梅》研究中的浮躁作風與虛偽行為，有不少次在會上大發雷霆，甚至破口大罵，弄得一時氣氛極為緊張。有人說他霸道，但這是劉輝一慣的性情。他之所以終其生都是「副編審」，十有八九因為他的蠻橫。

徐州師範大學學報 2004 年第 4 期發表了劉輝兄〈「為學日益，為道日損」——讀吳敢新著《20 世紀金瓶梅研究史長編》有感〉一文，就在這篇絕筆之中，他仍然嚴厲地批評了「學風方面的問題」。他在原稿中點了不少人的名，對這一部分，我替他改了一稿，規諫多多，他才勉強同意按改稿發表。學報編輯部發表該文時，在作者姓名上加了一個黑框，這一標識連同文章一起，算是劉輝先生謝世的公告，他留下的最後一道身影，是一以貫之的終生不渝的個性。

劉輝兄在北京生活了半個世紀，久已成為京派人物。老大自居，也是他鮮明的行為方式。照相，他要站在中間；主席台，他要坐在前排；走路，他要走在前面；講話，他要第一個發言。一位金學界的朋友曾對我說：「我就佩服劉輝先生的氣概，大氣，有出息。」我在拙著《20 世紀金瓶梅研究史長編》中這樣評價劉輝：「事實證明，劉輝是很合適的中國《金瓶梅》學會的會長人選。關於《金瓶梅》研究，劉輝是一位金學全才。他有一部會評會校原著，二本專著，十幾本編著，二、三十篇論文出版（發表），特別是其成書研究、版本研究、文龍研究等，被國內外公認為權威性著述；關於學會工作，他出席了中國召開的全部 10 次國際（內）《金瓶梅》學術研討會，幾乎每次會議他都自始至終參與了籌備與組織工作，並且以其粗獷、雄渾、剛正、機敏的風格，贏得絕大多數金學同仁的信賴與擁戴」。讀到這些話的師友無不表示贊同。但劉輝不是沒有分寸，他對待德高望重的一代宗師，如吳曉鈴、王利器、徐朔方、馮其庸諸先生，嚴執弟子之禮，

極為謙恭。2002 年 12 月，他已有病在身，聽說徐朔方先生欠安，利用在上海出席學術會議之際，還專程前往杭州探望。我常鬧稱劉輝為劉邦的 63 代孫，他確有乃祖遺風，但以近百歲高齡駕鶴西遊的劉德文先生，只是劉輝的養父。劉老先生是頗見功力的畫家，離休幹部，清肅勤正，晚年獨自生活在豐縣故里。劉輝堪稱孝子，一年未少過兩次回鄉探親，每個月都要寄生活費，二十一世紀初，他在豐縣還為不願在京久住的父親買了一套新房。

劉輝其實很注意鍛煉身體，每天早晨都要有一個多小時的跑步運動，風雨無阻。但他最後卻僅享年 68 歲。性格暴躁，愈老愈甚，不是養生之道。他有過三次婚姻，均欠圓順。最後十年，隻身獨居，經常盒飯、水餃、稀飯、饅頭充饑，也是其過早去世的原因。在他五十歲前後十年間，他有過一次機遇，可以組建一個美滿的家庭。後來他主動放棄了，大家都覺得非常可惜。在婚姻愛情方面，他跨越了傳統的雷池，但沒能沖決經典的藩籬。

劉輝生命的最後兩個多月，他似乎自知無救，但他一反往常，很少說話，未對後事作出明確交待。徐州師範大學學報上的那篇文章，勉強算得他對金學事業的一種關顧。關於其他方面，在他走後，我給他開了最後一個玩笑：他玩了一個「蘭陵笑笑生」！

2003 年 2 月 15 日，元宵節，劉輝乘 2565 次列車回豐探親，我讓司機去車站接他，8：30 他來到徐州教育學院，一臉風霜，說到學風，突然暴跳如雷，莫名其妙，我便預感不好。3 月 6 日，他返京經徐，我在杏壇酒樓設宴餞行，他雖然也飲了幾杯，並且說：「老弟，你放心，我死不了」，但已明顯給人一種下世的光景。接著「非典」，他極想再來家鄉，但因北京和徐州都有規定，他未能成行。後來「非典」過去，他買好了來徐的火車票，頭天夜間，掉落床下，大病住院，一病不起，以致永別，留下了終生的遺憾。其間雖然通過一些電話，感到他不願說病情，也不配合治療，好像很無奈無助，等待著死神的降臨。但願劉輝兄感悟生命而去，風采依舊地行進在另一種旅程！

選進精選集的雖然不是劉輝先生的全部金學著作，但可以說他的金學精華都已囊括無餘。文責由作者自負，編選得當與否由我負責。

是代為後記。

吳敢

2014 年 1 月 16 日於彭城病學齋

國家圖書館出版品預行編目資料

劉輝《金瓶梅》研究精選集

劉輝著. – 初版. – 臺北市：臺灣學生，2015.06
面；公分（金學叢書第 2 輯；第 6 冊）

ISBN 978-957-15-1655-4 (精裝)

1. 金瓶梅 2. 研究考訂

857.48   104008045

劉輝《金瓶梅》研究精選集

著　作　者：劉　　　　　　　　　　輝
主　　　編：吳　敢、胡　衍　南、霍　現　俊
出　版　者：臺　灣　學　生　書　局　有　限　公　司
發　行　人：楊　　　　　雲　　　　　龍
發　行　所：臺　灣　學　生　書　局　有　限　公　司
　　　　　　臺北市和平東路一段七十五巷十一號
　　　　　　郵 政 劃 撥 帳 號：00024668
　　　　　　電　話：（02）23928185
　　　　　　傳　眞：（02）23928105
　　　　　　E-mail：student.book@msa.hinet.net
　　　　　　http://www.studentbook.com.tw

定價：　精裝 30 冊不分售
　　　　新臺幣 45000 元

二 〇 一 五 年 六 月 初 版

金學叢書 第二輯

❶ 徐朔方 孫秋克 《金瓶梅》研究精選集

❷ 甯宗一《金瓶梅》研究精選集

❸ 傅憎享 楊國玉 《金瓶梅》研究精選集

❹ 周中明《金瓶梅》研究精選集

❺ 王汝梅《金瓶梅》研究精選集

❻ 劉輝《金瓶梅》研究精選集

❼ 張遠芬《金瓶梅》研究精選集

❽ 周鈞韜《金瓶梅》研究精選集

❾ 魯歌《金瓶梅》研究精選集

❿ 馮子禮《金瓶梅》研究精選集

⓫ 黃霖《金瓶梅》研究精選集

⓬ 吳敢《金瓶梅》研究精選集

⓭ 葉桂桐《金瓶梅》研究精選集

⓮ 張鴻魁《金瓶梅》研究精選集

⓯ 陳昌恆《金瓶梅》研究精選集

⓰ 石鐘揚《金瓶梅》研究精選集

⓱ 王 平 趙興勤 《金瓶梅》研究精選集

⓲ 李時人《金瓶梅》研究精選集

⓳ 孟昭連《金瓶梅》研究精選集

⓴ 陳東有《金瓶梅》研究精選集

㉑ 卜鍵《金瓶梅》研究精選集

㉒ 何香久《金瓶梅》研究精選集

㉓ 許建平《金瓶梅》研究精選集

㉔ 張進德《金瓶梅》研究精選集

㉕ 霍現俊《金瓶梅》研究精選集

㉖ 曾慶雨《金瓶梅》研究精選集

㉗ 潘承玉《金瓶梅》研究精選集

㉘ 洪濤《金瓶梅》研究精選集

㉙ 金學索引（上編）──吳敢編著

㉚ 金學索引（下編）──吳敢編著